生态批评水球
视域研究

ECOCRITICISM FROM A WATER GLOBE PERSPECTIVE

蓝色批评

钟燕

著

Blue
Studies

天津出版传媒集团
天津人民出版社

图书在版编目（CIP）数据

　　蓝色批评：生态批评水球视域研究 / 钟燕著 .

天津：天津人民出版社，2025. 3. -- ISBN 978-7-201

-21044-5

　　Ⅰ. I06

　　中国国家版本馆 CIP 数据核字第 2025HJ5914 号

蓝色批评：生态批评水球视域研究
LANSE PIPING：SHENGTAI PIPING SHUIQIU SHIYU YANJIU

出　　版	天津人民出版社
出 版 人	刘锦泉
地　　址	天津市和平区西康路 35 号康岳大厦
邮政编码	300051
邮购电话	（022）23332469
电子信箱	reader@tjrmcbs.com

策　　划	王轶冰
责任编辑	康悦怡
封面设计	王　烨

印　　刷	天津新华印务有限公司
经　　销	新华书店
开　　本	710 毫米×1000 毫米　1/16
印　　张	18.5
插　　页	1
字　　数	230 千字
版次印次	2025 年 3 月第 1 版　　2025 年 3 月第 1 次印刷
定　　价	88.00 元

献给我的妈妈　肖水源

　　本书受教育部人文社会科学研究规划基金项目"生态文明视域下的卡森海洋书写与蓝色批评研究"（20YJA752022）资助。

目录
Contents

导　论
生态文明、"水球理念"与蓝色批评

　　德国法兰克福大学教授费切尔（Iring Fetscher）是最早提出"生态文明"概念的学者。1978年，他在《人类生存的条件：论进步的辩证法》一文里指出："人们心向往之的生态文明，一种我们亟须建立的文明形态……的前提是一个能够自觉引导该文明的社会主体。生态文明将以人文与自由的形式实现，不可依靠专家团队构建全球性生态独裁，只可通过尽可能多的民众从根本上改变行为模式。那个渴望走向无限进步的时代，而今即将结束。人类认为自己有能力无限驾驭自然的时代，已经受到质疑。正因为在人类与非人类大自然和平共生中构建人文生活形态的进步仍大有可为，我们必须控制和约束那种无节制的线性技术进步。"[1]费切尔教授认为，生态文明需以"人文"的形式，通过"民众从根本上改变行为模式"的方式实现。1987年，中国生态农业奠基人叶谦吉教授在全国生态农业研讨会上提出"我们要大力提倡生态文明建设"，并定义说"所谓生态文明，就是人类既获利于自然，又还利于自然，在改造自然的同时又保护自然，人与自然之间保持着和谐统一的关系"。叶谦吉教授或许是国内最早阐释"生态文明"概念

---

[1] Iring Fetscher, "Conditions for the Survival of Humanity: On the Dialectics of Progress, " *Universitas A German Review of the Arts and Sciences*, Quarterly English Language Edition, 20.3 (Jan. 1, 1978): 170–171.

的学者,农业大国的学者从民众改变行为模式的视角探察到了从发展生态农业到建设一种新型文明的重要性。他预言:"二十一世纪应该是生态文明建设的世纪。"①新世纪里,从思想理念到国策行动,生态文明建设在中国共产党的十七大到二十大报告中一步步推进深化。中国为保护水系设立的河长制被写入《2023年联合国世界水资源发展报告:水资源伙伴关系与合作》②,一种为水系承担责任的中国经验以"从根本上改变行为模式"的"人文"形式推动着全球生态文明的进步。

古代印度的《梨俱吠陀》中,创世主先"生产原水",再造天地,包含天、地、空三界的宇宙胚胎孕藏在深水中。③《百道梵书》里,天地出现之前,"宇宙是漫无边际的大水",生主(创造神 Prajapati)藏身的金卵在汪洋里漂摇。④《圣经》记载,创世之初,黑暗混沌中,"神的灵运行在水面上"。神造出晶莹剔透的穹天(firmament),将水上下隔开,又令穹天之下的水聚在一处,称其为海。海成地显后,神才造人。⑤众多创世神话里,太初鸿蒙,水波浩瀚,连神灵都没有立足之地。水之于大地、人类的出现,有一种先在的寓意。

纪伯伦曾说:"你和你所居住的世界,只不过是无边海洋的无边沙岸上的一粒沙子。"⑥纪伯伦不愧为东方哲人,他的诗句道出了人类、大地和海

---

① 张春燕:《百年一叶》,《中国生态文明》,2014年第1期,第86页。

② United Nations, *The United Nations World Water Development Report 2023: Partnerships and Cooperation for Water* (Paris: UNESCO, 2023), 130.

③ 巫白慧译解:《〈梨俱吠陀〉神曲选》,北京:商务印书馆,2010年,第271—273页;see also Ralph T. H. Griffith, trans. "HYMN LXXXII. Visvakarman", *The Rig Veda*, Book 10 (1896), http://www.sacred-texts.com/hin/rigveda/rv10082.htm。

④ Julius Eggeling, trans., *The Satapatha-Brahmana: According to the Text of the Madhyandina School*, Part V, Books XI, XII, XIII and XIV (Delhi: Motilal Banarsidass, 1988), 12.

⑤ Herbert G. May and Bruce M. Metzger, eds., *The New Oxford Annotated Bible with the Apocrypha* (New York: Oxford University Press, 1977), 1–2.

⑥ "You and the world you live in / are but a grain of sand upon the infinite / shore of an infinite sea." 见卡里·纪伯伦:《沙与沫》,廖欣译,哈尔滨:哈尔滨出版社,2004年,第4页。

洋的相对关系。我们生长的地球不应该叫地球,而应该叫"水球"。①现代宇航员乘上宇宙飞船遨游太空时,惊奇地发现,覆盖着地球表面的大部分是辽阔的海洋,而人类生活的陆地简直就是浩瀚海洋中的几个孤岛。如果人类的祖先早知道地球近3/4的面积被海洋覆盖着,在茫茫星河中,我们栖居的行星是一个蔚蓝色的水球,"地球"或许就不是我们栖居之所的名称了。科考数据表明,覆盖地球表面的海洋面积为3.62亿平方公里,约占地球总面积的71%;体积约为13.7亿立方公里,平均深度3800米,最深处超过10000米。海洋深广若此,它为地球上的生物提供了陆地和淡水水域所能提供的300余倍的生存空间。②美国海洋学家爱德华·狄龙(Edward De-long)于是认为:"地球是个误称,这个星球应该叫海洋。"③近代科学的发展使人类获得了地球实为水球的证据,但至今我们的目光仍然更多关注着脚下的土地,思想里仍然缺乏一种该建立的"水球理念"。作《水经注》的中国古人郦道元早用前人之言道出了"水球宣言":"天以一生水","天下之多者,水也,浮天载地,高下无所不至,万物无所不润"。④泽润万物,"水之为德者大矣"⑤。生命是水之"大德"。根据进化论,水球上的海洋赋予星球以生命,抚育滋润它们,并帮助其中的部分登上陆地环境。现代生态学认为,也正是依靠水球之水创造的良好的水、气循环,人类这样的需氧生物才得以生存。人类栖居的地球其实是一个以海洋的蔚蓝为主色调的水球。

---

① 徐刚:《江海咏叹调》,福州:福建教育出版社,2000年,第290页。

② 沈国英、黄凌风等编著:《海洋生态学》,北京:科学出版社,2010年,第26页。

③ "Earth is a misnomer. The planet should be called Ocean." See Stefan Helmreich, *Alien Ocean: Anthropological Voyages in Microbial Seas* (Berkeley: University of California, 2009), 3.

④ 郦道元撰:《水经注》,陈桥驿点校,上海:上海古籍出版社,1990年,第13页。

⑤ 见明代黄省曾《水经序》,载于谭家健、李知文选注:《〈水经注〉选注》,北京:中国社会科学出版社,1989年,第492页。

二十世纪末，美国生态批评家、哈佛大学教授布伊尔（Lawrence Buell）称，继杜波伊斯（W.E.B.Du Bois）预言的二十世纪最关键问题——种族界限难题之后，二十一世纪最紧迫的问题是地球环境的承受力问题。①新世纪初，英国生态批评研究者贝特教授（Jonathan Bate）历数冰川融化、海水上升、过度捕捞、淡水匮乏、酸雨苯污、牛疯人殃等一系列环境危机后，再次提出了那个不得不提的老问题：我们究竟从哪里开始走错了路？②2001年，布伊尔的新著《为濒危的世界写作：美国及其他地区的文学、文化和环境》第一次把批评视角从大陆延伸到海洋。③田园牧歌消逝，机器生化当道，水球危机四伏，受问题驱动的生态批评（ecocriticism）应运而生，步步深入。

追溯历史，生态批评发端于二十世纪七十年代的美国，当时反响冷清。④到八九十年代，随着地球自然生态和人类精神生态危机的日趋严峻，文学批评领域出现了一场把文学与生态学结合起来，推崇"生态主义"认知视角的"绿色"诗意革命。研究文学、文化与自然环境关系的生态批评

---

① Lawrence Buell, "The Ecocritical Insurgency, "*New Literary History* 30.3 (Summer 1999): 699.

② Jonathan Bate, *The Song of the Earth* (Basingstoke and Oxford: Picador, 2000), 24.

③ 布伊尔以麦尔维尔的《白鲸》为个案，以整章的篇幅从海洋和鲸鱼的角度论述了"作为资源与偶像的全球公地"。See Lawrence Buell, *Writing for an Endangered World: Literatrure, Culture, and Environment in the U.S. and Beyond* (Cambridge, MA: The Belknap Press of Harvard University Press, 2001), 35-45, 196-223.

④ 1974年，美国学者密克尔（Joseph W. Meeker）出版专著《生存的喜剧：文学生态学研究》（*The Comedy of Survival: Studies in Literary Ecology*），提出"文学生态学"一词，主张探讨文学对"人类与其他物种之间的关系"的揭示，并"审视和发掘文学对人类行为和自然环境的影响"。该书当时没有引起太多文学批评者的关注。1978年，鲁克尔特（William Rueckert）在《爱荷华评论》（*Iowa Review*）上发表《文学与生态学：一种生态批评实验》一文，首次使用了"生态批评"的术语，明确提出"将文学与生态学结合起来"，"构建一个生态诗学体系"。See Joseph W. Meeker, *The Comedy of Survival: Literary Ecology and a Play Ethic*, 3rd ed. (Tucson: The University of Arizona Press, 1997), ix; William Rueckert, "Literature and Ecology: An Experiment in Ecocriticism, "in *The Ecocriticism Reader: Landmarks in Literary Ecology*, ed. Cheryll Glotfelty and Harold Fromm (Athens: The University of Georgia Press, 1996), 105-123；王诺：《欧美生态批评：生态文学研究概论》，上海：学林出版社，2008年，第11—12页。

逐渐成为一门全球性的文学研究显学。美国生态文学与生态批评研究领域，一系列学术研讨会①隆重召开，一些重要的学术研究机构（如1992年成立的国际生态批评组织"文学与环境研究会"②）和刊物（如1993年创办的《文学与环境跨学科研究》③等）先后诞生，众多专著陆续出版。1991年，英国利物浦大学教授贝特出版著作《浪漫主义生态学：华兹华斯与环境传统》（*Romantic Ecology：Wordsworth and Environmental Tradition*），这标志着英国生态批评的开端。④1995年，美国哈佛大学教授布伊尔出版专著《环境的想象：梭罗、自然写作与美国文化的构成》（*The Environmental Imagination：Thoreau，Nature Writing，and the Formation of American Culture*），该书被称作"生态批评的里程碑"。⑤2000年后，生态批评的发展更加迅猛。布伊尔于2001年和2005年分别出版了新著《为濒危的世界写作：美国及其他地区的文学、文化和环境》和《环境批评的未来：环境危机与文学想象》。斯坦福大学厄休拉·海斯教授（Ursula K. Heise）2008年发表生态批评力作《地方感与地球感：环球环境想象》，提出了生态全球化和环境世界公民的观点。⑥继布伊尔教授生态批评自然作品研究、关注环境公正的各文类研究"两波理论"之后，二十一世纪美国生态批评领军人物、"文学与环境研究会"首任会

---

① 如1991年现代语言学会主办的"生态批评：文学研究的绿化"研讨会、1995年在科罗拉多大学召开的首届"文学与环境研究会"大型学术会议，等等。

② 该组织全称为 The Association for the Study of Literature and Environment，简称 ASLE。现在英国、印度、日本、韩国、中国台湾等地拥有分会。See http://www.asle.org/site/about/affiliates/.

③ 该刊物全称为 Interdisciplinary Studies in Literature and Environment，简称 ISLE，现在已成为生态批评领域的核心性学术期刊。

④ Richard Kerridge, "Introduction, "in *Writing the Environment: Ecocriticism and Literature*, ed. Richard Kerridge and Neil Sammells (London and New York: Zed Books Ltd., 1998), 9.

⑤ Dominic Head, "The (im) possibility of ecocriticism, "in *Writing the Environment: Ecocriticism and Literature*, 32.

⑥ See Ursula K. Heise, *Sense of Place and Sense of Planet: The Environmental Imagination of the Global* (New York: Oxford University Press, 2008).

长斯科特·斯洛维克（Scott Slovic）提出了生态批评研究第三波的概念与设想——一种多语言、多种族、跨学科、跨国界的合作研究模式。①世界各语种重要文学研究刊物分别推出了"生态批评特辑"，以哈佛大学为先导的各国名校开设了有关生态文学或文学与环境的课程。

在国际浪潮的影响下，近二十年，我国的生态批评研究起步并兴盛。鲁枢元、曾永成、余谋昌、林耀福、程相占、张皓、汪树东、程虹、王诺、赵白生、王宁、陈剑澜、朱新福、刘蓓、梁坤、陈红、方红、韦清琦、胡志红、宋丽丽、夏光武和谢超等生态批评本土派和引进派学者出版的专著和文章，为梳理生态思想、介绍生态批评和建立生态诗学做出了有益的探索。程虹2001年出版的《寻归荒野》是国内第一部评述美国自然写作的著述。夏光武2009年出版的《美国生态文学》追述了美国从殖民地时期到十九世纪的自然写作，对二十世纪利奥波德（Aldo Leopold，1887—1948）、E. B. 怀特及卡森等五位作家的生态文学创作做了评述。王诺2003年出版的《欧美生态文学》②、2007年出版的《生态与心态：当代欧美文学研究》和2008年出版的《欧美生态批评：生态文学研究概论》及其率领的厦门大学生态文学研究团队在生态批评的哲学基础、生态文学研究的切入点及重要生态作家专论研究上对环境文学和生态批评做出了贡献。自2011年到2024年，海峡两岸生态文学研讨会共举办了十二届，为中国学者共同探讨生态文学与生态文明提供了对话平台与合作契机。

---

① 2009年4月8日，斯科特·斯洛维克在北京大学题为"美国生态批评与环境文学最新潮流"的讲座中指出，当今环境下，生态批评者需要的是勇气。他们需要勇气去涉猎文学之外的更多领域，需要同时了解和研究法律、经济等社会科学或水文学、食品学等自然科学，因为生态批评是跨学科的。更重要的是，生态批评者需要勇气去与文学领域甚至其他领域的人合作研究，一起写文章、著书。生态批评继自然作品研究、关注环境公正的各文类研究之后将进入第三阶段：跨学科、跨国界合作研究。以上内容根据笔者会议记录及录音概括整理。

② 该著作第二版（修订版）2011年出版。

水球上的蓝色是生命的原色。然而,生态批评的主要内容是"阅读大地",其流行色一直是陆地的绿色,"绿色研究(green study)""绿色文化研究(green cultural studies)"是这门新显学的别称。1999 年,美国批评家斯雷梅克(William Slaymaker)在环境文学论坛里撰文赞叹生态批评发展速度之迅猛时用了一个生动的比喻:"全球范围内,'生态文学'和'生态批评'这两个词出现在期刊、学术出版物和学术会议的无数专题研究、杂文和论文里,有如洪水泛滥、海啸(tsunami)席卷。"①他大概不曾料想到,在生态批评风潮正旺、势头不减的新世纪里,就在人们喊出 2004 年世界环境日"海洋存亡,匹夫有责"的口号不久之后,印度洋海啸便引发了举世惊骇的生态灾难,生灵涂炭,天地同悲。②2011 年,日本在地震与海啸中再一次遭受海洋生态危机。在生态批评学者都热心于寻找荒野,阅读大地的时候,海洋——处于人类关怀视野边缘之边缘的大自然生命的摇篮,以一种独特的方式警示人们:了解海洋,保护海洋,才能真正了解生命的奥秘,保护水球生命的和谐与完整。"阅读海洋","阅读水球",是新世纪生态批评必须转向的新视角。

如果说传统的生态批评是"阅读大地"的"绿色批评",我们可以把"阅读水球",关注以海洋为主体的整个水球环境的批评称作"蓝色批评"。海洋几乎占据了地球表面的 3/4,古往今来烟波浩渺的蔚蓝色大海给了人类无数诗意的想象和美丽的幻梦。从地球生态发展史上考察,海洋是地球流

---

① William Slaymaker, A Letter on Ecocriticism in "Forum on Literatures of the Environment", *PMLA*114.5 (October 1999): 1100.

② 2004 年 6 月 5 日世界环境日的主题是"海洋存亡,匹夫有责"。当年 12 月 26 日,印度尼西亚苏门答腊岛发生地震引发大规模海啸,造成十多万人死亡,五十多万人成为生态难民。据称,印度洋海啸是世界近二百多年来死伤最惨重、破坏最强大的海啸灾难。见《百年以来死亡人数过千的七次大海啸》,中国新闻网,http://news.sina.com.cn/w/2004-12-29/15274662532s.shtml。

水的源泉、生命的摇篮。人类若要像荷尔德林（Friedrich Holderlim，1770—1851）所倡导的，在地球上"诗意地安居"①，毫无疑问，离不开生命之水与诗歌之魂——海洋。大海②对于生命和文学都起着不可或缺的重要作用，然而，人类千百年来都忽视它的内在价值，漠视它是一个生机盎然的世界的事实。随着大地的"开发"殆尽、千疮百孔，人类开始把现代科技种种狂妄索取的手段转而施展到海洋身上。大海中贝壳变黑了，珊瑚窒息了，鱼类因过量捕捞物种难以恢复，海床因巨型拖网刮过植物、动物无法安身，海水中漂浮着核废物、DDT和泄露的原油，工业废水、核污水成亿吨地注入海洋……现实语境的压力——海洋环境恶化、人海关系紧张、陆地地表水和地下水污染——促使我们拓宽生态批评的视域，开始研究江湖海洋书写，关注水球脉络网系。

从荷马到柯勒律治，从梭罗到卡森，甚至中国当代生态作家徐刚，古今中外众多有识之士都情钟于水，于湖海江河中窥神理、雕文心。在人类转向海洋大开发，海洋频频陷入生态困境的二十一世纪，受问题驱动的生态批评亟须一种阅读海洋、关注水球的新视野。

笔者关注海洋危机，受卡森海洋书写启发，思考人类与海洋的关系，于2005年开始发表论文，呼吁拓宽生态批评视野，分析"阅读海洋"的生态批评转向和主题内容③，提出"蓝色批评"概念，并初步论析了海洋环境主义

---

① 被海德格尔称为"还乡"诗人的荷尔德林在诗中写道："人充满劳绩，但还／诗意地安居于大地之上。"见海德格尔：《人，诗意地安居：海德格尔语要》，郜元宝译，桂林：广西师范大学出版社，2000年，第73页。荷尔德林的诗又译作："充满劳绩，然而人诗意地／栖居在这片大地上。"见孙周兴选编：《海德格尔选集》（上），上海：上海三联书店，1996年，第310页。

② 本书中"海""大海"和"海洋"的概念都是相对于"大地"而言，都统指一般意义上地球表面连续的咸水水体。需要说明的是，从海洋学观点来看，"海"和"洋"的概念完全不同。"海"是指离陆地近，深度在2000米以内的咸水水体；而"洋"远离大陆，深度在2000米以上。参见李冠国、范振刚编著：《海洋生态学》，北京：高等教育出版社，2004年，第9页。

③ 钟燕：《阅读海洋：生态批评的新主题》，《荆门职业技术学院学报》，2005年第5期，第21—25页。

的理论资源与核心思想。①

纽约圣约翰大学的英语文学学者门茨（Steve Mentz）在 2009 年提出一种"蓝色文化研究"框架，主张关注海洋在人类历史、文学和身份构建中的影响。②帕特里夏·雅格（Patricia Yaeger）认为，我们对海洋在人类历史文化构成中的作用一直视而不见，这是文学研究必须向海洋转向的原因。2010 年 5 月，她在《美国现代语言学会会刊》（PMLA）编辑刊出了一组共十篇海洋研究的论文，以期打破对海洋航运、商业、开发及相关问题"习以为常的局面"。③这组文章从"技术海洋（techo-ocean）"④的角度对人类文化发展与大海航运环境的关系做了阐释，偏向历史文化研究，但也对工业技术造成的海洋资源化、资本化和海洋环境污染做了分析。其后，众多欧美学者开始关注蓝色人文研究，发表论文与专著。门茨在 2020 年发表的专著《海洋》中指出了卡森的海洋书写在美国环境文学中作为从大地到海洋转向的蓝色环境主义的意义。⑤其 2024 年出版的教材《蓝色人文研究导论》中用一章（第二章）的篇幅概述了二十一世纪第二个十年以来的蓝色人文研究。他提倡一种"以水为中心的思考（water-centric thinking）"，通过文学、文化、历史、生态等多学科视角的联结，在正文用七章分别探讨了太平洋、南冰洋、印度洋、地中海、加勒比海、北冰洋、大西洋等七大海域文学文化叙事中的水与地理环境、人类生活的关联。⑥

① 钟燕：《蓝色批评：生态批评的新视野》，《国外文学》，2005 年第 3 期，第 18—28 页。

② Steve Mentz, "Toward a Blue Cultural Studies:The Sea, Maritime Culture, and Early Modern English Literature, "*Literature Compass* 6/5 (2009): 997-1013. 该论文标题下署名 Steven，但文末简介中作者的名是 Steve。作者其他论文著作都署名 Steve Mentz，故本书英文文献中该作者名统一标注为 Steve。

③ Patricia Yaeger, "Editor's Column: Sea Trash, Dark Pools, and the Tragedy of the Commons, "*PMLA* 125.3 (May 2010): 524.

④ Ibid., 526-529.

⑤ Steve Mentz, *Ocean* (New York: Bloomsbury Academic, 2020), 115-124.

⑥ Steve Mentz, *An Introduction to the Blue Humanities* (New York: Routledge, 2024).

与国外十余年来兴起的"蓝色人文研究"相呼应,中国学者王松林2023年提出了"蓝色诗学",一种"注重文学作品中涉及的海洋与民族性格、海洋与国家想象、海洋与资本主义、海洋与现代性、海洋与共同体、海洋与全球化等问题的学理阐释"的跨学科海洋文学研究。[①]2021年,佛罗里达大学英文系主任多布林(Sidney I. Dobrin)出版专著《蓝色生态批评与海洋使命》,通过论述与海洋主题相关的文学、影视、视觉艺术和游戏等多元文化作品中的海洋叙事以探讨人类与海洋的关系,以期弥补生态批评中的"海洋缺位(ocean deficit)",推动海洋保护。[②]在笔者读到多布林和门茨两位学者的文献前,本书初稿已基本完成,基本思路是探讨建构一种关照以海洋为主体的蓝色水球有机水系的生态文学/文化批评。多布林教授提出的蓝色生态批评研究范畴与笔者2010年以来发表的论文中所做的蓝色批评个案研究思路不谋而合。尤其让笔者惊喜的是,门茨教授在研究中提出了"星球水诗学(A Poetics of Planetary Water)"的概念,认为这个星球上的海洋与冰川、云雾,甚至我们身体里的水是相连互通的,这种人与水的密切关联为我们在当今时代找到新的思考方式和生存办法提供了可能。[③]门茨教授的这一观点与笔者近二十年里关于"蓝色批评"中"水球"的思考及论文观点相近,但笔者更侧重于探讨人类与水系脉络整一的蓝色有机水球的关联。本书是笔者水球视域下蓝色批评研究的阶段性成果。

本书将从文学与环境的关系考察生态批评的新时期动向——"蓝色批评"。笔者将在首章分析蓝色批评的思想源头。随后以蓝色批评重要基础文本出现的时间脉络为线,兼及水域范围,分湖、海、河三章,用文本分析法

---

① 王松林:《"蓝色诗学":跨学科视域中的海洋文学研究》,《解放军外国语学院学报》,2023年第3期,第41页。

② Sidney I. Dobrin, *Blue Ecocriticism and the Oceanic Imperative* (New York: Routledge, 2021).

③ Steve Mentz, *An Introduction to the Blue Humanities* (New York: Routledge, 2024), 14.

研究"蓝色批评"的缘起、出现和发展。最后试图从理论角度论述"蓝色批评"的核心话语,完成其理论构建。

湖与海,同是水波荡漾,但在美国生态批评史上,分别起着源头与转向的作用。美国生态批评从"绿色"走向"蓝色",与其水环境与文学想象密不可分。梭罗(Henry David Thoreau,1817—1862)的《瓦尔登湖》(*Walden*,1854)因其经典化的林中生活被认为是生态批评的"绿色圣经"。本书第二章"梭罗与湖泊生态维度"试图从"湖"的角度,分析生态日记家、测量家梭罗"瓦尔登湖是一个小的海洋"的预言,解读《瓦尔登湖》对蓝色批评的贡献。笔者认为,海洋环境主义是"阅读海洋"的"蓝色批评"的主要内容,而海洋环境主义的杰出奠基人是二十世纪美国著名的海洋生物学家和生态文学作家瑞秋·卡森①(Rachel Carson,1907—1964)。1962年,卡森出版了醒世之作《寂静的春天》(*Silent Spring*,1962)。在此之前,她的"大海三部曲"《海风下》(*Under the Sea-Wind*,1941)、《大海环绕》(*The Sea Around Us*,1951)和《海之滨》(*The Edge of the Sea*,1955)已经为她赢得了作家的声誉。贯穿在"大海三部曲"及《寂静的春天》之中的,是卡森的海洋环境主义思想。在第三章"卡森与海洋环境主义"里,本书将以卡森为个案进行研究,探讨"蓝色批评"中海洋环境主义的内涵:大海有机论和大海危机论。第四章"徐刚与江河文化危机"将从"河"的角度讨论中国作家徐刚的作品对蓝色批评的贡献。内陆江河是通往海洋的水球脉络。在东西方生态哲学思想的影响下,徐刚"中国江河水"与"大坝上的中国"的书写,是关于朝向大海的江河水系的危机写作,它与蓝色批评的关系凸显了独特的当代中国蓝色批评话语。水球有机论、边际效应观、水利至上批判、水体生态责任、水球生态审美是本书将在第五章里构建的"蓝色批评"理论话语。继利奥波德的"大地伦

---

① 又译作蕾切尔·卡森。

理①之后，以"海洋伦理"为核心的"水球伦理"是濒危的水球亟须的生态伦理学话语。本书结论部分将总括"蓝色批评"在生态批评新时期研究中的方向和意义。

布伊尔的首部生态批评力作《环境的想象：梭罗、自然写作与美国文化的构成》论述了梭罗与自然写作和美国文化构成之间的关系，其后的生态批评学者言必称梭罗，但没有学者从研究梭罗的绿色批评到研究卡森的蓝色批评转向之间的关系着眼并论述。对卡森的研究国内外的学者一般都偏重其引发现代环境主义运动的《寂静的春天》，关于她的海洋自然写作作品及海洋环境主义思想的论析较少。王诺在《欧美生态文学》一书里以一小节的篇幅主要论述了卡森《寂静的春天》里程碑式的贡献，对其"大海三部曲"中表现的人类生态责任等部分生态思想进行了分析②；在《生态与心态：当代欧美文学研究》中对卡森做了生平与创作的专章研究，论及她的海洋情结与文明批判③。夏光武在《美国生态文学》中详细介绍了卡森"大海三部曲"的内容及海洋生态学思考。④在格罗费尔蒂（Cheryll Glotfelty）和费罗姆（Harold Fromm）主编的《生态批评读本》（*The Ecocriticism Reader*）里，诺伍德（Vera L. Norwood）对卡森《大海环绕》中用文学的手法表达出科学的眼光探索到的自然之美进行论述，指出了卡森的生态整体观和文学、科学、自然同一观。⑤劳伦斯·布伊尔在他的《为濒危的世界写作：美国及

---

① 原书为"The Land Ethic"，学界有"大地伦理"与"土地伦理"两种译法，本书统一译作"大地伦理"，与笔者拟探讨的"海洋伦理"相应。

② 王诺：《欧美生态文学》（修订版），北京：北京大学出版社，2011年，第176—185页。

③ 王诺：《生态与心态：当代欧美文学研究》，南京：南京大学出版社，2007年，第21—52页。

④ 夏光武：《美国生态文学》，上海：学林出版社，2009年，第139—163页。

⑤ Vera L. Norwood, " Heroines of Nature: Four Women Respond to the American Landscape," in *The Ecocriticism Reader: Landmarks in Literary Ecology*, ed. Cheryll Glotfelty and Harold Fromm (Athens: The University of Georgia Press, 1996), 335–338.

其他地区的文学、文化和环境》一书的第一章"有毒话语"里主要论述了卡森的《寂静的春天》,第六章"作为资源与偶像的全球公地"里对卡森的海洋写作稍有提及。①十余年来,开始有学者从环境伦理与海洋伦理的角度对卡森的作品进行研究。②上述成果为笔者对卡森海洋写作的蓝色批评研究奠定了一定的基础。对中国作家徐刚的研究,国内学者停留在"环境意识"和"绿色报告文学"的基础上,只在《环境教育》2010年第7期上的采访特稿《一个智者的忧虑》中论及了徐刚的"大坝中思考"和"水殇中反思"。③笔者将着重从徐刚的江河书写探析其"中国卡森"身份意义和"水球伦理"思想,并论述其"大坝上的中国"意象中文化与江河同荣共危的整体主义观念。本书对梭罗、卡森和徐刚的研究将在总结前人研究的基础上,重点探讨三位作家对蓝色批评的贡献。

美国生态文学批评的倡导者之一格罗费尔蒂认为,生态批评是指"对文学与自然环境的关系的研究"④。王诺在《欧美生态文学》里认为"生态责任、文化批判、生态理想、生态预警和生态审美"是生态文学的突出特点。⑤结合中西两位生态批评学者的观点,本书把关注水球水体环境的"蓝色批评"定义为研究文学、文化与以大海为主体的水系环境的关系,阐释水球生命共同体的内在价值,提倡人类主动承担水球生态责任,把科学了解水体生态系统现象与本质、排除水体危机、汲取水之精神作为主要责

① Lawrence Buell, *Writing for an Endangered World: Literatrure, Culture, and Environment in the U.S. and Beyond* (Cambridge, MA: The Belknap Press of Harvard University Press, 2001), 35–45, 200–201.

② Lisa H. Sideris and Kathleen Dean Moore, eds., *Rachel Carson: Legacy and Challenge* (Albany: State University of New York Press, 2008), 60–133.

③ 周仕凭,张树通:《一个智者的忧虑——访著名环境文学作家、诗人徐刚》,《环境教育》,2010年第7期,第13—15页。

④ Cheryll Glotfelty, "Introduction, " in *The Ecocriticism Reader: Landmarks in Literary Ecology*, xviii.

⑤ 王诺:《欧美生态文学》(修订版),北京:北京大学出版社,2011年,第27页。

任内容的文学和文化批评。海洋环境主义是"阅读水球"的"蓝色批评"话语里的中心词。环境主义通常被理解成一种对保护环境免遭人类行为破坏的关注。但是，环境主义也可以被理解成人类理解世界和摆正自己生态位的方式，人类对于保护生态环境的主动责任感。①海洋环境主义在本书中的含义倾向于后者，它是指人类摆正自己及万物在水球生态环境中的生态位，在人海关系中主动承担海洋生态责任的思想意识。

必须强调的是，海洋环境主义并不排斥科学。科学不是造成生态危机的根源，人对于科学的偏执狂热或许才是祸根。科学与自然或是社会与自然二元对立的思维模式是我们必须跳出的怪圈。水球生态危机、人的精神危机的解决都必须走一条科学与自然和解、社会与自然包容、人与自然相融的道路。

在生态危机驱促下，不论是"修补论派"还是"超越论派"，都认为生态维度是当今文明亟须之重。②对受问题驱动的生态批评所做的"蓝色批评"研究，是笔者以"人文"形式参与生态文明建设的努力。海洋及海洋环境主义都是传统生态批评里鲜有人讨论的话题。在人类转向海洋大开发阶段的二十一世纪，海洋环境主义和关照整个水体生态的"蓝色批评"概念的提出，有着及时的对"症"作用，这也可当成是笔者生态责任意识的表现。生态哲学家罗尔斯顿指出，将伦理关怀的范围扩大到"海上景观"是合理的，是一种"出于对自然的爱"的根本意义上的伦理。③"蓝色批评"理论建构中试图涉及的"水球有机论""水球生态审美""水球伦理"等话语，是需要做大量的资料、数据、理论与文本考察后进行论证的工程，这是本研究最大

---

① Kay Milton, *Environmentalism and Cultural Theory* (London: Routledge, 1996), 27, 33.
② 卢风等著：《生态文明：文明的超越》，北京：中国科学技术出版社，2019年，第6—7页。
③ 霍尔姆斯·罗尔斯顿Ⅲ：《哲学走向荒野》，刘耳、叶平译，长春：吉林人民出版社，2000年，第35页。

的难点。另一个难点是,由于生态批评的跨学科性,"蓝色批评"要求研究者具有丰富的生态学、海洋学知识,并把阅读水球的"蓝色批评"的文本视域扩展到自然写作之外的众多小说、诗歌、散文、戏剧等不同体裁的文学作品,探讨水球环境主义和"蓝色批评"的更多内涵。

　　本书主要运用生态批评的理论,文学与科学跨学科研究的方法,阅读文本、结合史论,以水环境为切入点研究生态批评的发展,以期构建生态批评中的重要内容——"阅读水球",关注整个水球环境"蓝色批评"的基本框架,完善符合生态整体观的"水球伦理"。本书的研究将是对传统生态批评内容的有益扩充,对于现实语境与文学话语中以海洋为主体的水球环境与人类关系的厘清和改善具有一定的积极意义。

第一章
蓝色批评的思想源头

第一节　水德说

地球实为水球。水球生意盎然,蓝色批评的思想源头首推水德说。水德之说,东西文化古籍中均有记载,中国早期哲学思想典籍中尤为频见。水之德,可分为孕育滋养和净化教益两大类。

《管子·水地》开篇认为地是万物之本原,但随即指出:

> 水者,地之血气,如筋脉之流通者也。……是以水者,万物之准也,诸生之淡也,违非得失之质也,是以无不满,无不居也。集于天地,而藏于万物,产于金石,集于诸生,故曰水神。集于草木,根得其度,华得其数,实得其量。鸟兽得之,形体肥大,羽毛丰茂,文理明著。万物莫不尽其几而反其常者,水之内度适也。[1]

---

[1] 石一参:《管子今诠》(下),上海:商务印书馆,1938年,第315—316页。句读标点参见梁运华校点:《管子》,沈阳:辽宁教育出版社,1997年,第122页。

水是地的血液,地因水而得生气;水是万物生成的基础,又附着于万物;草木鸟兽均受水的滋养哺育,因含水适度,万物生机勃勃各显其态。水、地与万物的关系是:水滋润大地,孕养大地万物;天地万物因含藏水分而现生机活力。水的孕育滋养之德于石于人毫不例外:"是以水之精粗浊蹇,能存而不能亡者,生人与玉。"①管仲认为玉石珍贵,原因在于水凝而成,兼具九德:仁、知、义、行、洁、勇、精、容与辞。②水集于玉,而九德出,玉之九德源于水之滋聚一德。而人的生命,自孕育初始,人水合一。管仲(约公元前728③—前645)说:"人,水也。男女精气合而水流形。"④现代生物学告诉我们,人的胚胎形体的出现,离不开水环境。早在两千多年前,管仲已然了解这一点,并从胚胎孕育的角度推断,人是水生成的。通过现代生物学知识,我们还知道,胎儿在母体中孕育时,水占其重量的90%,婴儿出生时,水占其体重的80%,成年人体内水的比例为70%。一日无饮,我们焦渴;三日断水,人会死亡。从孕育到养育,水在人类的生存生活中占据的分量极重。玉石之质因水而高洁,草木、鸟兽及人类生命因水而充盈。"是故具者何也?水是也。万物莫不以生,唯知其托者能为之正。具者,水是也。故曰水者何也?万物之本原也,诸生之宗室也。"⑤管仲在《管子·水地》的结论里认为水的孕育滋养之德无处不在,天下万物无所不依,水才是万物的本原,一切生命的植根之所。

---

① 石一参:《管子今诠》(下),上海:商务印书馆,1938年,第318页。

② 同上书,第317页。

③ 管仲生年不详。此处出生年份参见司马琪主编:《十家论管》,上海:上海人民出版社,2008年,第512页。

④ 石一参:《管子今诠》(下),上海:商务印书馆,1938年,第316页。句读标点参见梁运华校点:《管子》,沈阳:辽宁教育出版社,1997年,第123页。

⑤ 同上书,第318页。

无独有偶，古希腊的"科学与哲学之祖"泰勒斯（Thales of Miletus，约公元前624—前546）在管仲之后也提出了"水是万物本原"的观点，认为水生万物，万物因水相关相连。[①]作为"古希腊七贤"之一，他的格言是："水是最好的。"亚里士多德在《形而上学》里推测："他得到这个看法，也许是由于观察到万物都以湿的东西为养料，热本身就是从湿气里产生、靠湿气维持的（万物从而产生的东西，就是万物的本原）。他得到这个看法可能是以此为依据，也可能是由于万物的种子都有潮湿的本性，而水则是潮湿本性的来源。"[②]万物以水的湿气滋养，生物靠水的湿润生存，水是所有生命的源泉。可见，水为"最好"，因其孕育滋养之德。

如本书导论开篇所言，诸多创世神话中，水于世界有其先在之意。神话中水的滋养之德多未言明，只能猜度。但《梨俱吠陀》中宇宙"胎藏"于水，水生之德明白显然。《圣经》中上帝从地上取泥造人之前，"有雾气从地上升腾，滋润整个大地"。上帝造人完毕后，将其置于东方伊甸之园，"有一条河从伊甸流出来滋润那园子，并在那里分成四条支流"。[③]人类的出现和生存都离不开水的"滋润"。

1993年出土于湖北荆门郭店一号楚墓的《大一生水》竹简文献也记载了中国古代哲学中水居首要的宇宙论纲要：

大一生水，水反辅大一，是以成天。天反辅大一，是以成地。……四时复［相］辅也，是以成寒热。寒热复相辅也，是以成湿燥。湿燥复

---

① Samuel Enoch Stumpf, *Socrates to Sartre: A History of Philosophy* (Boston: The McGraw-Hill Companies, 1999), 7–8.

② 北京大学哲学系外国哲学史教研室编译：《西方哲学原著选读》（上卷），北京：商务印书馆，1981年，第16页。

③ Herbert G. May and Bruce M. Metzger, eds., *The New Oxford Annotated Bible with the Apocrypha* (New York: Oxford University Press, 1977), 3.

相辅也，成岁而止。故岁者，湿燥之所生也。湿燥者，寒热之所生也。寒热者，[四时之所生也。]……天地者，大一之所生也。是故大一藏于水，行于时。①

水在天地生成、四时成岁中不可或缺。"大（太）一"是宇宙之终极本体，水是本源现象，其后空间（天地）、时间（四时、岁）、其他自然现象（气温冷热、空气湿燥）及万物的生成都与水紧密相关。宇宙生成的过程，从起点到中间各环节，到结果，水都起着关键的作用，所以说"大（太）一藏于水，行于时"。这种宇宙生成论可归结为"水生论"②。宇宙万物"水生论"是水孕育滋养之德的又一论据。

在《易经》的符号系统中，八卦中的坎和兑两卦分别代表水和泽。《周易·说卦》载："说万物者，莫说乎泽。润万物者，莫润乎水。"③愉悦万物没有能超过兑泽的，滋润万物没有能超过坎水的。"群经之首""大道之源"《周易》肯定了水与泽的润悦之德。

印度古代思想文化典籍《奥义书》称"地的精华是水"④；"无论何处，只要下雨，食物就丰富"，养人活命的"食物产生于水"，"食物的根源"是水。⑤因而，"水比食物更伟大"⑥，它"生出食物"⑦从而供养万物，赋形万物。印度哲人说："地、空、天、山、天神、凡人、牲畜、飞禽、草木、野兽乃至蛆虫、飞虫和蚂蚁，这些都是水的形体。确实，这些都是水的形体。你崇拜水

① 李零：《郭店楚简校读记》，北京：北京大学出版社，2002年，第32页。
② 白奚：《〈太一生水〉的"水"与万物之生成——兼论〈太一生水〉的成文年代》，《中国哲学史》，2012年第3期，第42页。
③ 李学勤主编：《十三经注疏·周易正义》，北京：北京大学出版社，1999年，第329页。
④ 黄宝生译：《奥义书》，北京：商务印书馆，2010年，第116页，第125页。
⑤ 同上书，第192页，第134页。
⑥ 同上书，第207页。
⑦ 同上书，第192页。

吧!"①从蝼蚁至天神,从地至天,都受水润养,因水具形,水因此被推举到崇高地位。

美国学者艾兰(Sarah Allan)指出:"在中国早期哲学思想中,水是最具创造活力的隐喻。……包括'道'在内的中国哲学的许多核心概念都根植于水的隐喻。……中国早期哲人总是对水沉思冥想,因为他们假定,由水的各种现象传达出来的原则亦适用于整个宇宙,植物的生命被视为理解包括动植物在内的水所滋养的万物的模型。"②水滋养植物,润泽万物,圣贤老子、孔子也感于水德。《老子》第八章载:"上善若水。水善利万物而不争,处众人之所恶,故几于道。"③《荀子·宥坐》中孔子曰:"夫水,大遍与诸生而无为也,似德。"④"利万物""与诸生",水滋润万物却无声不争,遍泽众生却不为自己。《淮南子·原道训》云:"上天则为雨露,下地则为润泽;万物弗得不生,百事不得不成;大包群生,而无好憎,泽及蚑蛲而不求报;富赡天下而不既,德施百姓而不费。……是谓至德。"⑤"万物""百事""群生",广众之谓;"不既""不费",源活之谓;"不求报",无私心之谓。孕育滋养,水德无私,万物生成,此其一端。

水德之二为净化教益。我们先来看《梨俱吠陀》第七卷第四十九首《水》:

> 以海为首,从天水中流出,
>
> 洗净一切,永不休息;

① 黄宝生译:《奥义书》,北京:商务印书馆,2010年,第207页。
② 艾兰:《水之道与德之端:中国早期哲学思想的本喻》,张海晏译,北京:商务印书馆,2010年,第112页。
③ 河上公注,王弼注,严遵指归:《老子》,刘思禾校点,上海:上海古籍出版社,2013年,第17页。
④ 王先谦撰:《荀子集解》,沈啸寰、王星贤点校,北京:中华书局,1988年,第524页。
⑤ 刘安:《淮南鸿烈解》,孙冯翼辑,长沙:商务印书馆,1937年,第19页。

因陀罗,持金刚杵英雄,开了道路;

水女神,请赐我保护。

天上流来的水或是人工挖掘的,

或是自己流出来的,

向海流去的,纯洁的,净化者,

水女神,请赐我保护。

伐楼拿在水中间漫步,

向下观察人间的正确和错误;

滴滴蜜甜流下的,纯洁的,净化者,

水女神,请赐我保护。

其中有伐楼拿王,其中有苏摩酒,

其中有众天神欢饮增气力,

"一切人"阿耆尼(火)也进入其中,

水女神,请赐我保护。[①]

诗歌前两节中的海水、雨水("天上流来的水")、井水("人工挖掘的")或河水("自己流出来的")、海水构成一个水循环(海水→雨水→井水或河水→海水),水在各环节都是"纯洁的""净化者","洗净一切","永不休息",周而

---

① 金克木选译:《印度古诗选》,长沙:湖南人民出版社,1984年,第11页。巫白慧先生也选译了该诗,诗题音译为《阿波河赞》,见巫白慧译解:《〈梨俱吠陀〉神曲选》,北京:商务印书馆,2010年,第166—167页。See also Ralph T. H. Griffith, trans. "HYMN XLIX. Waters", *The Rig Veda*, Book 7 (1896), http://www.sacred-texts.com/hin/rigveda/rv07049.htm.

复始。前两节中"净化"是关键词。全诗共四节,第四节亦提到水的滋养之德——"众天神欢饮(苏摩酒水)增气力",但第三节再次强调水是"纯洁的""净化者",第四节写到众神包括火神阿耆尼"也进入其中"。印度神话中伐楼拿是水神,也是维持宇宙法则和道德律法的神。第三节中伐楼拿漫步水中是为"观察人间的正确和错误",以达到"净化者"净化人心的目的。古印度人相信供奉给火神的祭品会被净化并传达到其他神祇,因此阿耆尼是净化者及凡人与神明之间的信使。第四节里"'一切人'阿耆尼(火)也进入其中",连净化者都进入"净化者",他会给"一切人"捎去什么信息呢?"人类学之父"爱德华·泰勒(Edward Burnett Tylor,1832—1917)认为自原始文化开始,水和火就是两种净化的方式。①印度古诗中,阿耆尼进入水中,是火神对水之净化之德的迎应与颂许。

维吉尔的《埃涅阿斯纪》里,埃涅阿斯请求入冥府会见亡父,被女先知告知必须先获得金枝,并洗涤一名死者留下的污秽。葬礼上,人们"用热水洗净米塞努斯冰冷的尸体",火焚之后,"他们用酒把他的骸骨和干燥的尸灰洗过,柯吕奈乌斯把骸骨捡出,装进一个铜瓮里。他又手捧净水围绕朋友们走了三匝,用幸福的橄榄枝洒着轻细的露珠,使他们纯净……"②在这段叙述里,水(和酒)起到了两个作用:一是洗涤死者,二是纯净生者。柯吕奈乌斯手捧的净水具有涤荡净化的象征意义。

水的净化一方面指净洗,去除身体上的尘埃污垢;另一方面,也是更重要的,水在人类文化中有去除邪晦、洁净灵魂之德。《百道梵书》载印度人满

---

① Edward Burnett Tylor, *Primitive Culture: Researches into the Development of Mythology, Philosophy, Religion, Language, Art, and Custom*, vol. 2 (London: Letchworth Garden City Press Ltd., 1913), 429.

② 维吉尔:《埃涅阿斯纪》,杨周翰译,南京:译林出版社,1999年,第146—147页。

月仪式上宣誓时用手蘸水,因为水是洁净之物,有净化心灵之力。①古印加人在忏悔罪恶后,就在附近的河里洗澡,边洗边做公式化的祈祷:"啊,河,接受我今天在太阳神面前忏悔的罪恶吧,把它们带进大海,让它们永不重现。"②河水洗净灵魂,冲刷并带走罪孽,大海辽远深邃,邪恶一去不复返。河水与海水,是古印加人净化灵魂的媒介物。爱德华·泰勒讲述祖鲁人恐惧尸体,埋葬逝者后都用净洗的方式来净化自己,并且补充说:"应该注意的是,这些仪式逐渐获得了与单纯的净洗明显不同的意义。"而卡菲尔人"会为了仪式性的净化而净洗,但平时没有清洗身体的习惯";波斯人中虔敬的教徒受祖先遗留的习俗和信仰影响,会"因为看到了一个异教徒污了眼目而清洗自己的眼睛",也会不顾一池脏水之"污","纵身跃入其中,并认为自己被仪式性地净化了"。③如此一来,卡菲尔人只在灵魂需要涤荡时才清洗自己的身体,波斯人用污水也能清洁自己的灵魂。两个悖论,证明水的净化之德重在精神文化的层面。而琐罗亚斯德教徒的清净仪式,印度教徒的"恒河沐浴",基督教徒的用水洗礼,以及中国古代"濯于水滨"的袯禊之祭,等等,都说明水于人的精神有净化之德。

中国文化中水的意象具有更多的教益启发之德:

> 孔子观于东流之水,子贡问于孔子曰:"君子之所以见大水必观焉者是何?"孔子曰:"夫水,大遍与诸生而无为也,似德。其流也埤下,裾

---

① Julius Eggeling, trans., *The Satapatha-Brahmana: According to the Text of the Madhyandina School*, Part I, Books I and II (Delhi: Motilal Banarsidass, 1988), 2–3.

② Edward Burnett Tylor, *Primitive Culture: Researches into the Development of Mythology, Philosophy, Religion, Language, Art, and Custom*, vol. 2 (London: Letchworth Garden City Press Ltd., 1913), 435.

③ Ibid., 434. See also Caston Bachelard, *Water and Dreams: An Essay on the Imagination of Matter*, trans. Edith R. Farrell (Dallas: The Pegasus Foundation, 1983), 140.

拘必循其理，似义。其洸洸乎不淈尽，似道。若有决行之，其应佚若声响，其赴百仞之谷不惧，似勇。主量必平，似法。盈不求概，似正。淖约微达，似察。以出以入，以就鲜絜，似善化；其万折也必东，似志。是故君子见大水必观焉。"①

孔子认为，水有德、义、道、勇、法、正、察、善化、志九种品质。"以出以入，以就鲜絜，似善化"，是指东西被水淘洗，便渐趋鲜美洁净，同我们讨论的净化之德。除"遍与诸生"的孕育滋养与"鲜絜(洁)"万物的净化两德外，孔子还感悟出其他七种品质。君子见大水必观，是出于完美其精神道德的需要。西汉《韩婴外传》载：

问者曰："夫智者何以乐于水也？"曰："夫水者，缘理而行，不遗小间，似有智者。动而之下，似有礼者。蹈深不疑，似有勇者。障防而清，似知命者。历险致远，卒成不毁，似有德者。天地以成，群物以生，国家以宁，万事以平，品物以正。此智者所以乐于水也。"②

"群物以生"和"品物以正"，说的正是水的孕育滋养和净化端正之德。水有智、有礼、有量、知命、有德，韩婴以水喻人，水成了伦理的化身。智者乐水的缘由仍是道德情操使然。

水与人，物质与精神的关系亦见于《庄子·天道》："水静则明烛须眉。平中准，大匠取法焉。水静犹明，而况精神。圣人之心静乎，天地之鉴也，万物之镜也。"③水静可以映容貌、正衣冠，其水平线被高明的工匠取为水

① 王先谦撰：《荀子集解》，沈啸寰、王星贤点校，北京：中华书局，1988年，第524—526页。
② 韩婴撰：《韩诗外传集释》，许维遹校释，北京：中华书局，1980年，第110页。
③ 王先谦集解：《庄子》，方勇校点，上海：上海古籍出版社，2013年，第150页。

准线。水尚如此,人何不能? 人的心境也应该虚空宁静,鉴照天地万物。水平如镜,心静如鉴,人心如水,可至清明端正。庄子在此没用"净化"一词,但人的精神在水的教益下清澈明亮,洁净如镜。水的鉴照功能是其重要特点。从古希腊神话中的那西塞斯(Narcissus)之死,到《瓦尔登湖》中映射的自然、社会、精神三维生态①,无数故事和作品表明,因其鉴照功能,人类文化在水之滨顾影纷呈,矫枉趋正。

水德说,追根溯源,仅以上文东西文化古籍中水之孕育滋养、净化教益两德之说为证。

第二节　进化论

从学理背景上追溯,蓝色批评的产生与乘"贝格尔舰"历经五年(1831—1836)环球旅行的达尔文(Charles Darwin,1809—1882)提出的进化论早有渊源。

达尔文进化论的提出与当时天文学、地质学、古生物学、胚胎学、比较解剖学和生物分类学的发展程度有很大关联。②哥白尼(Nicolaus Copernicus,1473—1543)1543年临逝世前发表的《天体运行论》以"日心说"代"地心说",颠覆了古希腊哲人亚里士多德和天文学家托勒密创立的人与地球为宇宙中心的观点。"现代地质学之父"莱尔(Charles Lyell,1797—1875)在1830年发表《地质学原理》,用"均变论"来解释地球的形成:地球的变化是缓慢累积的,没有全球性的剧烈变化,现今作用于地球的自然力量也作用

---

① 本书第二章第三节将详细论述《瓦尔登湖》的三维生态。
② 周长发编著:《进化论的产生与发展》,北京:科学出版社,2012年,第13页。

于历史上的地球，"现在是认识过去的钥匙"；地壳岩石记录了地球亿万年的历史，《圣经》教义所讲的几千年的时间里，不可能形成远古的化石、岩石和地层。达尔文在"贝格尔舰"上做环球探险时带了一本《地质学原理》，莱尔的地质学研究理论和方法对达尔文的进化论有直接的启发和影响。①

古生物学的奠基人法国动物学家居维叶（Georges Cuvier，1769—1832）1798年指出：化石是地质历史中生存过的但现在已经灭绝的生物。他将时间的维度纳入古生物学研究，将化石与特定的地质联系起来并排序，发现不同地层含有不同物种；地层越古老，其含有的物种越低级简单，而地层越新，含有的物种越高级复杂。居维叶还论证了现存物种和灭绝物种在形态上和"亲缘"上的关系，客观上为进化论提供了科学证据。另一位法国生物学家拉马克（Jean-Baptiste Lamarck，1744—1829）认为化石是现存生物的祖先，现存生物都是对环境适应的种类，生物为了适应环境而发生缓慢变化。达尔文说："在物种起源问题上进行过较深入探讨并引起广泛关注的，应首推拉马克。这位著名的博物学者……明确指出，包括人类在内的一切物种都是从其他物种演变而来的。其卓越贡献就在于，他第一个唤起人们注意到有机界跟无机界一样，万物皆变，这是自然法则，而不是神灵干预的结果。"②十九世纪上半叶的胚胎学和比较解剖学研究发现，脊椎动物、软体动物、节肢动物和放射动物四类生物的胚胎在发育早期非常相似，生物器官的结构和功能相关，这一发现为达尔文的进化论提供了"同源"的概念。从亚里士多德到林奈，到居维叶，动植物分类学的发展也为达尔文

---

① "我曾随身携带莱尔的《地质学原理》第一卷，并且用心地加以研究；这本书在许多方面对我都有极大好处。……我便清楚地看出莱尔处理地质学的非常优越的方法，绝不是我随身携带的或以后谈到的著作的其他任何作者所可比拟。"见弗朗西斯·达尔文编：《达尔文自传与书信集》（上册），叶笃庄、孟光裕译，北京：科学出版社，1994年，第61页。又见Cynthia L. Mills：《进化论传奇——一个理论的传记》，李虎译，北京：海洋出版社，2010年，第34—35页。

② 达尔文：《物种起源》，舒德干等译，西安：陕西人民出版社，2001年，第6页。

的进化论提供了生物同源共祖、逐渐演替的证据。

达尔文的爷爷艾拉姆斯·达尔文（Erasmus Darwin，1731—1802）是一位博物学家和诗人，他留下的好几部著作都反映出其进化思想。在其长诗《自然神殿》（"The Temple of Nature"）中，诗人如是描绘生命的起源：

ORGANIC LIFE beneath the shoreless waves

Was born and nurs'd in Ocean's pearly caves；

First，forms minute，unseen by spheric glass，

Move on the mud，or pierce the watery mass；

These，as successive generation bloom，

New powers acquire，and larger limbs assume；

Whence countless groups of vegetation spring，

And breathing realms of fin，and feet，and wing.

Thus the tall Oak，the giant of the wood，

Which bears Britannia's thunders on the flood；

The Whale，unmeasured monster of the main，

The lordly Lion，monarch of the plain，

The Eagle soaring in the realms of air，

Whose eye undazzled drinks the solar glare，

Imperious man，who rules the bestial crowd，

Of language，reason，and reflection proud，

With brow erect，who scorns this earthy sod，

And styles himself the image of his God；

Arose from rudiments of form and sense，

An embryon point, or microscopic ens!(1. 295-314)①

藏于那无尽水里的有机生命

孕生于大海珍珠般的洞穴；

起先小得用放大镜都看不见，

在泥上运动，在水里前行；

历经世世代代的改进，

获取力量，长大肢胫；

然后无数的植物出现，

鱼、兽、鸟类有了气息。

高大的橡树，森林之魁，

在不列颠的风雨雷电中矗立；

巨鲸为大海之怪，

雄狮是草原之王，

翱翔长空之雄鹰

眼睛凌厉直视太阳的辉光，

人是万物之君，

因语言、理性和思考而卓尔不群。

他昂首鄙夷尘土之浊俗，

让自己貌似形随于上帝；

起源于形与感的雏芽，

① Erasmus Darwin, *The Temple of Nature; or, the Origin of Society: A Poem*, with Philosophical Notes, ed. Martin Priestman (London: T. Bensley, 1803), 26-28.

创生于微小的胚尖或本态!(1.295—314)①

艾拉姆斯·达尔文认为生命起源于大海,微生物、植物、动物包括人类陆续出现,形成一条"生命梯链"②;所有生物都拥有共同的源起,并历经世代的变化。在《生物法则》(*Zoonomia*,1794)中,艾拉姆斯·达尔文写道:"自地球形成以来的极长时间中,可能在人类有历史之前已有几百万年,所有温血动物都起源于一条创世时被赋予了动物性的细丝……"③对动物起源的猜测里,艾拉姆斯·达尔文依然持"同源"观。家学深厚,艾拉姆斯·达尔文的进化论思想为其孙查尔斯·达尔文进化理论的系统提出铺下了基石。

　　科学的发展与家学的传承是查尔斯·达尔文进化理论形成的两大前提,但五年的"贝格尔舰"环球考察才是提供直观地质学与生物学证据、奠定理论基础的重要事件。在自传中,达尔文说:"参加'贝格尔舰'的航行是我一生中极其重要的一件事,它决定了我的整个事业。"④"贝格尔舰"从北大西洋一路向南向西航行,沿经南美洲、南太平洋、加拉帕戈斯群岛、澳大利亚、印度洋,绕道非洲好望角经北大西洋回英国。航行中,地质学者与博物学者达尔文考察了沿途地质地貌,收集了海岛、大陆上的各种动植物化石和标本。⑤五年的环球实地考察后,达尔文著书解释过珊瑚礁的形成机理,揭示过藤壶的内部构造,但他的重要贡献不止于此。达尔文于1859年

---

① 译文参见周长发编著:《进化论的产生与发展》,北京:科学出版社,2012年,第47页,笔者做了部分改动。

② M. M. Mahood, *The Poet as Botanist* (Cambridge: Cambridge University Press, 2008), 73–74.

③ Erasmus Darwin, *Zoonomia; or, the Laws of Organic Life*, first edition, vol. 1 (1794), 505. See Desmond King-Hele, *Erasmus Darwin* (New York: Charles Scribner's Sons, 1963), 71.

④ 弗朗西斯·达尔文编:《达尔文自传与书信集》(上册),叶笃庄、孟光裕译,北京:科学出版社,1994年,第60页。

⑤ 参见达尔文:《贝格尔舰环球航行记》,周邦立原译,叶笃庄修订,北京:科学出版社,1998年。

出版《物种起源》，正式提出并论析了进化论。其进化论主要内容包括五方面：一、生物随时间而演化；二、所有的生物都来自共同的祖先，即它们有共同起源；三、进化是逐渐的，不存在跳跃；四、物种数目是由少到多的（多样性的起源）；五、进化的动力和机制是自然选择。①进化论的核心思想共同起源学说，解释了生物起源问题；自然选择学说，提供了物种进化的动因。达尔文认为，原始生命出现在三十多亿年以前的大海，其后物种经过遗传和变异，物竞天择，适者生存。生物领域自此出现了"进化论"与"神创论"的对立。这是继天文领域中"日心说"与"地心说"的对立之后，神学堡垒遭受的又一枚重磅炸弹。"达尔文主义第一次从生物变异——自然选择——物种形成——生物演化逻辑系列中成功地论证了生物与自然环境的对立统一，这也是继牛顿首次进行无机界运动大综合之后的又一次更高层次的科学大综合，即无机界与有机界运动的大综合。"②

1835年的加拉帕戈斯群岛考察后，达尔文很快回到英国，并得出了一个令人震惊的结论："人类高傲自大，以为自己是一件伟大的杰作，值得上帝费心动手。我相信，认为人从动物进化而来，这才是更为谦逊和实在的观点。"③但他守持观点，一直在收集论据，等待时机公之于众。二十年后发表《物种起源》时，为避免更大程度的风波，他尽量委婉措辞，只称："光明将会投射在人类起源和它的历史上。"④在1871年出版的《人类的由来及性

---

① 参见达尔文：《物种起源》，舒德干等译，西安：陕西人民出版社，1999年。又见迈尔：《生物学哲学》，涂长晟等译，沈阳：辽宁教育出版社，1992年，第196—210页。

② 达尔文：《物种起源》，舒德干等译，西安：陕西人民出版社，1999年，译序第3页。

③ As quoted in E. S. Turner, *All Heaven in a Rage*, see Roderick Frazier Nash, *The Rights of Nature* (Boston: The University of Wisconsin Press, 1989), 42.

④ 达尔文在自传里说："1837年或1838年，当我一经相信物种是变异的产物时，我就无法不相信人类一定也是在同一法则下出现的。因此，为了满足自己，我搜集了关于这个问题的材料……我以为最好还是用这一著作（指1871年出版的《人类的由来及性选择》）把'光明将会投射在人类起源和它的历史上'加以补充。"见弗朗西斯·达尔文编：《达尔文自传与书信集》（上册），叶笃庄、孟光裕译，北京：科学出版社，1994年，第95页。

选择》里，达尔文考察分析"人类的由来或起源"后说："我们必须承认：人类虽然具有一切高尚的品质，对最卑劣者寄予同情，其仁慈不仅及于他人而且及于最低等的生物，其神一般的智慧可以洞穿太阳系的运动及其构成——虽然他具有一切这样高贵的能力——但在人类的身体构造上依然打上了永远擦不掉的起源于低等生物的标记。"他明确论断："人类和其他物种都是某一个古远的、低等的而且绝灭的类型的共同后裔。"[1]这一结论是对上帝创世说和人类中心主义的致命一击：人与其他生物有着基本的同一性，人不在自然之上之外而在自然之中。

受达尔文进化论的影响，蓝色批评中我们认为大海是孕育生命的有机体，是包括人类在内的所有生命之源，水球生态环境中人类并非居于中心，江河湖海与陆地生物物种各有其生态位。

第三节　荒野原则

美国环境主义先锋梭罗（Henry David Thoreau, 1817—1862）和缪尔（John Muir, 1838—1914）的荒野原则也是蓝色批评的思想基础和源泉。梭罗和缪尔都迷恋荒山野岭、冰湖大海，使荒野成为"家园"和终生的"大学"[2]，从而引领人们重新思考荒野的价值。

英文"wilderness（荒野）"一词源于盎格鲁-撒克逊语"wilddeoren"，意指远离文明的野兽出没之地；现指未被文明破坏的自然，是美国环境文学中

---

① 达尔文：《人类的由来及性选择》，叶笃庄等译，北京：北京大学出版社，2009年，第412页，第4页。

② 程虹：《寻归荒野》，北京：生活·读书·新知三联书店，2001年，第165页。

一个重要概念。①生态批评家布伊尔由此认为，"荒野（wilderness）在字面意义上指空间区域，而蛮荒（wildness）描述的是特质而非地点"，但"二者有时被用作同义词"。例如，英国诗人霍普金斯（Gerard Manley Hopkins）曾在诗中恳求因弗斯内德（Inversnaid）的溪流和山坡："让它们留下吧，蛮荒（wildness）和湿地/愿荒草与荒野（wilderness）长存。"②诗人将蛮荒（wildness）与荒野（wilderness）并提，特质与场域混用，或许是因为二者关联甚密。荒野场域才独具蛮荒特质，蛮荒特质在荒野场域中愈发彰显，二者相依相连。梭罗的瓦尔登湖生存实验，是走向自然荒野，寻求"蛮荒的滋养（the tonic of wildness）"③。梭罗希望"大陆和海洋永远狂野（infinitely wild），未经勘察，无人测探"④。其著作中，狂野（wild）、蛮荒（wildness）与荒野（wilderness）多次出现，近义相通，都指未经开发破坏的自然环境及其"极端文明解毒剂"⑤特质，因而我们可以将三者通称为"荒野"。梭罗认为荒野意味着生命与希望。他说："生命存于荒野，最野性的东西也是最有生命力的东西"⑥；"只有在荒野中才能保护这个世界"⑦；"对我来说，希望与未来不在草坪和耕地中，也不在城镇中，而在那不受人类影响的、颤动的沼泽里"⑧。生命、世界、希望、未来，都在荒野。梭罗是荒野价值的发现者，是

① Greg Garrard, *Ecocriticism* (London and New York: Routledge, 2004), 60, 59.

② "O Let them be left, wildness and wet; / Long live the weeds and the wilderness yet." Gerard Manley Hopkins, *Poems and Prose*, ed. W. H. Gardner (London: Penguin Books, 1953), 51. See Lawrence Buell, *The Future of Environmental Criticism: Environmental Crisis and Literary Imagination* (Malden: Blackwell Publishing, 2005), 148.

③ Henry David Thoreau, *Walden* (Boston: Houghton Mifflin Company, 1995), 317.

④ Ibid., 317−318.

⑤ Lawrence Buell, *The Future of Environmental Criticism: Environmental Crisis and Literary Imagination* (Malden: Blackwell Publishing, 2005), 149.

⑥ Henry David Thoreau, "Walking," in *The Writings of Henry David Thoreau: Excursions and Poems*, vol. 5 (Boston and New York: Houghton Mifflin and Company, 1906), 226.

⑦ Ibid., 224.

⑧ Ibid., 227.

荒野原则的首倡者。保护荒野,保存荒野特质,珍爱水球上最原始的孕生万物之所,并以之维持自然活力、滋养水球生命、维系水球文明,我们可将这命名为梭罗的荒野原则。

梭罗荒野原则的灵感来自瓦尔登湖。梭罗崇尚一种野性的自然,珍视"荒野"之水。他的《瓦尔登湖》是波与岸、湖水与森林的边缘之地上的杰作。在梭罗的心中,瓦尔登湖"是大地的眼睛,望着它的人可以测出他自己天性的深浅";它是"神的一滴",火车司机对这"庄严、纯洁的景色"的一瞥"已经可以洗净国务街和那引擎上的油腻了";它是文艺女神居住的帕那萨斯山的神泉,湖光山色的破坏必会让缪斯女神沉默。①"荒野"之水于自然、社会和文化的重要意义由此三喻可见一斑。梭罗精辟地分析了人类追求利润的贪欲与自然生态破坏之间的关联。梭罗认为"一个湖很少给船只玷污,因为其中很少吸引渔夫的生物"②。而冬天的湖遭到了凌虐的厄运,因为,一个大约已经有五十万钱财的农民富绅想使他的钱财加一倍,派了一百个出身于北极的爱尔兰人来挖冰。一百个爱尔兰人用好几车笨重的农具,每天挖走一千吨瓦尔登湖的冰。梭罗愤怒地谴责唯利是图的乡绅:"现在为了在每一个金元之上,再放上一个金元起见,他剥去了,是的,剥去了瓦尔登湖的唯一的外衣,不,剥去了它的皮,而且是在这样的严寒的冬天里!"③瓦尔登湖在梭罗的笔下是需要保护的"荒野"之水,是一个有"切肤"之痛的生命。瓦尔登湖的"皮肤"被追求经济效益的人类剥下,被发出尖锐叫声的火车运走了。梭罗从侵入瓦尔登湖边境的铁路线预见到了人类工业文明与自然之间的矛盾,提出了"只有在荒野中才能保护这个世界"的观

---

① 亨利·梭罗:《瓦尔登湖》,徐迟译,上海:上海译文出版社,2009年,第208—217页。本书所引梭罗作品的中文译本中作者名有"梭罗""亨利·戴维·梭罗""亨利·大卫·梭罗"等版本,标注文献时统一译名为"亨利·梭罗"。

② 同上书,第222页。

③ 同上书,第324页。

点,他大声呼唤道:"给我大海,给我沙漠,给我荒野吧!"①在梭罗的时代,人类仅在第一"开发"目标——大地上施展科技的"神功",森林、湖泊等遭受了较大的生态破坏,海洋还算是洁净健康之海,是浩瀚的"荒野"。但是,"瓦尔登湖是一个小的海洋,而大西洋是一个大的瓦尔登湖"②,而今,海和湖同样如镜的水波都笼罩在了人类文明的"阴影"里。《瓦尔登湖》出版后一个半世纪过去了,作为梭罗眼中典型"荒野"的大海已经陷入"荒野"消失的困境。梭罗被称作"美国环境保护主义之先驱",他对荒野的呼唤即今日保护自然、挽救大海的环境主义者的心声,是蓝色批评研究者把捍守缪斯女神和海神的职责相结合的动因。

缪尔是梭罗荒野原则的呼应者,他认为:"在上帝的荒野里蕴藏着这个世界的希望。"③缪尔的自然环境观是对达尔文的进化论和梭罗的寻归"荒野"精神的发展,他的观点对于蓝色批评中水球水系生态价值与艺术价值的保护和发掘有重要影响。缪尔认为"资源保护主义把所有自然资源仅仅当作供人使用的商品来对待是一个严重的错误","自然保护主义力图使自然环境免受人类活动的侵扰,其目标是保护荒野原生的、未受破坏的状态"。④缪尔坚持为了自然界本身的价值去对待和保护环境,因为他理解的"进化论是一种极其谦卑的思想,它意味着,地球上的每一个存在物都拥有与其他存在物相同的生存权利"⑤。缪尔说,"地震的摇撼、火山的爆发、

① Henry David Thoreau, "Walking, " in *The Writings of Henry David Thoreau: Excursions and Poems*, vol. 5 (Boston and New York: Houghton Mifflin and Company, 1906), 228.

② Nina Baym et al., eds., *The Norton Anthology of American Literature,* 3rd ed., vol. 1 (New York: W.W.Norton & Company, Inc., 1989), 1043.

③ Sherman Paul, *For Love of the World: Essays on Nature Writers* (Iowa City: University of Iowa Press, 1992), 40.

④ 陈剑澜:《生态主义话语:生态哲学与文学批评》,见王宁主编:《文学理论前言》(第一辑),北京:北京大学出版社,2004年,第5页。

⑤ Roderick Frazier Nash, *The Rights of Nature* (Boston: The University of Wisconsin Press, 1989), 43.

间歇泉的喷射、风暴的肆虐、波涛的拍击以及植物汁液的向上输送,所有这一切都是大自然的心脏那充满爱意的律动","是大自然创造之歌中的和谐音符"。①1872年秋,他在寻找河流冰川的途中发现了美丽荒野中的迷人影湖,之后年复一年地在湖岸漫步守护,担心迷人的湖泊被"改善",却没能阻挡"货币兑换商"捣毁"这神圣的殿堂":湖边"所有的草地和牧场都被一群蹄形的蝗虫破坏了"②。"蹄形的蝗虫"是指羊群。牧羊人和羊群的到来,践踏了荒野的原始生态美;牧草的商品化直接毁损了影湖的自然生态价值。当缪尔在1890年促成"优山美地(The Yosemite)"国家自然保护公园的建立,使"优山美地"的一石一水都获得了继续天然、美丽地存在的权利时,他已经把从同时代人达尔文、梭罗那儿获得的思想支持再扩展,并且实践化了。

缪尔对"荒野"之水的领悟与梭罗的理解有不同之处。他踏遍美国西部的山峦冰川,又从美国中西部步行至墨西哥湾,对冰川、泉水、溪流、大河与大海给出了独到的阐释:一座雄伟的李特尔峰、一条飞扑而下的冰川、一个冰雪洪流注集而成的深蓝色湖泊是"登山生涯中最令人兴奋的原始荒野"③;塔玛拉克溪和欧文斯河里流的都是"美妙的香槟水","甘洌清亮、味道醇美、沁人心脾";北美西部山地最著名、最有趣的溪流"从所有的山脉涌出……一路欢歌笑语,奔向它们的家——大海";而轻快的溪流、气势磅礴的大河"最初却源自大海上升腾的水汽,随风飘荡,以冰雹、雨雪的方式落在山间,化作无数山泉滋润着草木,然后将其分散的水流汇集在一起,从浩

---

① 约翰·缪尔:《我们的国家公园》,郭名倞译,长春:吉林人民出版社,1999年,第50、186页。

② 约翰·缪尔:《加州的群山》,马永波、王雪玲译,合肥:安徽人民出版社,2012年,第87页。

③ 同上书,第46—47页。

瀚的湖泊中泄出,一路歌唱着回到故乡大海!"①地球生态圈中的水文循环在缪尔的描述中清晰如画,大海是"家"、是"故乡"的比喻在他的作品中反复出现。缪尔发扬了梭罗的荒野原则,他认为"走向外界荒野,就是走向内心",因为自然中的万物是"我们真实的一部分",归海的冰河"不是从我们面前流过,而是激动地叮叮咚咚地从我们心中穿过,震动着我们全身的细胞组织,使它们滑动和歌唱"②。缪尔受自然之美的感动写下了"感动一个国家的文字",他的通过建立国家公园系统保护自然的构想在其首创的塞拉俱乐部和西奥多·罗斯福总统的帮助下变成了现实。因其对自然保护的杰出贡献,缪尔被尊为"国家公园之父""美国自然保护运动的圣人"。

二十世纪六十年代以后,世界上很多海滨国家为加强保护海洋资源,尤其是为了拯救特有、稀有和濒危的海洋生物物种,保护典型的海洋自然生态环境,先后建立了海洋和海岸自然保护区③。截至2006年底,中国共建立海洋保护区139个。④根据2020年发布的我国海洋保护领域首份《中国海洋保护行业报告》,到2019年底,我国已建立271个海洋保护区,总面积约12.4万平方公里。⑤各国湿地保护区也纷纷圈定。据统计,截至2025年2月2日——第29个世界湿地日,中国已设立903处国家湿地公

---

① 约翰·缪尔:《我们的国家公园》,郭名惊译,长春:吉林人民出版社,1999年,第171、168、50—51页。

② 转引自程虹:《寻归荒野》,北京:生活·读书·新知三联书店,2001年,第171页。

③ 世界上许多国家建立了海洋自然保护区,由于各国对海洋自然保护区的定义不一致,因此,关于海洋自然保护区的数量统计数字差别也比较大。国际保护自然和自然资源联盟1988年调查的结果是:海洋和海岸自然保护区共835个;而1986年美国伍兹霍尔海洋研究所的一项调查认为,在87个国家共有近1000个海洋和海岸自然保护区。参见杨金森:《世界海洋资源》,1996年,http://www.docin.com/p-58941163.html。

④ 沈国英、黄凌风等编著:《海洋生态学》,北京:科学出版社,2010年,第338页。

⑤ 《〈中国海洋保护行业报告〉:我国已建立271个海洋保护区》,新华网,2020年10月13日。

园,并为保护红树林湿地倡议筹建了国际红树林中心。[①]这不能不说是受缪尔先范的影响。缪尔曾说,"只要是未经人类染指的处女地,风光景色总是美丽宜人","很多景色将永远处于自然状态之中,特别是海洋和天空、如水的星光以及温暖而不会受到破坏的地心"。[②]他的后半个论断在今天看来只是美好的心愿。蓝色批评研究者要努力实现的正是保护冰川、湖泊、河流、大海等"原生的、未受破坏的状态"这一美好愿望,他们要找回的是正在失去的蕴含在天然水石间的"音乐和诗韵",一种能让人的心灵如沐春风的诗性永恒。

第四节　生态整体观

蓝色批评的另一理论资源是生态学中的生态整体观。利奥波德(Aldo Leopold,1887—1948)和洛夫洛克(James Lovelock,1919—　)的生态整体观为海洋环境主义的出现埋下了种子。

"生态学"(Ecology)一词的词根源于希腊语"oikos",原意是"房子、住所",随后所指演变成了"房子"包含的东西:"一家人""共同体"。1866年,德国达尔文主义追随者海克尔(Ernst Haeckel)首创了"生态学"这个词,作为动物学家的他给"生态学"下的定义是:"生态学是研究生物与其环境相互关系的科学。"[③]这里的环境是广义上的"生存条件",包括影响生物形

---

① 《全国湿地面积稳定超 5 千万公顷,共设立 903 处国家湿地公园》,《南方都市报》,2025 年 2 月 2 日。

② 约翰·缪尔:《我们的国家公园》,郭名倞译,长春:吉林人民出版社,1999 年,第 5 页。

③ 尚玉昌编著:《生态学概论》,北京:北京大学出版社,2003 年,第 1 页。

成，使其适应的整个有机和无机环境。①纳什认为，"从一开始，生态学关注的就是共同体、生态系统和整体"②。美国野生生物生态学的开创者之一利奥波德是看到生态学这一整体主义倾向的思想家之一。

利奥波德在二十世纪二十年代开始思考并撰文论述人与自然的关系。③与当时多数英美学者明显只关注生物所不同的是，他在思考如何看待海洋、森林和高山这类地域特征。仅凭直觉，利奥波德就反对"僵死的地球（dead earth）"这种观点。他所获得的生态学知识足以使他理解自然万物及环境之间相互依存的重要性，偶然读到俄国哲学家邬斯宾斯基（P.D. Ouspensky, 1878—1947）的著作更是给了他启发。邬斯宾斯基认为"大自然中没有任何事物是僵死的或机械的……生命与感觉……肯定存在于所有事物之中"，"一座山、一棵树、一条河、河中的鱼、水滴、雨、一株植物、火——其中任何一个肯定都有自己的头脑"。④万物有头脑，自然懂思考。利奥波德用"像山一样思考"作为他《沙乡年鉴》（*A Sand County Almanac*, 1949年）中很重要的一节的标题。年轻时（大约在1909年）射杀一条狼后，他从倒下的狼眼中看到"一道强烈的绿色光焰正在逝去"⑤。这道绿色光焰萦绕心头三十年，狼的嗥叫一次次让他思索其嗥叫中深藏的涵义。他想

---

① Frank N. Egerton, *Roots of Ecology: Antiquity to Haeckel* (Berkeley: University of California Press, 2012), 198.

② Roderick Frazier Nash, *The Rights of Nature* (Boston: The University of Wisconsin Press, 1989), 55.

③ 利奥波德1923年撰写了论文《西南部地区资源保护的几个基本问题》("Some Fundamentals of Conservation in the Southwest"). See Roderick Frazier Nash, *The Rights of Nature* (Boston: The University of Wisconsin Press, 1989), 65.

④ Roderick Frazier Nash, *The Rights of Nature* (Boston: The University of Wisconsin Press, 1989), 65-66.

⑤ Aldo Leopold, *A Sand County Almanac and Sketches Here and There* (New York and Oxford: Oxford UniversityPress, 1949), 130.

到了梭罗的名言,认为"这个世界的拯救在荒野"①。梭罗的荒野原则提醒他必须超越人类中心论,"像山一样思考"。鉴于土地如同奥德修斯的女奴一样,只是一种任凭主人处置的财富,利奥波德提出了"生态良心"和"大地伦理"的观点,倡导大家从生态的角度、从保持土地健康的角度来思考自然。大地伦理把生命共同体的范围扩大到了包括"土壤、水、植物和动物"的整个"土地",把人类身份从"征服者"变成了"共同体中平等的一员","暗含着对每个成员的尊重及对整个生命共同体的尊重"。②利奥波德主张的根本原则是:"任何有利于保护生命共同体的完整、稳定和美丽的行为都是对的,反之则是错的。"③通常认为,利奥波德的这种生态整体论思想标志着生态学时代的到来。

大地伦理是生态中心论的发轫之作,《沙乡年鉴》被生态主义者誉为"圣书"。然而,在"生态学"一词出现一百多年之后,人类对于生命共同体的理解与尊重并没有与时俱进到能避免破坏与灾难。世界性的生态危机出现了。从"毫不怀疑自己对生存的设想"的伽维兰河里的水獭④到海里的鲸鱼都受到了生存威胁。海洋与大地的命运相似,在根本原则一致的前提下,海洋伦理继大地伦理之后必将出现。

英国科学家洛夫洛克于二十世纪七十年代提出的"盖娅假说(Gaia Hypothesis)"从一个新的视角探讨了生态整体观,也为海洋环境主义提供了学理基础。洛夫洛克受地球上生命与大气互相影响、共同进化现象的启发,提出了一个地球自我调节的理论——盖娅假说。⑤盖娅是希腊神话里

---

① Aldo Leopold, *A Sand County Almanac and Sketches Here and There* (New York and Oxford: Oxford UniversityPress, 1949), 133.

② Ibid., 204.

③ Ibid., 224–225.

④ Ibid., 154.

⑤ James Lovelock, *Gaia: A New Look at Life on Earth* (Oxford: Oxford University Press, 2000), 118–132.

的大地女神，由混沌所生，是众神之祖，生命之始。洛夫洛克用这一神话原型作为隐喻来表现生态系统的整体性和内部关联：地球是生命的摇篮，生命也是地球的动原。洛夫洛克在1979年出版《盖娅：关于地球生命的新视角》，在1988年出版《盖娅时代：鲜活地球的传记》，用简单明了的语言来阐述科学问题，陈述一个超级生命的种种真相。盖娅是地球生命与地球环境紧密互动的系统整体，由四部分组成：生长并利用环境的有机体、遵循达尔文进化论自然选择的有机体、影响物理环境与化学环境的有机体和控制生命限度的环境条件或界限。[1]根据洛夫洛克的理论，有机物与其环境互动互依，共同进化，因而形成了一个不可人为分割的有机整体。

本章第一节讨论过的中国郭店楚简《大一生水》载"大一藏于水，行于时"，后文特别提到"大一"是"万物母"[2]。为万物之母的"大一"与地母"盖娅"有相合之处。中国古代的"水生论"宇宙观被洛夫洛克"盖娅假说"里的现代水文观所印证。洛夫洛克指出，陆地上的河口、湿地、泥滩比其他大陆地表更是盖娅不可或缺的身体器官。[3]在他的第一部关于盖娅假说的著作《盖娅：关于地球生命的新视角》里，科学家用较长的篇幅论述了占地球表面积近3/4的广阔海洋作为盖娅重要组成部位的关键作用：它为地球水、气与温度的自我调节发挥了最重要的作用，它与地球生命休戚与共。[4]事实如此，无怪乎英国作家克拉克（Authur C. Clarke, 1917—2008）感叹说："这个星球明明是海洋之所，叫它地球多不恰当啊！"[5]然而，人们惯常的思维却局限在了"盖娅地母"这一语词现象的表层——"大地"上。阅读海洋，

---

① James Lovelock, *The Ages of Gaia: A Biography of Our Living Earth* (New York and London: W. W. Norton & Company, 1995), 37–39.

② 李零：《郭店楚简校读记》，北京：北京大学出版社，2002年，第32页。

③ James Lovelock, *Gaia: A New Look at Life on Earth* (New York and London: W. W. Norton & Company, 1995), 122.

④ Ibid., 78–99.

⑤ Ibid., 78.

把海洋与大地结合起来的蓝色批评才是更符合生态整体观的生态批评。洛夫洛克从他对地球的强烈感情中得出一种生态伦理："让我们忘掉人类的担忧、人类的权利和人类的痛苦,转而关注我们这个可能已病入膏肓的星球吧。我们是这个星球的一部分,因而我们不能孤立地看待我们自己的事情。我们与地球联系紧密、息息相关、忧喜与共。"①"与海共存"的海洋环境主义与蓝色批评,不正是盖娅情结的复苏吗?

第五节　海洋生态学

水球呈海洋的蓝色,阅读海洋是蓝色批评的重要内容。我们再从海洋生态学研究回看一下海洋环境主义及蓝色批评出现的背景。大海自人类文明史的发端始就是神话、传说、文学和艺术创作的灵感来源,而人类对大海的理性观察和思考仅始于十八世纪初。从海克尔的生态学定义,我们可以推出,海洋生态学是研究海洋生物与其海洋环境相互关系的科学。意大利人马斯格里(Luigi Ferdinando Marsigli, 1658—1730)用采贝器沿亚得里亚海至地中海法国海境收集海藻、珊瑚和海绵等生物。他于1711年成稿的《海洋环境史》中的内容包括海洋环境及其生物,被称为史上第一本海洋学著作。②这或许也是史上第一本与海洋生态学相关的著作。

十九世纪上半叶,英国的小斯科斯比(William Scoresby Jr., 1789—

---

① Donald Worster, *Nature's Economy: A History of Ecological Ideas* (New York: Cambridge University Press, 1994), 386.

② Frank N. Egerton, *Roots of Ecology: Antiquity to Haeckel* (Berkeley: University of California Press, 2012), 135.

1857)实地考察后,著书描述了北极地区格陵兰海的地理、水文、气象、水陆哺乳动物、鸟类、鱼类、甲壳类和蠕虫类,并附北极地图两份,六条鲸鱼及其他物种插图数张。这是北极海洋生态研究的开始。[1]福布斯(Edward Forbs,1815—1854)用拖网采集并观察底栖生物,提出海洋生物垂直分布的分带现象:潮间带(littoral zone)、昆布带(laminarian zone)、珊瑚藻带(coralline zone)和深海珊瑚带(deep sea coral zone),被称为海洋生态学的奠基人。1859年出版的《欧洲海的自然史》一书被认为是海洋生态学的第一部著作。英国的"挑战者号(Challenger)"科考船在1872年至1876年为期五年的海洋远征中,考察了太平洋、大西洋和印度洋的大部分水域,发现了4000多个海洋新物种。历经近二十年的整理,考察结果汇编成了皇皇五十卷共29500页的《挑战者号远征队报告》。海洋生态学的一些术语、概念出现了。1887年亨森(Hensen)首次使用了"浮游生物(plankton)",1891年海克尔首先提出"底栖生物(benthos)"和"游泳生物(nekton)"两个名词,这是迄今为止仍继续沿用的海洋生物三大生态类群。[2]

　　一般认为,十八世纪到十九世纪末是海洋生态学发展的初始阶段。二十世纪初到五十年代是海洋生态学发展的第二阶段,这个时期海洋调查的仪器不断改进,海洋科学家在大量定性研究的基础上开展定量研究,丰富了深海研究资料。二十世纪五十年代丹麦的"铠甲虾号"和苏联的"勇士号"的勘察表明,在10000多米深的洋底和深海沟都有生物生存。[3]二十世纪六十年代以来,随着海洋环境破坏的加剧,海洋生态学发展到了第三阶段,跨疆界、多学科的整体综合研究成了现代海洋生态学家的重任。在海

---

① Frank N. Egerton, *Roots of Ecology: Antiquity to Haeckel* (Berkeley: University of California Press, 2012), 135.

② 沈国英、黄凌风等编著:《海洋生态学》,北京:科学出版社,2010年,第4—5页。

③ 同上书,第5页。

洋生态学发展到第三阶段，即人类对海洋的研究更加深入的阶段，海洋生态知识的增长为海洋环境危机四伏的现实语境里海洋环境主义的出现提供了一定的知识基础。

　　海洋环境主义是生态学时代里人类关注地球水环境的直接结果。自1970年的第一个"地球日"活动之后，全世界许多国家的人开始严肃地反省地球的环境状况。此后，由于斯德哥尔摩会议等一系列国际环境会议的召开，"生态学时代"这个词一下被叫响了。"生态主义"成了西方社会里强有力的政治和文化话语。保护海洋生态环境免受污染的国际立法最早出现在1954年，七八十年代得到了大力加强。1982年，共有320个条款的《联合国海洋法公约》经过九年的艰苦谈判，终于在第三届联合国海洋法会议第十一次会议上通过。① 从历年世界环境日的主题② 可以看出，海洋环境主义在人们关注地球、忧虑水环境的生态学时代里，逐渐有了举足轻重的位置。

　　从现实语境分析，始于二十世纪四五十年代的农药等化学制剂、核试验爆炸射线和核废弃物污染，过度捕捞，海岸开发和原油泄漏等因素造成了海洋生态的严重破坏，海洋环境主义受压力而生，生态批评关注海洋的

---

　　① 周珂：《生态环境法论》，北京：法律出版社，2000年，第220页。

　　② 自1974年以来，与水直接相关的九个世界环境日主题包括：1976年，"水：生命的重要源泉（Water: Vital Resource for Life）"；1977年，"关注臭氧层破坏、水土流失、土壤退化和滥垦森林（Ozone Layer Environmental Concern; Lands Loss and Soil Degradation; Firewood）"；1981年，"保护地下水和人类食物链；防治有毒化学品污染（Ground Water; Toxic Chemicals in Human Food Chains and Environmental Economics）"；1983年，"管理和处置有害废物；防治酸雨破坏和提高能源利用率（Managing and Disposing Hazardous Waste: Acid Rain and Energy）"；1998年，"为了地球上的生命——拯救我们的海洋（For Life on Earth — Save Our Seas）"；2003年，"水——二十亿人生命之所系（Water — Two Billion People are Dying for It!）"；2004年，"大海存亡，匹夫有责（Wanted! Seas and Oceans — Dead or Alive）"；2007年，"冰川消融，后果堪忧（Melting Ice — A Hot Topic?）"；2014年，"提高你的呼声，而不是海平面（Raise Your Voice, Not the Sea Level）"。

视野从此打开。这验证了布伊尔在《生态批评暴动》一文里的分析，生态批评"与新批评的形式主义、结构主义、解构主义和新历史主义没有什么共同之处，倒是和女性主义、种族修正主义或是同性恋研究有些相似，因为它总体上是受问题驱动而不是受方法驱动的"[①]。海洋环境主义是受问题驱动的现代环境主义的一个分支，是当代生态主义话语蓝色批评中的一个关键词。

综上所述，"蓝色批评"并非空穴来风，它是在吸纳中外古籍中的水德说、达尔文的进化论、梭罗和缪尔的荒野原则、利奥波德和洛夫洛克的生态整体观，以及关注以海洋为主体的地球水环境的生态学和生态批评思想的基础上形成的批评理论。

---

① Lawrence Buell, "Ecocritical Insurgency, " *New Literary History* 30.3(Summer 1999): 700.

第二章
梭罗与湖泊生态维度

梭罗逝后,爱默生(Ralph Waldo Emerson,1803—1882)悼词的结束语是:"无论在什么地方,只要有知识、有道德或是有美的存在,那儿就是他的家园。"①爱德华·艾比(Edward Abbey)似乎比爱默生更了解梭罗对大自然的钟爱,他改写道:"无论在什么地方,只要是有鹿和鹰,有自由和危险,有荒野,或是有一条流淌的河,那儿就是亨利·梭罗的永远的家园。"②水是梭罗的田园之梦。梭罗生前出版的两部著作《河上一周》和《瓦尔登湖》都是水环境与文学想象相映互滋的产品。梭罗的生态创作影响了继他之后的美国生态文学作家缪尔、艾比、卡森等人,而以梭罗入住瓦尔登湖为象征的荒野寻归影响了美国文学研究的环境转向。谢尔曼·保罗(Sherman Paul)在他 1958 年的著作《美国湖滨:梭罗的精神探索》中用新批评的细读法把瓦尔登湖解读成梭罗的"变形记(The Metamorphoses)"或"复生的寓言(a fable of the renewal of life)"③,认为瓦尔登湖播下了美国艺术文化有机传

---

① Joel Myerson, *Emerson and Thoreau: The Contemporary Reviews* (Cambridge: Cambridge University Press, 1992), 430.

② Lawrence Buell, *The Environmental Imagination:Thoreau, Nature Writing, and the Formation of American Culture* (Cambridge, MA: Harvard University Press, 1995), 366.

③ Sherman Paul, *The Shores of America: Thoreau's Inward Exploration* (Urbana: University of Illinois Press, 1958), 293-353.

统——他后来又称作"绿色传统"——的种子①。劳伦斯·布伊尔在 1995 年的著作《环境的想象：梭罗、自然写作与美国文化的构成》中，用一节的篇幅论述了绿色梭罗的经典化过程，又用整章的篇幅探讨了文学生态中心主义的批评范式，梭罗在美国文学与文化构成中"湖边圣人"的形象从而在绿色批评的研究中站稳了脚跟。

本章选择水环境中的湖泊，从一个湖的经典化来追溯蓝色批评萌芽期湖岸人的水之悟。生态批评中，自然范畴里的时间与空间是环境研究不可忽视的两个维度；而对自然、社会和精神生态的发掘对于研究泛舟水上，又如植物般向下扎根泥土，向上朝天空伸展②的梭罗也不可或缺。梭罗扎根在康科德，尤其钟情于康科德的瓦尔登湖，他是记录四季轮回的日记家，又是勘测峰谷湖深的测量家。本章分三节，先从时间与空间之二维解读梭罗的创作特点，最后从自然、社会和精神生态之三维探讨《瓦尔登湖》的蓝色批评内涵。

第一节　时间：日记家的四季

梭罗是日记家。自 1837 年 10 月 22 日写下第一篇日记，到 1861 年 11 月 3 日记下最后一篇，梭罗的日记情缘共延绵二十四载。他留下日记三十九本，约两百万字。梭罗以日记传世。他缘水而作的《河上一周》和《瓦尔

---

① Robert F. Sayre, "Introduction, " in *New Essays on Walden*, ed. Robert F. Sayre (Cambridge: Cambridge University Press, 1992), 12.

② Henry David Thoreau, *Walden* (Boston: Houghton Mifflin Company, 1995), 15.

登湖》，都是日记"储蓄所"里的"零存整取"①。他的两百万字日记记录了康科德的四季轮回，是"生活与文学的交集"②，自然与自我的汇融。

梭罗于1817年出生，1837年从哈佛毕业。大文豪爱默生是建议梭罗写日记的人。1837年10月22日，爱默生问："你现在在做什么呢？你写日记吗？"③于是那天梭罗写下了他的第一篇日记，之后二十四载不歇，直到他病逝。从日记时长、数量和影响看，梭罗无疑可称是日记家。梭罗于1862年5月6日辞世，他留下的最珍贵的私人遗产，是存放在一个箱子里的三十九本日记。1906年，波士顿的霍顿·米芙林出版社首次发行了《梭罗日记》全集，共十四卷，两百万字。④梭罗生前与逝后发表的著作共二十多部，几乎都编选自他的日记。其中，编选自1845年至1847年日记的《瓦尔登湖》影响最大，在1985年《美国遗产》杂志"十本构成美国人性格的书"评选中，名列第一，被誉为"超凡入圣"的书、"绿色经典"。与日记结缘后的二十四载，梭罗在行走与记录中度过。对于日记家梭罗，观察自然是爱好，思考生命是目的，记录日记是手段。

1851年是梭罗自然观察经验与日记文学创作已臻成熟的一年，也是梭罗正在修正《瓦尔登湖》的一年。我们将《梭罗1851年日记》与《瓦尔登湖》做比对阅读，会发现梭罗自然写作中顺应自然的四季轮回框架。

作为自然写作日记作家，梭罗不光分日记事，尤其重视四季结构。自

---

① 赵白生：《生态理性的范本》，见亨利·梭罗：《梭罗日记》，朱子仪译，北京：北京十月文艺出版社，2004年，序言第3页。

② Philippe Lejeune, *On Diary*, ed. Jeremy D.Popkin and Julie Rak, trans. Katherine Durnin (Honolulu: University of Hawai'i Press, 2009), 2.

③ Odell Shepard, *The Heart of Thoreau's Journals* (New York: Dover Publications, Inc., 1961), 2.

④ Ibid., vii.

1851年开始，他的日记格外留意自然现象出现的时间和顺序。[①]日记里，2月9日小河开了冻，又见麝鼠潜水捞蛤；2月13日溪边有朵小花；3月27日，瓦尔登湖上的冰已化了2/3；5月10日晚听到草地上有鹬鸟声；5月12日听到金色林鸫和长刺歌雀的啼鸣；7月16日，青苹果长得与做菜用的尖头苹果一般大了；8月21日，伏牛花籽儿红了；9月6日，山上空气中飘着熟葡萄的甜香；10月5日，柳仍绿，但枫叶开始泛黄转红；10月30日，野苹果可以吃了，知更鸟成群结伴而飞；11月11日，怀特水塘秋叶落尽，准备过冬；12月10日（据12日记载），地上有雪，帮梭罗一起测量的爱尔兰人不肯像他一样席地而坐吃晚饭。1851年康科德的春花夏鸟、秋风冬雪，梭罗在日记里一一记载无遗。为何要如此细微地关注时序、时频与四季结构？梭罗在他1851年6月11日的日记里有自己的解释："只有狩猎季节的满月和丰收季节的满月引人注目，而我认为每一次满月都值得关注并且具有其明显的个性。……据我所知，还没有人观察过季节里的细微差别。两个夜晚也是不尽相同的。一本关于季节的书，每一页的内容都应该在相应的季节、到户外或相应的地区来写。"[②]1851年，梭罗沿用1845年在瓦尔登湖畔小屋居住时就养成的习惯，每日下午与晚上在林间草地与溪边湖畔观察探测自然，上午在家潜心创作书写日记。《梭罗1851年日记》是"身体与心灵协作"的产品，是一部康科德的四季书。

关于四季结构书写，梭罗所熟悉借鉴的有十七世纪约翰·伊夫林（John Evelyn）按日历框架记录的园林种植书《霍斯顿日历》和威廉·霍特（William

---

① Lawrence Buell, *The Environmental Imagination: Thoreau, Nature Writing, and the Formation of American Culture* (Cambridge, MA: Harvard University Press, 1995), 130.

② Henry David Thoreau, *A Year in Thoreau's Journal 1851* (New York: Princeton University Press, 1993), 67.

Howitt）1831年出版的《四季之书：或自然的日历》。[①]正如梭罗所言，前人忽视了季节里的"细微差别"。梭罗日记在对自然细节的科学关注和四季生活的个人体悟上下功夫，超越了客观自然史书写的四季模式。《梭罗1851年日记》及生前所有未发表的日记和博物学笔记在细节水准上都不输于甚至超过了他同时代的自然作家米修（F. A. Michaux）和达尔文的作品。在四季生活的观察实验与生态领悟上，他的《瓦尔登湖》创设了美国自然散文写作的巅峰，至今无人能及。

　　《瓦尔登湖》以春天开始，历经了夏、秋、冬，又以春天结束。四季轮回中，终点又是起点，生命开始复苏，至于永恒。从1845年3月末到瓦尔登湖边修建小木屋，到1845年7月4日入住，1847年9月6日离开，梭罗把两年两月又两天里的日记事件浓缩在了一年的林中生活里，让四季轮回寓言绵亘永久。《瓦尔登湖》计划在1850年出版，最终正式出版于1854年。五年的时间里，梭罗七易其稿。初稿里，梭罗并没有把季节变换当作全书的一个重要框架。尽管作为一个自然写作作家，他在第一稿里也强调说："我期待着春天的信息。"[②]如梭罗1851年6月的日记所示，直到那时，他才开始正式考虑写"一本关于季节的书"，用一种"四季书"的框架——把季节轮回作为写作主题的布局。1854年的发表版里，"种豆"的夏天，"贝克田庄"丰收的秋天，"冬天的禽兽""冬天的湖"和"春天"等章次表明，梭罗的物候学兴趣更浓了，他的季节书出版了。用弗莱（Northrop Frye）的神话原型批评理论来理解的话，以"春天"为末章的叙事模式是一种"春之信仰模式"，它与戏

---

①　亨利·梭罗：《种子的信仰》，何广军等译，北京：中国青年出版社，2005年，第10—11页。

②　J. Lyndon Shanley, *The Making of Walden* (Chicago: University of Chicago Press, 1957), 202.

剧的上升运动结盟，趋向主人公的胜利。①梭罗在《瓦尔登湖》的四季框架里寄寓了自己遭遇《河上一周》销售不景气的失败②后的新生和成功的信念。

在日记家的季节书里，除了四季轮回的自然生态之外，我们还能读出日记家四季寓言中的光阴哲学。从我们讨论的《梭罗1851年日记》与《瓦尔登湖》两部季节书里，我们一次又一次读到了日记家对于自己的时间、生命和使命的思索。先来看《梭罗1851年日记》。7月19日，"我都34岁了，但我的生命几乎完全没有伸展开。在多么大的程度上还是萌芽状态！有许多事例可以说明在我的理想与现实之间存在一个非常大的间隔，我简直都可以说自己没有出生了。……生命的长度连让人取得一项成功都不够。在下一个三十四年间，奇迹也不太可能发生。"③梭罗对自己度过的三十四个四季评价不高。是什么样的理想让梭罗对自己34岁的生命不满意？当日，梭罗接着写道："在我看来，我的四季运行得比自然的四季要慢得多；我的时间安排与自然不同。……假如生命就是等待，那就由着它吧。"④梭罗在等待着什么？"蓝知更鸟用背驮来了苍天"，梭罗迷恋"天国那蓝眼睛的穹庐"；地上康科德的人们在沉睡，梭罗预备"要像黎明时站在栖木上的金鸡一样，放声啼叫"⑤，哪怕只是为了唤醒邻人。工业化进程加快的消费社会里，"人类在过着静静的绝望的生活"⑥，"金鸡破晓"是梭罗的理想。他反复修改《瓦尔登湖》，等待着《瓦尔登湖》与《河上一周》不一样的命运。

---

① Robert Milder, *Reimagining Thoreau* (Cambridge: Cambridge University Press, 1995), 120.

② 1849年出版的《河上一周》销售很不景气。1853年10月28日的日记里，梭罗用他一贯幽默的风格写道："我现在有藏书900册，其中700多本是我自己写的。"因为就在那天，出版社送还了梭罗1849年出版的1000册《河上一周》卖剩的706册。

③ 亨利·梭罗：《梭罗日记》，朱子仪译，北京：北京十月文艺出版社，2004年，第74页。

④ 同上书，第74—75页。

⑤ 亨利·梭罗：《瓦尔登湖》，徐迟译，上海：上海译文出版社，2009年，第94页。

⑥ 同上书，第7页。

　　怎样实现自己的抱负？梭罗在1851年9月2日的日记中说："……除非怀着热忱去写，否则我们写不出优秀和真实的东西。……一个作家，也就是写东西的人，他是自然万物的笔录者，他是玉米、青草和挥着笔的大气。"①自然写作日记家如梭罗，提倡写作除了"返回自然"，还需"化身大法"，激情变身为大自然的一分子，物我合一，成为"挥着笔的大气"。梭罗的日记每一篇都翔实真挚。他在1851年12月17日的日记中写道："利用每一次机会，就当是你最后的机会，用笔来表达你自己。"②为什么要把每一天的日记都谱成"天鹅之歌"？日记家梭罗的动因与哥哥约翰的早逝有关。1842年，曾与梭罗一起泛舟康科德河与梅里麦克河，仅大梭罗一岁的哥哥约翰因剃须刀片划破手指而感染，意外逝世。亲历死亡，梭罗身心俱痛，日记里，他是寒冬里一只因痛苦之沉重而不能酿蜜的蜜蜂。生之意义何在？梭罗在另一篇日记里反思自己"寒酸得很"的社会作为，坚定了"酿制生命之蜜"的使命感。他说："我就在想望着把我的生命的财富献给人们，真正地给他们最珍贵的礼物。我要在贝壳中培养出珍珠来，为他们酿制生命之蜜。"③生命短匆，四季如流。写成四季书的《瓦尔登湖》里，梭罗说："时间只是我垂钓的溪。我喝溪水；喝水时候我看到它那沙底，它多么浅啊。它的汩汩的流水逝去了，可是永恒留了下来。"④已经"灰飞烟灭"的生命，曾经空谷回响的思想，在如流的四季轮回里，在日记家的文字之间，定格成了钓钩上的永恒。

　　1881至1892年，梭罗日记的监管人布莱克曾编辑出版梭罗日记四部，分别命名为《马萨诸塞的早春》(1881)、《夏》(1884)、《秋》(1892)、《冬》

---

　　① Henry David Thoreau, *A Year in Thoreau's Journal 1851* (New York: Princeton University Press, 1993), 188.

　　② Ibid., 310.

　　③ 亨利·梭罗：《瓦尔登湖》，徐迟译，上海：上海译文出版社，2009年，译本序第9页。

　　④ 同上书，第110页。

（1888）。布莱克是梭罗的知音。

第二节 空间:测量家的深度

梭罗说:"瓦尔登湖是大地的眼睛,望着它的人可以测出他自己天性的深浅。"[1]梭罗是测量家。他的测量工具除了罗盘、铰链、铅锤、钓丝和石头,还有一支"春秋之笔"。他傍水而居,临湖而作,做的是测量实验。以四季为单位,梭罗用自然与自我合一之法,测出了望湖人天性的深浅,量出了日记家生命的倏恒。

因为有着测量天赋与爱好,梭罗成了测量家。爱默生说:"梭罗对于测量有一种天然的技巧。他喜欢测量物体的距离、大小,诸如树长、池深、河宽、山高,还有他钟爱的几个山峰峰顶的间距。他的数学知识很好,加之他对康科德的地形了然于胸,他渐渐地成了个土地测量员。对于他,这工作有一个优点——不断地将他领到新的幽僻的地方,帮助他研究自然界。他在这工作中的技巧与计算的精确,很快赢得了人们的赞许,他从来不愁找不到事做。"[2]爱默生终究还算是了解梭罗的。《瓦尔登湖》的"经济篇"里,梭罗提供了自己某一阶段的生活方式:"我当时在村中又测量又做木工和各种别的日工,我会的行业有我手指之数那么多,我一起挣了十三元三角四分。八个月的伙食费。"[3]动词"测量"之外,"手指之数""十三元三角四分"

---

① Henry David Thoreau, *Walden* (Boston: Houghton Mifflin Company, 1995), 186.

② Nina Baym et al., eds., *The Norton Anthology of American Literature*, 3rd ed., vol. 1 (New York: W. W. Norton & Company, Inc., 1989), 1034.

③ 亨利·梭罗:《瓦尔登湖》,徐迟译,上海:上海译文出版社,2009年,第63页。

"八个月",数字种种,梭罗在习惯性的话语中例证了自己的测量头脑。梭罗对于测量的热衷主动,竟至于政府派人勘测康科德河前,他早已测绘出了该河的全景图,其中每一处数据都用细小的字体,标示得非常详细与清楚。梭罗对测量工作有一种忘我的痴迷。1851年12月12日的日记有如下记载:"……二三十天以来我一直做着测量工作,过着粗陋的生活,甚至饮食方面都简陋得很(我发现饮食总是随着所做的工作的性质而改变)。今晚,我第一次在房间里生起火。"①梭罗长时间做大量测量工作甚至忘记了基本的生活需求,却不忘勤写日记。《瓦尔登湖》与《梭罗1851年日记》中,动词"测量",计量单位"英尺"(1英尺=0.3048米)、"英寸"(1英寸=0.0254米)、"码"(1码=0.9144米)、"杆"(1杆=16.5英尺=5.742米)、"蒲式耳"(1蒲式耳=36.3688升)和"吉耳"(1吉耳=1.4207升)等词汇出现的频率极高。梭罗不在写作的时候,几乎都在测量;而他写作的时候,常在记述测量。二者相并坚持,所用工具不类,但同为测量:一是测量自然,一是"测量"人生。在1851年12月12日的日记里,梭罗说写日记是做"与内心深处最神圣的天性相适应的事情,像鳟鱼躲在青青河岸下一般潜伏在水晶般的思想里"。在"思想的深河"里,他"希望活下去!想活多久就活多久"②。测量与日记之后,隐藏着测量家制作一部描述康科德跨季经年自然史大全的宏愿,还有一个用文字立不朽的日记家的梦想。

要完成一部跨越时空经纬的康科德自然史大全,测量家梭罗每天行走,常年勘察。各种自然景物是他的主要测量对象。《瓦尔登湖》第一章"经济篇"中,梭罗这样叙述自己的劳动:"很多年来,我委任我自己为暴风雪与暴风雨的督察员,我忠心称职;又兼测量员,虽不测量公路,却测量森林小

① Henry David Thoreau, *A Year in Thoreau's Journal 1851* (New York: Princeton University Press, 1993), 305.

② Ibid., 305.

径和捷径,并保它们畅通,我还测量了一年四季都能通行的岩石桥梁,自有大众的足踵走来,证实它们的便利。"①《梭罗1851年日记》中,11月23日的日记记录了康纳屯湿地直径三英寸的各类树种棵数列表。12月30日,梭罗记载:"……今天下午在费尔黑文山,我听到锯子的声响,随后在山崖地带我看见两个人要锯倒我正下方约200码开外处的一棵高贵的松树。……它是这片森林遭到砍伐后幸存的十几棵中的最后一棵,十五年来它显现出遗世独立的尊严,在后栽的萌芽林的上面摇摆着身子。我看到的那两个人(活像一对小侏儒)犹如海狸或虫子在啃着这棵高贵的树的树干,几乎都看不到他们手里的横锯。我后来测量一下发现这棵树高达100英尺。"②有了"十五年""最后一棵""100英尺"这样具体的时间、树数和树高等测量数据,伐木者之"渺小"与大松树之"高贵"形象跃然纸上。当大树就要轰然倒下时,"站在树底下的两个侏儒正逃离犯罪现场。他们扔掉了罪恶的锯子和斧子"。梭罗笔下,伐木者俨如溃军。"在高不可攀的地方给松鼠提供一个丫杈做窝",似大山之船的桅杆一般"仿佛它注定要站立一个世纪"的"马斯基塔奎德上空最具尊严"的大树"倒下时拍打了山腰,躺倒在山谷里面,就好像它从未站立起来过,轻得就像羽毛一样,像一个战士收拢起他绿色的战袍。仿佛它已站得厌倦了,以无声的快乐去拥抱大地,让自己的一切回归尘埃。然而听吧! 在此之前你只是看到了,还没有听到任何响声。现在传来了撞击在岩石上的震耳欲聋的巨响,向人宣示即便是一棵树,在死去的时候也会发出呻吟。它急于要拥抱大地,将自己的全部融入尘埃。现在一切都平静下来了,无论用眼睛看还是用耳朵听,这种平静都永远地持续下去。"③

---

① 亨利·梭罗:《瓦尔登湖》,徐迟译,上海:上海译文出版社,2009年,第18页。

② 亨利·梭罗:《梭罗日记》,朱子仪译,北京:北京十月文艺出版社,2004年,第99—100页。译文中修饰松树的两处形容词"高贵的"原文均为"noble",即中文的"参天的""高昂壮观的",译者直译为"高贵的",可呼应梭罗日记里强调的一棵有生命的树庄严高贵的品格。

③ 同上书,第100—101页。

这是一棵树被锯倒的画面。梭罗的笔像一部现代摄影机，记录下了200码的山间距离造成的独特视觉与声响效果。日记在记录，也在测量。梭罗从空间、时间和身形、声音的维度测量了一棵树的生命：大树从站立到倒下的空间位移；似乎站立了"一个世纪"到将倒下的垂危中坚持"十五分钟"，最后归于"平静永远"的时间对照；身体"缓慢""庄严"地倒下，声音震耳欲聋似巨人发出一声疼痛的呻吟。《瓦尔登湖》中，梭罗说"我们可以用一千种简单的方法来测定我们的生命"①。他用日记测定一棵树的"高贵"，也是测定我们自己生命或"渺小"或"高贵"的一种方法。

《瓦尔登湖》是梭罗一个经典化的测量实验。梭罗的"实验性自我"在对瓦尔登湖湖底的测量及湖畔生活两年零两个月又两天的体验中成为美国文化的经典形象。梭罗的测量实验分自然测量、经济测算和精神测探三部分。

自然测量需要的工具，从德国生产的极其精密的圆规到常用的寒暑表、水准仪、直尺、软尺、罗盘、铰链、铅锤，甚至是钓丝和石头，梭罗一应俱全。自然测量的对象包括湖边树木、道路、湖周、面积、湖岸四方山峰的水面高度、不同季节湖岸的水位涨落、湖底的形态，尤其是湖深。传说中的瓦尔登是个无底之湖。作为测量家，梭罗"渴望着把瓦尔登湖的相传早已失去的湖底给予恢复"②。1846年初，梭罗在融冰之前小心地勘察了它，"以十杆比一英寸的比例画了湖的图样，在一百多处记下了它们的深度"③。在一块重一磅半（约0.68千克）的石头和绑着石头的钓鳕鱼的钓丝的帮助下，梭罗测得瓦尔登湖的最深处是"一百零二英尺"，湖水上涨时计"一百零七英尺"。测量瓦尔登湖后，梭罗写道："湖面这样小，而有这样的深度，真

---

① 亨利·梭罗：《瓦尔登湖》，徐迟译，上海：上海译文出版社，2009年，第10页。
② 同上书，第315页。
③ 同上书，第318页。

是令人惊奇,然而不管你的想象力怎样丰富,你不能再减少它一英寸。如果一切的湖都很浅,那又怎么样呢?难道它不会在人类心灵上反映出来吗?我感激的是这一个湖,深而纯洁,可以作为一个象征。当人们还相信着无限的时候,就会有一些湖沼被认为是无底的了。"①有限与无限,是梭罗思考的问题。瓦尔登湖是一个象征,他测量自然,以发现证明自然的深奥无限;他书写有限的生命日记,以实践塑建无限的生命财富。

经济测算摆在《瓦尔登湖》"经济篇"的一份份账单里。从房子到饮食、服饰的各项开支都细列在账单里,梭罗要证明的是,靠双手劳动,"每年之内我只需工作六个星期,就足够支付我一切生活的开销了"②;剩下的时间里,我们可以干无数有意义的事情。今天物化的社会里,一百七十多年前梭罗书写在《瓦尔登湖》里的建议犹如惊雷:"简单,简单,简单啊!……简单化,简单化!"③在实验的隐喻里,人类生活的浪费以账单触目,以规劝告终。梭罗测量家的匠心剖露无遗。

通过测量瓦尔登湖的湖深,梭罗发现了一个惊人的规则:"用一根直尺放在最长的距离上画了一道线,又放在最宽阔的地方画了一道线……最深处正巧在两线的交点。"④他在白湖等地的测量验证了这一规则的正确性。根据自己对湖和人的观察,梭罗推想:

> 湖的情形如此,在伦理学上何尝不如此。这就是平均律。这样用两条直径来测量的规律,不但指示了我们观察天体中的太阳系,还指示了我们观察人心,而且就一个人的特殊的日常行为和生活潮流组成

---

① 亨利·梭罗:《瓦尔登湖》,徐迟译,上海:上海译文出版社,2009年,第316页。
② 同上书,第76页。
③ 同上书,第102页。
④ 同上书,第318—319页。

的集合体的长度和阔度,我们也可以画两条这样的线,通到他的凹处和入口,那两条线的交叉点,便是他的性格的最高峰或最深处了。也许我们只要知道这人的河岸的走向和他的四周环境,我们便可以知道他的深度和那隐藏着的底奥。如果他的周围是多山的环境,湖岸险巇,山峰高高耸起,反映在胸际,他一定是一个有着同样的深度的人。可是一个低平的湖岸,就说明这人在另一方面也肤浅。①

一个人与一个湖是如此相像,用长度和阔度两线相交的测湖法同样可以测算出道德人心。从湖到人,一种精神测探法应运而生。瓦尔登湖"是大地的眼睛,望着它的人可以测出他自己天性的深浅";瓦尔登湖是"神的一滴",对它"庄严、纯洁的景色"就算只有一瞥,"已经可以洗净国务街和那引擎上的油腻了";它是文艺女神居住的帕那萨斯山的神泉,而火车到来,森林砍伐,湖上的冰被当作商品运走,瓦尔登湖的皮肤被生生剥掉,湖光山色的破坏必会让缪斯女神都沉默。②精神测探上,梭罗的比喻把一个湖与一个民族的精神、文化关联起来,其深浅、洁污和雅俗互为鉴照。

梭罗死于深爱的测量工作。1860年12月3日,他在冬天的康科德森林细数树木的年轮时染上了一场致命的风寒,其后不复健康。1862年,梭罗死于风寒引发的肺结核及其并发症,结束了他作为测量家与日记家短暂却丰产的一生。

梭罗用测量发现自然,用日记记录生活。测量家与日记家梭罗,在四季轮回的自然时空里探测到了生命的秘密,在日记书写的不朽中实现了自然与自我完美合一的理想。

---

① 亨利·梭罗:《瓦尔登湖》,徐迟译,上海:上海译文出版社,2009年,第320—321页。
② 同上书,第208、217、324页。

第三节 《瓦尔登湖》:三维生态

生态批评里,梭罗被称为"研究水体系统的第一人"①。从蓝色批评视角解读《瓦尔登湖》,梭罗笔下的瓦尔登湖是一个有机水体系统,一面商业社会里的纯洁之镜,瓦尔登湖实验及《瓦尔登湖》是走向荷马的水环境史诗。

劳伦斯·布伊尔认为,人类与非人类亲缘关系的复苏在人从社会走向自然后,需要以表示关联的意象来传达,而将自然拟人化,赋予自然主体性,正是摒弃人类中心主义的有效文学手段。②《瓦尔登湖》从创作修改一直到出版的过程里,达尔文的《物种起源》还没有发表,生物进化理论还没有为人与自然的亲缘关系提供佐证。但梭罗以生态日记家和测量家的文学手法与科学记录表现了人物亲稔的关系,使瓦尔登湖一个有机水体的自然生态形象跃然纸上,神貌声色呼之欲出。

1845年的独立日,梭罗代表美国人住到了离任何邻居一英里(1英里=1609.34米)的瓦尔登湖边,成为瓦尔登湖水体的一分子。梭罗唤瓦尔登湖为"我的邻居"③。寂静的早晨,梭罗与瓦尔登湖作伴,听湖中的潜鸟高声大笑,不觉寂寞。④冬天的夜里,梭罗"听到湖上的冰块的咳嗽声",感觉与自己同睡在康科德的这位"好室友""在床上不耐烦,要想翻一个身,有一些肠

---

① Lawrence Buell, *The Environmental Imagination: Thoreau, Nature Writing, and the Formation of American Culture* (Cambridge, MA: Harvard University Press, 1995), 264.

② Ibid., 180.

③ 亨利·梭罗:《瓦尔登湖》,徐迟译,上海:上海译文出版社,2009年,第96页。

④ 同上书,第152页。

胃气胀,而且做了恶梦";①春天的阳光下,梭罗看到缎带似的湖水光辉灿烂,"湖的颜容上充满了快活和青春,似乎它也说明了游鱼之乐,以及湖岸上的细沙的欢怡。……瓦尔登死而复活了。"②瓦尔登湖还是一个隐士,一个女人,一只眼睛,一个女神;它有大衣和皮肤,有脸颊和舌头,有喘息和疼痛。借助比喻和拟人的修辞,瓦尔登湖在梭罗的笔下具情感,有生命,成了一个活生生的存在。

瓦尔登湖水体是一个庞大有序的系统,光是动物和植物名字的罗列就尽显其丰富。瓦尔登湖水质纯洁,湖水里有清洁漂亮的梭鱼、鲈鱼、鳖鱼、银鱼、鳊鱼、鲤鱼、鳗鱼、鲦鱼、梭鱼和斑斓鱼,还有清洁的青蛙、乌龟;在水面上滑动的有水蝎和掠水虫;湖岸偶尔有旅行经过的甲鱼、狐狸、野兔、赤练蛇、赤松鼠、土拨鼠、麝鼠、鼹鼠和貂鼠。常到瓦尔登湖做客的飞禽有野鸭、天鹅、鸽子、燕子、麻雀、田凫、鱼鹰、潜鸟、猫头鹰、夜鹰、老鹰、青鸟、篱雀、鹕鸟、画眉、樫鸟、鹧鸪、鹟鸟。沿湖的树木有橡树、山核桃树、枫树、柳树、桤木、苍松、漆树;野草有长生草、黄色紫菀、针刺草、棉花草、猫尾草、毛蕊花、狗尾草、绣线草、羊毛草和别种或高雅或强壮的草茎植物。湖底、湖面、湖上和湖岸的动植物都以湖为依托,它们与湖的水环境构成了一个有序的自然生态体系。

我们从"种豆"和"声"两章来探讨一下梭罗与瓦尔登湖水体系统中动植物的关系。梭罗四岁时第一次到访瓦尔登湖。再次到来时,他以瓦尔登湖的观察者和学习者的身份融入了这里。"松树还站在那里,年龄比我大;或者,有的已被砍伐了,我用它们的根来煮饭,新的松树已在四周生长,给新一代人的眼睛以别一番的展望。就从这牧场上的同一根多年老根上又长出了几乎是同样的狗尾草,甚至我后来都还给我儿时梦境中神话般的风

---

① 亨利·梭罗:《瓦尔登湖》,徐迟译,上海:上海译文出版社,2009年,第302页。
② 同上书,第342页。

景添上一袭新装,要知道我重返这里之后所发生的影响,请瞧这些豆子的叶子,玉米的尖叶以及土豆藤。"①在狗尾草和松树之间,梭罗没有把自己当成征服者或统治者②,他只是一个试图在荒野中生存并发现的诗人。"种豆"一章的结尾,梭罗提出了一种敬畏太阳与大地,学习其"信任与大度"③的建议。

> 我们常常忘掉,太阳照在我们耕作过的田地和照在草原和森林上一样,是不分轩轾的。……在它看来,大地都给耕作得像花园一样。因此,我们接受它的光与热,同时也接受了它的信任与大度。……我望了这么久广阔田地,广阔田地却并不当我是主要的耕种者,它撇开我,去看那些给它洒水,使它发绿的更友好的影响。豆子的成果并不由我来收获。它们不是有一部分是为土拨鼠生长的吗?……难道我们不应该为败草④的丰收而欢喜,因为它们的种子是鸟雀的粮食? 大地的生产是否堆满了农夫的仓库,相对来说,这是小事。真正的农夫不必焦形于色,就像那些松鼠,根本是不关心今年的树林会不会生产果子的,真正的农夫整天劳动,并不要求土地的生产品属于他所占有,在他的心里,他不仅应该贡献第一个果实,还应该献出他的最后一个果实。⑤

太阳底下,大地之上,瓦尔登湖畔,豆子与野草一同生长,梭罗与土拨鼠分

---

① 亨利·梭罗:《瓦尔登湖》,徐迟译,上海:上海译文出版社,2009年,第173页。

② James McIntosh, *Thoreau as Romantic Naturalist: His Shifting Stance toward Nature* (Ithaca: Cornell University Press, 1974), 263.

③ 亨利·梭罗:《瓦尔登湖》,徐迟译,上海:上海译文出版社,2009年,第185页。

④ 英文原文为"weeds",即野草、杂草。徐迟译为"败草",疑为"稗草"之误笔。

⑤ 亨利·梭罗:《瓦尔登湖》,徐迟译,上海:上海译文出版社,2009年,第185—186页。

享豆子,鸟雀啄食野草的种子,就如松鼠凭了本性外出找食栗子一般天然。这幅梭罗描绘的理想图画里,没有农事和贪欲,只有风景和自然。人、鼠、雀、草、豆没有冲突,成了一个有机的整体。

在《声》这章里,人和植物、动物的关联更在一种动态的季节轮换中浪漫、和谐地呈现了出来。

　　我的房子是在一个小山的山腰,恰恰在一个较大的森林的边缘,在一个苍松和山核桃的小林子的中央,离开湖边六杆之远,有一条狭窄的小路从山腰通到湖边去。在我前面的院子里,生长着草莓,黑莓,还有长生草,狗尾草,黄花紫菀,矮橡树和野樱桃树,越橘和落花生。五月尾,野樱桃(学名 Cerasus pumila)在小路两侧装点了精细的花朵,短短的花梗周围是形成伞状的花丛,到秋天里就挂起了大大的漂亮的野樱桃,一球球地垂下,像朝四面射去的光芒。它们并不好吃,但为了感谢大自然的缘故,我尝了尝它们。黄栌树(学名 Rhus glabra)①在屋子四周异常茂盛地生长,把我建筑的一道矮墙掀了起来,第一季就看它长了五六英尺。它的阔大的、羽状的、热带的叶子,看起来很奇怪,却很愉快。在晚春中,巨大的蓓蕾突然从仿佛已经死去的枯枝上跳了出来,魔术似的变得花枝招展了,成了温柔的青色而柔软的枝条,直径也有一英寸;有时,正当我坐在窗口,它们如此任性地生长,压弯了它们自己的脆弱的关节,我听到一枝新鲜的柔枝忽然折断了,虽然没有一丝儿风,它却给自己的重量压倒,而像一把羽扇似的落下来。在八月中,大量的浆果,曾经在开花的时候诱惑过许多野蜜蜂,也渐渐地穿

---

① 根据梭罗对该植物羽叶与蓓蕾的描述,它应该是漆树科中的一种——光滑漆树(原文为"Sumach"),并非黄栌树。感谢本书完稿后的第一读者中国农业大学的崔志云老师指出此处误译。

上了它们的光耀的天鹅绒的彩色，也是给自己的重量压倒，终于折断了它们的柔弱的肢体。

在这一个夏天的下午，当我坐在窗口，鹰在我的林中空地盘旋，野鸽子在疾飞，三三两两地飞入我的眼帘，或者不安地栖息在我屋后的白皮松枝头，向着天空发出一个呼声；一只鱼鹰在水面上啄出一个酒涡，便叼走了一尾鱼；一只水貂偷偷地爬出了我们前的沼泽，在岸边捉到了一只青蛙；芦苇鸟在这里那里掠过，隰地莎草在它们的重压下弯倒……①

人住的房子就在湖边，各种草木装点了院子，野樱桃沿着小路长到了湖岸。为了感谢大自然的恩赐，梭罗品尝了漂亮但并不好吃的野果子——如同大自然中采食野果的小动物一般去"尝了尝"，不品尝怎么能知道野果子的味道呢？黄栌树"任性地生长"，从枝叶繁茂到蓓蕾跳出，到花枝招展，再到柔枝忽折；加上浆果红熟，蜜蜂嗡嗡，我们随着季节流转，在一场视觉与听觉的盛宴里感受了瓦尔登湖生命的喷薄、繁华和运道。鹰追鸽飞，鱼鹰击水叼鱼，水貂岸边捉蛙，芦苇鸟压弯了隰地莎草。这一幅瓦尔登湖捕食图把空中、水面、岸边的生态链条以动态的形式展示出来，在略显紧急的速度中表现了物种依存的关系。

瓦尔登湖的水明亮而无垢，湖中几乎没有水草，偶尔一见的心形叶子、河蓼草和一两张眼子菜也都明亮干净。能看到吹到湖面的秋叶腐朽后的一点点沉积物积在水底纯粹的细沙的最深处，能看清湖底鲈鱼身上横行的花纹。在纯洁的湖水里，你会觉得"鱼也是不愿意沾染红尘，才到这里来生存的"②。或许因为落叶化成的沉积物少，所以湖中水草不多。瓦尔登湖的

---

① 亨利·梭罗：《瓦尔登湖》，徐迟译，上海：上海译文出版社，2009年，第127—128页。
② 同上书，第199页。

鱼类虽然不少,但鱼量也不多。①住在湖畔偶尔泛舟垂钓的也只有梭罗一人。梭罗每个早晨都在瓦尔登湖中晨浴,上午工作后通常还要在湖水中再洗个澡,游游泳,清除身体上的尘垢或是"阅读致成的最后一条皱纹"②。落叶滋养水草;游鱼食取水草;梭罗偶钓游鱼,更多的时候却像鱼儿一样在水里游泳。落叶、水草、游鱼和梭罗,都投身入水;又一条生态之链,在纯洁的湖水里合而为一。

梭罗在《瓦尔登湖》的末章"春天"里详细阐述了他的"万物有机观"。在观察解冻的泥沙流下铁路线的深沟陡坡的形态后,他发现沙流"一半服从着流水的规律,一半又服从着植物的规律"。高约二十英尺到四十英尺的铁路路基上细沙的裂痕像是"华丽的枝叶",解冻后的沙土"流下来的时候,那状态颇像萌芽发叶,或藤蔓的蔓生,造成了许多软浆似的喷射,有时深达一英尺或一英尺以上,你望它们的时候,形态像一些苔藓的条裂的、有裂片的、叠盖的叶状体;或者,你会想到珊瑚,豹掌,或鸟爪,或人脑,或脏腑,或任何的分泌。这真是一种奇异的滋育";沙溪流动"到了水里,变成了沙岸,像一些河口上所见的那样,这时才失去植物的形态,而变为沟底的粼粼波纹"。③在叙述了沙流在岸上与水中的不同形态后,梭罗抓住沙之"流"的特性,联想了人与沙流、沙流与大自然的关系。

　　　人是什么,还不是一团溶解的泥土? 人的手指足趾的顶点只是凝结了的一滴。手指和足趾从身体的溶解体中流出,流到了它们的极限。在一个更富生机的环境之中,谁知道人的身体会扩张和流到如何的程度? 手掌,可不也像一张张开的棕榈叶的有叶片和叶脉的吗? 耳

---

① 亨利·梭罗:《瓦尔登湖》,徐迟译,上海:上海译文出版社,2009年,第206页。
② 同上书,第99、187页。
③ 同上书,第335页。

朵，不妨想象为一种苔藓，学名 Umbilicaria，挂在头的两侧，也有它的叶片似的耳垂或者滴。唇——字源 labium，大约是从 labor（劳动）化出来的——便是在口腔的上下两边叠着悬垂着的。鼻子，很明显，是一个凝聚了的水滴，或钟乳石。下巴是更大的一滴了，整个面孔的水滴汇合在这里。面颊是一个斜坡，从眉毛上向山谷降下，广布在颧骨上。每一张草叶的叶片也是一滴浓厚的在缓缓流动的水滴，或大或小；叶片乃是叶的手指，有多少叶片，便说明它企图向多少方向流动，如果它有更多的热量或别种助长的影响，它就流得更加远了。

　　这样看来，这一个小斜坡已图解了大自然的一切活动的原则。地球的创造者只专利一个叶子的形式。……性质上这是分泌，而肝啊，肺脏啊，肠子啊，多得无底，好像大地的里面给翻了出来；可是这至少说明了大自然是有肠子的，又是人类的母亲。……世上没有一物是无机的。……大地是活生生的诗歌，像一株树的树叶，它先于花朵，先于果实；——不是一个化石的地球，而是一个活生生的地球；和它一比较，一切动植物的生命都不过寄生在这个伟大的中心生命上。①

从冻沙溶化后的流动性里，梭罗看到了人的形成，"一团溶解的泥土"；一个亚当似的泥水之人有着植物和水的形态。而地球万物，基于同样的叶片形态，同样的流动特质，都是活生生的，"没有一物是无机的"。地球是一个有肠子的伟大生命。亚当泥人是地球生命里的一分子。这与他曾经在"大自然曾祖母"怀抱里的感叹互相呼应："难道我不该与土地息息相通吗？我自己不也是一部分绿叶与青菜的泥土吗？"②梭罗随后描述融冰化雪的春天里，瓦尔登湖这个有生命的水体"死而复苏"，人喜兽欢，草长禽飞。

① 亨利·梭罗：《瓦尔登湖》，徐迟译，上海：上海译文出版社，2009年，第338—339页。
② 同上书，第154页。

十九世纪中期梭罗笔下的瓦尔登湖有机水体系统和他的"万物有机观"为二十世纪利奥波德"像山一样思考"生态整体观、卡森"大海有机论"和洛夫洛克"盖娅假说"的提出奠定了基础。

"思考和水结成了永远的一对。"《白鲸》中的以实玛利认为这是众所周知的道理。[1]梭罗在湖边安居,在水里洗礼,他"像一只鸭子,或一张漂浮的落叶"一样沉思着他的哲学:瓦尔登湖是一面商业社会里的纯洁之镜。

在"湖"这章里,商业社会的庸俗与瓦尔登湖阿卡迪亚[2]的田园纯净两相对照。一开篇梭罗就谈起自己漫游瓦尔登湖西边荒野后的思考:

> 水果可是不肯把它的色、香、味给购买它的人去享受的,也不肯给予为了出卖它而栽培它的商人去享受的。要享受那种色、香、味只有一个办法,然而很少人采用这个办法。如果你要知道越橘的色、香、味,你得请问牧童和鹧鸪。从来不采越橘的人,以为已经尝全了它的色、香、味,这是一个庸俗的谬见。从来没有一只越橘到过波士顿,它们虽然在波士顿的三座山上长满了,却没有进过城。水果的美味和它那本质的部分,在装上了车子运往市场去的时候,跟它的鲜丽一起给磨损了,它变成了仅仅是食品。只要永恒的正义还在统治宇宙,没有一只纯真的越橘能够从城外的山上运到城里来的。[3]

---

① Herman Melville, *Moby-Dick: An Authoritative Text, Reviews and Letters by Melville, Analogues and Sources, Criticism* (New York: W. W. Norton & Company, Inc., 1967), 13.

② 阿卡迪亚(Arcadian)这个词源自一个在古希腊被称作阿卡迪(Arcady)的山区,人们认为那里的居民生活在一种与地球及其生物和平相处的、像在伊甸园一样的纯洁状态里。阿卡迪亚主义(Arcadianism)又称田园主义,是一种与自然亲密相处的乡村生活理想。见唐纳德·沃斯特:《自然的经济体系:生态思想史》,侯文蕙译,北京:商务印书馆,1999年,第545页。

③ 亨利·梭罗:《瓦尔登湖》,徐迟译,上海:上海译文出版社,2009年,第194页。

瓦尔登湖是"新的牧场","厌倦了人类社会及其言谈扯淡"时在这荒无人迹的区域大嚼越橘和浆果,梭罗嚼出了野果的"纯真"。野果的美味、鲜丽和最本质的部分,一经车运商贸,就被磨损,仅仅成了城市里交易后无趣失味的食品。野果与"食品",瓦尔登与波士顿,两两对比,阿卡迪亚的美好与商业社会的陋俗对照分明。

许多读者都爱读梭罗的那篇"野苹果树"。"野苹果树"用的是梭罗五十年代早期修改《瓦尔登湖》阶段里日记的内容,最早于梭罗逝世数月后发表在《大西洋月刊》(1862 年 11 月)上。梭罗用挽歌体的文字结束了该文:"野苹果的时代很快就会过去,它是一种在新英格兰濒临灭绝的水果。……我担心人们……将不会知道敲落野苹果的欢乐。啊!可怜的人,还有那么多欢乐他都无从知晓!……他们的树木是用嫁接繁殖的,并要花钱买下来,种在房子旁边的一小块地里,还用篱笆围起来。既然如此,那么结果就只能是我们将被迫在桶里寻找我们的苹果了。"①野苹果树与瓦尔登的越橘一样,是荒野的象征,是阿卡迪亚田园生活的象征。因为嫁接技术和商业经营的普及,野苹果树将成为历史。梭罗对于商业社会中野果灭绝、荒野消逝的遗憾和伤感在对圣经《约珥书》("the Book of Joel")预言式的引用中转为悲痛:"葡萄树干枯了;无花果树凋零了;石榴树,还有棕榈树、苹果树,乃至这片土地上的所有树木全都枯萎了。因为欢乐从人类身上消亡了。"②金钱与技术力量的影响下,很多欢乐人类"无从知晓",他们甚或会有欢乐消亡的未来。梭罗在对植物命运启示录式的书写中隐喻着人类商业社会黯淡的前景。

① 斯蒂芬·哈恩:《梭罗》,王艳华译,北京:中华书局,2002 年,第 109 页。
② 同上书,第 110 页。

商业社会里象征技术力量的"铁马"①——火车——在《瓦尔登湖》里是一个似乎矛盾的意象。在《声》这章里，梭罗在描写一连串自然景物和声音后提到火车声，它"一忽儿轻下去了，一忽儿又响起来了，像鹧鸪在拍翅膀"。火车声以康科德"协和之音"中的一个音响元素出现，但随后幻化成了"一头老鹰的尖叫声"。梭罗写道：

> 夏天和冬天，火车头的汽笛穿透了我的林子，好像农家的院子上面飞过的一头老鹰的尖叫声，通知我有许多焦躁不安的城市商人已经到了这个市镇的圈子里，或者是从另一个方向来到一些村中行商。它们是在同一个地平线上的，它们彼此发出警告，要别个在轨道上让开，呼唤之声有时候两个村镇都能听到。乡村啊，这里送来了你的杂货了；乡下人啊，你们的食粮！没有任何人能够独立地生活，敢于对它们道半个"不"字。于是乡下人的汽笛长啸了，这里是你们给它们的代价！像长长的攻城槌般的木料以一小时二十英里的速度，冲向我们的城墙，还有许多的椅子，城圈以内所有负担沉重的人现在有得坐了。乡村用这样巨大的木材的礼貌给城市送去了坐椅。所有印第安山间的越橘全部给采下来，所有的雪球浆果也都装进城来了。棉花上来了，纺织品下去了；丝上来了，羊毛下去了，书本上来了，可是著作书本的智力降低了。②

在发出尖叫、虎视眈眈的"老鹰"意象的引领下，我们看到随火车而来的商人把"焦躁不安"的商业气氛带到了康科德，随火车而去的木材、野果、棉花都变成了商品。火车的长啸的汽笛声成为一种让人不敢道半个"不"字的

---

① 亨利·梭罗：《瓦尔登湖》，徐迟译，上海：上海译文出版社，2009年，第215页。
② 同上书，第129页。

不可违逆的社会空气。爱默生曾说："火车是巫师的魔杖，能唤起大地和水的沉睡的力量。"①这个比喻隐含了美国人对机械化的普遍看法。在爱默生的日记里，铁路被称作其一生中见证的五项人类奇迹之一，而这些奇迹"压倒人工的巧干，也就是飞船上的方向舵，可以使我们统治天空、海洋和陆地"②。爱默生这种对待工业社会的热情反应无疑影响到了梭罗，他先是期望火车是康科德林中振翅的鹧鸪，是一个和谐的生态元素。但当梭罗听到铁马吼声如雷，看到其鼻孔喷着火和黑烟，他用两个假设表达了自己的不安："如果这一切确实像表面上看来的那样，人类控制了元素，使之服务于高贵的目标，那该多好！如果火车头上的云真是在创英雄业绩时所冒的汗，蒸汽就跟飘浮在农田上空的云一样有益，那么，元素和大自然自己都会乐意为人类服务，当人类的护卫者了。"③当他把工业时代的火车元素与商业社会的自由贸易联系起来时，"鹧鸪"的意象转换成了"老鹰"的意象，他清醒地指出了技术进步带来的速度、财富裹挟、地域性模糊和社会文化危机等潜在的危险性。他于是怀疑在村庄变成"一个靶子"，被"一支飞箭似的铁路射中"后，康科德是否还能发"协和之音"；担心火车"像一个沟中播种器，把所有焦灼的人们和浮华的商品，当作种子飞撒在田野中"，不愿意自己的眼睛鼻子给铁路上的"烟和水汽和咝咝声污染了"。④通过记录自己对商业社会运输工具火车的想象和发现，梭罗很快就把在离他住处南边一百杆⑤的地方接触到瓦尔登湖的菲茨堡铁路当成了瓦尔登湖的侵入者。梭罗

① Leo Marx, *The Machine in the Garden: Technology and the Pastoral Ideal in America* (New York: Oxford University Press, 1967), 234.

② 爱默生著，勃里斯·佩里编：《爱默生日记精华》，倪庆饩译，北京：东方出版社，2008年，第158页。

③ 亨利·梭罗：《瓦尔登湖》，徐迟译，上海：上海译文出版社，2009年，第130页。

④ 同上书，第128、131、137页。

⑤ 1杆等于5.742米，一百杆大约为六百米。

在《瓦尔登湖》中对湖水、植物和动物做细致的描写，反复强调瓦尔登湖的"纯洁"，但他并没有忽视工商业社会对瓦尔登湖的影响。火车的锐叫声与瓦尔登湖并置，花园中闯入了机器。利奥·马克思认为，火车的烟雾和鸣响与瓦尔登湖的湖水并置，"凸显出了湖水的深度、纯度"，体现出了在大地表面行驶的铁马引发的恐惧和吸引人们往深处看的瓦尔登湖代表的希望。①

在《湖》这章里，梭罗写到一个商业社会中利欲熏心的人以自己的名字命名了一个湖，"莆灵特的湖"。他"只想到金钱的价值"，大约竭尽了湖边的土地，还要竭泽而渔，"甚至为了湖底的污泥可以卖钱，宁愿淘干湖水"。"他的田园处处都标明了价格，他可以把风景，甚至可以把上帝都拿到市场上去拍卖……他的牧场上没有开花，他的果树上也没有结果，都只生长了金钱；他不爱他的水果的美，他认为非到他的水果变成了金钱时，那些水果才算成熟。"②在近代西方资本主义经济学家亚当·斯密（Adam Smith，1723—1790）看来，自由贸易及个人对物质财富的追求有助于社会的繁荣进步。他的物质财富积累理论促生了商业社会物欲横流、人性异化的副产品。而梭罗认为，简化个人物质生活，像一个透明的湖一样思考，是生命的艺术。瓦尔登湖的"透明"和"纯洁"是一种隐喻。它"没有一处是泥泞的"，水草很少而且都"明亮而无垢"，青蛙"清洁"，鱼也是"不愿意沾染红尘"的。它是康科德的冠冕上的第一颗水明珠，是世界上唯一的一个瓦尔登湖。③在瓦尔登湖边，梭罗"不喝茶，不喝咖啡，不吃牛油，不喝牛奶，也不吃鲜肉"④，因而不必为了得到它们拼命工作，不必为了一个大胃的国家奔劳。梭罗不被房屋占有，不做田庄土地的奴隶，不让谋生成为职业，过的是肩挑

① Leo Marx, *The Machine in the Garden: Technology and the Pastoral Ideal in America* (New York: Oxford University Press, 1967), 251.

② 亨利·梭罗：《瓦尔登湖》，徐迟译，上海：上海译文出版社，2009年，第218—220页。

③ 同上书，第199—201页。

④ 同上书，第229页。

彩虹、在种豆观湖日记著书中"采集生命的美果"①的日子。对于这种简单却馥郁的生活有人怀疑其真实有效性。衣食住行上，虽说账单清晰，但比如说吃的方面——"光吃蔬菜是活不了的，蔬菜不能供给你骨骼所需要的养料"。一个赶牛的农夫如是质疑。梭罗指出，耕牛正是用蔬草供养了它的骨骼，而它正拖着农夫和他的木犁不顾一切障碍地前进。②劳伦斯·布伊尔评论，《瓦尔登湖》传承了古代犹太-基督教和古希腊-罗马某些流派简朴生活的信条，是一部放弃物欲、简单生活的史诗。③瓦尔登湖是一面洁净的镜子，瓦尔登湖生活实验也是一面纯净的镜子。鉴照中，梭罗与亚当·斯密相悖的经济学理论——一种反对无限欲求物质财富，主张最大限度简化生活的生命哲学增添了瓦尔登湖的纯洁。梭罗敢于悖逆所处时代流行的经济和社会价值观，《瓦尔登湖》与瓦尔登湖一样，是"大勇者的作品"。梭罗与瓦尔登湖合声同影，无怪乎梭罗看着水面上的自己的倒影，几乎要问："瓦尔登，是你吗？"④

梭罗认为人应该"尽可能靠近生命之水流动的渠道"，顺应天性地生活。⑤1845年，他追随心性，在瓦尔登湖畔建屋居住。从精神生态角度解读，梭罗的瓦尔登湖实验及《瓦尔登湖》是一部走向荷马的水环境史诗。

中国生态批评学者鲁枢元的生态学"三分法"把生态学分成"自然生态学""社会生态学"和"精神生态学"，其中"精神生态学"以人的内在的情感生活和精神生活为研究对象，以作为精神性存在的人与其生存环境（包括自然环境、社会环境、文化环境）之间的相互关系为研究范畴，关涉包括人

---

① 亨利·梭罗：《瓦尔登湖》，徐迟译，上海：上海译文出版社，2009年，第5页。

② 同上书，第9页。

③ Lawrence Buell, *The Environmental Imagination: Thoreau,Nature Writing, and the Formation of American Culture* (Cambridge, MA: Harvard University Press, 1995), 145–146.

④ 亨利·梭罗：《瓦尔登湖》，徐迟译，上海：上海译文出版社，2009年，第216页。

⑤ Robert Milder, *Reimagining Thoreau* (Cambridge: Cambridge University Press, 1995), 50.

在内的生态系统在精神变量协调下的平衡、稳定和演进。①文学大师乔伊斯说:"与文艺复兴运动一脉相承的物质主义,摧毁了人的精神功能,使人们无法进一步完善。现代人征服了空间、征服了大地、征服了疾病、征服了愚昧,但是所有这些伟大的胜利,都只不过在精神的熔炉中化为一滴泪水。"②梭罗在乔伊斯"一滴眼泪"的隐喻之前就已经发现了寻找一个精神之湖的重要性,把自己的情感生活和精神生活与瓦尔登湖紧密联系起来。在自然、社会与精神的三维世界里,梭罗的瓦尔登湖实验是他弃绝物质化的社会环境——一种"静静的绝望的生活",转身走向"生命之水"瓦尔登湖自然环境,为自己和美国人民寻找"更高的规律"和滋养心灵的"古典作品"的途径。《瓦尔登湖》——湖畔生存实验的成果——就是一本梭罗所著的《伊利亚特》。

在美国,自十九世纪初开始,随着工厂制度的牢固建立、铁路的广泛铺设,社会工业化进程加快,人与自然的整体关系正被改变。爱默生被当成美国的华兹华斯,但他却乐观地估计了工业机器和物质主义闯入美国田园的影响。他在1844年的演讲《年轻的美国人》中说:

> 先生们,我们国内资源的开发,商业体系的极大发展,使国家改头换面的新的道德事业的出现,将会让未来展现出我们从来不敢想象的伟大的一面。对于所有有常识和良知的人来说,有一件事很明显,那就是,人类的家园就在这儿,就在美国……毕竟,我们的轻率和愚顽已经减少,大自然有机的朴素和自由还在;一旦这种有机统一失去平衡,立刻就会自己恢复,它为人类心灵提供了其他任何地方无从得知的

① 鲁枢元:《生态文艺学》,西安:陕西人民教育出版社,2000年,第146、148页。
② 转引自鲁枢元主编:《精神生态与生态精神》,海口:南方出版社,2003年,第1页。

良机。①

在爱默生眼中，工业革命是走向自然的铁路之旅，蒸汽机船使欧美之间的大西洋缩小为海峡，而美国的西进运动正在给美国注入一种新的大陆元素，整个国家是一个利用机器从而更加欣欣向荣的花园。②爱默生尤其看好大自然的自我愈合能力，认为它能因神奇的自我恢复能力而永远成为人类精神栖息之所。他用作家的激情进一步阐述了自己的观点："自然很快就把这些工厂和铁路纳入它那生机勃勃的圆环之中，像爱自己的孩子一样爱着一节节滑移的车厢"；而诗人可以"使事物重新成为自然和整体的一部分，甚至通过更深刻的洞见，使人造物和对自然的损坏也重新成为自然的一部分"。③爱默生对诗人的期望可以看出他对唯心主义哲学假说的承接：诗人对待工业社会的态度取决于他们感知的方式。作为美国文学文化领袖的他已经表明了自己拥抱工业社会的立场和对美国工业发展与田园理想并行不悖的信心。

梭罗却敏锐地感觉到了工业时代到来将对自然和人类造成的负面影响。他指出了铁路之箭射中康科德，康科德从此不再是"协和之音"的自然生态。他还勇敢地抨击："整个国家的事业不是向上的，只是向西的……不管它是通过双脚还是太平洋铁路开展，我对此都毫无兴趣。它没有思想的阐释，没有感情的温暖，在这里面，没有什么东西使人放弃自己的生命来追求，甚至不足以使人脱掉他的手套，也没有什么值得登在报纸上。……物质财富增加的同时，生命价值的问题变得更加复杂……解决身体上的饥渴

---

① Leo Marx, *The Machine in the Garden: Technology and the Pastoral Ideal in America* (New York: Oxford University Press, 1967), 237–238.

② Ibid., 238–239.

③ Ibid., 241.

时,我们是何等的迅速;解决灵魂上的饥渴时,我们却是何等的缓慢。"①西进扩张的人们只为"口袋里的零钱叮当作响",却走在一条"阻止他们通往天堂的道路"上,梭罗愿意只是一名堂吉诃德般"被俘的骑士"也不愿自己的自由之身随众西行。为了寻找感情的港湾,解决灵魂上的饥渴,他在1845年独立日带着荷马的《伊利亚特》②,以美国人的身份搬到瓦尔登湖边,去"追求更高的生活,或者说探索精神生活"③。梭罗以史诗英雄阿喀琉斯一样的勇气和责任担当选择一种卓越的行动,去寻找生命意义的所在。

梭罗说:"每一个人都是一座圣庙的建筑师。他的身体是他的圣殿,在里面,他用完全是自己的方式来崇敬他的神,他即使另外去琢凿大理石,他还是有自己的圣殿与尊神的。我们都是雕刻家与画家,用我们的血,肉,骨骼做材料。任何崇高的品质,一开始就使一个人的形态有所改善,任何卑俗或淫欲立刻使他变成禽兽。"④梭罗在瓦尔登湖边探寻一种崇敬自己的神祇、雕刻荷马式的史诗英雄的方法。他开始节制饮食,观赏风光,阅读典籍,日记著书。

正如曾与友人讨论灵魂饥渴的问题一样,梭罗认为"身体固然需要营养,想象力同样需要营养",而"每一个热衷于把他更高级的、诗意的官能保存在最好状态中的人,必然是特别地避免吃兽肉,还要避免多吃任何食物的"。诗意的想象与贪食的欲念往往成反比,于是他简单清洁地烹调,好几

① 引文出自梭罗1853年2月27日给友人布莱克(Harrison G. O. Blake, 1816—1898)的信,期间他仍在一边每天观察记录康科德,一边修改《瓦尔登湖》,偶尔做些测量土地的工作维持生计。见亨利·梭罗:《寻找精神家园》,方碧霞译,北京:外语教学与研究出版社,2009年,第91、95、97页。

② 梭罗在《瓦尔登湖》里多处提到荷马,尤其是其史诗《伊利亚特》。整个夏天,他都把《伊利亚特》放在桌上以便阅读。见亨利·梭罗:《瓦尔登湖》,徐迟译,上海:上海译文出版社,2009年,第112页。

③ 同上书,第234页。

④ 同上书,第246—247页。

年里难得吃兽肉或喝茶与咖啡。他告诉读者他从昆虫学家那儿学到的"值得注意的事实"——有一个一般性的规则,在成虫时期的昆虫吃得比它们在幼虫期少得多,贪吃的毛毛虫一变而为蝴蝶或贪吃的蛆虫一变而为苍蝇后,"只要有一两滴蜜或其他甘冽液体就很满足了"。由虫及人,梭罗评价:"大食者是还处于蛹状态中的人;有些国家的全部国民都处于这种状态,这些国民没有幻想,没有想象力,只有一个出卖了他们的大肚皮。"梭罗发觉自己不是很喜欢钓鱼了,感觉每钓一次鱼"自我尊重的情感就降落一些",因为"鱼肉以及所有的肉食,基本上是不洁的",要费时捉、洗、煮、吃,而吃后营养不足道,"智慧却并没有增加"。他建议去瓦尔登湖垂钓的年轻人哪怕垂钓一千次,要学会把钓到长长一串鱼才算幸运的陋见彻底沉到湖底,钓起最好的湖上风光,把目标净化变成"诗人"或"自然科学家"。①诗人的想象力比之食客的大肚皮,即精神较之物质,梭罗追求的是前者。他的更高的生活是一种精神的生活。这种精神生活除了观察自然,用风光而不是食品滋养心灵,在诗意的瓦尔登自然生态环境里把钓丝甩到天空去,"用一只钓钩捉住两条鱼"②之外,还需要从古典作品中汲取营养。《瓦尔登湖》里,梭罗强调了学习荷马等人的古典作品对于精神升华的意义。

梭罗被认为是"康科德最好的希腊文学者"。十一岁在康科德学院开始接触希腊古典文学后,梭罗终其一生都没有中断古典文学的学习。③梭罗对于荷马的痴迷在他的《河上一周》中的大段摘录中可以看出,他称赞荷马的诗歌是"一颗自然的果实",他的吟咏"像大自然在说话",而"《伊利亚

---

① 亨利·梭罗:《瓦尔登湖》,徐迟译,上海:上海译文出版社,2009年,第237—240页。徐迟译本里把"larva"翻译成了"蛹",但蛹是不吃东西的,故笔者把引文中的"larva"改译为"幼虫"。感谢本书完稿后的第一读者中国农业大学的崔志云老师指出此处误译。

② Henry David Thoreau, *Walden* (Boston: Houghton Mifflin Company, 1995), 175.

③ Walter Harding, *A Thoreau Handbook* (New York: New York University Press, 1959), 100.

特》是最晴朗的日子里最明亮的,到现在仍体现了照射在小亚细亚的全部阳光";"在描述大自然比较简单的特点方面,继他之后的众多诗人除了照搬他的种种明喻,几乎没写别的"。①在读了桌上《伊利亚特》中荷马对于自然的吟唱后,梭罗在"声""湖""禽兽为邻"等章里,对于瓦尔登湖植物、动物与湖水颜色等自然生态也做了真实生动的描绘,把天人合一的自然背景如绘画般呈现了出来。梭罗与荷马一样,知道纯粹的自然是精神之源,而描绘一种真实的自然生态是艺术家的绘画功夫。做了"画家",梭罗还要做"雕刻家"。他要雕刻出一个"具有崇高品质"的大自然中的精神英雄。

梭罗在"阅读"一章里认为美国人不读古典作品,他们的阅读只处在"小人国"的水平。

> 我们大学里几乎没有哪个教授,要是已经掌握了一种艰难的文字,还能以同样的比例掌握一个希腊诗人的深奥的才智与诗情,并能用同情之心来传授给那些灵敏的、有英雄气质的读者的;至于神圣的经典,人类的圣经,这里有什么人能把它们的名字告诉我呢? 大多数人还不知道唯有希伯来这个民族有了一部经典。任何一个人都为了拣一块银币而费尽了心机,可是这里有黄金般的文字,古代最聪明的智者说出来的话,它们的价值是历代的聪明人向我们保证过的;——然而我们读的只不过是识字课本,初级读本和教科书,离开学校之后,只是"小读物"与孩子们和初学者看的故事书;于是,我们的读物,我们的谈话和我们的思想,水平都极低,只配得上小人国和侏儒。②

---

① Henry David Thoreau, *A Week on the Concord and Merrimack Rivers; Walden, or, Life in the Woods; The Maine Woods; Cape Cod*, ed. Robert F. Sayre (New York: Literary Classics of the United Sates, Inc., 1985), 74–75, 77.

② 亨利·梭罗:《瓦尔登湖》,徐迟译,上海:上海译文出版社,2009年,第119—120页。

黄金般的文字比银币还珍贵,小人国里的美国人是思想上的侏儒,他们需要一种精神文化的滋养,从而长成巨人。大多数美国人都"还不知道"的一部"神圣经典"就是摆在梭罗桌上的《伊利亚特》。不懂希腊文、有英雄气质的读者很可能没有机会了解希腊诗人的智慧和史诗英雄的卓越。梭罗宣称,古典作品是"最崇高的人类思想的记录",是"唯一的,不朽的神示卜辞";"读得好书,在真实的精神中读真实的书,是一种崇高的训练"。①瓦尔登湖自然生态是一种真实的精神,《伊利亚特》是"真实的书"。而这种"神示卜辞"和"真实的书"对于一些读者的直接影响是:"可以读荷马或埃斯库罗斯的希腊文原著的学生,决无放荡不羁或奢侈豪华的危险,因为他读了原著就会在相当程度之内效仿他们的英雄,会将他们的黎明奉献给他们的诗页。"②在梭罗的时代里,"荷马还没有用英文印行过"③,梭罗就是读希腊文原著的学生。"有英雄气质"的梭罗是怎样效仿他的史诗英雄的呢?

梭罗的瓦尔登湖实验效仿了史诗英雄勇敢行动的特点,他在创作《瓦尔登湖》时,像荷马一样让自然活生生地呈现。不仅如此,他通过读"真实的书"获得"真实的精神","将黎明献给诗页",像史诗英雄一样追求一种至上的荣誉和不朽的精神。

1849年出版的《河上一周》销售不佳,梭罗因此欠债300美元。梭罗决定做专业测量员并开始招徕业务还债谋生。④同时,他推迟了《瓦尔登湖》的出版。梭罗作为诗人作家的思想似乎不被接受,他很失望,但"只是设法

① 亨利·梭罗:《瓦尔登湖》,徐迟译,上海:上海译文出版社,2009年,第113页。
② 同上书,第112页。
③ 同上书,第116页。
④ 亨利·梭罗:《寻找精神家园》,方碧霞译,北京:外语教学与研究出版社,2009年,第29页。

在倒下的地方坐起来"①。梭罗七年修改数易其稿②,雕刻了一个在荒野水边独自测探自然、社会与人生的清醒诗人,编织了一个"使人值得购买它"的"精巧的篮子"③。《瓦尔登湖》在1854年正式出版获得的成功是他不懈努力的结果。从某种意义上说,也是他像史诗英雄一样追求荣誉的结果。

在《瓦尔登湖》里,梭罗在谈到中国古籍、吠陀经典、波斯古经、《圣经》与莎士比亚、但丁和荷马的经典时说:"有了这样一大堆作品,我们才能有终于攀登天堂的希望。"④梭罗从阅读古典作品中学到了孔孟之道、吠陀哲学、波斯美学和欧洲古典作家的智慧。对于梭罗,这些古典文化生态智慧是"极其罕见的滋养大脑和心灵的面包"⑤。梭罗的《瓦尔登湖》也因在纯净如镜的自然生态水环境上叠加这样一个丰富的精神生态世界而成为一种独特的思想载体。梭罗说:"我们的思想是我们生命中最值得纪念的事件。"⑥梭罗纪念思想的最好方式是创作。人类的精神文化生态花园在梭罗的阅读、汲取和创作中更加芬芳馥郁。在用"父亲的舌音"(文字)在《瓦尔登湖》中传达他的思想时,梭罗"重新诞生了一次"⑦,并且"攀登天堂",获得

---

① 亨利·梭罗:《寻找精神家园》,方碧霞译,北京:外语教学与研究出版社,2009年,第53页。

② 1847年9月6日梭罗完成《瓦尔登湖》的初稿大部或全部后,离开瓦尔登湖;到1854年8月9日正式出版两千册《瓦尔登湖》获得成功,是他七年笔耕不辍和几次重大修改的成果。见亨利·梭罗:《山·湖·海》,台湾蓝瓶子文化编译小组译,北京:中国对外翻译出版公司,1999年,第366、370页。

③ 梭罗在《瓦尔登湖》的"经济篇"里说:"我也曾编织了一种精巧的篮子,我并没有编造得使人感到值得购买它。"他说的这个"篮子"是指《河上一周》。

④ 亨利·梭罗:《瓦尔登湖》,徐迟译,上海:上海译文出版社,2009年,第116页。

⑤ 亨利·梭罗:《寻找精神家园》,方碧霞译,北京:外语教学与研究出版社,2009年,第14页。

⑥ 同上书,第51页。

⑦ 亨利·梭罗:《瓦尔登湖》,徐迟译,上海:上海译文出版社,2009年,第114页。

了"永恒的生命"①。梭罗因而成了《伊利亚特》中集勇气、行动和精神于一身的英雄。《瓦尔登湖》在精神生态的层面上则成了一部梭罗以湖为营地，效仿史诗英雄，探寻生命真谛的新史诗。

曾是职业测量家的梭罗说："静谧之水的最浅处也深不可测。凡映出树木、天空倒影的地方都比大西洋还深，绝无想象力搁浅的危险。"②静谧、纯净之水的映照功能让梭罗惊奇，因其映照功能，这种纯净和静谧又与一个更加深广的世界相连。在梭罗眼里，"瓦尔登湖是一个小的海洋，而大西洋是一个大的瓦尔登湖"③。瓦尔登湖的有机水体系统自然生态、社会映照功能和精神滋养使其如同一个海洋般恢宏深邃。而欧美大陆之间的大西洋——美洲新大陆与世界相连的广阔海域，它只是一个大的瓦尔登湖，因为整个世界都映照在了瓦尔登湖中。一滴水中看世界，一个湖中见海洋。瓦尔登湖的自然、社会和精神生态折射出了机器时代与商业社会到来时一个海洋甚或一个地球的生存状态。遗憾的是，梭罗的前瞻性没有唤醒他的邻人。直到近一百年后的二十世纪中期，在海洋和整个地球生态危机出现的时候，美国人，全世界的人们才从《瓦尔登湖》中重新发现了梭罗。梭罗被称作"环境保护主义运动的先驱"。

梭罗《瓦尔登湖》的创作以康科德的四季为时间之轴，以康科德的瓦尔登湖为地域圆心，划出了一个从圆心逐渐扩散开去的自然、社会和精神三维生态空间。在世人还不曾想象海洋环境危机的工商业社会初始阶段，梭

---

① 亨利·梭罗：《寻找精神家园》，方碧霞译，北京：外语教学与研究出版社，2009年，第96页。

② Henry David Thoreau, *A Week on the Concord and Merrimack Rivers; Walden, or, Life in the Woods; The Maine Woods; Cape Cod*, ed. Robert F. Sayre (New York: Literary Classics of the United Sates, Inc., 1985), 40.

③ Nina Baym et al., eds., *The Norton Anthology of American Literature*, 3rd ed., vol. 1 (New York: W. W. Norton & Company, Inc., 1989), 1043.

罗以湖为阵地的水环境创作从本章重点讨论的三个方面为尚处在萌芽期的蓝色批评做出了贡献：（一）在自然生态层面，第一次呈现了一个有机水体系统的生机。（二）在社会生态层面，以如镜的湖水鉴照出工商业社会技术革新与金钱欲望后潜伏的危机。（三）在精神生态层面，用湖上风光与古典作品滋养了追求心灵生活的现代史诗英雄。

第三章
卡森与海洋环境主义

　　梭罗的根据地是湖,卡森的根据地是海。卡森把亲近大自然的小木屋建在了缅因州的大海边。瑞秋·卡森是美国海洋学家、生态文学家,她因其"改变了历史进程"[1]、引发现代环境主义运动的著作《寂静的春天》而名满天下,为世人所崇敬。事实上,在此之前,她的"大海三部曲"《海风下》《大海环绕》和《海之滨》已成为畅销书,确定了她作为一位海洋环境主义先锋的地位。

　　唐纳德·沃斯特说:"在引导美国人去思考面对浩瀚无边的海洋环境方面,没有人比她做得更多。这是个占全地球面积3/4的大环境。"[2]这是对卡森作为海洋环境主义先锋的中肯评价。而卡森引导美国人甚至全世界的人们[3]思考海洋主要是通过她的生态著作。卡森把对自然、科学和文学的

---

　　① 传记作家保罗·布鲁克斯在1972年出版的《瑞秋·卡森:作家伏案》中认为,卡森的最后一部作品(《寂静的春天》)"改变了历史进程(changed the course of history)"。See Paul Brooks, *Rachel Carson: The Writer at Work* (San Francisco: Sierra Club Books, 1989), xi. 美国前副总统阿尔·戈尔在1994年为《寂静的春天》所撰的再版序言里也评价说:"《寂静的春天》……改变了历史进程。(*Silent Spring*...changed the course of history.)"See Al Gore, "Introduction, " in Rachel Carson, *Silent Spring* (Boston: Houghton Mifflin Company, 1962), xv.

　　② 唐纳德·沃斯特:《自然的经济体系:生态思想史》,侯文蕙译,北京:商务印书馆,1999年,第403页。

　　③ 卡森的《大海环绕》被译成四十多种文字,《寂静的春天》也被译成数十种文字出版。她的其他作品也都为世界各地的人们所喜爱。

热爱融合在她所有的作品里,她的海洋环境主义思想闪现在其水波荡漾的文字里。蓝色批评的出现源于客观语境中海洋生态危机的加剧,更源于对卡森海洋生态著作的研究和发掘。①

第一节 海洋环境主义先锋之养成

是什么原因,使卡森连连为大海作传? 是什么力量,让作家"寥寥数万字,使全世界走往了新方向"②? 在讨论卡森的作品之前,我们试图解析卡森的成长背景及其海洋环境主义思想的形成。知其人,懂其海。

一、鼎之三足

对大自然尤其是大海的热爱、海洋科学知识的积累和文学素养的沉淀是促使卡森成长为杰出的海洋环境主义先锋的三因素。

卡森对大自然的热爱始于童年。在父亲六十四英亩(1英亩约为4046.86平方米)广袤田产上,博物学知识丰富的母亲玛利亚·麦克莱恩·卡森(Maria McLean Carson)是小卡森走进自然的领路人。卡森出生于1907年5月27日,童年在宾夕法尼亚州西部亚利加尼河畔春谷(Springdale)小镇的郊区度过。童年住宅四周的小树林里有许多动植物,母亲带领小卡森

---

① 本章将重点讨论卡森"大海三部曲"中的前两部,对《海之滨》的讨论见本书第五章第二节。

② 据保罗·布鲁克斯称,《寂静的春天》出版八年之后,一家报纸评论说:"她笔下寥寥数万字,使全世界走往了新方向。(A few thousand words from her, and the world took a new direction.)"See Paul Brooks, "Introduction," in *Always, Rachel: The Letters of Rachel Carson and Dorothy Freeman, 1952—1964*, ed. Martha Freeman (Boston: Beacon Press, 1995), xxx.

在那儿初次结识了大自然。松鼠、兔子、蜜蜂、小鸟和各种知名不知名的野花小树都是她的朋友，偶然发现的蛇皮、羽毛、色彩丰富的石头是她最喜爱的玩具。在母亲的鼓励下，她还走过涓涓流入亚利加尼河的一条条小溪，去探索树林外的田野。母亲培养了她以后一生中"从来不曾失去的对野外和整个自然界的兴趣"[①]。

母亲玛利亚是牧师的女儿，她对所有生物都怀着深深的敬意与关爱。在玛利亚眼里，连蜘蛛都是神圣的。她每次在家里发现蜘蛛都会将其送到户外，从来不曾伤害或弄死它们。[②]温文尔雅的母亲对野生动物极度关注，当孩子们把从树林里捕获的小动物给她看时，她总是要求孩子们从哪里捉来的还放回到哪里去。[③]耳濡目染，母亲对野生动物的爱护和尊重为卡森日后接受施韦泽（Albert Schweitzer）"敬畏生命"的伦理打下了基础，母亲是影响卡森世界观的第一人。卡森小时候曾阻止哥哥打野兔。哥哥不许卡森干涉他的乐趣，卡森的理由是："可是兔子没有乐趣！"小卡森认为兔子与人一样享受着生命的权利和乐趣，她站在兔子的立场上向哥哥抗议。争执中母亲强有力地支持了小卡森，最后家里立下了不许打猎的规矩。[④]卡森终生痛恨打猎，特别是以娱乐为目的的狩猎。她说："直到我们有勇气承认什么叫残忍——无论杀死的是人还是动物——我们才能期待世界更美好些。不能有双重标准。在以屠杀生灵为乐的人类中不会有和平。任何对

[①] 琴吉·华兹沃斯：《瑞秋·卡森传》，汪芸译，台北：天下远见出版公司，2000年，第7—9页，第2页。

[②] 莱斯利·惠勒：《生物学家：雷切尔·卡森》，李素、张允等译，北京：北京师范大学出版社，1999年，第6页。

[③] Linda Lear, *Rachel Carson: Witness for Nature* (New York: Henry Holt and Company, 1997), 15.

[④] 王诺：《欧美生态文学》（修订版），北京：北京大学出版社，2011年，第177页。See also Philip Sterling, *Sea and Earth: The Life of Rachel Carson* (New York: Thomas Y. Crowell Company, 1970), 20.

杀戮这种低级趣味的赞美和宽容行为,都是人类发展的倒退。"①人类文明意味着对其他生物的爱护和尊重,卡森"与梭罗与缪尔一样相信人类应该与自然万物修好"②。长大后为大海立传的作家,在母亲的引领下,在远离大海的童年家乡就已萌生了对大自然终身的热爱与敬畏。

二十二岁才第一次亲眼见到大海的卡森从小就向往大海,对海洋的爱恋人渐大、情渐深。大海仿佛一直在远方呼唤这个未来的立传人。春谷小镇距离大西洋海岸几百英里,家里客厅的壁炉上放着一个响螺,她"喜欢把它靠在耳边,假装听到了大海的声音"③。在六岁上小学以前,母亲玛利亚常常在家念书给她听。母亲通过文学作品把大海引入小卡森的世界,使她最早在心中感应了大海之魅。

> 玛利亚读书的时候,整个房间寂静无声,只有壁炉里偶尔发出霹啪的爆裂声。煤油灯的光线洒在书页上,玛利亚优美的声音使字句活了起来。瑞秋坐在那儿,几乎喘不过气来。她被带到了另一个时空。她特别喜爱约翰·曼斯菲尔德(John Masefield)描述海洋的诗篇,像是《海恋》(*Sea Fever*)。这首诗的第一句是:"我必须回到海上,回到寂寞的海洋和穹苍。"④

母亲成功地启蒙了小卡森热爱自然、深恋大海的情感。大学时代的一个

---

① Paul Brooks, *Rachel Carson: The Writer at Work* (San Francisco: Sierra Club Books, 1989), 10–11.

② Hamilton Lytle, *The Gentle Subversive: Rachel Carson, Silent Spring, and the Rise of the Environmental Movement* (New York: Oxford University Press, 2007), 204.

③ 琴吉·华兹沃斯:《瑞秋·卡森传》,汪芸译,台北:天下远见出版公司,2000年,第10页。

④ 同上书,第10页。

晚上，宿舍窗外风雨交加，当她读到诗人丁尼生（Alfred Tennyson）作品《洛克斯利大厅》（*Locksley Hall*）中的诗句"为着那飞扬的狂风，已咆哮着奔向大海，我这就出发"时，心头热血澎湃。多年之后回想起来，卡森说："我仍然记得那句诗在我心中唤起的那种强烈的共鸣，好像在告诉我说我的足迹将通往大海——我那素未谋面的大海——命中注定我要和它发生某种联系。"①

对动植物的关爱、对大自然的尊重和对海洋的痴迷为卡森成为杰出海洋环境主义先锋做好了情感意识上的准备。

在接受长期的自然情感教育之后，卡森偶然而又必然地走上了从理性认识上了解自然和大海的道路。在宾州女子学院（Pennsylvania College for Women）——现在的查塔姆学院（Chatham College）上大学时，卡森先学的是文学，并非自然科学。年轻的生物学教师玛丽·斯金克（Mary Skinker）是把她引入科学殿堂的人。1926年上大学二年级时，卡森上了斯金克开设的一门必修科学课程：生物学。斯金克重视野外观察，她的课向卡森揭示了令人迷醉的科学知识和理解自然界的新方式。从此，卡森把对野外的森林、未曾谋面的大海和形形色色的生物的兴趣全都融进了这门学科。1927年，英国动物学家查尔斯·埃尔顿（Charles Elton）发表《动物生态学》（*Animal Ecology*），卡森对其中介绍的食物链、生物社区、生态位等"新的生态学"概念很感兴趣。②她决心做生物学家探索生命的奥秘，在大三这年把主修改成了科学，之后修习了一个生物专业学生所必修的全部课程。到大

---

① Paul Brooks, *Rachel Carson: The Writer at Work* (San Francisco: Sierra Club Books, 1989), 20–21. See also Martha Freeman, ed. *Always, Rachel: The Letters of Rachel Carson and Dorothy Freeman, 1952–1964* (Boston: Beacon Press, 1995), 59. 又见本书第101—102页卡森1954年11月8日给好友的信件译文。

② Hamilton Lytle, *The Gentle Subversive: Rachel Carson, Silent Spring, and the Rise of the Environmental Movement* (New York: Oxford University Press, 2007), 201–202.

四当选为本科生科学俱乐部主席时,卡森当女科学家的理想越来越坚定,她觉得自己已经放弃了从儿时一直到大一都坚持的文学梦。但是后来的事实证明:正是追求科学的道路使她发现了自己的写作主题,成就了一个独具海洋环境主义思想的生态文学作家。

　　1929年5月,卡森以优等成绩毕业,获科学学士学位,并获得暑期奖学金,得到在马萨诸塞州的林洞海洋生物实验室(Woods Hole Marine Biological Laboratory)进行为期六周的暑期科学研究的机会。①在林洞生物实验室做科学研究的那个夏天是卡森生命中的另一个转折点。她在海洋生物实验室里接受了影响一生的科学训练,发现了海洋生态学,并决定在女性科学家寥寥可数的海洋相关领域里发展。同年秋季,她获约翰斯·霍普金斯大学(Johns Hopkins University)奖学金,入校攻读遗传学专业的研究生。卡森是个贪婪地汲取科海营养的女学生,她每周白天上课和待在实验室的时间达四十多小时,晚上也用来读书和做功课。1932年,她在约翰斯·霍普金斯大学获得海洋生物学专业的硕士学位。毕业后,卡森走上了教学岗位。她先在约翰斯·霍普金斯大学任教,之后到了马里兰大学。1936年,卡森作为唯一的女性参加美国渔业局的公职考试,以第一名的成绩被美国渔业局(后来的美国鱼类与野生动物局的一部分)科技咨询部聘任为中等水生生物学研究者,这标志着她作为一名政府科研机构科学工作者事业的开端。研究工作要求她经常和专家进行有关鱼类生物学的切磋和讨论,在图书馆查阅大量资料,并经常出入实验室和现场工作站。她的工作强化了个人和大自然的联系,加深了她对海洋生态学的理解。1945年,她被正式聘为美国鱼类与野生动物局海洋生物学家。科学知识的不断积累和科学研究的经历为卡森成为最有影响力的海洋环境主义先锋做好了知识上的准备。

---

　　① 这是22岁的卡森第一次亲历大海。

卡森曾回忆说儿时的她有两个梦想，"一个是观察所有与海洋有关的神奇事物，另一个是有朝一日成为一个作家"①。她从小热爱阅读，"崇拜写作的意念"，一心决定长大做个作家。十一岁时，她以小故事《云端的战斗》（"A Battle in the Clouds"）赢得了《圣·尼古拉斯》儿童杂志银奖，并获十美元奖金。她喜欢说自己十一岁时就开始成为职业作家，因为她在英文课上写下的一篇关于《圣·尼古拉斯》杂志的作文被该杂志的广告部以每字五分钱，共三美元零几分的价钱买了下来。宾夕法尼亚州西部离大海很远，少女时代的卡森虽然没见过海是什么样子，却对浩瀚的海洋倾心向往。她读了许多关于大海的诗歌与小说，抱着当作家的心愿上了大学。上大学一二年级时卡森主修的是英语专业。她参加学校的文学社团，常为学校的报纸写东西。热爱生命的卡森常把动物当作写作的主题。她发表在校报上的一个故事里主张一只猫有权利"像任何一个人一样，做个独立又善良的生命"②。工作后，她更是笔耕不辍。卡森有着大海情结，1937年她在美国一流的文学文化刊物《大西洋月刊》上发表了第一篇散文作品《海底世界》（"Undersea"），文章的第一句话是："有谁知道大海吗？"③她的"大海三部曲"《海风下》（1952年再版并列入畅销书目）、《大海环绕》（获1951年美国图书奖，在畅销书目上长达八十六个星期之久）、《海之滨》（畅销书）为她赢得了作家的声誉。卡森像写出《瓦尔登湖》的她所喜爱的梭罗一样，步入杰出散文作家之列。有意识的文学素养的积淀，是卡森成为最有影响力的海洋环境主义先锋和生态文学作家之一的又一要因。

---

① Mary A. McCay, *Rachel Carson* (New York: Twayne Publishers, 1993), 23.

② 琴吉·华兹沃斯：《瑞秋·卡森传》，汪芸译，台北：天下远见出版公司，2000年，第21页。

③ Paul Brooks, *Rachel Carson: The Writer at Work* (San Francisco: Sierra Club Books, 1989), 24.

情感意识上的准备、科学知识的积累和文学素养的沉淀如鼎之三足，是卡森成长为海洋环境主义先锋的坚实基础。

二、风信子花的芬芳

卡森独身一生，但朋友众多，其中大部分是因创作而结识的自然科学家或文学编辑，如著名海洋学家威廉·毕比（William Beebe）和她写作与出版《大海环绕》时得力的文学经纪人玛丽·罗黛尔（Marie Rodell）。卡森是一位独立创作的作家，如果说1941年的《海风下》是一位文学爱好者独自的大胆尝试，1951年出版后轰动全美的《大海环绕》，却是一位海洋生物学家和作家在众多朋友的支持下[①]潜心创作的成果。

写《海之滨》与《寂静的春天》时，卡森有了一位心灵相通的挚友。她的一位普通读者，多萝西·弗雷曼（Dorothy Freeman，1898—1978），成了她生命中的知己。瑞秋·卡森和多萝西·弗雷曼长达十二年的书信往来中，"白色风信子花"是一个隐喻。它有什么涵义？它与卡森的大海又有什么关系？ 1995 年出版的书信集《永远的瑞秋》（*Always, Rachel: The Letters of Rachel Carson and Dorothy Freeman, 1952-1964*）[②]中，两个好友的私密空间向公众敞开，成为窗口，为我们的疑问提供了答案。

---

① 卡森创作《大海环绕》期间，给过她建议和意见的知名人士包括当时美国自然历史博物馆的馆长默非（Robert Cushman Murphy）——十多年后他为卡森的《寂静的春天》而战，海洋作品《康-蒂基》（*Kon-Tiki*，1947）的作者何亚达（Thor Heyerdahl），著名海洋学家哈佛教授毕格罗（Henry B. Bigelow），佛罗里达海洋工作室的负责人麦克布莱德（Authur McBride），等等。麦克布莱德曾手写16页的长信回答素不相识的卡森的提问。卡森在感谢信中说："如果知道您会提供如此详实的资料，我会没有勇气向您提那么多问题，但是所有资料都是我最需要的……"See Paul Brooks, *Rachel Carson: The Writer at Work* (San Francisco: Sierra Club Books, 1989), 113.

② 卡森与好友多萝西的通信结尾常用"All my love always, Rachel"，故书信集编者多萝西的孙女玛莎用"*Always, Rachel*"做书名，以纪念两位好友永恒的友谊。为中文行文上的一致，本书中瑞秋、瑞秋·卡森的称呼多用卡森代替。

　　卡森与多萝西初识于 1953 年 7 月 12 日，当时卡森 46 岁，多萝西 55 岁。她们的友谊却书信为媒、大海为妁，始于 1952 年底。[①]1952 年，先前经济困窘的卡森因为第二部大海传记《大海环绕》异常成功，终于开始了她在缅因州的南港岛建个小木屋、临海而居的行动。多萝西与丈夫是卡森的读者[②]，他们每逢夏天都搬到南港岛上自家木屋居住。多萝西得知卡森建屋南港岛的消息后，给她写了封欢迎为邻的短信。这之后，连续十二年里（直到卡森 1964 年春逝世），每个夏天她们在南港相聚观海，其他三季则马麻两地[③]，鲤鱼鸿雁，心意通达。

　　1954 年 2 月 6 日，卡森给多萝西写了一封她们友谊史上里程碑式的信。信中卡森说想起有人曾经讲过，如果他仅有两便士，那么他要用一便士买面包，用另一便士买一朵白色的风信子花，滋润心灵。卡森说，多萝西就是自己的"白色风信子花"。又说自己的时间不能全用在写书挣面包上，得分出一部分给她写信。[④]以后每年的 2 月，卡森与多萝西都会提及、纪念她们的风信子花信件。1958 年 2 月 5 日的书信里，卡森说："你收到这封信时，一定是我俩的书信纪念日——我俩鱼雁来往情谊弥坚的纪念日。白色的风信子花是我们鱼雁来往的象征，也是我们情谊的象征。"[⑤]朋友多萝西、信件、情谊是这两段引文中对"白色风信子花"的三个注释。在 1954 年 3 月 12 日、1955 年的 2 月、1959 年 2 月 6 日、1959 年 10 月 2 日、1959 年 10 月 3 日、1961 年 2 月 6 日、1963 年 2 月 4 日、1964 年 2 月 5 日的信里，卡森又先后八次

---

① Martha Freeman, ed., *Always, Rachel: The Letters of Rachel Carson and Dorothy Freeman, 1952–1964* (Boston: Beacon Press, 1995), xiii.

② 多萝西的儿子送过父母一本《大海环绕》作生日礼物。

③ 卡森居马里兰州银泉镇，多萝西在马萨诸塞州西桥水镇，马萨诸塞州通常简称"麻州"。

④ Martha Freeman, ed., *Always, Rachel: The Letters of Rachel Carson and Dorothy Freeman, 1952–1964*, 20.

⑤ Ibid., 250.

提及"白色风信子花"。"白色风信子花"为什么让她念念不忘呢？它到底有哪些涵义呢？为什么众多朋友里唯有多萝西是她的"白色风信子花"呢？

如果说卡森信中的白色风信子花是友谊之花，她是需要多萝西信件滋养的精神贵族，似乎解释得通。但为什么多萝西的友谊才是白色风信子呢？

首先，这与卡森的大海之恋有关。情趣投合是友谊之基。卡森与多萝西发现她们都热爱大自然、海洋和猫，而且都关心照料自己年迈的母亲。[①]海之恋尤其使她们一见如故。多萝西自幼生活在缅因州的海滨小镇，"除了船帆、咸的海风、滚滚潮水，几乎不知道还有别的东西"，她还是婴儿时就随家人从波士顿乘轮船来到南港度假，是被人用篮子放到小平底船送上岸的。[②]而自幼爱海的卡森，直到大学毕业后才第一次见到大海；发表两部大海传记，人到中年后才得以像自己喜欢的作家梭罗一样临水而居。卡森是大海传记家，而多萝西却是大海的女儿，是卡森与大海之间最直接的门径。初次见面后的通信里，卡森答应多萝西夫妇，等他们度完加拿大长假回到缅因州时，带他们去海边观察潮池里的生物，并建议以后通信里的称呼不再用隔阂的敬称，改用朋友间的爱称。初会后仅两个月，卡森在1953年9月28日的信里说："九月的大潮涨了又落，每次走在海岸探索水的世界时，我多么希望你也在那儿啊——你本可同我一道，赶上这场潮汐的。……我真想告诉你，你的每一封信都让我无比欢欣。我仿佛觉得认识你不止几周，已有多年。对于两个对那么多事物心气相通的人来说，相识的早晚并没有关系……很高兴在你我认识之后，你觉得那两本书[③]还值得再读。而

① Linda Lear, *Rachel Carson: Witness for Nature* (New York: Henry Holt and Company, 1997), 244; Mark Hamilton Lytle, *The Gentle Subversive: Rachel Carson, Silent Spring, and the Rise of the Environmental Movement* (New York: Oxford University Press, 2007), 100.

② Linda Lear, *Rachel Carson: Witness for Nature* (New York: Henry Holt and Company, 1997), 246.

③ 指卡森在与多萝西相识相知前已经出版的两本书：《海风下》和《大海环绕》。

我认识你后，觉得你对我笔下文字的这份钟爱，于我尤其重要……我一生都热爱野生动物，而我的大海之恋，是在我见到大海很久之前就存在的一种心向往之……"①信件来往加速增深了卡森与多萝西的友谊。发现多萝西与自己一样迷恋文学、自然和大海，卡森遇逢知音，相见恨晚，笔吐心声。

1954年11月8日，卡森在信中又一次坦言了自己的大海之恋。

我亲爱的［多萝西］②，

《大海环绕》的第一版已经不多了，如果你没有一本第一版我会很不开心。我们俩都知道这本书对于我们的意义。但是，送你这个版本时我想告诉你底下的事。

很多年前的一个晚上，风声和着雨声敲打着我大学宿舍的窗棂。我读着诗人丁尼生的作品《洛克斯利大厅》，其中的一句在我心头熊熊燃烧——

"为着那飞扬的狂风，已咆哮着奔向大海，我这就出发。"

我仍然记得那句诗在我心中唤起的那种强烈的共鸣，好像在告诉我说我的足迹将通往大海——我那素未谋面的大海——命中注定我要和它发生某种联系。

果然如此，你看，的确有这种联系。我终于成了给大海做传的人，而大海让我得到了承认，得到了世人所说的成功。

大海让我到了南港。

大海让我结识了你。

---

① Martha Freeman, ed., *Always, Rachel: The Letters of Rachel Carson and Dorothy Freeman, 1952-1964* (Boston: Beacon Press, 1995), 5-7.

② 因为亲密的缘故，卡森与多萝西在信件抬头及正文中称呼对方时常省略了名字。书信集的编者玛莎·弗雷曼（Martha Freeman）——多萝西的孙女、卡森与多萝西书信的持有人——将抬头中省略的名字补充标出，以方便读者辨识。

所以,现在大海对我又有了全新的涵义。甚至这本书的题目都有了新的个人的意味——大海环绕,围绕我俩的海。

为我珍藏此书吧,亲爱的,理解它的一切含义吧。

我最深的爱——

瑞秋①

从心向往之的学生到大海传记作家,到南港小屋主人,再到多萝西的挚友,卡森把自己的大海情缘做了一个时序性的描述。年年岁岁,卡森与多萝西友谊之花的绽放,鱼来雁往的频繁,总是或交流关于大海的阅读和写作的进展,或互报两地季节变换中草木鸟兽的近况。她们似乎要弥补先前未能共同发现探讨大海之奇、自然之美的时光。卡森甚至在信里说一想到多萝西首先就想到南港,虽然知道她当时不在南港。多萝西是卡森的"白色风信子花",因为多萝西是大海的化身,是卡森大海之恋的别称。

多萝西的友谊是卡森的"白色风信子花",原因之二在于两人都热爱文学。卡森在1954年3月12日的信件里追溯"白色风信子花"的典故来源时说,她的一个朋友多次说到"白色风信子花",因为这个朋友的妈妈嗜好读书,家里买书的花销经常超支,但是朋友的妈妈说书籍是"白色风信子花",值得多花钱。卡森说"白色风信子花"隐喻的或许是指书籍,但她们把这个隐喻演化成"你对我的意义"了。②多萝西对卡森的意义是否也有与书籍和文学相关的一层呢?上文1954年11月8日信件里,卡森让多萝西理解一本书的"一切含义",据此我们可以推断,多萝西能了解书的本义与引申义,她是读书爱书之人。另一个证据是她俩的信件里讨论了很多她们喜欢

---

① Martha Freeman, ed., *Always, Rachel: The Letters of Rachel Carson and Dorothy Freeman, 1952–1964* (Boston: Beacon Press, 1995), 59.

② Ibid., 32.

的自然作家的文章或专著，这些作家包括亨利·梅杰·汤姆林森（Henry Major Tomlinson）、理查德·杰弗里斯（Richard Jefferies）、艾温·威·蒂尔（Edwin Way Teale）、亨利·贝斯顿（Henry Beston）、E. B. 怀特（E. B. White）和洛伊斯·奎斯勒（Lois Crisler），等等。多萝西是弗雷明汉州立师范学校毕业生，婚前当过教师，很受欢迎。由于当时已婚女子不能教书，婚后她在料理家务的同时一直写日记，把她所读的书、所听的歌剧和所观察到的自然万物及所思所想都记录了下来。而且，她性格外向，勤于书信，将大部分余暇时间都用在给朋友和以前的同学写信上，写信是她抒发感情和满足创作欲望的途径。①给卡森的一封欢迎信引出了一段每周数封、十二年不断的尺牍奇情。多萝西文笔很好，她甚至和卡森讨论过要写一本书，只是一直没有付诸实践。可见，多萝西善阅读、勤写作，是位有文学素养的朋友。

与多萝西通信的十二年里，瑞秋·卡森创作了另两部畅销书：《海之滨》和《寂静的春天》。卡森在第一封风信子花信件中写到，未曾想过一个人能真正了解作家的精神世界需要哪种营养滋养。她渴望有个人能够具有与她共同分担创作艰辛的能力和深刻的理解力，能够体察她的心痛、身心的巨大疲惫和不时笼罩下来的绝望心情——这个人关爱她和她试图创作的东西。②从两次见面和随后的通信交往中，卡森敏锐地感觉到多萝西就是那个不仅能当亲密朋友，而且能做知己的人。《海之滨》创作过程里，多萝西一方面常和丈夫陪同卡森到海滨观察观察③，另一方面是瑞秋写下的每个

---

① Linda Lear, *Rachel Carson: Witness for Nature* (New York: Henry Holt and Company, 1997), 247.

② Martha Freeman, ed., *Always, Rachel: The Letters of Rachel Carson and Dorothy Freeman, 1952–1964*, 20.

③ 瑞秋·卡森将《海之滨》一书献给多萝西夫妇，这是对她与多萝西友谊的纪念与致敬。书中的献词是："致多萝西和斯坦利·弗里曼 他们和我一起下到退潮的海滨，和我一起感受那个世界的美丽和神秘。(To DOROTHY and STANLEY FREEMAN who have gone down with me into the low-tide world and have felt its beauty and its mystery.)"See Rachel Carson, *The Edge of the Sea* (New York: New American Library, 1955), 4.

新章节的第一读者。《寂静的春天》创作阶段,卡森身患癌症,病体羸弱,多萝西的信件"照亮了那些最黑暗的日子"①。她从身体上到精神上给予卡森呵护和支持,而且很有先见地纠正卡森信件里对其"毒品之书"的称呼,称其为"生命之书"。②作家卡森把作品开头章节的不同版本、引言的采用和进展速度信告多萝西,病人卡森把治病的感受、带病工作的勇气书传多萝西。而多萝西是卡森的坚强后盾,她总在精神上支撑着卡森。在1959年的风信子花信件纪念日③,卡森订了一束白色风信子花送给多萝西,并在信中写道:"亲爱的,当我淹没在悲伤里时,知道有你在怜爱我、帮助我,我就又有了力量,能挺下来了。"④对文学的理解和热爱让多萝西成了作家卡森的"白色风信子花"——她最好的读者和朋友。

对海洋与文学的热爱如双流合汇,奠定了卡森和多萝西情谊的基石,并使卡森潜心完成了第三部大海传记《海之滨》和《寂静的春天》。在讨论了象征情谊的"白色风信子花"具有的海洋、文学两重隐含意义之后,我们很难忽视卡森给多萝西的书信中最馨香动人的东西:她的信念——对自然之美的信奉与执着。如果说多萝西的友谊是她的"精神粮食(food for her soul)"⑤,卡森内心的信念则是她赠献给多萝西的"白色风信子花"中最美的一朵。一朵怎样的风信子花,一种什么样的信念,让卡森写完《寂静的春天》,最终得以"改变历史进程"?

---

① Mark Hamilton Lytle, *The Gentle Subversive: Rachel Carson, Silent Spring, and the Rise of the Environmental Movement* (New York:Oxford University Press, 2007), 2.

② Martha Freeman,ed.,*Always,Rachel:The Letters of Rachel Carson and Dorothy Freeman, 1952-1964* (Boston: Beacon Press, 1995), 254-255.

③ 2月6日,纪念1954年2月6日第一封风信子花信件的日子。

④ Martha Freeman, ed., *Always, Rachel: The Letters of Rachel Carson and Dorothy Freeman, 1952-1964*, 278.

⑤ Ibid.

在给多萝西的信中，卡森详细描述过诸如以下的情景：一只萤火虫怎样试图与海中的磷光对话，最后她涉水（当时她早已站在齐膝深的冰冷的海水里）去救被自己的影子弄糊涂的萤火虫；她用指头给海滩上受到惊吓的小蟹挖一个洞，小蟹赶紧藏身进去；首次偶遇美丽脆弱的"印度筐蛇尾"，她痴心凝望不觉潮来，无心采它来做标本，因为惊其"美丽、优雅、高贵"，觉得"扰乱这样的生物是一种亵渎"。卡森在亲近大海的同时感悟大海，敬畏着自然的美丽与神奇。她是施韦泽"敬畏生命"伦理[1]的忠实推行者。这可以解释为什么她每次实验研究完毕总小心翼翼地把潮间带标本送回大海[2]，为什么后来在《寂静的春天》的扉页上题注，她将书"献给阿尔贝特·施韦泽"[3]。

1957年12月31日的深夜，卡森在信中谈道：当偶然看到著名建筑师赖特（Frank Lloyd Wright）在电视访谈节目里认为人类应在对待自然所谓"坦诚的傲慢（honest arrogance）"和"伪善的谦卑（hypocritical humility）"两种态度中选择前者时，"这反倒使我的信念更加明晰了——这个世界里最大的错误就是人类高高在上的傲慢。这个世界里人类必须怀有谦卑和敬畏之心"[4]。

---

① 施韦泽"敬畏生命"伦理产生于非洲丛林里的河流上，其核心原理是："善保存生命，促进生命，使可发展的生命实现其最高的价值。恶则毁灭生命，伤害生命，压制生命的发展。"当施韦泽思考"伦理体系最坚实的基础是什么"这个问题不得其解、极度疲乏和沮丧时，游水过河的河马群给了他灵感，他脑子里蹦出了"敬畏生命"的概念。施韦泽认为："只涉及人对人关系的伦理学是不完整的。……由于敬畏生命的伦理学，我们与宇宙建立了一种精神关系。我们由此而体验到的内心生活，给予我们创造一种精神的、伦理的、文化的意志和能力，这种文化将使我们以一种比过去更高的方式生存和活动于世。由于敬畏生命的伦理学，我们成了另一种人。"参见阿尔贝特·施韦泽：《敬畏生命——五十年来的基本论述》，陈泽环译，上海：上海社会科学院出版社，2003年，第7—9页。

② Paul Brooks, *Rachel Carson: The Writer at Work* (San Francisco: Sierra Club Books, 1989), 10.

③ Rachel Carson, *Silent Spring* (Boston: Houghton Mifflin Company, 1962), v.

④ Martha Freeman, ed., *Always, Rachel: The Letters of Rachel Carson and Dorothy Freeman, 1952–1964* (Boston: Beacon Press, 1995), 241.

时隔两月，在1958年2月1日给好友多萝西的信里，卡森坦陈了自己的信仰危机。她说：

> 我很长一段时间以来精神上很受震撼……当然当今每一个人都知道近十年来整个科学世界发生了革命。我想我的信仰自原子科学完全确立后很快就受到影响了。对我来说，很多新思想毫无吸引力，我完全不愿接受。旧有的观念，尤其是在情感和理智上感觉亲近的观念难以改变。比如说，相信大自然的绝大部分是人类永远无法干预的——人类可以夷平森林，拦河筑坝，但是，云、雨和风是永远属于上帝的。
>
> 认为生命之河能永远沿着上帝指定的方向流淌——没有人类，生命之河中之一滴的干扰——是件令人欣慰的事。或者认为，环境可以塑造生命，但生命永远没有彻底改变甚至毁坏自然世界的能力。
>
> 这些信念已经成为我生命的一部分，每当我考虑类似问题的时候，即使它们只是受到隐约的威胁，我都会震惊。所以，像我告诉你的情况一样，我关闭心灵，可是却不得不想；我闭上眼睛，可是却不得不看。……
>
> 我仍然感到，需要好好向大家证明我固有信念的正确性。那就是，在人类进入"新天地"，或者说太空时代——如果会进入的话——的时候，他必须是怀着谦卑而不是傲慢之心的。①

卡森"认为生命之河能永远沿着上帝指定的方向流淌"，这种对"上帝"力量的信赖表明她对自然世界的健康和谐之美抱有一种真诚的愿望。人

---

① Martha Freeman, ed., *Always, Rachel: The Letters of Rachel Carson and Dorothy Freeman, 1952-1964*, 248-249.

类毁林扰河，破坏之手触及大自然中"永远属于上帝"的部分。新科学带来改天换地的影响后，人类的理智及"纯粹理智的产物——科学与技术"成为很多人的新信仰[1]，"上帝"及"上帝"创造的美丽神奇面临"威胁"。科学的正确性与上帝崇高不可动摇的地位在原子科学时代不幸针锋相对，互为矛盾。人类只是"一滴水"，却将改变整个地球生命之流的江河？卡森困惑，"震惊"。"大自然的绝大部分是人类永远无法干预的"，这种信念在科学革命中被完全推翻。原子科学时代到来，不愿接受的事实正在发生，难以改变的观念被迫改变，卡森对自然力量的信仰崩裂。她陷入了"关闭心灵"的消极抵抗状态，但是毫无用处。幸运的是，卡森还有一条底线可以固守——人类的"谦卑"能使人与自然相融，并遵循"让生命与地球紧密相连这种最根本的统一性"[2]。人类必须"谦卑"的这个哲学信条支撑着她。

拉伯雷（François Rabelais）在数百年前说，"科学没有良心就意味着灵魂的毁灭"；目光敏锐如卡森的现代人则发现，那还意味着人类和地球的毁灭。于是，虽在1960年初已确诊癌症，卡森选择了坚持声讨死亡之源，用最后的生命写作《寂静的春天》——一部揭露DDT等剧毒化学物质的毒性影响，敲响地球危机警钟的著作。早在1958年，卡森决心亲自用科学研究的方法、通俗晓畅的文学语言来揭示问题时，她给多萝西的信里写道："我深知自己要做的事意义重大！若保持沉默，余生里我的内心将永无宁日。"[3]为保护自然的美丽和神奇，卡森做出了"不管代价如何"都要用作品揭露真相的决定。在其1962年1月23日写给多萝西的信件里，我们看到了这样一幕：书稿终于写完，四年的紧张与艰辛瞬间消逝，卡森抱着心爱的

---

① David Ehrenfeld, *The Arrogance of Humanism* (Oxford: Oxford University Press, 1981), 5–6.

② Rachel Carson, *The Edge of the Sea* (New York: New American Library, 1955), 8.

③ Martha Freeman, ed., *Always, Rachel: The Letters of Rachel Carson and Dorothy Freeman, 1952–1964* (Boston: Beacon Press, 1995), 259.

猫咪杰菲(Jeffie),泪水夺眶而出。卡森在这封信里说:"去年夏天当我说我若完不成这本书,我听到画眉的叫声心头一定不再欢欣时,你就知道我有多看重这本书。昨晚完稿后,我一下子想到了所有的鸟儿,所有的小动物,大自然里所有的美丽与奇幻。我终于做成了我能做到的——我写完了这本书——从此它有了自己的生命!"①四年的艰苦研究和写作及作品发表后的论战说明,除了洞察力和责任感,外表柔弱的卡森具有一个环境主义先锋的特殊素质:巨大的勇气与坚定的信念。对美丽自然的敬畏与爱恋转化成一种保护自然环境之美的信念。这或许是卡森终于写完《寂静的春天》,拉响现代工业环境污染警报,肇始现代环境主义运动,"使全世界走往新方向"的原因。

"白色风信子花"在卡森书信集里是一个特殊的隐喻,它既指涉卡森与多萝西的尺牍传寄与传奇,她俩共同的爱恋——大海与文学,又指涉多萝西在卡森生命里不可替代的位置;同时也是卡森给多萝西及身后读者留下的一份永远芬芳的礼物:对自然之美的谦卑敬畏之心。

白色的风信子花,芬芳馥郁,友谊与信念是两枝最洁白的花蕾,亭亭绽放在卡森的创作轨迹里。如果说情感意识上的准备、科学知识的积累和文学素养的沉淀三因素如鼎之三足,为卡森成长为海洋环境主义先锋扎稳了根基,风信子花的芬芳则为一位海洋环境主义先锋的出现提供了精神给养。

---

① Martha Freeman, ed., *Always, Rachel: The Letters of Rachel Carson and Dorothy Freeman, 1952–1964* (Boston: Beacon Press, 1995), 394.

第二节 《海风下》:大海生命共同体

瑞秋·卡森晚年回顾写作生涯时,称自己最钟爱的是"大海三部曲"的第一部《海风下》。[①]文学评论家贾特娜(Carol B. Gartner)建议初读卡森的读者从《海风下》读起,因为这本书"结合了形式、内容和风格的美,以文学而论,是她最成功的作品"[②]。《海风下》兼富诗意与知性之美,其中的两章被著名海洋学家威廉·毕比(William Beebe)博士作为当时自然科学的最新成果,选编进了他"以古希腊哲学家亚里士多德开始,以卡森结束"的《博物学家读本》(1944)。[③]可见,《海风下》作为海洋生态文学作品,在文学和科学上都有一定的代表性。

《海风下》是由卡森1937年发表在美国最负盛名的杂志《大西洋月刊》上的《海底世界》一文扩展而来的,有着大海情结的卡森希望通过自己的作品让更多的人了解和喜欢大海。《海底世界》中,卡森用生动的描述从生态学的角度向人们展现出了海底的生命世界。当时,几乎没人听说过生态学这个名词,更不理解其背后的意义。1941年11月1日,由西蒙和舒斯特出版社正式出版的《海风下》中,大海生物是主角。卡森通过引导人们在想象中进入海岸、浅海、深海生物的生活,让人们开始关注海洋生物的生存,体会大海作为一个生命共同体的活力。大海生命共同体,或者说大海有机论

---

① Paul Brooks, *Rachel Carson: The Writer at Work* (San Francisco: Sierra Club Books, 1989), 37.

② 瑞秋·卡森:《海风下》,尹萍译,台北:季节风出版有限公司,1994年,译序第7页。

③ 莱斯利·惠勒:《生物学家:雷切尔·卡森》,李素、张允等译,北京:北京师范大学出版社,1999年,第58页。

是《海风下》的核心主题。卡森在这部作品中描述的和谐大海是整个"水球"的象征,其自然观得到了初次体现:"水球"应是各种生物各居生态位的谐美家园。

本节通过对作品中大海主角化、"负熵"世界和海风唤归等文本特点及内容的分析,逐而解读出文本的海洋环境主义思想内涵及创作意义。海风吹拂之下,大海是一个生命共同体:海洋生物互依互存,生死相因,物质不朽,生命永恒。

一、大海传记

作为海洋科学家,卡森坚持这样一个观点:海洋深处是人类最应该关注了解的地方,因为海洋是孕育地球生命的子宫;从海洋——这个最合适的地方开始来理解生命的奥秘,是科学道德的一部分。[①]她同时认为,以科学的眼光观察了解大海世界的同时,以文学的心情来感受领悟其生命和生态精神,是最有智慧的地球物种——人类应该达到的和谐统一。这或许是卡森为什么对大海如此专情,走近大海,以生态文学作家的理性激情再三执笔为大海立传的原因。

大海是一个生命共同体,《海风下》是一部大海传记。

在《海风下》第一版的序言里,卡森说:"在构思这本书时,我起初为谁是主角犹豫不决,但很快明白:没有任何一种动物——鸟、鱼、哺乳动物或其他的海洋生物——能生活在我试图描绘的浩瀚海洋的所有空间。当我意识到无论希望与否,海洋本身就是主角时,问题迎刃而解了。因为海洋

---

① Vera L. Norwood, "Heroines of Nature: Four Women Respond to the American Landscape, " in *The Ecocriticism Reader: Landmarks in Literary Ecology,* ed. Cheryll Glotfelty and Harold Fromm (Athens: The University of Georgia Press,1996),336.

执掌着游弋其中，大大小小所有生命的生死大权。"①卡森又说，"《海风下》真正的主角是生命本身，（大海里）生命是聪明幸运者才可挣获的礼物"②。"海洋本身就是主角"，大海作为容纳所有海洋生命的地方，是一个生命场，它本身就是一个生机盎然、力量无穷的生命共同体。

从谋篇布局可以看出，《海风下》是卡森的海洋生命共同体传记。为勾画出大海生命的全貌，作品分三部分依次描述海滨、浅海和深海的大海生物。三部分里各有最强的音符，但大海是主旋律；海岸昆虫的低吟浅唱、空中鸥雁的鸣啭骊歌、水中鱼虾的冲浪拍水声交汇奏成了一部大海生态交响曲。第一部分"海的边缘"主要讲述的是海滨的三趾鹬首领黑脚和他的配偶银条随大海的韵律迁徙、育雏的故事。通过三趾鹬夫妇的故事，我们得知每年春天，三趾鹬群都要进行八千英里的北返迁徙，也就是从它们冬季在南美的家迁到夏季在北极的家。北极冻土上迎接它们的是暴风雪，风雪过后的春融，以及秋季里的如雨落花。随着大海的潮涨潮落，太阳黄道的变化，迁徙的滨鸟、水鸟如三趾鹬、半蹼鹬、草鹬、麻鹬、鸻鸟、雪雁、黑雁、秋沙鸭、帆布背潜鸭、蓝翼水鸭、天鹅、沙鸥、猎鸥等一生要做几万里"追逐太阳，南北奔驰"③的壮旅。季节变换里它们要经历大自然的考验，聆听大海的脉动。第二部分"鸥鸟飞处"里的主人公是浅海生物鲭鱼史康波。借鲭鱼史康波从受精鱼卵到幼鱼、成鱼一生的大海游历，卡森写到了矽藻、硅藻、夜光藻、角甲藻、角叉菜、海带等植物，三趾鸥、沙鸥、燕鸥、霜鸥、贼鸥、塘鹅、红色翻石鹬、剪水鹱、暴风鹱、短翅小海雀等飞鸟，水螅、蚬、蛤、虾、蟹、鲷、鲱、鳕、鳐、玉筋鱼、鳁鱼、栉水母、瓜水母、叶状大水母、桡足类、端足

---

① Paul Brooks, *Rachel Carson: The Writer at Work* (San Francisco: Sierra Club Books, 1989), 35.

② Rachel L. Carson, *Under the Sea-Wind* (New York: Oxford University Press, 1952), back flap.

③ 瑞秋·卡森：《海风下》，尹萍译，台北：季节风出版有限公司，1994年，第23页。

类、软翼海螺、大刺魟、青鲈、旗鱼、鲽鱼、鲂鮄、鳎鱼、狗鲨、蓝鲨、杀人鲸等几十种水中海洋生物。第三部分"溯本归源"讲的是一条名叫安桂腊的雌鳗鱼从内陆池塘赶赴大西洋深处产下小鳗的故事。沿途所遇的植物动物如黄睡莲、灯心草、褐藻、绒鸭、天鹅、浣熊、八目鳗、傲视鱼、铲子鱼、大章鱼、咕噜咕噜鱼等又是几番风景、众多情节。在卡森笔下,海洋生物活力旺盛,但又无一例外地受大海的抚触而归于同一。大海是具有"根本的统一性"①的海洋生命共同体。

《海风下》三部分各讲述一种伴随大海的韵律生存繁衍的区域性生物代表,也包含其他许多种海洋生物的故事,如剪嘴鸥灵巧、白枭欧克比、鲅鳒罗斐斯、海鳟席诺雄、一队队的鲥鱼、沙滩上埋蛋的雌龟、天空中猎食的鸥鸟……但这些都不是作品的主人公。作者心中,作品的主人公只有一个——大海。②无论是对海滨、浅海还是深海故事的叙述,《海风下》"每一页都浸透着海洋的气息、浩瀚海水的动感、波涛的声响"③,大海是全书的中心主角,是主宰海洋中万物的力量。所以我们不妨说,大海是活的,是一个生命共同体,《海风下》是一部大海传记。

人的位置在哪里? 值得我们注意的是,《海风下》中人类只是无垠大海里占据一定生态位的边缘角色。在叙事上,卡森以"大海中的某种生物"的身份来讲述故事。人在作品中前后共出现九次,都是作为"鱼类眼中的掠食者和毁灭者"④而来的。读者熟悉的人类文化中的计时仪器没有在作品

---

① Rachel Carson, *The Edge of the Sea* (New York: New American Library, 1955), 8.

② Linda Lear, ed., *Lost Woods: The Discovered Writings of Rachel Carson* (Boston: Beach Press, 1998), 56.

③ 林达·利尔:《自然的见证人:蕾切尔·卡逊传》,贺天同译,北京:光明日报出版社,1999年,第84页。See also Linda Lear, ed., *Lost Woods: The Discovered Writings of Rachel Carson* (Boston: Beach Press, 1998), 56.

④ 林达·利尔:《自然的见证人:蕾切尔·卡逊传》,贺天同译,北京:光明日报出版社,1999年,第83页。

中出现，取而代之的是潮汐的韵律、阳光的冷暖和海风的徐疾。整个创作过程中，卡森一改"人类中心主义"的视野，把人类作为生物的一个种群放置在广阔大海的生态画卷里。人类只是大海生命共同体中的一分子。卡森期望读者能抛开直立的人的高度，进入海洋生物的真实世界，谦卑地观察自然、欣赏大海。

中外文学史上与大海相关的作品不可胜数，麦尔维尔的《白鲸》、海明威的《老人与海》、冰心的《海恋》都是名篇，但是那些作品的主角还是人，海只是作了"阔大"的"背景舞台"①。以海洋为中心，来记述海洋生命的故事，洞察作为整体的海洋的生命与精神，《海风下》做出了很好的尝试。大海是卡森笔下的生命共同体，"头号主角"的转换，使《海风下》成了一部生态文学中魅力经久不衰的大海传记。

二、"负熵"世界

德国物理学家克劳修斯（Ruelolf Clausius，1822—1888）最初用"熵"（无效能量的总和）这个术语来描述热力学问题，指出每当一定的有效能量被消耗掉，周围环境的混乱就会增加。熵的增加表示宇宙物质的日益混乱和无序。薛定谔（Erwin Schrodinger，1887—1962）认为，"取负号的熵是序的一个量度"；一个生命有机体要活着，"就是从环境里不断地汲取负熵"，"太阳光是负熵最有力的供应者"，"有机体就是靠负熵为生的"。②随着美国社会学家里夫金（Jeremy Rifkin）和霍华德（Ted Howard）的《熵：一种新的世界观》的出版，熵理论已经无处不在。根据熵理论，资源、环境的消耗程度与社会的稳定程度是成反比的，资源和环境消耗越多，混乱程度也就越

① 冰心：《海恋》，《人民日报》，1962年9月18日。
② 埃尔温·薛定谔：《生命是什么》，罗来鸥等译，长沙：湖南科学技术出版社，2003年，第70、72页。

大。①在探讨熵的观念对于文学的影响时,关心社会与文学发展状况的乐黛云教授曾认为,艺术家可以起反熵的作用,文学艺术提供的信息就是"负熵",她期望出现和谐兴盛的社会与文学发展状况。②卡森在二十世纪四十年代描绘的海洋里,海洋生命生生不息,大海物质不朽。从生命生死循回、物质能量循环的角度考虑,《海风下》中的大海可称一个"负熵"的和谐世界,一个生气勃勃的生命共同体。对这样一个"负熵"充溢的生命共同体的描述,对我们今天社会和文学的发展或许提供了某种启发。

生与死的游戏在大海里一再上演:生,是凭了本能,因了周期,全靠幸运;死,或因自然强力,或因天敌魔掌,或因人类的网罟——生死相因相随。在卡森看来,这是自然法则的一部分。我们试举水母、雌鳗鱼安桂腊和鲭鱼史康波的故事为例。西南来的暴风翻搅海水,搅出海月水母来,汹涌的波涛把它们擒住、撕碎,在触手被折断前"它们的手掌释放出幼婴入浅水区","这样,它们的残躯虽由大海收回另作用途,它们的下一代却会在石头和贝类身上定居过冬,到了春天,又会有一批小吊钟自海中升起,漂浮出去"。③雌鳗鱼安桂腊顺流而下,不顾沿途浣熊和网罟等隐伏着的危险,回归大海,只为在大海深处让小鳗诞生,自己则死去,"化为海的一部分"④。史康波是一条雌鲭鱼排出的四五千只卵当中的一只,他在大海里飘零流落,渐渐又长了单打独斗与闻声而逃的本事,在许多险象环生的场合都死里逃生了。他的同胞兄妹们可没那么幸运,他可能是他们中唯一的幸存者。连西鲱一次产下十万只卵中都只有一两只能活下来,长成鱼,然后又

---

① 彭兴庭:《"熵"与环境承载力》,《中国绿色时报》,2004年12月9日。

② 乐黛云:《文学与自然科学》,载《跨文化之桥》,北京:北京大学出版社,2002年,第133—135页。

③ 瑞秋·卡森:《海风下》,尹萍译,台北:季节风出版有限公司,1994年,第140页。

④ 同上书,第231页。

产下他们的卵。"通过这样无情的淘汰，"卡森说，"物种得以控制。"①史康波众多同胞的死亡是大海生态系统保持正常活力的前提，史康波的侥幸生存是大海物种延续的安排。

卡森认为，某个具体的生物其生命周期只是短暂的一瞬，但它却处于一个无限的物质循环之中。她解释道："海洋里任何有生命的物体，动物也好植物也好，在其生命周期结束之际以临时形成它的物质形式回归水体。如此一来，一度曾经是阳光普射的浅海或光线黯淡的深海中活生生的生物体便化解成微粒，如同绵绵的毛毛细雨落入海底……这样，作为单个的生命元素消失了，但不朽的物质将以不同的生命形式再度出现，循环往复，以至无穷。"②大自然遵循的绝对是不浪费原则。记得渔人丢弃的鲥鱼鱼头吗？本是网到了好好一条待产鲥鱼，经鳗鱼打劫后就剩鱼头骨，渔人随手一扔，便被鸥鸟尖声欢叫着接了去。③还记得那只在沙滩上猎食沙蚤，为躲避渔人而"跌撞入浪，觉得靠海遮蔽比（像飞鸟一样）飞上天要来得稳当"的鬼蟹吗？不幸一只大海鲈正在附近潜行，一眨眼，便咬住那蟹，吃了它。"这天下午，海鲈又遭鲨鱼之吻，残躯经潮水抛掷上岸，滩头清洁工沙蚤一拥而上，饱啖一餐。"④一条食物链清清楚楚，食物链就是生命链。太小不能卖也不能吃的幼鱼常被渔人胡乱抛弃在潮水线以上的沙滩，生命从它们身上一点一滴地渗漏，最后，鱼尸躺在潮水不及之处与树枝、海草等杂物共朽，"提供食物给在潮间带觅食的动物"⑤。正如卡森所言："海中没有糟蹋掉的东

---

① 莱斯利·惠勒：《生物学家：雷切尔·卡森》，李素、张允等译，北京：北京师范大学出版社，1999年，第56页。

② 林达·利尔：《自然的见证人：蕾切尔·卡逊传》，贺天同译，北京：光明日报出版社，1999年，第80页。

③ 瑞秋·卡森：《海风下》，尹萍译，台北：季节风出版有限公司，1994年，第18—19页。

④ 同上书，第31、32页。

⑤ 同上书，第91页。

西；一个生命死了，必有另一个生命继起，珍贵的生命质素形成无止无尽的循环链。"①物质的无尽循环中，大海生命共同体生生不息。

卡森在《海风下》中讲述那么多海洋生物的故事，她要表达的海洋生态思想主要有两点：万古延续的海洋生命互依互存，它们的生死相因相随；哪怕是最小的生物体都要参与"物质不朽"的循环。卡森的笔下，庞然有序的大海是一个和谐的"负熵"世界，一个健康的生命共同体。

三、"回归"同一

《海风下》是让我们从文学作品中感悟海洋精神的佳作。卡森在《海风下》的扉页上写下了英国诗人斯温伯恩（Swinburne）的诗句：

> While the sun and the rain live, these shall be;
> Till a last wind's breath upon all these blowing
>
> > Roll the sea.

> 只要还有阳光和雨露，它们就能生存
> ——只要风儿仍在吹拂
> 海水　　　仍在翻腾②

正如诗句所言，海风所到之处皆有生命——它是生命之风；同时，海风所到之处，无论生活在空中还是海里的生命都沐浴其中。全书海洋生物在大海中，在海水、海风、阳光、雨水为主要元素组成的自然环境中生生灭灭，无止

---

① 瑞秋·卡森：《海风下》，尹萍译，台北：季节风出版有限公司，1994年，第92页。

② Rachel L. Carson, *Under the Sea-Wind* (New York: Oxford University Press, 1952), title page. 中文为笔者翻译。

无息；海风之下，生命同一；生命共同体中，任一生物不管游飞多远，都盼归返。《海风下》中的"海风"一词是一个客观存在，同时又是一种诗意的象征与暗喻。

海风吹拂，海浪声声，那是大海呼唤"回归"的声音。不过人指头长的幼鲥，追随"大海的召唤"，在初秋的寒意中，顺流直下河口，涌身入海，"往苦涩的海水中寻索更深沉的韵律"。①湾口盐水新奇的气味，加上隐约可闻的涛声，诱惑吸引着许许多多像鲥鱼这样的生物回归大海。有一夜，冲入港湾的大潮"激发了幼鲭史康波一种奇异的不安之感"，它与许多的港湾小鱼随潮投向了大海的怀抱，在"既清又冷，含氧丰富"的涩口咸水里，它们"欢喜跳跃，从鼻尖到尾鳍都兴奋得颤抖——它们急切渴望着等在前面的新生活"。②出生在深海的雌鳗安桂腊十年前的春天才一个手指长的时候溯游到了一个内陆池塘，并一直生活在那里。但在十年后的这个秋天，或许是遥远的大洋之风送来海的讯息，"她心中滋长出一股奇怪的焦躁。成年以来首次忘记饥渴，取而代之的是未曾有过、无以名状的另一种饥渴。她隐隐约约觉得想去一个温暖黑暗的地方"③。这个地方就是她的出生地大海。在比饥饿感还强烈的本能——对大海的渴望的驱使下，她毅然开始了二百英里远的旅行，只为让自己的生命归于大海，留下刚出生的小鳗鱼重复她的生命历程。

大海是海洋生物的生命之乡，是一个谐美的大家庭。海风吹拂下的大海，一个生命共同体，是卡森自然同一的生态学梦想。在卡森看来，自然同一是包括人类在内的一种生态和谐，这种理想呼唤一种人类精神朝向自然、朝向大海的回归。我们从动物美德和沉船"玛丽号"两个例子来进一步

---

① 瑞秋·卡森：《海风下》，尹萍译，台北：季节风出版有限公司，1994年，第72页。
② 同上书，第142—143页。
③ 同上书，第192—193页。

分析卡森创作时对大海的推崇及对人类欲望的批判。

梭罗——卡森最喜爱的作家之一——曾在康科德郊外的一座小木屋里隐居了二十六个月,实验过用一共六个星期的劳动时间换得全年的物质需求。[①]他向人们证明:简单、本真地生活,可以过得幸福快乐——人,完全不必在物质的罗网里苦苦挣扎。梭罗认为动物有一个区别于人的大特点,它们摆脱物质的束缚享受着生命。同样,卡森告诉我们:不贪婪,是动物的一个美德。大海里,鲛鳜罗斐斯猎食一只绒鸭后会昏睡好几天,消化它的大餐。海岸上,狐狸不去追逐旅鼠,因为它刚刚吃了一只鸟。动物遵循一种自然节制的生活规律。卡森提到,为愉悦自己,人类有时候会打破大自然的生态平衡。鸻鸟追随大海韵律迁徙,猎鸟人却"为着自己的癖好,罔顾法令",把连绵的飞鸟之河打得七零八落,"生生扼杀一个个勇往直前的热烈生命"。[②]当今社会,人们在追逐过多的物质享受中失去了精神上生活得自在的乐趣,在无知的寻欢中失去了许多大自然里的邻居。无知,所以无痛。海风呼啸,海浪咆哮,是不是大海为人类的自私和不节制发出的愤怒之声呢?

人类欲望与大海力量的冲突和对照更鲜明地体现在作品第三部分中出现的沉船"玛丽号"——大海深处一个永恒的意象上。

……一次西南风带起大潮,移动了沙洲的位置,一艘载了一吨鱼货开往港口的渔船,"玛丽号",便在它身上搁浅。"玛丽号"的残骸还搁在沙上,海带从她的帆桅上长出来,长条绿带招展在水中,涨潮时指向陆地,退潮时指向大海。

---

① 亨利·梭罗:《瓦尔登湖》,徐迟译,上海:上海译文出版社,2009年,第76页。
② 瑞秋·卡森:《海风下》,尹萍译,台北:季节风出版有限公司,1994年,第142—143页。

　　船身部分埋在沙底，往陆地方向倾斜成四十五度角，右舷向下，那
里遂长出厚厚的一片水草。搁浅时船身破裂，装载鱼货的底舱门撞开
了，现在底舱像甲板上的一个黑洞，爱藏身黑暗的海中生物便拿它做
了庇护所。当初船沉时没给冲进海底的鱼货，已被螃蟹吃光，剩余的鱼
骨装满半舱。甲板上的舱房，窗户被波浪打碎，变成以船骸为家的所有
小鱼的通道。银色的傲视鱼、铲子鱼、鳞吨鱼等，在窗子上穿进穿出，
嚼食船体上长的植物，一支一支小小的队伍，仿佛永远也走不完。①

作品生动的细节描述出了植物、船、鱼和谐的图景，然而，和谐的背后，掩藏
的却是驾船人的欲望、大海的报复。半舱的鱼骨、破裂的船身、打碎的窗
户、甲板上的黑洞，都是人类文明失败的符号；西南风、大潮、沙洲、波浪、帆
樯上招展的海带、穿梭的游鱼，等等，都是大自然的代表，它们的力量与生
命象征着大自然强大的生命力。作家用渔船"玛丽号"的形象来刻画与工
业文明相随的贪欲与自负。加拿大当代诗人普拉特在长诗《泰坦尼克号》
里，以那艘代表着十九世纪先进技术的"永不沉没"的巨轮，象征着人类认
为科技可以使他们主宰自然的狂妄，用泰坦尼克号的沉没象征"科技神话"
给人类带来的灭绝性的灾难。②卡森运用渔船"玛丽号"这个意象的批判意
义与其相同。渔船"玛丽号"的沉没似乎象征着在二元对立的世界里，"技
术神话"可能招致灾难，违反自然规律的文化必将毁灭自我；而"玛丽号"社
区上随风招展的海带像极了"玛丽号"社员们——穿梭在沉船里的海洋生
物们表达胜利喜悦的猎猎旌旗。我们从"玛丽号"读出了一种"文化危机"。

　　从卡森的创作心路历程看，写第四部作品《寂静的春天》时，她已抱了
抨击破坏自然生态平衡的人类文明的决心，与之不同的是，写第一部作品

---

① 瑞秋·卡森：《海风下》，尹萍译，台北：季节风出版有限公司，1994年，第214—215页。
② 王诺：《外国文学——人学蕴涵的发掘与寻思》，北京：科学出版社，1999年，第307页。

《海风下》时,她想做的主要是传递有关海洋生命的知识,传达她所感受的对海洋生命的热爱。有知,有感,才会有爱。卡森所揭示的和谐大海赋予了人类生存斗争的某种理想化的模式,为文化与自然二元对立与冲突的世界找到了一条可行的未来道路:人类与自然环境的相互融合。这种融合是"海风"呼唤人类向大海"回归"的心音,也是《海风下》蕴涵的大海生命共同体生态精神的完美体现。

卡森把大海当作一个具有根本统一性的整体,作品中大海的主角化、有序"负熵"世界的描画、"回归"同一的呼唤三点,显然是卡森海洋环境主义大海有机论思想的早期表现。卡森将大海视为一个生命共同体,又从物质与精神两方面将其写实绘活。

在结束本节之时,感于《海风下》中大海生命生死存亡的故事,对其中体现的生态和精神、自然与人类的关系再做一点补充说明:大海呼唤人类的"回归",重在归于大海生命同一、和谐永恒的精神。研究生态文学的学者刘蓓认为,"解决地球生态问题的关键,首先不是狭义的自然生态,而是人的精神生态问题"[①]。人类精神生态的健康是当今自然生态健康的前提,而健康的人类精神生态需要汲取自然生态中的健康营养。读完《海风下》中海洋生物的故事,我们仍惊异于大海生命的美丽和谐,仍感动于鳗鱼安桂腊对海风的饥渴、小鲥鱼对海涛的迷恋、鸻鸟之河的勇敢热烈、育雏的银条看到白枭的恐惧、白雪皑皑中雄枭欧克比劝妻保命的呼叫……大海生命的故事使人内心里滋长出一种体恤外物、敬畏生命的感情。"对于生态文学而言,也许自然环境只是外在的物态,更重要的是人的心态。"[②]水球书写作

---

① 刘蓓:《生态批评:寻求人类"内部自然"的"回归"》,《成都大学学报》(社会科学版),2003年第2期,第22页。

② 鲁枢元主编:《精神生态与生态精神》,海口:南方出版社,2003年,第378页。

品如《海风下》者,能勾勒一幅谐美自然生态画卷,唤起读者思考大海、回归自然的共鸣,是"蓝色批评"文本的样范。在海洋生态资源遭到严重破坏的今天,从水球书写中汲取生态精神是挽救人类与水球的途径之一。《海风下》为当代海洋生态危机的解决提供了精神文化源泉。

有人在读了初版的《海风下》后对卡森说,它"十年后仍将和今日一样有价值"①。此言不假。甚至到了半个多世纪以后的今天,当我们重读《海风下》时,仍会被作品融合了科学准确性与优美文学笔触的特殊风格所吸引,仍能听到海风——是上帝为使大海鲜活与生机勃勃而吹入的生命之息吗?——热切深情的呼唤:和谐——永恒——生命——精神——回归——

第三节 《大海环绕》:"母亲"濒危论

二十世纪中期,海洋开发热潮渐涌。人类走近海洋,探索海洋,精神意识上却没有与身体"回归"同步。他们勘海探岛,甚至往海床抛沉核武垃圾,大海濒危。在卡森看来,大自然是谐美的家园,科学和文学是发现自然之美的方法和途径。人类栖居在水球之上,有责任做到科学了解自己的自然家园,从而解除家园被毁的危机。

1948年开始写《大海环绕》时,卡森就已凭科学家的直觉意识到了人海关系中海洋的重要性。她在给海洋学家威廉·毕比的信中说:

> 我深刻地认识到人类对于海洋的依赖性,人类以数千种方式直接

---

① 琴吉·华兹沃斯:《瑞秋·卡森传》,汪芸译,台北:天下远见出版公司,2000年,第47页。

或间接地依赖海洋，大多数人对此却毫不知情。随着陆地的破坏，我相信，人类对海洋的依赖性将更强。人海关系、人类对海洋的依赖是该书的主题。①

陆地"开发"殆尽，人类对海洋的索求甚多，在这个时候，人类对海洋的陌生无疑会导致对其更大的破坏。卡森阅读了上千种海洋文献，占据了通过亲自观察研究获得的充足资料，希望从科研进展的角度反映一些海洋学的新概念，使普通读者对海洋有更深层面的了解，使人们能在了解海洋的基础上合理地处理人海关系。

一、大海母亲

水球上的大海是孕育生命、抚育生命、接纳生命之所，是"生命之母"②，卡森于是想把母亲之喻直接来作新书之名。③与《大海母亲》相比，《大海环绕》在标题上直接凸显了"人""海"两词及人在海中央的二者关系。④思虑再三，卡森最后的决定显然是"人海关系"占了上风。但作品三编中上编的标题正是"大海母亲"，这部分共八章，内容分量占了全书三编十四章里的一多半。

《大海环绕》正式成书出版前，其中九章的缩写版在《纽约客》上的"肖像"专栏分三期连载刊出。这是该专栏首次刊登以非人物为主题的传记文

① Paul Brooks, *Rachel Carson: The Writer at Work* (San Francisco: Sierra Club Books, 1989), 111.

② Rachel Carson, *The Sea Around Us* (New York: New American Library, 1961), 19.

③《大海母亲》(*Mother Sea*)是卡森曾考虑过的书名。See Paul Brooks, *Rachel Carson: The Writer at Work* (San Francisco: Sierra Club Books, 1989), 124.

④《大海环绕》的英文名"*The Sea Around Us*"可以直译为《我们周围的大海》或《环抱我们的大海》。"Sea(大海)""Us(我们)"两名词及"Around(在……周围)"一介词很好地表达了卡森"人海关系"的主题。

章。①《纽约客》专栏编辑肖恩（William Shawn）匠心独运，一心要使"大海"成为一个可以为之作传的公众"人物"，要使《大海环绕》成为一本重要的书。

创作时，卡森的"指导思想是用理解与忠诚为大海画像"②。她主要从海洋的自然属性来写《大海环绕》。上编"大海母亲"八章讲述了大海及生命的起源，大海生物的昼夜变更、四季轮替，深海生命的发现，海底的地质学形成，海底沉积物的如雪缤纷，海岛的诞生和海陆的沧海桑田。中编"涌动的大海"描述了海浪、洋流和潮汐的动力，下编从全球气候、海底矿藏和海洋开发史论述"人类与环绕他们的大海"。卡森不仅希望"科学家对该书无争议，还能从中找到对熟悉事物新的研究途径和新的解释方法"，而且，也是更重要的是，这本书"能被每一个见过大海或者从未到过海边的人喜欢"。③从作品出版后的接受情况④看，卡森的大海画像成功了。

从以上有关作品之题、上编之名及"肖像"和"画像"的讨论，我们对于《大海环绕》中大海"母亲"之喻有了一种外围的认识。深入到作品，我们能找出更多大海是母亲的证据。

卡森是达尔文进化论的接受者。在《大海环绕》中，她直接提到或引用达尔文六次⑤，以说明大海生物、岛屿地质及海岸风浪特点。在作品第一章，卡森更是直接运用进化论中的生物共同起源说和渐进演化说，来描述混沌初始，水岸形成，简单的单细胞生命出现后，经过数百万年，在海里进

---

① Linda Lear, *Rachel Carson: Witness for Nature* (New York: Henry Holt and Company, 1997), 198.

② Paul Brooks, *Rachel Carson: The Writer at Work* (San Francisco: Sierra Club Books, 1989), 129.

③ Linda Lear, *Rachel Carson: Witness for Nature* (New York: Henry Holt and Company, 1997), 162–163.

④ 本节第三点"创作观"中将讨论作品的接受情况。

⑤ Rachel Carson, *The Sea Around Us* (New York: New American Library, 1961), 34, 46, 89, 91, 92, 115.

化成各种生物的过程。"在四分之三以上的地质时间里,陆地都是一片荒芜,杳无生物踪迹,而海洋则哺育生命,让生物进化准备进入陆地,并将陆地改造为适宜生存的环境。"[1]直到进入三亿五千万年前的志留纪,才有生命从海中爬上海岸,不断进化,其后生成的爬行动物和哺乳动物先后主宰着地球。[2]海洋孕养了生命,并提供生命生存发展的种种条件。海洋是母亲。

各种陆地生物离海上岸后,体内都仍带着"一部分海洋",都还保留着"母亲"身上的遗传特征。"鱼类、两栖动物、爬行类、温血鸟类和哺乳动物——其中每一种生物血管内所流的血液,都和海水一样带有咸味,甚至连钠、钾、钙的含量比例都几乎一样。"[3]这种明显的遗传特征最早始于远古海洋中的单细胞、多细胞及出现循环系统的生物。在大海里,所有生物体内循环的都是海水,这种适应海水的循环系统在生物进化中保存了下来。第二个传承自"母亲"的特征是我们含石灰成分的坚硬骨骼——在寒武纪时代,海中富含钙元素。卡森提供的第三个遗传特征是,人类身体细胞里所含原生质的化学结构,和所有生物细胞里的一样,都继承自远古海洋中出现的简单生物。

卡森说:"生命起源于海洋,所以我们每个人的生命,也起始于母亲子宫内的迷你海洋;而胚胎的发育过程,也与物种的进化进程相同,从以鳃呼吸的水中生物发展成陆地生物。"[4]与达尔文一样,胚胎学被卡森用到了生命起源论断上,只是,这里的因果倒换了一下位置。因为曾经历"迷你海洋",所以我们不能忘记浩瀚大海。我们每个人都曾经是"迷你海洋"里的一条鱼,我们有两位母亲,生身母亲与大海母亲。

---

[1] Rachel Carson, *The Sea Around Us* (New York: New American Library, 1961), 25.

[2] Ibid., 25.

[3] Ibid., 28.

[4] Ibid., 28–29.

母亲还有一个特点:拥抱孩子。这里的拥抱不光指海洋怀抱(或环抱)着万物。我们要讨论的是生物回归大海、大海接纳万物的现象。卡森叙述了这一现象:

> 在经历大约五千万年的陆地生活后,一些爬行动物在一亿七千万年前,也就是三叠纪时期,回到了大海。……这些奇异的怪物在数千万年前已经绝迹。但当我们看到一只巨大的海龟在海中潜泳数英里,龟壳上附着层层藤壶,昭示着它的海洋活力,便会想起千万年前的这些生物来。很多年以后,或许不到五千万年前,某些哺乳动物也放弃了陆地生活重返大海。它们的后代就是如今的海狮、海豹、海象和鲸鱼。①

从古爬行动物、哺乳动物重回海洋怀抱的生物演化史,卡森想到了人类重回海洋怀抱的趋势。作为科学家和文学家,她把人类几个世纪以来的海洋探索总结为"运用智力和想象力'重回'大海"②。

卡森说:人类"居住的世界其实是个水的世界,这是一颗由覆盖地表的海洋所主宰的行星"③。这是卡森对于"水球理念"的思考与传播。"大海是一切水的归宿"④,也是万物的归宿。在作品的结尾,卡森写道:

> 吹拂过大地的风,是在广阔海洋的摇篮生成,而且最终还会回到海面上。陆地本身受到水与风的侵蚀,分解的部分会变成沙土,一点点地进到大海。雨水来自于海洋,之后又汇集成河,流回大海。在神

---

① Rachel Carson, *The Sea Around Us* (New York: New American Library, 1961), 29.

② Ibid., 29.

③ Ibid., 30.

④ 黄宝生译:《奥义书》,北京:商务印书馆,2010年,第47、93页。

秘遥远的过去,海洋是所有生命的起源,而这些生物可能在经过无数次的演变之后,最后的残骸又回到了大海。因为世上一切都会回归大海——回归海洋之神(Oceanus)。这条巨川就像自洪荒时期就永不停息的河流,是万物之始,也是万物最后的归处。[①]

在这个水球上,风、陆地、雨水及水球万物,都源自大海,又最终回归大海。从物理的层面,卡森做了四例"回归"的举证。大海孕养万物,又接纳万物的"母亲"形象至此绘成。

二、"母亲"濒危

1948年至1951年,卡森创作《大海环绕》时,海洋探索的浪潮刚刚兴起。卡森乐观地估计,"人类虽然重归了大海母亲的怀抱,却只能依顺她。他们无法像在暂居陆地时征服、掠夺大陆一样,控制或者改变海洋"[②]。

"母亲"对人类的回归张开了热情的双臂。卡森列举了海岛生物对登岛人类的友好与毫不设防。1913年的南特里尼岛上,燕鸥会飞停到捕鲸船员的头上,好奇地盯着他们的脸瞧。雷仙岛上的信天翁不介意自然学家走到身旁,甚至还会效仿人类礼貌地问候,恭敬地低头回礼。二十世纪三十年代的加拉帕戈斯群岛上,老鹰愿意让人抚触,鹛鸟想拔人的头发来筑巢。[③]但人类重返海洋的足迹很快毁掉了许多脆弱的岛屿生态。"只要是人类到过的岛屿,一定会发生灾难性的剧变。人类在岛上滥砍滥伐,焚林清地,破坏环境;他们还可能带来了鼠患;几乎每次如此,他们会把整艘'诺亚方舟'上的羊、猪、牛、狗、猫和其他非本岛动植物放到岛上来。灭绝的黑夜

① Rachel Carson, *The Sea Around Us* (New York: New American Library, 1961), 196.

② Ibid., 29–30.

③ Ibid., 93.

降临了,岛上物种一个接着一个地在劫难逃。"①危机来自两个方面:(一)人类对于海岛生物直接的大肆破坏;(二)外来动植物对于海岛生态的毁灭性影响。毛里求斯岛的渡渡鸟、新西兰岛的恐鸟、雷仙岛的秧鸡因为人类的出现很快绝迹;雷仙岛等绿色岛屿因为兔或羊等外来物种的入侵,生态链破坏,最后成了光秃秃的沙岛。

对大海的无知和人类的自我中心导致了海岛悲剧。人们不了解海岛生态是经年累月长期演化而成,其物种具有独特性和不可替代性,这才错误地放养家畜培植异种植物②,或是将某种本土动物猎杀殆尽。当奥德修斯的儿子特勒马科斯拒绝斯巴达国王墨涅拉奥斯送他的"三匹骏马,一架制作精细的马车"时,他的解释是,"海岛通常不适宜跑马,也少草地/大海环抱,岛屿中伊塔卡尤其是这样"(4.607—608)。③对于海岛生态的了解,对于家园守护的责任,让喜欢跑马,喜欢乘坐华丽马车的特勒马科斯(3.481—484;3.492—495)毫不犹豫地拒绝了墨涅拉奥斯的这份礼物。一种原始的生态平衡意识让年轻的伊塔卡王子以海岛生态的整体健康为中心,摒弃了自私的个人享乐需求。这与几千年后利奥波德"像山一样思考"的生态整体观相一致:"任何有利于保护生命共同体的完整、稳定和美丽的事物都是对的,反之则是错的。"④保护天然海岛,把它们当成珍贵的自然博物馆是卡森特别提倡的海洋水体生态责任。在开发海洋的过程中,人类登陆了无数

---

① Rachel Carson, *The Sea Around Us* (New York: New American Library, 1961), 93.

② 卡森举了两个外来植物物种的例子:马缨丹是人类带到夏威夷群岛的观赏植物,其后恣意生长,成为无法控制的侵略性物种;紫茎泽兰是人类种植到毛伊岛的植物,随后该物种破坏了毛伊岛上的牧草地。See Rachel Carson, *The Sea Around Us* (New York: New American Library, 1961), 94.

③ 荷马:《荷马史诗·奥德赛》,王焕生译,北京:人民文学出版社,2003年,第75页。对《奥德赛》的生态解读可参见本书"附录一"。

④ Aldo Leopold, *A Sand County Almanacand Sketches Here and There* (New York and Oxford: Oxford University Press, 1949), 224—225.

的海岛。每一个海岛都是一个天然的小生态系统。然而人类却忽视了这一点，"以大洋海岛破坏者的身份在海岛上写下最黑暗的一笔"①。

大卫·奎曼（David Quammen）在《渡渡鸟之歌》里想象了十七世纪末欧洲人带着猎狗和来复枪登陆毛里求斯岛后，最后一只渡渡鸟的死亡："她的配偶死在一个饥饿的荷兰水手枪下，她再也没有机会找到另一个配偶了。在过去的五六年里——时间久得身为鸟儿的她都记不住了——她连一个同类都没有看到过。……她不知道，所有的人都不知道，她已经是世界上仅存的一只渡渡鸟。暴风雨停了，但她再也没能睁开自己的眼睛。这，就是灭绝。"②奎曼用一种挽歌体叙述了最后一只渡渡鸟的死亡，在悲悯中我们意识到了人类活动与一个物种的灭绝的关系。为一己之私，对某个物种赶尽杀绝，这是一种缺乏生态整体观的人类中心主义的自私。除了直接在岛上捕杀灭绝本土生物，人类登岛时还习惯性地带去侵略性外来物种。这种摧毁海岛生态的行为目的在自我利益，根源在生态无知。"过去五百年里，绝大部分消失的物种都属于海岛生态系统物种"③，人类对此有着不可推卸的责任。卡森告诉我们，海岛上的一些种群，维系生命的纽带"非常脆弱"；而岛上"动物与植物、植物与土壤之间的特定关系，是经过几个世纪才培养形成的。当人类登岛并粗暴地扰乱这种平衡，便会引发一连串的连锁反应"④。每一个海岛上的土壤、植物、动物都组成了自己独特的生态系统。所谓牵一发而动全身，对于海岛生态，一次疏忽或错误便会导致一系列致命的后果。卡森呼吁人们了解真相，保护海岛。她说："一个理性的世界

---

① Rachel Carson, *The Sea Around Us* (New York: New American Library, 1961), 93.

② David Quammen, *The Song of the Dodo: Island Biogeography in an Age of Extinctions* (New York: Scribner, 1996), 275.

③ Ursula K. Heise, "Lost Dogs, Last Birds, and Listed Species: Cultures of Extinction, " *Configurations* 18.1-2 (winter 2010): 51.

④ Rachel Carson, *The Sea Around Us* (New York: New American Library, 1961), 94-95.

中，人类应当把这些岛屿当作宝贵的财富来对待，当作载满了美丽而神奇的造物杰作的自然博物馆来呵护。它们是无价之宝，因为世界上任何地方都无法复制它们。"对天然海岛，每一个海岛物种，人类都该存一份热爱并珍视的感情，因为海岛的"美丽一旦消逝，永不复返"。①

除海岛生态危机外，核废物污染是海洋遭受的又一大危机。由于原子科学的发展，越来越多的核废物被倾倒入海。大海的整个生物链，从最小的藻类到最大的海洋动物都受到了威胁。卡森曾经以为人类回归大海时必会"依顺"大海母亲，现在她发现自己判断失误："我错了，即使是看来属于永恒的海洋，也不仅受到了人类的威胁，而且几乎被人类掌握在毁灭性的手中。"②在《大海环绕》1961年修订本的前言中，卡森提醒人们正视海洋危机，关注放射性核废物对海洋的污染。卡森写道：

> 人类作为地球自然资源的管理者，尽管过去的所作所为着实不太光彩，但人们一直自我安慰，认为至少海洋没有受到侵扰，人类能力不足以对海洋造成改变和任何破坏。不过，令人遗憾的是，事实证明，这种想法太过天真。
>
> …………
>
> 问题远比我们所了解的复杂、危险得多。……在我们尚且不知道正确与否时，核废物倾倒已经层出不穷。先倾倒再处理必招致灾难，因为放射性元素一旦倾投入海就无法收复。一时之错便成千古之憾。这真是一件荒谬的事情，作为生命之源的大海现在竟然受到产生于它的一种生命形式——人类的活动的威胁！然而，尽管大海被污染，在

---

① Rachel Carson, *The Sea Around Us* (New York: New American Library, 1961), 93–96.

② Carol B. Gartner, *Rachel Carson* (New York: Frederick Ungar Publishing, 1983), 120.

改变,处境日益险恶,但它依然存在。威胁,在针对生命本身。①

在二十世纪五十年代,大海成了核试验场和"放射性军事废料"的"天然"掩埋场。核尘埃的降落和核废物的投沉,使大海遭到不可逆转的严重污染。多国政府以政治和军事需求的名义对大海母亲做了"不光彩"的事。依然存在的大海母亲濒危,威胁来自自己的孩子。她是否羸弱了,是否病苦,是否会死亡? 对母亲的伤害其实是一种自残甚或自戕,人类自身的生存也受到了危害。因为人类即使弃离大海不再回归,不依赖于大海的海产及矿物资源,其最基本的生存条件水和空气仍依赖于大海。"曾经的好雨现在带着致命的核放射性尘埃从天而降"②,对大海生命共同体的威胁,在水文循环之后,迟早会扩散到包括人类在内的所有水球生命。意识到核危害后,怀特(E. B. White)说,当务之急是"不要让核能污染土地和海洋、雨水和天空,还有人的骨头"③。怀特的话有多少政治家听进去了呢?

"母亲"濒危。"大海危机论"的提出是卡森作为一位海洋科学家与生态文学作家的重大贡献,也是她成长为一位海洋环境主义者的标志性事件。

三、创作观

从一个科学家的角度,卡森把《大海环绕》的内容归结为两点:(一)地球上大海生命史中人们感兴趣的、对人类有意义的、富于想象力的研究成果;(二)借助最新的科学知识回答一些问题。④在文字上,她把科学知识融

---

① Rachel Carson, *The Sea Around Us* (New York: New American Library, 1961), x, xii.

② Rachel Carson, "Of Man and the Stream of Time, " in *Literature and the Environment: A Reader on Nature and Culture*, ed. Lorraine Anderson, Scott Slovic, and John P. O'Grady (New York: Longman, 1999), 480.

③ 赵白生:《生态文学的三部曲》,《世界文学》,2003年第3期,第304页。

④ Linda Lear, *Rachel Carson: Witness for Nature* (New York: Henry Holt and Company, 1997), 162.

在文学家娓娓道来的笔触里,并在各章题记里引用了《圣经》①、麦尔维尔、弥尔顿(John Milton)、马修·阿诺德(Matthew Arnold)②、鲍伊(Llewelyn Powys)③、雪莱(Percy Bysshe Shelley)、斯温伯恩(Swinburne)④、比得(The Venerable Bede)、莎士比亚与荷马。⑤整个作品中,卡森用科学知识与文学语言给大海画出了一幅生动的肖像。

1951年版的《大海环绕》被《纽约时报》评选为"年度杰出作品",而且在最畅销书排行榜上停留了八十六周之久(其中三十二周居排行榜第一)。作品完整版当年卖掉二十五万册,此外还有缩写版或部分章节刊发在报纸杂志上。1952年,根据《大海环绕》拍摄成的同名影片获得1953年好莱坞最佳纪录片奖。⑥读者旋风还刮到了美国境外,该书被翻译成了四十多种语言。⑦《大海环绕》获选为1951年国家图书奖最佳非小说类书籍。《纽约时报》评论说:

> 自荷马以来……到曼斯菲尔德,伟大的诗人一直尝试着召唤海洋深沉的神秘与无穷的魅惑力,可是这位苗条、温柔的卡森小姐,表现似乎最为杰出。⑧

---

① 第一章、第十二章题记。

② 第四章、第五章题记。

③ 第六章、第十章题记。

④ 第八章、第九章题记。

⑤ 康拉德(Joseph Conrad)也是卡森喜欢的海洋作家,在第三章里她引用了康拉德《海之镜》中描写冬天海面的情景。See Rachel Carson, *The Sea Around Us* (New York: New American Library, 1961), 46, 47.

⑥ 虽然电影获奖,但卡森对作品改写成的电影脚本很不满意,从此不再同意出售自己作品的影视权。

⑦ Linda Lear, ed., *Lost Woods: The Discovered Writings of Rachel Carson* (Boston: Beach Press, 1998), ix.

⑧ 琴吉·华兹沃斯:《瑞秋·卡森传》,汪芸译,台北:天下远见出版公司,2000年,第71—72页。

卡森被认为是一位拥有文学天分的自然科学家。

如果说《大海环绕》以海为主题，再次表现了卡森的文学天赋，卡森在接受国家图书奖时的演讲则更恰当地阐释了她对科学、文学和自然的象征——大海的理解，她的创作观。她在演讲中说：

> "科学"被异化高来了，被分离在了日常生活之外，这是我要挑战的东西。我们生活在一个科学的时代，但我们认为科学知识只是少数人的特权，被他们封存供奉在自己的实验室里。这是不对的。科学材料即生活材料。科学是现实生活的一部分，它回答我们生活经验中所有"是什么、怎么样和为什么"的问题……
>
> 科学的目的是发现和阐释真理。我认为这同样是文学的目的，无论是传记、历史或小说；对我来说，文学与科学是不可分割的。
>
> ……如果说我的书中有关于大海的诗意的语言，那并不是我的刻意营造，因为谁也不可能真实地描写大海而不富有诗意。①

卡森的创作观是：在用创作表现自然之美（真理）时，"文学与科学不可分割"。自然大海是对象，科学和文学是方法，真理与诗意是用科学和文学方法研究和揭示大海的目的和所发现的结果。这种以自然主题为核心，自发的跨学科创作是传统生态文学的特点。

作品写完付梓后，她在与初版发行的牛津大学出版社编辑的通信中说："我是那种把走出户外，感受自然的美与神奇放在第一位，把实验室和图书馆里的解释放到第二位的人。我认为……情感和智慧应该得到同样

---

① Paul Brooks, *Rachel Carson: The Writer at Work* (San Francisco: Sierra Club Books, 1989), 129.

认可。"①生态作品创作中，精神与审美的关照比自然客体的科学揭示显然更重要，后者服务于前者。如果说对大海"母亲"的阐释是卡森运用科学与文学两种途径进行的生态审美，对"母亲"濒危这一严峻状况的揭示则是两途并归产生的"审丑"效果。

大海本身就是一首诗，而卡森只是用科学观察和研究的眼睛、文学体察与感受的心灵将这首诗以一种最不失真实的方式奉献给了读者。卡森让我们感受到了作为一个生命共同体的大海母亲的神奇、美丽，并从人海关系、大海危机开始意识到，自己要承担保存其独一无二的诗意之美的责任。

海洋环境主义者从"水球"整体生态出发，对于大海环境及人类与海洋环境的关系有一种新的认识。大海有机论和大海危机论是科学家与作家卡森作为海洋环境主义者的重要贡献。

---

① Paul Brooks, *Rachel Carson: The Writer at Work* (San Francisco: Sierra Club Books, 1989), 125.

第四章

徐刚与江河文化危机

长江入海口的崇明岛,是诗人徐刚(1945—　)的故乡。二十世纪八十年代,家乡河水的农药污染,母亲的感叹困惑,是徐刚"对水关注的激活点"[1]。八十年代末以来,徐刚的抒情诗人身份改变,成了环境文学作家。他读中国山水诗人,也读爱默生、梭罗、卡森和利奥波德,更实地考察中国江河水系。徐刚对水的专情,是承袭了中国诗人的乐水之风,同时也是在中国河流危机现实语境下,受美国生态文学作家的启发。[2]自1988年至今,徐刚几乎访遍写尽中国的濒危江河,对长江、黄河更是数次溯流,廿载歌号。徐刚笔下的江河,是生养之母,是文化动脉。母危子寒,脉断气衰。如此情境下,徐刚文学创作的环境转向是布伊尔所说的"受问题驱动"[3]的结果。

---

① 徐刚:《水之梦》,《大山水》,福州:福建教育出版社,2007年,第335—336页。

② 2009年8月17日,在北京大学"生态文学与环境教育"国际研讨会上关于创立"世界生态文化组织(World Ecoculture Organization)"的讨论中,徐刚的发言由笔者口译为英文,他谈到自己"读了爱默生、梭罗和卡森",受到来自西方生态作家的影响。在作品中,他常引用爱默生、利奥波德等作家。参见徐刚:《林中路:致瓦屋山(代前言)》,《伐木者,醒来!》,长春:吉林人民出版社,1997年,第5页,第6页;徐刚:《江海咏叹调》,福州:福建教育出版社,2000年,第7页;徐刚:《大山水》,福州:福建教育出版社,2007年,第53页。

③ Lawrence Buell, *The Future of Environmental Criticism: Environmental Crisis and Literary Imagination* (Malden: Blackwell Publishing, 2005), 11.

"自然的病症是由人类所引发"[1]，徐刚因而思考关注技术时代里人类对江河的伤害和责任。他获选"世界重大题材写作者500位"之一，被称为"中国的卡森"。徐刚的河牵连湖泊，奔向海洋，是蓝色水球上的脉络。阅读江河，徐刚和我们都试图从自然与文化的变迁关系中找准流水与人类的位置。

第一节　"走出去思考"：黄土水经与"中国卡森"

"文学之人应该总是或主要坐在屋子里，等着自然从窗户里溜进来？"梭罗的回答是否定的，因为"户外是吸收来自周围的种种影响的地方"[2]。梭罗是提倡走出去感受自然的作家。卡森也如此。她无数次伫立海滩，潮来不觉，"把走出户外感受自然的美与神奇放在第一位"[3]。走出户外，这是生态文学或环境文学[4]本身的特征决定的。生态文学是书写文学与自然环

---

① Verena Conley, *Ecopolitics: The Environment in Poststructuralist Thought* (London: Routledge, 1997), 132.

② Henry David Thoreau, *The Writings of Henry David Thoreau: Journal II*, vol. 8, ed. Bradford Torrey (Boston and New York: Houghton Mifflin and Company, 1906), 338.

③ Paul Brooks, *Rachel Carson: The Writer at Work* (San Francisco: Sierra Club Books, 1989), 125.

④ 布伊尔曾在"生态批评"或"环境批评"的措辞选择上出现变化。在2010年的著作《环境批评的未来：环境危机与文学想象》中他用"环境"代替了"生态"。其列出的理由有三：第一，"生态批评"在某些人的心目中仍是卡通形象；第二，"环境"融合了"自然的"与"人工的"双重元素，并且更好地囊括了生态批评第二波中形形色色的关注焦点；第三，"环境批评"更准确地凸现了文学与环境研究中人文学科和自然科学都涉及的跨学科性，并且与文化研究而不是科学研究有更紧密的交叉趋势。See Lawrence Buell, *The Future of Environmental Criticism: Environmental Crisis and Literary Imagination* (Malden: Blackwell Publishing, 2005), viii. 而中国学者王诺坚决认为人类尤其是批评者需要超越二元论建立整体论，他坚持沿用"生态批评"一词。（转下页）

境关系的创作。王诺认为,生态文学是"考察和表现自然与人之关系和探寻生态危机之社会根源"①的文学。考察关系,探寻根源,生态文学的自然性特征决定了作家创作过程中的自然性选择:走出去思考。

生态批评中,"走出去思考"是美国学者斯科特·斯洛维克率先提出的一个重要概念②,它是"叙事学术"(Narrative Scholarship)研究法的另一说法。在2008年出版的专著《走出去思考:入世、出世及生态批评的职责》(*Going Away to Think:Engagement Retreat,and Ecocritical Responsibility*)中,斯洛维克如是介绍"叙事学术"生态批评写作:"'走近—离开'的节奏魅力或许正是诱因,我于是既写个人化的随笔,又写正规的分析性'学术文章',有时我把二者糅合在所谓的'叙事学术'中。"③"探索文本体验与世界体验",在理论化的著作中加入"非常个人化的体验叙述",这是一种用"学术性与文学性"双重模式表达观点的写作模式,其核心特征是"将个人化故事叙述与学术性分析的结合"。④斯洛维克认为生态批评学者不仅可以把作

(接上页)见王诺:《欧美生态批评:生态文学研究概论》,上海:学林出版社,2008年,第28—30页。布伊尔的三个原因很有道理,但鉴于生态文学与生态批评是人类思想范式的改变,笔者亦认为"生态"比"环境"更应受到提倡,尽管"环境"在很多现实语境中更能引起大众的关注。作家徐刚及中国学界迫于中国社会环境保护意识仍处在薄弱、亟需培养的阶段,所以在讨论时广泛提及的是"环境文学""环保文学"等术语。比如,徐刚被认为是"中国环境文学第一人",或"环保作家"。事实上,徐刚近三十年的文学创作中,除了一种已被读者广泛接受的环境危机意识之外,还有一种万物关联同一的"大地意识",一种"为了生命的广大和美丽"的"水球意识"(这将在本章具体讨论)。故下文中笔者既用大众称谓,称徐刚作品为"环境文学",又以"生态文学"相称,以肯定其自然生态和文化生态方面的价值。

① 王诺:《欧美生态文学》(修订版),北京:北京大学出版社,2011年,第27页。

② 2008年,斯洛维克将"走出去思考"作为书名及第二章的题名,反映其重视程度。See Scott Slovic, *Going Away to Think: Engagement, Retreat, and Ecocritical Responsibility* (Reno & Las Vegas: University of Nevada Press, 2008), 10.

③ Ibid., 12.

④ 韦清琦:《生态批评家的职责——与斯科特·斯洛维克关于〈走出去思考〉的访谈》,载于斯科特·斯洛维克:《走出去思考:入世、出世及生态批评的职责》,韦清琦译,北京:北京大学出版社,2010年,第247—249页。

品放置到文学与历史语境中,而且可以放置到自己的生活语境中,运用历史、文化和文本分析与个人叙事等方法来做生态批评研究。如果条件允许,生态批评者甚至可以尝试去亲历、记录与思考生态作家的写作环境和状况,不仅止于就生态文学文本本身进行分析。这是他自己正在实验的一种写作方法。①这种"走出去思考"的生态批评方法也让斯洛维克在劳伦斯·布伊尔生态批评两波理论的基础上,提出了第三波的概念及设想。生态批评的新阶段——第三波——是一种"走出去思考"的比较文学学者的研究模式,一种多语言、多种族、跨学科、跨国界的合作研究模式。②徐刚的环境文学创作是"走出去思考"之后的书写;而鉴于笔者与作家徐刚相识,亲历过徐刚笔下的某些水环境(如长江、黄河等),又就徐刚的作品写成论文赴德国、印度参加过国际学术会议,本章试图适当运用"叙事学术"讨论"徐刚的河",以给读者全方位的解析。

徐刚是当代中国最典型的"走出去思考"的作家之一。环境使命感让徐刚走上了"走出去思考"的道路,一走卅载,而且还将继续下去。徐刚说:"无论还有多少余年,只要还能走动、思想、执笔,我便不会离开人与自然这个如此诱人且逼人的主题。"③敏锐的自然家园意识让二十世纪八十年代以抒情诗热遍京城的诗人转向了环境文学创作,他把社会学的调查方法和生态学的观察方法用在了文学创作过程中,三十多年里,脚步

---

① 此为2009年4月8日,斯科特·斯洛维克在北京大学题为"美国生态批评与环境文学最新潮流"的讲座中对"叙事学术"的阐释发言。笔者根据会议记录及录音整理。

② 见本书"导论"第6页脚注①。国内学者韦清琦也认为斯洛维克的"走出去思考"有"跨出去"之义:"走出文本——批评对象的跨越;走出文体——批评体裁的跨越;走出学科——批评理论的跨越;当然还有走出书房——批评家职责的跨越。"见韦清琦:《生态批评家的职责——与斯科特·斯洛维克关于〈走出去思考〉的访谈》,载于斯科特·斯洛维克:《走出去思考》,韦清琦译,北京:北京大学出版社,2010年,第240页。

③ 徐刚:《伐木者,醒来!》,长春:吉林人民出版社,1997年,第306页。

不停,笔耕不辍,著述颇丰①。

最开始是火,而不是水,震动了诗人的神经,开启了生态作家徐刚"走出去思考"的第一段旅程。1987年大兴安岭的火灾是徐刚生态文学或说环境文学创作的导火索。整个中国森林正在锐减,原因何在? 自发的环境使命感促使徐刚寻访福建武夷山、浙江天目山,思考温州的坟、黄河的洪荒,调查从广西、海南到三峡上游,再到新疆、青海的盗伐……当"阳光下和月光下的盗伐与破坏"者们听到一声断喝或是呼号——"伐木者,醒来!"——时,一种觉醒出现了。1988年《新观察》杂志破例以整期的篇幅登载徐刚的长篇报告文学《伐木者,醒来!》,作品引起了全国范围内的大讨论,影响了人们对森林和自然的认识,颠覆了人们万物人用的传统观念。原中国国家林业部也在徐刚的呼喝声里"从睡梦中惊醒",从此中国林业出现了以采伐木材为主到生态建设为主的决策性改变。②《伐木者,醒来!》给人们带来的自然观念的转变,以及对政府环境政策的影响——其棒喝之声与警醒作用,都堪比《寂静的春天》之于二十世纪六十年代的美国。徐刚因而被誉为"中国卡森"。③

生态作家多是"走出去思考"的人,"中国卡森"最重要的特征是他尤其关注黄土水经。水火不容,又相反相成。就徐刚的创作历程而言,火是导

---

① 据笔者统计,自1987年创作六万多字的长篇生态报告文学《伐木者,醒来!》(《新观察》,1988年第2期)后,徐刚先后发表了《江河并非万古流》(《新观察》,1988年第11期)、《沉沦的国土》(《人民文学》,1989年第6期)、《中国风沙线》(《人民文学》,1995年第3期)等长篇作品。之后出版生态文学著作十余部,包括《绿梦》(1994)、《中国:另一种危机》(1995)、《倾听大地》(1997)、《伐木者,醒来!》(1997)、《守望家园》(1997)、《绿色宣言》(1997)、《长江传》(2000)、《江海咏叹调》(2000)、《边缘人札记》(2000)、《沉沦的国土》(2005)、《大山水》(2007)、《崇明岛传》(2009)、《地球传》(2009)、《金沙江档案》(2009)、《大森林》(2017)等。

② 李青松:《我说徐刚》,《森林与人类》,2004年第8期,第38页。又见李青松:《我说徐刚》,《绿叶》,2007年第3期,第109页。

③ 李青松:《我说徐刚》,《绿叶》,2007年第3期,第109页。又见张威:《绿色新闻与中国环境记者群之崛起》,《新闻记者》,2007年第5期,第13页。

火索，森林是起点，但水却是重心与终点。森林是水源的涵养地，盗伐的后果是江河淤塞，这种因果关系在《伐木者，醒来！》中早有详述，也是徐刚从林到水思考的开始。"没有没有水的生物圈"①，"中国卡森"情钟中国江河水。"中国江河水"与"大坝上的中国"成了徐刚江河书写的两大主题。②在作家1997年的《流水账》一文中，他细想起来，是在八十年代参加三峡诗会时，亲历开发中烟尘迷蒙、机声隆隆、漂浮物异味扑鼻的三峡，于是"这辈子下决心暂且把诗与散文搁一搁，而专心地记一笔流水账"③。2007年，徐刚写道："回想起来，母亲在晚年的这些（笔者注：关于家乡小河水污不可再饮的）感叹、困惑，是我对水的关注的激活点，这样的关注和忧患，促使我放下了抒情诗的写作，从《伐木者，醒来！》《江河并非万古流》开始，成为一个自己从未想到要做的'环保作家'。为江河牵挂，在大山水间穿行，眼看着大大小小的排污口昼夜不息地把大江小河变成排污道……"与水结缘，实因水经危机；"这辈子""为江河牵挂"、穿行山水、书写黄土水经的"决心"与"专心"，缘于环境使命。

黄土水经命运坎坷，身负使命的徐刚躬身践行做着一个"走出去思考"的作家。他数十载自费④行走川泽江湖，跋涉七大水系，走过珠江、长江、淮河、黄河、海河、辽河、松花江，为水经注。与郦道元的《水经注》一样的是，

---

① 徐刚：《江海咏叹调》，福州：福建教育出版社，2000年，第6页。

② 徐刚不仅用笔书写江河，而且作为总策划与主持人，2008年在中国香港凤凰卫视策划主持了纪录片《中国江河水》。本章第二节将讨论"中国江河水"的危机观。"大坝上的中国"是徐刚江河书写中提出的一个概念，本章第三节将对此展开论述。

③ 徐刚：《边缘人札记》，广州：广东人民出版社，2000年，第128页。

④ 徐刚北京大学中文系毕业，曾在人民日报社做过记者和诗歌散文版的编辑，后又任中国作家编辑部报告文学负责人。八十年代末辞职做没有薪水的作家。即使在家庭经济不宽裕的二十世纪末，徐刚都坚持不找任何个人与单位报销一分钱旅途费与采访费。十多年里，他精心分配收支，将稿费的三分之一用作采访费，"取之于民用于民"。他说："用别人的钱，用国家的钱，心里不踏实。"见胡殷红：《环保作家徐刚以笔为旗为地球母亲呐喊》，《中国环境报》，2001年12月7日第四版。

徐刚也写江河的地理、风俗、传说、历史①；不同的是，他为黄土水经做了详尽的危机之注②。在此意义上，"中国卡森"之称名实相符。

值得一提的是，为了做到有效的"走出去思考"，真正"以江河的名义"说话，作家徐刚在"走出去"之前先做了知识储备上的最大努力。他广读生态学、环境学、生物学、地质学、水文学等学科的书，以"自修环境专业，甚至是跨多个学科的专业，并形成了自己的理解、自己的眼光、自己的判断能力及自己的观点"③。科学知识的储备为徐刚的"走出去思考"与生态文学创作提供了理性基础。虽然乐钢1999年对其早期著作《中国：另一种危机》曾有"情有余而理不足"④的批评，但其《长江传》《大山水》《地球传》等后期作品已是科学资料丰富有力的文学作品。本章第三节将论及《长江传》中的地质学与考古学知识运用。以《地球传》为例，"漂移大陆"一章中，作者不光用到德国魏格纳《海陆的起源》一书，还举证了魏格纳之前十七世纪英国的培根、十八世纪法国的布丰、十九世纪法国的佩利格里尼与奥地利的休斯、二十世纪美国的贝克和泰勒等人的贡献及重要文献，并讨论了魏格纳之后二十世纪六十年代美国的赫斯与迪茨、加拿大的威尔逊对地球科学的变革做出的成就。⑤从公元前250年左右古希腊埃拉托色尼的《地理学通论》，到达·芬奇的《笔记》，到赫顿的《地球的理论、证据和说明》，到莱尔的《地质学原理》，徐刚对科学地球史的详尽叙述足显其阅读的广度与深度。⑥好的生态文学作家"走出去"之前先"走进去"，走进各自然学科领域。

---

① 《长江传》(2000)、《大山水》(2007)、《地球传》(2009)等可归属于此类作品。
② 本章第二节将讨论水经危机。
③ 孙惠英：《徐刚：爱在青山绿水间》，中国作家网，2008年4月11日，http://www.chinawriter.com.cn/2008/2008-04-11/65868.html。
④ 乐钢：《环境主义的盛世危言与末日诅咒》，《读书》，2000年第5期，第21页。
⑤ 徐刚：《地球传》，北京：作家出版社，2009年，第194—207页。
⑥ 同上书，第16—37页。

科学知识的储备是土壤根基，其上扎生了徐刚的生态文学创作之树。

环境使命感、黄土水经缘、知识储备量三个特点让徐刚成了"走出去思考"的生态作家。从"水球"视角看，徐刚以中国江河为文本，从江源到河口，一直在阅读、行走、思考、书写。

第二节　"中国江河水"：危机与生机

"中国江河水"是徐刚关注水环境的创作主题。徐刚关于江河环境的文学创作，是生态文学中考察人类与河流关系，探寻中国河流危机根源与出路的代表作品。

尽管徐刚最先关注的是中国的森林，但他其实从第一部生态文学作品《伐木者，醒来！》，就开始书写江河危机，以一种整体主义生态观思考人类文化与自然世界的关系。《黄河故道和洪荒及大火、战争的再启示》与《在阳光下和月光下，中国的盗伐之声》两章中，徐刚分别写到了黄河和长江之危。森林与河流有何关系，河流与文化又怎样关联？我们来看《黄河故道和洪荒及大火、战争的再启示》一章的开头："1987年10月12日晚，电视新闻：陕北高原的黄土山脉继续因为开山而受到破坏，大量的泥沙倾泻在黄河中。"电视新闻是人类文化产品，它对自然灾难景观的报道是人类反思文化与自然关系的表现。黄土水经"沉重"与"痛苦"的现实语境让作家开始思考黄河的历史与前景。

地质学家和生态学家已经一再证实，黄泛区的地层下至今还残留着当年森林和茂密的水草的痕迹，还有在原始森林中曾经活跃的、既可以自由地对天长啸也可以悠闲地在林中散步的走兽的尸骨化石。人们还有十分充足可靠的理由去想象昆虫与花草之间的缠绵,色彩斑斓的草地和沼泽上雾气缭绕的情调,还有各种飞禽。

后来没有了。在森林被砍倒伐尽之后,所有的花草枯萎了,翅膀折断了……

因而黄河并不忏悔。在远远近近的人们的"治黄"的声浪中,黄河无动于衷,我行我素。

历史说:黄河是中华民族的摇篮。

历史也说:对于森林和植被的最大规模的破坏,也是从黄河流域开始的。在失去绿荫之后——我们的祖宗欠下的深重的罪孽——几千年子孙们付出,并将继续付出家破人亡田毁地荒的代价![1]

从地质学家和生态学家的论断中可以得知,森林、沼泽、花草、昆虫、飞禽、走兽构成了当代黄泛区的黄河历史生态图。"在森林和植被的保护下,水土不会流失,泥沙无法蠢蠢欲动;而同时黄河作为这一带生态平衡网络中的一条关乎命脉的血管,源源不断地提供着清水的滋润,不会有饥渴的草地、小鸟和走兽。"[2]这是一个完整的生态网,一幅理想的黄河图,黄河与两岸动植物互生互滋。血管之喻首现,流水如血液,是一个生态网一种文化的动源。四千多年前的黄土高原上原始森林连绵不断,但仅两汉繁荣时期,就垦田一千五百万顷,黄河流域的原始森林全部倒地。明清两朝又两次兴起滥伐滥垦的高潮。生物链被刀斧砍断,森林和植被的绿荫消失,鸟飞禽散,兽亡人危。黄河义无反顾地裹挟着泥沙奔向大海。黄河的近当代现状是:她"就这样变黄了,成了全世界含沙量最多的河流"。黄土高原满目荒秃,

---

① 徐刚:《伐木者,醒来!》,长春:吉林人民出版社,1997年,第31—32页。

② 同上书,第33页。

河道洪荒频发。"害河"之冤黄河自己也洗不清。黄河需要忏悔吗？谁之罪？整个河流生态系统的悲剧最后也指向人类及其文化。"如果把黄河每年下泻的16亿吨泥沙筑一条高宽各一米的长堤，可以绕地球32圈，黄河每年带走的氮、磷、钾肥4000万吨，相当于全国每一亩耕地被冲走50斤肥料！"[①]耕田者最终将失去土与肥。当山肥水美的黄河两岸全都变成千沟万壑的荒原时，文化的摇篮是否会变成坟墓？

乔纳森·贝特在研究"文化（culture）"的词义时发现，在英语史上，"文化"的本义是耕种的土地、耕种的行为；其引申义从土地转向了社会，意指人类的思想艺术生活与创造。[②]黄河之水提供了生命的源泉，人类在黄河流域耕种，在黄河流域传播黄河文化。但这种文化中的"屯垦"之风、寸土不让之势伐倒了黄河岸边的最后一棵古木，浊污了黄河原本清澈见底的河水，中华民族危矣。徐刚笔下，文化的"耕种"本义从生存之需变为过度开发时失控泛溢，危及其引申之义"人类社会形态"的存在。"黄河流走的不是泥沙而是中华民族的血液，不是微血管破裂而是主动脉出血。"[③]血管之喻再现，一条河的浊浪冤屈成了一种文化的流血创伤。孟子"斧斤以时入山林"[④]的劝诫无人入耳，垦田开荒的豪情却世代相传。鲁迅在二十世纪三十年代已作惊人预言："林木伐尽，水泽湮枯，将来的一滴水，将和血液等价。"[⑤]"黄河并不忏悔"，因为挥动斧斤改变一条河的是她哺育的人类，一个独特的物种。黄土水经一如既往地东流，但泥沙俱下，她的孩子该走怎样的未来之路？

---

① 徐刚：《伐木者，醒来！》，长春：吉林人民出版社，1997年，第35页。

② Jonathan Bate, *The Song of the Earth* (Basingstoke and Oxford: Picador, 2000), 3-4.

③ 徐刚：《伐木者，醒来！》，长春：吉林人民出版社，1997年，第35页。

④ 金良年撰：《孟子译注》，上海：上海古籍出版社，2012年，第4页。

⑤ 鲁迅：《鲁迅全集》第四卷，见徐刚：《长江传》，福州：福建教育出版社，2000年，第562页。

在我们回答这个问题之前,我们还需正视林木伐尽、水土流失之外的另一个黄土水经致命危机:工业污染。古希腊诗人赫西俄德在近三千年前就告诫我们:"绝不要在江河的入海口处尿溺;此举亦不可发生在河源:切记慎行。"他甚至补充说:"在河流上亦不可有其他贪举妄为,否则同样危险。"①数千年前的智者深知水之孕养之德,抑或是敬水如神,尊崇守护其洁净之躯。中国古人亦有正确的水源水德观。松花江的主源在长白山天池,据《北史》记载,历代帝王明令"人不得上山溲污"。直至二十世纪六十年代,人们都还遵而行之,不在山上随处便溺,小心翼翼地守护着江源的冰清玉洁。②但八十年代,就在这条江的上游发生了严重的汞污染事件,五十年代发生在日本的恐怖"水俣病"蔓延在中国松花江畔的渔村。原因是上游江岸的吉林化学工业公司(现在的中国石油吉林石化公司),当时全国最大的化工企业,往江水中排放含汞污水,年入江总汞量在100吨以上。③在工业化发展如火如荼的中国,水为"上善"的水德观逐渐被工具性思维代替。几乎所有的工厂都是河流的污染源,几乎每一条河流都已经被污染。

"流水不再浪漫",造物之赐"江上清风"或成奢望,徐刚一次次查访珠江、长江、淮河、黄河、海河、辽河、松花江全国七大水系。他得到的数据和亲见的臭水令人瞠目掩鼻。除长江和珠江流域外,其他流域污染河长都占评价河长的60%以上,其中黄河为71%。④《诗经》中,美丽的淮河曾与长江、黄河、济水列为"四渎"。淮河人民也曾在民谣中赞道:"走千走万,不如淮河两岸。"但1993年国家环保局发表的《中国环境状况公报》中却说:"淮

---

① Caston Bachelard, *Water and Dreams: An Essay on the Imagination of Matter*, trans. Edith R. Farrell (Dallas: The Pegasus Foundation, 1983), 135.

② 徐刚:《江海咏叹调》,福州:福建教育出版社,2000年,第85页。

③ 同上书,第86页。

④ 同上书,第219—220页。

河流域水污染较重,枯水期水质污染严重,超标河段占82%。"①有淮河民谣唱道:"五十年代淘米洗菜,六十年代洗衣灌溉,七十年代水质变坏,八十年代鱼虾绝代,九十年代身心受害。"②这一歌谣是中国无数江河随着时代变迁水质变化的写照。某些幸运的江河只是污染时间稍晚些,程度稍轻些,八十年代鱼虾或存,但也是趋于寂静了。想想你童年捕鱼摸虾的小河,还有鱼虾戏水吗?③工业化时代制造的农药、不可吸收的生活化学制品、工厂直接排出的废水,使众多清澈见底的江河成了污浊黑臭的垃圾河。若有坚强的鱼存活,它浑身酸臭,"鱼鳃内有一股强烈的恶臭如子弹射出",你除了对污染之恶的震撼还有什么呢?你能想到它出自孔子曾经伫足而观,对其发千古之叹赞的河流吗?④

还有更惨烈的污染悲剧在中国江河上演。1994年7月,淮河发生特大污染事件。城市里两家自来水厂水样结果是:129种首要控制污染物中,分别查出90种、95种,其中致癌物高达67种。⑤大旱中从淮河上游下泄到低水位古城盱眙的2亿立方米污水,滞留着腥臭。"淮河突然变成了酱油色,死鱼漂泊着,簇拥在黑色、褐色、黄色的泡沫中。没有风,淮河上的腥臭却依然广播城乡。"⑥鱼之死、河之色、臭之烈警示盱眙人他们的饮用水源成了毒鸩之河。淮河是怎样污染的?徐刚以问题为标题的文章中给出了答案:河源的造纸废水是祸首,制革废水又毒上加(砒)霜。光河南一省就有

---

① 徐刚:《江海咏叹调》,福州:福建教育出版社,2000年,第206页。

② 陈桂棣:《淮河的警告》,北京:人民文学出版社,2005年,第266页。

③ 笔者的故乡在湘江(长江的支流)岸边,家乡小河的源头在"五岳独秀"南岳衡山,水清可饮。但由于稻田农药的残留,自八十年代后期开始,河中"鱼虾绝代"。小时候会唱的渔歌成了残缺的记忆。

④ 孔子曾面对川流咏叹:"逝者如斯夫,不舍昼夜。"孔子故乡曲阜泗水,九十年代严重污染,仅存适应了恶臭的"鱼怪"。陈桂棣:《淮河的警告》,北京:人民文学出版社,2005年,第289页。

⑤ 徐刚:《江海咏叹调》,福州:福建教育出版社,2000年,第210页。

⑥ 同上书,第207页。

1300家造纸厂,该省的一个小镇项城丁集镇就有800家制革厂。①废水都排入淮河,淮河成了"病河""死河"。造纸术是我们引以为荣的发明,无节制的技术利用却造成了淮河之死。造纸技术对江河的污害明代徐霞客在《江右游日记》中早有记载:"坠峡奔崖之流,但为居民造楮濯水成滓,失飞练悬珠之势。"②徐霞客曾对人类破坏自然的"黥面""剥肤"之举深恶痛绝,若知悉今之河殇,痛当何如? 当文明与文化侵夺自然的生存权无度至甚时,其自身已然岌岌可危。河水中"氢、汞、铬、砷、酚"五毒齐全,河岸寸草不生。生态链成为死亡链:

> 1993年以来,尹集镇死亡树木56万株,平均每天77株;死亡大牲畜869头,平均每天1头;全镇65173人,发病人数为11075人,两年中死去665人,其中230人死于癌症。③

这是卡森在《寂静的春天》里预言的"明天"吗? 徐刚描述记录了卡森笔下"死亡之河"④的中国版。卡森的河流因DDT剧毒杀虫剂而亡,徐刚的河里除了农药之外,更有工业污染带来的"黑色毒液"。⑤

徐刚的整体主义生态观让他做了卡森式的警告:"生态链被侵入、污染毒化之后,就不再有任何美丽可言,死亡已经发生,死亡还将随时发生。"⑥他又说:"水已经污染,那是文明的污染,也是一个时代的污染。水如果消

---

① 徐刚:《江海咏叹调》,福州:福建教育出版社,2000年,第216、214页。

② 徐弘祖:《徐霞客游记》,褚绍唐、吴应寿整理,上海:上海古籍出版社,1987年,第138页。

③ 徐刚:《江海咏叹调》,福州:福建教育出版社,2000年,第219页。

④ Rachel Carson, *Silent Spring* (Boston & New York: Houghton Mifflin Company, 1962), 140-143.

⑤ 徐刚:《江海咏叹调》,福州:福建教育出版社,2000年,第209页。

⑥ 同上书,第218—219页。

失,将是文明的消失,也是一个时代的消失。"①江河水系与华夏文明命脉相连,在江毒河污的水危时代,文化与自然共难同危。自然生态与文化生态互为影响,作家对流水的忧虑引出了对文化的忧思,这是一种从江河危机生发出的文化危机感。

我们真的山穷水尽了吗? 人类的想象和智慧是否能挽救河流与自己?问题的症结何在? 从北美印第安人的歌谣中,我们可以找到黄土水经遭受水土流失、工业污染危机的病症根源。

> 只有当最后一棵树被刨,
>
> 最后一条河中毒,
>
> 最后一尾鱼被捕,
>
> 你们才发觉:
>
> 钱财不能吃! ②

试想水球上没有了可以饮用的水,没有了江河,人类还会存在吗? 金钱、财富还会有价值吗? 水是血液,是水球赋予生命最大的财富。而工业时代对水球资源财富的疯狂搜刮,GDP(国内生产总值)至上的发展观,金钱至上的财富观,是祸根。

有了危机意识之后,我们需要寻找生机。生机在于一种思想范式的改变,在于一种伦理道德的出现。徐刚曾说过地球实为水球③,他认为我们需要一种水球伦理观。这种伦理观首先将水球视作一个因水而存的有生命

---

① 徐刚:《江海咏叹调》,福州:福建教育出版社,2000年,第89页。

② 徐刚:《林中路:致瓦屋山(代前言)》,《伐木者,醒来!》,长春:吉林人民出版社,1997年,第12页。

③ 徐刚:《江海咏叹调》,福州:福建教育出版社,2000年,第290页。

的网络共同体。从"水——一条大河枝桠纵横的水系",徐刚看到了使大地生机勃发、美丽稳固的生命网络,一个因水的湿润而弥漫着生命气息,因血管"庄严地畅通"、命脉"诗意地搏动"而生态谐美的"完整的集合"。①这种伦理还将水球生命共同体中的万物当作有生命的个体。湖南省境内历经亿万年生存下来的"植物王国活化石"银杉被无良破坏分子剥皮打洞,徐刚悲悯:"冬天了,被剥了皮的银杉你冷吗?被打了洞的银杉你疼吗?"②这与梭罗对被掘走了冰层的冬天的瓦尔登湖的哀怜何其相似。水球上唯人独尊,唯人高贵吗?"洪水决堤的时候,谁都得仓皇逃命;食不果腹的日子,谁都有可能成为乞丐。"③洪灾或饥荒中,人与猴子、牛羊一样仓皇逃难,只为一线生机。当地下水污染,饮用水都不洁或缺乏时,水球"贫血",万物凋敝,人亦贫血待毙。可见,水球生命共同体中,在水面前,万物平等。受利奥波德"大地伦理"的启发,在万物有生命、皆平等的基础上,在水的"完整的集合"里,徐刚提出了水球伦理中人类的责任:

　　……人要不失时机地把伦理扩展到大地之上的万物,人的最可贵的道德应是对人之外的万类万物的怜爱及呵护。

　　不过,人千万不要以为是自然乞求怜爱,是万物乞求呵护。不,不是的,这里所说的怜爱与呵护是相对于践踏和破坏而言的。你不去践踏、破坏自然万物,你在实际上便已经做到怜爱与呵护了;你倘若把维系人与人、人与社会的道德伦理推及一草一木一虫一兽一山一水,那么你便是从理念上更牢固地实行对自然万物的怜爱与呵护了。④

---

① 徐刚:《江海咏叹调》,福州:福建教育出版社,2000年,第221页。

② 徐刚:《伐木者,醒来!》,长春:吉林人民出版社,1997年,第59页。

③ 徐刚:《林中路:致瓦屋山(代前言)》,《伐木者,醒来!》,长春:吉林人民出版社,1997年,第8页。

④ 同上书,第8页。

"水球伦理"中人的伦理被推及山水，水在伦理成员中最后出现，却是一切的根基。水球伦理责任的重要内容是不践踏、不破坏"两不"条例。怜爱与呵护一草一木一虫一兽一山一水，最重要的是让它们保留、享受"无人过问的权利"①。在这一点上，徐刚的"两不"条例与梭罗与缪尔的"荒野"原则似乎一脉相承。

徐刚用一种自然江河与人类文化同存亡的整体主义危机论警醒国人，以弃绝金钱至上的财富观，推行在不践踏、不破坏中怜爱与呵护万物的"水球伦理观"一破一立双管齐下，试图找到人类与江河共存的未来方向。

第三节 《长江传》：水文化与坝环境

"传记作家在选择传主时，不免带上自己的苦闷与问题。"②这一论断放在生态传记作家的传主选择与传记书写上尤其恰当。出生在长江入海口崇明岛上的徐刚，思考着一条江与一个人、一个民族的关联与未来，生机与危机。"受问题驱动"，徐刚的《长江传》完成于1999年，2000年正式出版。作为传记作家，他还著有《艾青传》(1994)、《梁启超传》(1996)③等。名人传

---

① 徐刚举了一个大自然"默默地争取着无人过问的权利"的例子。二十世纪五十年代的朝鲜战争中，三八线附近一个长243公里宽4公里的人迹罕至的非军事区域，变成了森林茂密水泽盈溢的世界上最大的野生动物乐园。许多珍稀物种，如丹顶鹤、朱鹮都在沼泽里、池塘上繁衍生活。飞禽缘水而栖，无人区非军事区是一片不受打扰的美丽荒野。见徐刚：《伐木者，醒来！》，长春：吉林人民出版社，1997年，第40—41页。

② 赵白生：《传记文学理论》，北京：北京大学出版社，2003年，第124页。

③ 徐刚著《梁启超传》1996年首版，2014年由作家出版社再版。

记写手如云，为江做传传坛鲜见。徐刚的《长江传》是中国第一本为一条江而写的生态传记。

一、传中传：生态自传与生态传记

为江做传？江是人吗？《长江传》传主特别，从书名已可看出作家徐刚对于江河主体性存在的肯定。他完全接受深层生态学思想"河流是生命"，倡导"让河流活着（Let the river live）"①。作家在传记中直书："河流就是生命，河流是生命中之大者。"②他呼吁大家"正视河流的生命"③，"让河流成为河流"④。长江是一条有生命的河流，《长江传》是一本关于长江的生态传记。鲍斯威尔的《约翰逊传》开启了欧洲近代传记"写实"的时代⑤，为把中国母亲河长江写实，徐刚甚至在他/她传中嵌入了自传。《长江传》的最后两章里，崇明"沙洲之子"的生态自传使作品在"传中传"中结束。"长江母亲"与长河之沙中的"沙洲之子"的暗喻"兼具修辞性与结构性的双重功能"⑥。修辞上，母子之喻将传主与传记作者的身份生动关联；结构上，母子之喻使"传中传"的嵌置逻辑合理。

生态自传与生态传记都属新概念，我们需要对其做理论梳理与概念界

---

① Arne Naess, "The Deep Ecological Movement: some Philosophical Aspects, "*Philosophical Inquiry* 8 (Fall 1986): 15.

② 徐刚：《长江传》，福州：福建教育出版社，2000年，第454页。

③ 周仕凭、张树通：《一个智者的忧虑——访著名环境文学作家、诗人徐刚》，《环境教育》，2010年第7期，第14页。

④ 徐刚：《大山水》，福州：福建教育出版社，2007年，第314页。又见徐刚：《感激、赞美以及拯救——在生态文学与环境教育国际研讨会上的讲话》，北京大学"生态文学与环境教育"国际研讨会，2009年8月14日。

⑤ 范存忠：《鲍斯威尔的〈约翰逊传〉》，《英国文学论集》，北京：外国文学出版社，1981年，第54—55页。

⑥ 赵白生：《"谁解释过培根？"——试论传记配角的阐释维度》，见杨国政、赵白生主编：《传记文学研究》，北京：人民文学出版社，2005年，第188页。

定。截至2024年6月，笔者在中国知网检索关键词"环境传记"和"环境自传"，没有相关论文；检索关键词"生态传记"和"生态自传"，相关论文各只两篇①。在中国国家图书馆和哈佛大学图书馆数据库检索相关关键词，结果亦是寥寥，但却可见黑普汉（Kenneth I. Helphand）、威尔逊（Ruth A. Wilson）、法尔（Cecilia Konchar Farr）、史密斯（Sidonie Smith）、裴雷顿（Peter F. Perreten）和艾德利希（Micha Edlich）等学者自二十世纪七十年代至今的理论探索。②黑普汉是最早提出"环境自传"概念并开设相关课程的学者。他认同地理学家菲利普·瓦格纳（Phillip Wagner）的观点："其实每个人与其所在的自然环境与社会环境密而合一，个人与其背景、民族与其环境，应该说是密不可分的。"③黑普汉把"环境自传"定义为"以环境为中心的自传叙

---

① "生态传记"相关论文见钟燕：《逃离与皈依间的"诗与真"——生态传记片〈灰熊人〉叙事主题解析》，《鄱阳湖学刊》，2012年第1期，第114—121页；朱严严：《〈无可替代：拯救荒野之战〉（第二章）汉译实践报告》，南京农业大学硕士论文，2022年6月。"生态自传"相关论文见曾建湘：《〈走出非洲〉：一部生态自传体小说的典范》，《四川外语学院学报》，2007年第6期，第53—56页；陈海晖、戴桂玉：《论美国生态自传之叙事策略》，《广东外语外贸大学学报》，2018年第3期，第45—50页。

② See Kenneth I.Helphand, "Environmental Autobiography, "*Childhood City Newsletter* 14 (December 1978): 8–11. Ruth A. Wilson, "Ecological Autobiography, "*Environmental Education-Research*1: 3(1995): 305–314. Cecilia Konchar Farr and PhillipA.Snyder, "From Walden Pondtothe Great Salt Lake: Ecobiographyand Engendered Species Actsin *Walden* and *Refuge*, "in *Tending the Garden: Essays on Mormon Literature*, ed. Lavina Fielding Anderson and Eugene England (Salt Lake City: Signature, 1996): 197–211.Sidonie Smith and Julia Watson, *Reading Autobiography: A Guidefor Interpreting Life Narratives*(Minneapolis: University of MinnesotaPress, 2001). Peter F. Perreten, "Eco–Autobiography: Portrait of Place/Self–Portrait, "*Auto/Biography Studies*18: 1 (2003): 1–22. Micha Gerrit Philipp Edlich, "Connecting Selves with kitkitdizze, the Bio–Region, and the World at Large: Ecobiography in Gary Snyder, " in *Auto/Biography and Mediation*, ed. Alfred Hornung (Heidelberg: Universitatsverlag Winter GmbH Heidelberg, 2010): 227–236. Micha Edlich, "Richard K. Nelson's *The Island Within*: Environmental LifeWriting as Ecological Identity Work, " *Auto/Biography Studies*25: 2(2010): 203–218.

③ Kenneth I.Helphand, *Environmental Autobiography* (Eugene: s.l., 1976), 13.

述"。①七十年代初在俄勒冈大学教授该环境自传创作课程时，在传统自传的文字叙述基础上，加入绘图叙述、多媒体叙述，以期将传主所经历的环境更形象地呈现出来。②威尔逊1995年在《环境教育研究》期刊上发表了题为《生态自传》的论文，认为生态自传是"以'生态自我（与自然相关的自我）'为中心的自传"，并讨论如何运用生态自传增进对自我的了解，对人类与地球关系的理解。他区分了"环境自传"与"生态自传"的不同，指出前者所关注的"局限于传主曾经经历的种种环境或'特殊之地'"，而后者"关照自己在与自然环境融合中的所有经历，而且认定这样一个事实：我们对外部环境的感知总受内在的需求、喜好、记忆与视域所影响"，"写生态自传本质上是寻找与自然世界相关的内在自我"。③法尔和史耐德（Phillip A. Snyder）在对梭罗的《瓦尔登湖》和威廉姆斯的《避风港》做比较研究的文章中，给"生态自传"下的定义是："生态自传是根据自我与外界环境，尤其是与大自然的互动的可测内在特征模式构建的传记故事，自我与自然的多重互动表现出一种自我生态系统。自我的各种有意识或无意识的声音，以及发声时所在与所对的环境，构成了自我生态系统的动态网络。"在这个生态系统中，"不可能区分自我与自然的界限，自我与自然不可分割地交织关联，尽管二者归根结底又是独立分开的"④。1998年，在题为《美国生态传记》的文章中，法尔给"生态传记"做了一个宽泛的界定："以地方为中心的非虚构

---

① Kenneth I.Helphand, "Environmental Autobiography, "*Childhood City Newsletter*14 (December 1978): 8. See also Kenneth I. Helphand, *Environmental Autobiography* (Eugene: s. l., 1976), 9.

② Kenneth I.Helphand, *Environmental Autobiography* (Eugene: s.l., 1976), 13.

③ Ruth A. Wilson, "Ecological Autobiography, "*Environmental Education Research* 1: 3 (1995): 308.

④ Cecilia Konchar Farr and PhillipA. Snyder, "From Walden Pondtothe Great Salt Lake: Ecobiographyand Engendered Species Actsin *Walden* and *Refuge*, "in *Tending the Garden: Essays on Mormon Literature*, ed. Lavina Fielding Anderson and Eugene England (Salt Lake City: Signature, 1996): 198, 203.

自传(传记)叙事。"①2001年,史密斯与沃森(Julia Watson)把生态传记定义为"把传主的故事与时运、环境、地理及地方生态的故事交织相缠的叙述,并反思这种关联作为生态传记重要写作特征的存在(或缺失)"②。2003年,裴雷顿撰文论述生态自传,将其定义为作者为"探寻自然中的新我"而进行的"地方描绘与自我描述",其侧重点在探究"我归属何地"而不是"我是谁"。③2010年,德国传记研究学者艾德利希发表了两篇与生态传记相关的论文,分别论述加里·斯奈德与理查德·尼尔森的作品。艾德利希认为,斯奈德从理论与创作上都在书写一部"生成中的"生态自传④,斯奈德的生态传记观是:"知道我们是谁和知道我们在哪儿二者紧密相连",对自我的了解与对地方的了解密不可分⑤;某些地方对一个人的身份构成至关重要,"我们的所在之地是组成我们是何许人的部分"⑥。在对尼尔森《心中之岛》(The Island Within)里多重自我与阿拉斯加西南一岛的生态系统的重叠讨论中,艾德利希表示,尼尔森在把自我与特定之岛的关系呈现出来的生

---

① Cecilia Konchar Farr, "American Ecobiography, " in *Literature of Nature: An International Sourcebook*, ed. Patrick D. Murphy (Chicago: Fitzroy Dearborn, 1998): 94.

② Sidonie Smith and Julia Watson, *Reading Autobiography: A Guidefor Interpreting Life Narratives* (Minneapolis: University ofMinnesotaPress, 2001): 194.

③ Peter F. Perreten, "Eco-Autobiography: Portrait of Place/Self-Portrait, "*Auto/Biography Studies*18: 1(2003): 1, 4.

④ Micha Gerrit Philipp Edlich, "Connecting Selves with kitkitdizze, the Bio-Region, and the World at Large: Ecobiography in Gary Snyder, " in *Auto/Biography and Mediation*, ed. Alfred Hornung (Heidelberg: Universitatsverlag Winter Heidelberg, 2010): 235.

⑤ Gary Snyder, *A Place in Space: Ethics, Aesthetics, and Watersheds* (New York: Counterpoint, 1995): 189, 184. See also Micha Gerrit Philipp Edlich, "Connecting Selves with kitkitdizze, the Bio-Region, and the World at Large: Ecobiography in Gary Snyder, " 231.

⑥ Gary Snyder, *The Practice of the Wild: Essays, 1990* (Washington D. C.: Shoemaker, 2005): 29. See also Micha Gerrit Philipp Edlich, "Connecting Selves with kitkitdizze, the Bio-Region, and the World at Large: Ecobiography in Gary Snyder, " 231-232.

态自传写作里找寻自己的生态身份（ecological identity）。①从以上学者对于生态自传与生态传记的理论研究中，可见地方/自然及地方/自然生态系统在生态传记中的位置举足轻重。

2010年6月，第二届世界生态文化组织大会在德国美因茨约翰内斯·古腾堡大学召开，会议主题是"生态学与生命写作（Ecology and Life Writing）"。大会主席霍农（Alfred Hornung）教授认为，"自然写作（nature writing）就是生命写作"，"基于自然写作与生命写作的等同性，自然与生命的自传关联是生态全球主义学者开展合作研究的沃土"。②赵白生教授在其主旨发言《双重转向：生态与传记》（"The Double Turn：Ecological and Auto/biographical"）中指出，生态传记之不为人知说明两点：一方面，生态批评家们需完善自己领域的理论研究与批评日程；另一方面，绝大多数传记文学学者忽视了传记文学里显然发生的"多元主角"转向，尤其是从"自然"（Eco）生态角度重新阐释"自我"（Ego）文献文本的重要性。③与会德国教授扎普夫（Hubert Zapf）认为，生态学与传记关注的最重要的东西，都是"各形各样的生命"，这个共同点使二者关系如威尔逊（Edward O. Wilson）在其著作《知识大融通》（Consilience）里所说的那样，形成了一个不同领域间的"融通点"。④从自然即生命、传记多元主角到传记关注各形各样的生命，三位教授不约而同地将传统写

---

① Micha Edlich, "Richard K. Nelson's *The Island Within*: Environmental LifeWriting as Ecological Identity Work, *Auto/Biography Studies*25: 2 (2010): 208–210.

② Alfred Hornung, "Ecology and Life Writing: Preface, "in *Ecology and Life Writing*, eds. Alfred Hornung and Zhao Baisheng (Heidelberg: Universitatsverlag Winter Heidelberg, 2013): x–xi.

③ 钟燕：《"生态批评与传记文学"——第二届世界生态文化组织年会综述》，《鄱阳湖学刊》，2010年第6期，第121页。

④ Hubert Zapf, "Cultural Ecology, Literature, and Life Writing, " in *Ecology and Life Writing*, eds. Alfred Hornung and Zhao Baisheng (Heidelberg: Universitatsverlag Winter Heidelberg, 2013): 3.

人传记扩展到了绘物，传主范围包括动物、植物，甚至是空气的"全传"①范畴。援引这三位学者的观点，笔者意在将生态传记的传主范围扩大到非人类的众多主体上。而以人为传主的生态传记，其传主也不是自恋的纳西索斯（Narcissus），而是脚踏大地的安泰俄斯（Antaeus）②——传主与地球生态系统的关联、传主的生态身份是生态传记之核。在对"生态传记"与"生态自传"下定义前，我们还可以借鉴一下生态批评倡导人美国学者格罗费尔蒂（Cheryll Glotfelty）给"生态批评"下的定义。格罗费尔蒂说，生态批评是指"对文学与自然环境的关系的研究"，她强调其"自然与文化的互联"，认为"作为一种批评立场，它一脚立于文学，一脚踩在大地；作为一种理论话语，它沟通涉越人类与非人类"。③

综上，我们可以宽泛地把"生态传记"/"生态自传"定义为一种探寻传主与其所在自然/文化环境关系、专注传主生态身份的传记，自然生态系统与文化生态系统的整一性是其重心。其传主包括人类与非人类在内的所有客观存在物。生态传记与生态自传中，自我与自然的互滋性，文学、文化与自然的动态合一性是其鲜明特征。《长江传》的传主是长江，长江作为主体性存在，其自然与文化双重生态系统的整一性是传记文本的重心。

---

① 赵白生教授在主题为"生态学与生命写作"的第二届世界生态文化组织大会上解读凯伦·布利森（Karen Blixen）的《走出非洲》（*Out of Africa*），指出文本中的"多元主角"在对人、植物、动物，甚至非洲空气的描述中得以体现。他提出"全传"的概念，认为《走出非洲》是真正意义上的"全传"，空气也成主角，凸显了一种"氛围之真"。他总结说，"多元主角"及其诗学模式（叙述与描写的相对与互补）对于传记文学的生态转向不可或缺。见钟燕：《"生态批评与传记文学"——第二届世界生态文化组织年会综述》，《鄱阳湖学刊》，2010年第6期，第121页。

② See Janet Varner Gunn, *Autobiography: Towards aPoeticsof Experience* (Philadelphia: University of Pennsylvania Press, 1982): 23.

③ Cheryll Glotfelty, "Introduction: Literary Studies in an Age of Environmental Crisis, " in *The EcocriticismReader: Landmarks in Literary Ecology*, eds. Cheryll Glotfelty and Harold Fromm (Athens: The University of Georgia Press, 1996), xviii–xix.

我们现在回到《长江传》"传中传"的框架上。长江是母亲,是"生命中之大者"。为写好浩大的"母亲传",作家将自己的小传安插在《长江传》中。他是"沙洲的儿子",出生在长江入海口的崇明岛上;是长江之子,儿时枕着长江的涛声入睡,喝着长江水长大。作家写道:

> 我的血管里的血,其实就是长江水。
>
> 我的血脉是长江的延伸,是最细小的长江的支脉。①

自然与自我互滋,正是长江水,使长江之子血液沸腾,笔下有了"取之不尽的源头活水",成长为诗人作家;正是与长江的血脉相连,让作家一次又一次溯流而上,寻找长江生命的"若干细节",走上了生态文学创作的道路,写出了一部长江生态传记。在水球②之上,作者自称"边缘人"。他告诫我们:"不要忽略水。"③人在边缘,"江的边缘,海的边缘,是水的边缘"④。远离了中心的神话之后,我们才能看清:崇明岛沙洲因水而出现,"本不是应许给人类的,它只是个鸟岛"。它是白鹳、大天鹅、小天鹅、雁鸭的岛,是芦荡和鱼虾的岛。水的边缘生命繁盛,但人只是后来者,只是其一。将个人小传插置于长江大传,在江人母子关系中,强调人的位置的边缘性,这是作家对长江水系主体位置的建构策略之一。

策略之二是《长江传》框架上从江源写到江尾,这是生命从头到脚的空间存在;从长江亿万年前的诞生写到水患危机,这是一种生命时长生死之虑。内容上,作品融地理、历史、人物、文化于一江之传,以一种全传笔法将

① 徐刚:《长江传》,福州:福建教育出版社,2000年,第589页。

② 徐刚认为地球实为水球。见徐刚:《江海咏叹调》,福州:福建教育出版社,2000年,第290页。

③ 徐刚:《长江传》,福州:福建教育出版社,2000年,第584页。

④ 同上书,第583页。

江水与文化放在一个具有统一性的生态文化系统中。

二、水文化：湿漉漉的生命整体

徐刚的《长江传》重点阐释了长江的水文化与坝环境两个特点。水的生态文化贯穿全传，坝的生成环境穿插其中。传记作者试图从自然与文化的变迁关系中找准流水与人类的位置。下文笔者将从生态批评的视角试析这部生态传记中的水文化与坝环境。

文化创造于自然，从一开始就与自然生态相关联。生态文化是"有关生态与文化关系的文化"①，长江水文化即指江水生态与长江文化互相影响的文化。卢风对生态文化理念做了更细致的阐释。他认为"狭义的生态文化是以生态价值观为核心的宗教、哲学、科学与艺术"，"主要体现于理念与艺术"；而广义上，生态文化"也直接渗透在语言、风俗和制度中，甚至还体现在技术和器物之中"。②在《长江传》中，长江的生态价值在于其坠落精神、流动使命。基于此种生态价值观，从技术、器物到理念与艺术的各种长江文化我们可以分为物质文化与精神文化两类。长江物质与精神两类文化组成了一个湿漉漉的、蕴藏生机的文化生命整体。

长江的坠落精神与流动使命与生俱来。长江全长6300公里，是世界第三大河流③，它始于青藏高原上唐古拉山主峰格拉丹东雪山上段的一条巨大冰川。

---

① 王玉德：《生态文化与文化生态辨析》，《生态文化》，2003年第1期，第7页。

② 卢风：《论生态文化与生态价值观》，《清华大学学报》（哲学社会科学版），2008年第1期，第93—94页。

③ 1976年夏天与1978年夏天，长江流域规划办公室两次组织江源考察队，深入源区，实地勘察，察得沱沱河为长江正源。长江比美国的密西西比河更长，其长度仅次于南美洲的亚马逊河与非洲的尼罗河，居世界第三。

　　看似平静的冰川其实并不平静。在冰川本身重力和气候等外力作用下，巨大的冰川也在流动中，或者甚至可以这样说，由冰川融水孕育的长江，点点滴滴都含有流动的天性，在流出之前就已经流动着了。当然冰川的流动是不事声张的，而且速度极为从容，每年以数米或者数十米的速度向下滑动，到雪线以下，气温不断升高，冰川下缘开始融化，其末尾称为冰舌，冰川的流动会带来断裂，而且总是昼融夜冻，于是便在长长的冰舌部分形成了神奇壮观的冰塔林世界。长江源的冰塔林展示着一种真正伟大的创造、自然的神性的创造，一切都是随意的，一切又都是精雕细琢的。如万笏朝天，又似玉乳连绵，是古典的宝塔，也是现代的庞然大物，冰塔林之间有冰川湖，在这里看湖光塔影，恍若天上人间。组合巨大的冰塔林中，还有冰针、冰芽、冰蘑菇、冰钟乳和冰亭、冰廊、冰桥……所有这一切名字都是人取的，人为这个冰雪造物处留下的注解，其实它们什么都是，什么也不是。对于冰川来说，坠落是使命，它们在坠落中随遇而安，时融时冻。它们将要把此种坠落的精神注入冰雪融水，成为长江的精神。……①

　　冰川孕育着长江，冰川自身在坠落，在流动。冰川融水的"点点滴滴都含有流动的天性"，涓涓滴滴，便是万里长江的初始流出。冰川在坠落流动中不仅创造了长江，而且在江源形成了壮观的冰与水的世界。在江源冰雪晶莹的世界，人的想象也玲珑剔透，一切的命名都以"冰"字开始。自然清亮了人的想象。这些命名与美好相关，与占有欲无关。只是命名，只是玲珑剔透的想象，并无实质的交集，人类文化给自然留下的注解并无影响。而冰川的坠落精神却留在了人类的印象中。

---

　　① 徐刚：《长江传》，福州：福建教育出版社，2000年，第34页。

冰雪的创造就是水的创造。当涓涓滴滴的初始流出之后，长江水便要以坠落的精神去孕育、化生万物了。所有这冰塔林的奇观，你都能在人间找到相应的景物：江边山崖，万木森森；岸上人家，小桥流水；连绵湖泊，亭台楼阁；川江号子的粗犷雄迈；嘉陵江畔姑娘的明眸流盼；还有棉花和大米的雪白……

这一切，我们可以称之为长江流水滋润并连结成整体的家园风光。①

长江的孕育滋养之德来源于它的坠落精神与流动使命。森林、湖泊、人类都受江水的滋润养育；亭台楼阁、川江号子、棉花大米等人类建筑、民乐和农耕文化产品都缘水而生。因为长江一路向东坠落、流动的大使命，"华夏大地的一大片疆土上，长江及其支流将要像网络一样使之湿润，并且稳固，使大地成为完整的集合"②。这种"完整的集合"，或者说"长江流水滋润并结成整体的家园风光"，是一种阿卡迪亚③式的因江水而完整并完美的长江田园景象。

长江考古学、地质学、人类学的考察证据表明，早在一百多万年以前，长江流域就有了会用火的元谋人、巫山猿人、资阳人等旧石器时代人类的存在。新石器时代长江流域出现了大溪文化、河姆渡文化，等等。人们不仅在江中捕鱼，还在江畔种植水稻、纺纱织布，在多湖泊沼泽的地方"悬虚

---

① 徐刚：《长江传》，福州：福建教育出版社，2000年，第35页。
② 同上书，第21页。
③ 阿卡迪亚是古希腊的一个高原区，通常被认为是一个人们过着简单和谐、与万物共存的田园牧歌式淳朴生活的地方。又见本书第65页脚注②。

构屋"①，以避瘴疫虫害和猛兽。家园生活中的衣、食、住，无不与水相关，顺水而为。在余姚河姆渡遗址第二文化层发现的六千多年前的水井对我们很有启发。"它由二百余根桩木、长圆木组成，分内外两圈。外圈是栅栏桩，直径约6米，面积为28平方米。里圈是一方形竖井，边长2米，面积约4平方米。井底距当时地表约1.35米。这口水井的营造方式是在原先就有的水坑中部，打进四排桩木，组成柱木墙，然后清除淤泥。从外围的一圈栅栏及出土的苇席残片分析，水井上还曾盖有一井亭。"②在并不缺水的年代，为何打井？刘熙在《释名》中说："井，清也，泉之清洁者也。"挖井得洁净之水以饮，这是从河姆渡人就开始的饮水选择。因地取材，用木桩栅栏保护井壁；掏尽淤泥，让地下水通过土壤渗透作用流到干净的井里；盖上井亭，既荫庇取水之人又保护水井不受过度蒸腾和外来污垢。或许因为这口井，人群聚居，河姆渡的乡井文化从此兴起。可见，长江居民自古以来衣、食、住的物质生态文化都是湿漉漉的。

长江里没有两朵一样的浪花，长江孕育的宗教、哲学、科学和艺术文化也是多种多样的。但在精神文化上，长江流域文化的理念是一致的：流水天成，习之敬之。守望长江源头的藏民视雪山冰河为圣地，他们把用心血雕刻的玛尼石堆在山上，浸在水中，今生守护，来世期许。藏传佛教如雪山一样纯净美好。峨眉向佛，青城得道，长江流过千山万壑，宗教在两岸兴起，流向远方。佛教的水观与道家的风水都因水的洁净、润养之德而生，因喜水思水而成。徐刚说："所有的宗教都是从水的习性和精神中得到启示

---

① 根据河姆渡遗址发掘考证，长江下游的原始建筑以"悬虚构屋"的干栏式为代表，把一根根原木和木桩以榫卯结合固定，形成一列列排桩，再铺上带有企口的厚木板作地面，然后在厚木板上立柱架梁，筑起离地架空的房屋。见徐刚：《长江传》，福州：福建教育出版社，2000年，第17—18页。

② 徐刚：《长江传》，福州：福建教育出版社，2000年，第18—19页。

的。源远流长的江河境界本身就是宗教的,充满着宗教的况味。"①在人类还没有出现以前,长江已经在流动了;人类出现后,赋予了长江思想意义上的追问和拟想。自然与文化的关系是一先一后,再至于互依共存。老子在《道德经》中说:"水善利万物而不争,处众人之所恶,故几于道。"他是对长江流水发哲学追问并给出答案的最杰出的代表之一。伯牙抚琴汉阳江畔,志在流水。音乐应水而作,故"汤汤乎若江河"。子期已殁,伯牙琴断,浩荡长江载着慨叹前行——知音何在? 屈原在《楚辞》中提到过春秋战国时期流传在汉北长江一带的《孺子歌》:"沧浪之水清兮,可以濯吾缨;沧浪之水浊兮,可以濯吾足。"明人董明亦在长江边吟咏:"有客曾歌凤,无人解濯缨。"我们从《长江传》直接引用的132处②古代诗词歌赋中可以读出,一条江给了人类水滋山养的生活,也教给了人类生命的意义及有生之年的取舍进退。藏族人认为"人死了灵魂将要沿通天河上溯";僰人悬棺于长江崖壁之上,居山望水是生活也是死后的归宿;"中国神曲之乡"的丰都两千多年来都是长江魂灵聚归之地,因为"灵魂为了转生再世离不开水","灵魂好比一粒种子,湿漉漉以后才能发芽"。③生前与死后,长江流域人们的宗教、哲学与艺术生活中水是背景环境,也是核心主题。

李约瑟在其《中国科学技术史》中称沈括为"中国整部科学史中最卓越的人物",称沈括的《梦溪笔谈》为"中国科学史上的里程碑"。④北宋长江流域下游地区钱塘人沈括曾撰文解释温州雁荡山的成因是流水侵蚀,又从太行山的螺蚌之壳推论出华北平原的成因是海陆变迁;他发现地磁偏角,在《梦溪笔谈》中最早提出了指南针的制造技术,是宋代航海技术中"水浮"(指

---

① 徐刚:《长江传》,福州:福建教育出版社,2000年,第94页。

② 此132处为笔者统计,只包括直接引用的古代诗词歌赋,不包括对古代历史、地理典籍的引用和民谣俗语的引用。全书另引用楹联34副。

③ 徐刚:《长江传》,福州:福建教育出版社,2000年,第55、147、162页。

④ 同上书,第389页。

南针)制造的贡献者;他最先创造了用石油炭黑替代松木炭黑制造烟墨的工艺,首次提出了"石油"这一科学命名,并预言:"此物后必大行于世。"①从沈括一例可见古代长江文化中科学技术的发展状况。沈括对于流水力量、石油作用的发现,对于航海技术的促进,总体来看还处在科学对于自然的发现与阐释阶段。在现代工业社会到来之前,农耕时代长江流域的科技发展还处在发现与解释自然、增强人在自然环境中生存能力的阶段。但指南针作为一项科技发明传遍世界,石油将"大行于世"的预告,已经预示着作为水球水系一部分的人类将走向用科技改变人水关系、走向海洋大开发的道路。

三、坝环境:生命之流的"心肌梗塞"

技术时代里江河被人类改变的最鲜明标志是大坝。徐刚在创作《长江传》时,三峡大坝②工程正在如火如荼地进行。作家没有直笔书写三峡大坝,但对大坝的关注和研究已经开始,他在作品中穿插了三次大坝见解。第一次是在"江源真言"一章中,在通天河的古渡口,一个"天、地、神、人的连接"处,徐刚想到了桥梁,想到"中国传统的拱桥呈圆穹形,在天地之间是一种和谐"。他旋即想到了大坝:

> 长江喜欢渡口喜欢桥,长江不喜欢筑坝,筑坝是对流水的损害,我们截断江流的时候,从没有想过长江是否感到痛苦。
>
> 古渡口是好的。
>
> 桥梁是美的。③

---

① 徐刚:《长江传》,福州:福建教育出版社,2000年,第390—391、401页。

② 三峡大坝是三峡水电站的主体部分,在三峡水库的东端,1994年12月14日兴建,2006年5月20日全线建成。

③ 徐刚:《长江传》,福州:福建教育出版社,2000年,第57页。

从长江古渡口与传统拱桥的美好，作家不由想起了正在兴建的大坝。他知道母亲河的"不喜欢"与"痛苦"。但母亲河身上的"损害"，在技术主义权威眼中却是"中国人民不允许江河自由奔流"，"中国人民要控制每一滴水为人民所用"的成功。徐刚不是反坝主义者，但是他反对唯技术论，反对在任何江河上都无节制地修建大坝。①徐刚呼吁："让河流成为河流！"②人类血管里的血其实就是水，让河流成为自然的生命之流，从文化意义上说，是让中华文化的血脉流动。

　　第二次大坝见解出现在"千秋功罪　大江为证"一章，作者用的仍是曲笔法。他引用李锐先生八十年代的《对水利工作的意见》来说明建坝的政策环境与自然环境：（一）"水土流失关乎民族命运"，而我们却轻水土保持；（二）"堤防与分洪，是古今中外行之有效的最主要的防洪办法，相信二十一世纪后也必将如此"，而我们轻湖泊、洼地分洪、滞洪，轻提防及河道整治；（三）重防洪，轻除涝，李锐对长江环境问题的担心也是作家的忧虑。在这一章里，徐刚不仅例证长江源区和上游森林被毁，偷猎盛行，雪线后退，生态系统破坏后水土流失严重；中下游围湖造田，江堤干裂；而且指出，由于工业污染，长江不再清澈。③李锐为城市为人类担忧的同时，徐刚也在为濒临灭绝的"长江女神""活化石"白鳍豚担忧："长江里白鳍豚的种群数量已不足100头，这是2000万年前由海洋进入长江并惟一留存至今日世界的'长江女神'，它庞大而优雅，古老而美丽，但，很快它们将彻底、永久地告别长江！"④徐刚的担忧并非杞人忧天。2006年，一次为期三十九天的国际鲸

---

① 徐刚：《大山水》，福州：福建教育出版社，2007年，第309—310、313页。
② 同上书，第314页。又见徐刚：《感激、赞美以及拯救——在生态文学与环境教育国际研讨会上的讲话》，北京大学"生态文学与环境教育"国际研讨会，2009年8月14日。
③ 同上书，第507页。
④ 同上书，第515页。

豚类专家联合科考表明,"中国长江白鳍豚已经灭绝","这是第一个由人类行为导致灭绝的鲸类动物"。^①"长江女神"之死,还不能让我们警醒吗?

第三次水坝观穿插出现在"绿色中国梦"一章。清华大学水利工程系教授黄万里的所有意见主事者完全不予理睬,三门峡水库的灾难不幸全被他言中。^②对于木已成舟的三峡工程,他仍提出"希望改变设计,使四川盆地不受灾害,而已成工程尽量发挥其最大可能的作用。他建议将坝高降低,以不淹没万县为度。另加隧洞或排水道,使砾卵石、泥沙畅通出库,并恢复郝穴等出口,将砂石也输往江北洼地,抬高两岸田地,并确保武汉的安全"。^③从徐刚的采访文章中我们得知,黄万里六十年代写有《念黄河》《哀黄河》河殇旧体诗,为治黄奔走一生。黄万里始终相信:水流必按趋向挟带一定泥沙,携带泥沙的河流是害河是错误观念。正因为泥沙的冲积,才形成了下游河口三角洲平原。我们应该尽量减少人为的水土流失,在各河段力求堤固。^④黄万里是一个与众不同的水利人,他的与众不同不仅在于他心念江河两岸人民的福祉,而且在于他尊重河流流动携沙的自然规律,不以人类意志为"治河"的万能意志。黄万里生前,徐刚曾多次采访他,并就其治水思想写成长篇人物专访《黄河万里独行客:记黄万里》。^⑤当世界上

---

① 2007年8月8日,英国《独立报》《卫报》和BBC(英国广播公司)等媒体同时报道:中国长江白鳍豚已经灭绝,认为这是第一个有人类行为导致灭绝的鲸类动物。这一结论引自英国皇家学会的同行评议期刊《生物学快报》(*Biology Letters*)发表的《2006长江豚类考察》报告。中国专家称白鳍豚已经"功能性灭绝"。见李琴:《白鳍豚真的灭绝了吗》,《外滩画报》,2007年9月4日,http://news.sina.com.cn/c/2007-09-04/110813813369.shtml。

② 徐刚:《长江传》,福州:福建教育出版社,2000年,第525页。又见徐刚:《黄河万里独行客》,《沉沦的国土》,北京:人民文学出版社,2005年,第317—353页。

③ 徐刚:《长江传》,福州:福建教育出版社,2000年,第526页。

④ 徐刚:《长江传》,福州:福建教育出版社,2000年,第526页;徐刚:《沉沦的国土》,北京:人民文学出版社,2005年,第339页;徐刚:《大山水》,福州:福建教育出版社,2007年,第303页。

⑤ 徐刚:《黄河万里独行客:记黄万里》,《报告文学》,2002年第7期,第4—18页。又见徐刚:《黄河万里独行客》,《沉沦的国土》,北京:人民文学出版社,2005年,第317—353页。

最大的水坝要拦腰矗立于长江之上时，长江流域的安危是黄万里临终前的牵挂，也是徐刚引其言的初衷。

从《长江传》中的三处大坝书写可见，徐刚的水坝观有三点：（一）筑坝损害天然流水，扼杀河流的生命；（二）大坝不能真正消除水患，却对生态环境与物种造成威胁；（三）大坝阻沙，对下游造成三角洲平原受损和洪水大淹双重危害。作家的水坝观更直截了当地见于以下的文字：

> 大江大河被一截截地隔断，然后耸出大坝，鲜活的江河变成水库、河段，流动与否操之人手。从生态伦理学的观点看，江河有江河的权利，江河的权利首先是流动权，我们为水电无序开发付出的最大的代价是：堵塞河道，切断沟通，人为地制造了……"心肌梗塞"！①

"江河有江河的权利，江河的权利首先是流动权"，徐刚的江河伦理思想让他从根本上不可能成为大坝工程的拥护者。堵塞河道，切断水流后，江河流动权的剥夺意味着河流的衰败、死亡。

法国著名学者、作家埃莱娜·西苏（Hélène Cixous）1999年发表了生态戏剧《坝上鼓声》（*Tambours Sur La Digue*）。剧中的坝环境值得我们思考。《坝上鼓声》是个一幕十二场的戏剧，由王宫权力阴谋和坝上洪水危机两条线索串起。第一场"王宫的两难抉择"中，占卜师梦见洪水之灾，学童、猴群，他能听懂各种飞鸟啼鸣的邻居在大洪水中无一幸免。国师认为，河中淤泥与洪水无关，洪水的根源在于过去二十年里，刀斧无情，把上游护堤保岸的森林悉数伐尽。一国之君康王竟然把河源紫山林的管辖权让给个人——他的侄子匈奴王。匈奴王为利益伐光林木后，长河如巨龙失控。河

---

① 徐刚：《大山水》，福州：福建教育出版社，2007年，第314页。

上两座水坝依山而建,北坝保护的是匈奴王兴办的工厂、作坊、商场等经济开发城区,南坝保护的是包括剧场、寺庙、学校、图书馆等在内的娱乐与艺术区。宰相建议炸坝泄洪,炸哪条坝呢?康王左右为难。从第一场戏里我们知道了大坝上游的自然环境状况——林毁山秃,水土流失严重。康王给了个"人民要柴火做饭,国家就得伐树,别无他法"[①]的理由。

在第八场"因坝残杀"中,石匠工头在大坝筑完后发现了问题,建筑工程师让他逃跑以躲责。虽然二十年前建筑师曾在大坝上向全国人民许诺说"大坝将固若金汤",但自那以后,他就开始贪污堕落了。大坝工程出现问题后,他把盗用的钱拿出来私下请宰相负责补修,但宰相同样腐败,吞了钱款却没有行动。坝上有裂缝,人心上更有裂缝。建筑师良心苏醒时被宰相谋杀,建筑师之妻为夫报仇杀了宰相,但也在报仇时被宰相所伤。她奄奄一息时挣扎着呼喊:"裂缝! 裂缝! 惊醒啊! ……京城人心上有裂缝!"[②]建筑师之妻悲痛的是,她的呼喊没有人听到,腐败的秘密将随着她的死去而尘封。

埃莱娜·西苏的剧中,第三场"空网"表现了生态环境破坏后,普通人的道德沦落。河死鱼尽,渔夫被逼上绝路,要么自杀,要么为了吃饱肚子出卖灵魂投奔匈奴王做杀手——去山顶砍伐残存的林木,去城里行凶暴乱。水体破坏不仅引发整条生态链的破坏,连锁反应还会引起与水相连的精神文化的沦落。

原水利部部长汪恕诚在《论大坝与生态》一文中指出,修建大坝带来的生态问题主要包括移民问题、对泥沙和河道的影响、对大气的影响、水体变

① Hélène Cixous, "Drums on the Dam, "in Selected Plays of Hélène Cixous, ed. and trans. Eric Prenowits (London & New York: Routledge, 2004), 193.

② Hélène Cixous, "Drums on the Dam, "in Selected Plays of Hélène Cixous, ed. and trans. Eric Prenowits (London & New York: Routledge, 2004), 205.

化带来的影响、对鱼类和生物物种的影响、对文物和景观的影响、地质灾害、溃坝等八个方面。①如果说前六种、包括第七种生态影响是缓渐的，溃坝的影响则可能是毁灭性的。由于水土常年淤积，在一定的寿命后筑坝拦成的水库会变成"病险水库"，其大坝有溃坝危机。截至2013年3月，全国共修建中小型水库97246座，其中病险水库4.7万余座，约占水库总数的一半。②全国共有大型水库756座③，水库病险水文情况不详。水以恼怒的河流和恣意汪洋的形象出现在埃莱娜·西苏《坝上鼓声》的第三场和全剧的结尾。恼怒的河流说："这里没有敬畏可言。人类犯错，却把罪过推到河流身上。河流养育他们如父母，他们却弃之如垃圾；然后还说：这河可恶！ 这个国家里，大人小孩，个个都是高傲自大、忘恩负义、喜怒无常的东西！ 你们比瞎子还瞎！ 你们没料想过世界末日吗？ 你们会遭受千年洪灾，我发誓！"④被辱骂的大河决心报复人类。1998年长江大洪水的源区，正是六十年代名震一时的金沙江林区伐木会战处。大自然绝不阴损，它的报复明明白白。⑤洪水满溢，因为人类"肆无忌惮、心灵污滞"，"自己把陆地的船只从底部凿沉"。⑥

中国是一个水库大国、大坝大国。国际上大型水坝的定义是：从地基算起水坝高度大于或等于15米，厚度在5米至15米之间，总储水量超过

① 汪恕诚：《论大坝与生态》，《水力发电》，2004年第4期，第2—4页。

② 中华人民共和国水利部：《第一次全国水利普查公报》，北京：中国水利水电出版社，2013年，第3页；杨杰、郑成等：《病险水库理论分析研究进展》，《水科学进展》，2014年第1期，第148页。

③ 我国水库规模按总库容分类，大型水库756座包括两类：其中总库容1834.78亿立方米以上的大型水库629座，总库容5665.07亿立方米以上的大型水库127座。中华人民共和国水利部：《第一次全国水利普查公报》，北京：中国水利水电出版社，2013年，第3页。

④ Hélène Cixous, "Drums on the Dam, "in Selected Plays of Hélène Cixous, ed. and trans. Eric Prenowits (London & New York: Routledge, 2004), 198.

⑤ 徐刚：《长江传》，福州：福建教育出版社，2000年，第496页。

⑥ Hélène Cixous, "Drums on the Dam, "in Selected Plays of Hélène Cixous, ed. and trans. Eric Prenowits (London & New York: Routledge, 2004), 212.

300万立方米的水坝。徐刚在2003年底指出：全世界有大型水坝45000座，中国占了22000座，占45%，国土面积与中国相当的美国为6575座，同为发展中国家且人口众多的印度为4291座。①技术时代无情地把徐刚头脑中的田园诗放逐，"大坝上的中国"这个可怕的比喻在他脑中闪过。②中国几乎没有一条江河是无坝之河，"所有人造的水坝终将出现裂缝，然后被废弃"。技术修成的水坝不是我们文化的根基，流水不腐的江河才是中华的血液。"小河小沟堵了，大江大河堵了，中国人正在用自己的技术和钢筋混凝土，在中国的大地上制造一次又一次的'心肌梗死'。"③"心肌梗死"是重症。作家提倡"慎建大坝"，保护流水不腐的天然江河，保存江河文化根基。

二十世纪末二十一世纪初，一些西方国家出现了向水坝告别的动向。1996年9月，"国际水坝高峰会议"在日本举行，并发表了《建造水坝的时代在全世界正在走向终结》的声明，标志着"后水坝时代"的到来。1997年3月，来自亚洲、欧洲、北美洲及南美洲的全球反水坝运动的代表齐集巴西的库里替巴城，举行"第一届受水库危害者国际会议"，并于会议最后一天3月14日发表了《库里替巴宣言》(*Declaration of Curitiba*)。这是全球人民反水坝、支持保护河流生态及水资源可持续利用行动的一个里程碑。④

《长江传》以警世之言结尾，作家毫不掩饰他的忧心忡忡："我们正走在一条离开物质财富越来越近、离开江河大地越来越远的不归路上。"⑤水电是一种清洁能源，但在大江大河、小江小河上肆意截流，是对流水中国的截

---

①　徐刚：《高坝大库何时了，往事知多少！——中国江河大坝的思考》，《中华读书报》，2003年11月26日。

②　徐刚：《沉沦的国土》，北京：人民文学出版社，2005年，第502页。

③　周仕凭、张树通：《一个智者的忧虑——访著名环境文学作家、诗人徐刚》，《环境教育》，2010年第7期，第14页。

④　王岳川：《生态文学与生态批评的当代价值》，《北京大学学报》（哲学社会科学版），2009年第2期，第132页。

⑤　徐刚：《长江传》，福州：福建教育出版社，2000年，第592页。

肢。徐刚说："在我心目中，水环境是与文化联系在一起的，水的源头，也是文化的源头，正是对传统文化的破坏，加重了对水文化的破坏。"①坝上中国，文化与江河双危。当我们重新想起老庄的流水哲学、李杜的江河诗赋，找回觅风水与思水德的心境，坝上中国是否会重返江河中国？

拯救中国江河的"河长制"缘起于2007年初夏无锡水污染引发的蓝藻暴发事件。自2007年8月至今，我国"河长制"经历了地方试点探索到国家顶层设计两个发展阶段②，"河长制"的全面推行为包括长江在内的全国万千河流的健康奔流提供了一定的制度保障。"生态兴则文明兴，生态衰则文明衰"③，习近平提出"长江经济带应该走出一条生态优先、绿色发展的新路子"④。东西方生态文学创作方兴未艾，中国当代作家中徐刚无论从创作时长、数量、深度来看，都是为水球书写的中外作家中优秀的一位。有评论家曾说："在我们的作家中，难得有人像徐刚这样十几年里⑤为了人类广大的利益，为了一部意在使世人解蒙启惑的书，远离世俗，博集资料，输入学理，磨杵成针。"⑥徐刚几十年如一日地跋山涉水，握笔⑦伏案，他在解析人水关

① 孙惠英：《徐刚：爱在青山绿水间》，中国作家网，2008年4月11日，http://www.chi-nawriter.com.cn/2008/2008-04-11/65868.html。

② 刘超：《环境法视角下河长制的法律机制建构思考》，《环境保护》，2017年第9期，第24页。

③ 习近平：《推动我国生态文明建设迈上新台阶》（习近平总书记2018年5月18日在全国生态环境保护大会上的讲话），《求是》，2019年第3期。

④ 习近平：《在深入推动长江经济带发展座谈会上的讲话（2018年4月26日）》，《人民日报》，2018年6月14日第002版。

⑤ 本评论作于2007年。从1988年发表《伐木者，醒来！》至今，徐刚的生态文学创作已持续三十余年。

⑥ 李炳银：《守望与呐喊——读徐刚〈守望家园〉》，中国作家网，2007年8月30日，http://www.chinawriter.com.cn/56/2007/0830/5317.html。

⑦ 据笔者了解，徐刚是坚持用笔、拒绝用电脑写作的作家。他还热爱中国书画，并为其作品《大山水》绘写了所有的中国画与书法插图。这也是他身体力行保留传统文化的一方面。

系、揭示水球江河危机的同时，大声疾呼："人啊，国啊，世界啊，你要小心翼翼地接近辉煌！"①徐刚对蓝色批评的贡献是：在描绘江河水系与人类文化同荣共危的整一系统的同时，坚持"让江河成为江河"，"让河流活着"，呼吁一种还江河以流动权利的水球伦理。作家前瞻性的呼吁与当下中国生态文明建设同向而驰。

第五章
蓝色批评的理论建构

以蓝色批评重要基础文本出现的时间脉络为线,我们在前三章按水域形态先后分析了湖泊、海洋、河流——梭罗的湖、卡森的海与徐刚的河——在生态文学与水球文化中的位置及对蓝色批评的贡献。在对蓝色批评的思想渊源、文本发展溯源和梳理之后,蓝色批评话语的理论建构成了生态诗学中亟待完善的重要内容。结合生态文学文本与理论、生态学、生态哲学与生态美学等内容,本章我们从水球有机论、边际效应观、水利至上批判、水体生态责任、水球生态审美五个方面试图构建蓝色批评的核心话语。

第一节　水球有机论

古希腊有机论自然观中,"自然界不仅是活的而且是有理智的;不仅是一个自身有灵魂或生命的巨大动物,而且是一个自身有心灵的理性动物"[①]。往前追溯,地母盖娅、海神波塞冬等神话故事里的拟人化自然观是古希腊

---

① 柯林武德:《自然的观念》,吴国盛译,北京:北京大学出版社,2006年,第4页。

有机论哲学的沃土。荷马史诗《伊利亚特》中，最古远的神祇大洋河流之神俄刻阿诺斯（Oceanus）被称为"众神的始祖"。赫西俄德在《神谱》中记载俄刻阿诺斯与海洋女神忒修斯生育了三千河神与三千海洋女神，是世上所有河流、湖泊、海洋的祖先。[①]当泰勒斯说"水是万物的本原（$\alpha\rho\chi\acute{\eta}$）"时，他用哲学的思考替代了神话的想象。泰勒斯认为自然界是个巨大的"被赋予了灵魂的"生命机体，在其内部"是更小的具有自己灵魂的有机体"，大小有机体都通过水得到维持自身生命活力的养料。泰勒斯的概念里，大地是有机体，需要从水中汲取养料。大地浮在海洋水面之上，"用这海洋中的水修复着自己的和它之中的所有事物的组织，继而通过一个类似于呼吸和消化的过程将它转化为它自己躯体的各个部分"。自然如母牛，"放牧"在水的草场上。[②]从牧水母牛之喻看，泰勒斯是水球有机论的最早构想者。

　　中国古代哲学思想中的水生论宇宙观也蕴藏着早期水球有机论思想。郭店楚简《大一生水》记载："大一藏于水，行于时，周而或［始，以己为］万物母。"[③]为万物母的"大一"同希腊神话中的万物母"盖娅"，都是一种有机论与整体论相结合的整体有机主义。管子说："水者，地之血气，如筋脉之通流者也。……是以水者，万物之准也，诸生之淡也，违非得失之质也，是以

---

　　① 俄刻阿诺斯是古希腊神话中的大洋河流之神，一个泰坦巨神。所谓大洋河是希腊人想象中环绕整个大地的巨大河流，代表了世界上的全部海域。在荷马史诗里，俄刻阿诺斯是原始神之一，与其妻忒修斯一起是其他所有神的始祖。但后来被广为接受的赫西俄德神谱体系则把他划为由原始神产生的第二代神，为地母盖亚与天神乌拉诺斯之子。根据赫西俄德的《神谱》，俄刻阿诺斯的妻子是他的妹妹忒修斯，两人生下了三千个儿子和三千个女儿，这就是世界各地的河神与大洋神女。在古典时代的希腊神话中，俄刻阿诺斯作为海洋主宰的地位被波塞冬取代。赫西俄德：《工作与时日　神谱》，张竹明等译，北京：商务印书馆，2009年，第31、38—39页。

　　② 柯林武德：《自然的观念》，吴国盛译，北京：北京大学出版社，2006年，第38—39页。

　　③ 李零：《郭店楚简校读记》，北京：北京大学出版社，2002年，第32页。

无不满,无不居也。"①水如血液,河流为筋脉,整个世界从人至草木鸟兽与金石都因为水的流动充盈着生命。这是一种朴素的有机论思想。《大一生水》与管仲的《水地》都将水作为世界的本原和生命的源头,中国古代的水生论宇宙观从世界的生成上勾勒了水球有机论的雏形。

英国哲学家怀特海(Alfred North Whitehead,1861—1947)借助现代物理学的成就建成了"有机体哲学(Philosophy of Organism)",又称"过程哲学(Process Philosophy)"。他系统地批判了传统的机械论观点,提出了有机论主张,认为自然是生命有机体的创造进化过程,整个世界是一个共生互滋、动态联系的网络式整体。②怀特海的现代有机论自然观摒弃西方十七世纪以来的机械论传统,将个体与整体、自然与生命再次关联起来。这种关联中,个体生命是自然整体生命的一部分,彼此的生命形式总是处在一种动态过程中:"个别实有的生命史,是更大、更深、更完整的模式的生命史中的一部分。个别实有的存在可能受较大模式的位态支配,并经受较大模式本身所发生的修正。"③对过程哲学的思考让怀特海将整体主义与有机主义结合起来,预见到了一个科学与文化的"重建时代"④、一个新的有机论时代的到来。他的"有机体哲学"为二十世纪下半叶生态学运动的出现铺下了思想基础。深层生态学家阿纳·奈斯不仅将有机体的观念拓展到整个自然界,而且认为非人类生命与人类生命一样具有内在价值与生存权利。他在深层生态学运动的行动纲领中明确写道:"生命平等","人类无权减少生命

---

① 石一参:《管子今诠》(下),上海:商务印书馆,1938年,第315—316页。句读标点参见梁运华校点:《管子》,沈阳:辽宁教育出版社,1997年,第122页。

② Alfred North Whitehead, *Process and Reality: An Essay in Cosmology* (New York: Harper & Row, 1960), 27-39, 326-328;阿尔弗莱德·怀特海:《思想方式》,韩东晖等译,北京:华夏出版社,1999年,第124、138—139页。

③ A. N. 怀特海:《科学与近代世界》,何钦译,北京:商务印书馆,1989年,第104页。

④ 唐纳德·沃斯特:《自然的经济体系:生态思想史》,侯文蕙译,北京:商务印书馆,1999年,第317页。

形态的丰富性和多样性"。①奈斯笔下的"生命"一词,包括生物学家所说的非生命,如河流(水域)、景观地貌、生态系统。深层生态学的支持者们于是喊出了这样的口号:"让河流活着!"②

当深层生态学运动为河流维权时,洛夫洛克思考着海洋对"盖娅"生命的作用,他一再强调海洋、大气、岩石与所有生物构成一个自我调节的"盖娅"超有机体(superorganism)③,而在调节地球水文、大气、温度中起关键作用的"蔚蓝海洋几乎占据地球表面的四分之三",其"物理、化学和生物特征是地球生命过程中紧紧相依的部分"。④洛夫洛克对"盖娅"的认识有一个过程,他在二十世纪七十年代初提出"盖娅假说"时只把"盖娅"当作由生物作用、为生物存在的星球,之后的几十年里逐渐认识到非生物如海洋、岩石、大气和生物共同组成了"盖娅"生命共同体,生物与非生物都是盖娅的重要有机组成部分。⑤洛夫洛克头脑中有"海洋星球"⑥的概念,"盖娅假说"不仅兼具生态整体原则与生态平等原则,而且为水球有机论提供了直接证据。1988年出版《盖娅时代:鲜活地球的传记》(*The Ages of Gaia:A Biog-*

---

① 1984年,奈斯与乔治·塞申斯(George Sessions)在一次加州野外宿营后共同起草了一份深层生态学运动纲领,纲领由八条基本原则组成。See Arne Naess, "The Deep Ecological Movement: some Philosophical Aspects, "*Philosophical Inquiry* 8 (Fall 1986): 14–15;or Bill Devall and George Sessions, *Deep Ecology: Living as If Nature Mattered* (Salt Lake City: Peregrine Smith Books, 1985), 70.

② Arne Naess, "The Deep Ecological Movement: some Philosophical Aspects, "*Philosophical Inquiry* 8 (Fall 1986): 15.

③ James Lovelock, *The Ages of Gaia: A Biography of Our Living Earth* (New York and London: W. W. Norton & Company, 1995), 40;James Lovelock, "a new ′preface′ written in the year of 2000", in James Lovelock, *Gaia: A New Look at Life on Earth* (Oxford: Oxford University Press, 2000), ix.

④ Ibid., 78–79.

⑤ James Lovelock, "a new ′preface′ written in the year of 2000", in James Lovelock, *Gaia: A New Look at Life on Earth* (Oxford: Oxford University Press, 2000), ix.

⑥ Ibid., 78.

raphy of Our Living Earth)时，洛夫洛克用"活着（Living）"作为著作的标题。当偶然得知地质学家詹姆斯·赫顿（James Hutton）早在1785年就曾把全球水文循环比作动物身上的血液循环时，洛夫洛克再次肯定：地球活着！①在论述一幅名为《俄刻阿诺斯②：宏观与微观的宇宙》的古老解剖学教材图片时，萨拉·路易森（Sarah Lewison，1956— ）也曾将地球水文循环与人体血液循环类比，认为"河流从大海流出，又复归大海，好比人类的血液从心脏流出，又复归心脏"③。大海是心脏，河流为血脉，大洋河流之神与人相似。赫顿与路易森的比喻与两千多年前中国管仲的"血气""筋脉"之喻遥相呼应，是对洛夫洛克"盖娅假说"中水球有机论的共鸣。

　　蓝色批评吸收了从泰勒斯到洛夫洛克的有机论自然观，中国古代水生论宇宙观，怀特海的有机体哲学和纳斯的深层生态学思想，并用这些有机主义与整体主义智慧来审视文学、文化与自然之间的关系。传统的生态批评是"阅读大地"的"绿色批评"，利奥波德"大地伦理"中"生命共同体"概念的提出已使大地有机论的观念进入人心。一种整体主义的生态观关注大地，同时绝不能忽视蔚蓝色的浩瀚海洋。"阅读水球"的"蓝色批评"是研究符合生态整体观的生态批评的一种崭新视域。水球上蓝色是生命的原色，把海洋生命共同体，或者说海神与水神"俄刻阿诺斯"或是"波塞冬"④当作一种有机论概念提出，源于自古以来的有机论自然观和怀特海的有机体哲

---

① James Lovelock, "a new 'preface' written in the year of 2000", in James Lovelock, *Gaia: A New Look at Life on Earth* (Oxford: Oxford University Press, 2000), xviii.

② 俄刻阿诺斯是本书第163页提到的大洋河流之神，古希腊神话中盖娅所生育的十二泰坦神之一，他是所有河流、湖泊、海洋的祖先。

③ Sarh Lewison, "Mortal Sights: Postcards from Earth," 转引自刘心恬：《盖娅的崛起与盘古的觉醒——论中西创世神话的生态维度》，《中国地质大学学报》（社会科学版），2011年第4期，第21页。

④ 在古典时代的希腊神话中，俄刻阿诺斯的地位被波塞冬取代，波塞冬成了海洋与湖泊的君主，海神与水神。

学,更有来自生态学与文学两个话语场的支撑。

在生态学里,有机体通常具有孕育生命、自我调节和与外界环境进行动力循环的功能。有机论强调生物整体结构的作用。通常意义上,有机论被看作"一种把活的有机物当作整个自然的模式和比喻的哲学"[①]。海洋面积约占地球面积的71%,它是地球区别于金星和火星、拥有生命的关键。我们对水球有机论的进一步讨论可以结合大海母亲作为有机生命的文学隐喻,从海洋生态学的内容展开。

远古生命诞生在海水与电光之中,大海一直以来就是一个孕育无数生命的巨大的有机体。它可以靠化能合成和光合合成两种方式制造有机物,从浅海到万米深海都形成繁荣的食物链。1977年,地质学家在2500米以下的海底热泉中发现了以热、水和化学物质如硫化氢的化能合成细菌为生的灿烂炫目的海洋生命。[②]巨型红色蠕虫生活在深海火山口里,紫色的大章鱼、白色的螃蟹和巨蛤在300多摄氏度的水温里自得地摇摆。[③]海洋学家发现,在寒冷无光的深海之渊,加拉帕戈斯海洋断裂带却如同温暖的绿洲,到处都是颜色形态各异的生物。这些生命因断裂地带的温泉水而存在,有机体的繁荣依靠的是来自地球内部的能量,而不是太阳。[④]在太平洋、大西洋和印度洋附近的红海几千米深处的热泉喷口边,海底科考人员一次次被光怪陆离的生物世界震惊。[⑤]哪怕是在既无光合食物也无地热化能食物的黑暗、高压、寒冷的万米深海中,科考人员也发现了繁衍生息的生

---

① 唐纳德·沃斯特:《自然的经济体系:生态思想史》,侯文蕙译,北京:商务印书馆,1999年,第547页。

② 艾伦·普拉格尔:《海洋的故事》,王桂芝等译,海口:海南出版社,2002年,第15页。

③ 庞天舒:《凝看海洋》,沈阳:沈阳出版社,2001年,第82页。

④ 徐刚:《地球传》,北京:作家出版社,2009年,第203页;侍茂崇编著:《沧海桑田:海洋与人类文明》,哈尔滨:哈尔滨工程大学出版社,1999年,第181、188—190页。

⑤ 侍茂崇编著:《沧海桑田:海洋与人类文明》,哈尔滨:哈尔滨工程大学出版社,1999年,第180—187页。

命。①特性和外形超乎人类想象的生命，漂游在海洋的每一滴水里，大海是孕育力极强的有机体。地球上海洋面积为3.62亿平方公里，约占地球面积的71%；海洋体积约为13.7亿立方公里，平均深度3800米，最深处超过10000米。如果把高达8848.13米的珠穆朗玛峰投入西太平洋深达11035米的马里亚纳海沟，珠峰便沉没到无影无踪。深广的海洋为生物提供的空间比陆地和淡水中生命存在的空间大300倍，是地球上最大的有机生命之家。②海洋并非"生态沙漠"，而是比陆地更大、有机生命更丰富的生命的和美家园，是生养了包括人类在内的无数儿女的伟大母亲。生态文学的大旗上豁然写着"回归"二字，"大海啊故乡"是地球百川万物唱着的同一首歌。"回归故乡""回归大海母亲的怀抱"等文学上的比喻有着生态学上的真实性。

像陆地一样，大海自身是一个和谐的生命共同体。这个生命共同体的统一性是以其内在的食物链为基础的。瑞秋·卡森在她1937年发表的一篇题为《海底世界》的文章里说："水从地球和大气中吸收简单物质，储存起来，直到沉睡的植物被春天的阳光唤醒，迸发出生命的活力。成群的饥饿的浮游动物依靠丰富的植物成长繁衍，随后它们又成为鱼群的猎物。所有这一切，在大海无情的法则下，最终变成溶解它们自身的组成物质。个体元素微不足道，它们在一次又一次附形重现中得到永生。"③卡森认为，具体的生物"朝生暮死的短暂美丽也许只存在于雪花般透明的故事里"，但"粒子分解之雨永不停息"④，大海食物链里物质不朽。海洋生物因而在大海中

---

① 科学家们在10896米的深海处发现了生物群落。See Yuko Todo et al., "Simple Foraminifera Flourish at the Ocean's Deepest Point, "*Science* 307.5710 (February 2005): 689.

② 沈国英、黄凌风等编著：《海洋生态学》，北京：科学出版社，2010年，第26页；徐刚：《地球传》，北京：作家出版社，2009年，第195页。

③ Paul Brooks, *Rachel Carson: The Writer at Work* (San Francisco: Sierra Club Books, 1989), 31.

④ Ibid., 29–30.

归于同一,生命不息。卡森在描述海岸生态的作品《海之滨》的序言里指出:要真正理解海滨生命,必须真正理解"它与它所生活的大海是什么关系"。她说:"我还力图用一种根本的统一性来解释海岸。这种统一性把生命和地球联系在一起。"[1]在卡森看来,对生命的了解必须了解生命在生态系统内的生存状态,应该感知一种"根本的统一性"——有机生态整体的和谐。大海,正是这样一个和谐的有机体。

如同众多的有机体一样,大海不光有孕育生命、自我调节的能力,还有与外界构成良性循环的能力。海洋与河流、森林、土壤、大气构成了一个更大的循环系统。海洋占地球总水量的97%,她像一位呵护地球生命的母亲,用宽阔的胸膛吸收了照射到地球表面的大部分太阳辐射和人类活动产生的50%的二氧化碳,又为大气提供了78%的自由态氧和50%以上的水汽,让地球处在动态健康的气与水的循环中。[2]海洋作为地球水圈的主体在全球生态系统中的作用与影响很关键,因为它控制着大气圈、水圈和土壤岩石圈之间的相互作用和过程。海洋生态系统是地球上最大的生态系统,它与淡水生态系统共同组成了地球生命的血脉之流水生态系统。卡森在《寂静的春天》里提出了"生命之网"中"没有任何孤立存在的东西"的观念。[3]她说:"所有地表流动的水都曾经是地下水","地下水的污染就是世界水体的污染"。[4]淡水生态系统和海洋生态系统相连相通,循环中的地下水、溪水、江河等水体的污染可以导致海洋母亲的疾病,甚至死亡。大海让世界流动,让生命鲜活,它是地球上需要关照的最重要的生命共同体。地球表层物质在水文循环中迁移,能量得以转换;水文循环联系着地球上各

---

① Rachel Carson, *The Edge of the Sea* (New York: New American Library, 1955), 8.

② 李冠国、范振刚等编著:《海洋生态学》,北京:高等教育出版社,2004年,第240页,第49页,第301—304页。

③ Rachel Carson, *Silent Spring* (Boston & New York: Houghton Mifflin Company, 1962), 51.

④ Ibid., 42.

种水体,并使其成为动态有机系统。地球在水文循环中成为真正意义上活着的水球。

回顾大海孕育的有机生物之丰富、自我调节时物质循环之不朽、与外界进行的水文循环之奇妙与脆弱,我们不由感叹:波塞冬,是神;大海,是神奇的生命共同体。由约71%的海洋与约29%的陆地构成的水球上,大海生命共同体和大地生命共同体因水、气、物质的动态循环而形成了水球有机整体。诗人斯奈德用"龟岛"做其诗集之名,他要摒弃的是"武断而错误地强加到"栖居之地的国别州名等行政称谓,要找回的是印第安神话及世界各地神话中海洋世界里巨龟擎陆的生态智慧,在倡导的是按自然分水岭和生物群落描述自然、创作诗歌的方式。①这是在水球上栖居与创作的新模式,也是一种水球有机论影响下的模式。斯奈德的诗歌创作中,宇宙生态系统是一个缀满闪光宝石的帝释珠网②,而把宝石相连的网丝正是水。我们来看他《龟岛》中的《哦水》一诗:

O Waters

O Waters

wash us,me,

under the wrinkled granite

straight-up slab

---

① Gary Snyder, "Introductory Note, "*Turtle Island* (New York: New Directions Publishing Corporation, 1974), 1.

② 施耐德曾到中国西藏和日本学习佛教和禅宗。华严宗帝释珠网(即因陀罗网)的隐喻帮助他理解了生态有机体内部的整一性与互依性。See Gary Snyder, *A Place in Space: Ethics, Aesthetics, and Watersheds* (Berkeley: Counterpoint Press, 1995), 67;加·斯奈德:《珠网与细胞网:生态系统,有机体和佛教第一戒》,《世界文学》,2012年第4期,第221—222页;雷毅:《深层生态学思想研究》,北京:清华大学出版社,2001年,第78—79页。

and sitting by camp in the pine shade

Nanao sleeping,

mountains humming and crumbling

snowfields melting

soil

building on tiny ledges

for wild onions and the flowers

Blue

Polemonium

great

earth

sangha[①]

哦水

哦水

冲刷我们，我，

在褶皱的花岗岩下

平直的石板，

坐在松影里帐篷边

七尾睡着，

---

① Gary Snyder, *Turtle Island* (New York: New Directions Publishing Corporation, 1974), 73.

山峦轰鸣崩裂

雪原融化

土壤

铺散在小小岩脊上

为了野洋葱和花朵

蓝色的

花葱

大

地

僧伽[1]

　　这幅自然生态图里的自然地貌包括流水、岩石、土壤、山峦、雪原，植物包括松树、野洋葱、野花、蓝色花葱，人物有诗人与他的朋友榊七尾。七尾在自然中沉睡，诗人静坐着观察着万物相连的世界。水的流动是为了"冲刷我们"，"我们"包括诗歌里出现的自然地貌、植物和动物人类。流水、山峦、雪原和土壤都在动态中，它们都为野洋葱的生长和花朵的绽放而动。万物利他，在这种复杂而神圣的生态网中，水系（waters）的流动性使得大地上所有的生物与非生物都成了领悟享受生态系统整体利益之道的"僧伽（sangha）"[2]，他们同时也是为生态系统整体利益而修行奉献的"僧伽"。斯

---

　　① 译文参考高歌、王诺：《生态诗人加里·斯奈德研究》，上海：学林出版社，2011年，第156—157页。笔者做了部分改动。

　　② "梵文'sangha'一词及其中文音译词'僧伽'，都是指出家众，即比丘、比丘尼、沙弥、沙弥尼。20世纪后期北美流行的禅宗教派不尚出家，寺院的修行人可有妻、有夫、有子女，根本没有出家众，故'sangha'意指受戒的信众或就是指信众。而史耐德却把'sangha'一词用来指地球上所有的生物及无生物。"见钟玲：《史耐德与中国文化》，北京：首都师范大学出版社，2006年，第115页。

奈德将生态学与佛教思想相结合,推崇一种以水为纽带的生态整体主义。在二十世纪八十年代出版的诗集《斧柄》中,斯奈德发表了《致盖娅的小曲》组诗十九首。[①]生态批评家墨菲认为斯奈德对盖娅的理解来源于洛夫洛克的"盖娅假说"和佛教华严宗里的帝释珠网隐喻。[②]"深蓝海洋的婴儿/深蓝的海洋/哦,盖娅"和"庄子说大鹏俯视/他所看到的一切皆是/蓝色⋯⋯"[③]等诗行从海洋之蓝突出了水球有机体的生命起点与颜色特征。

从哲学、生态学和生态文学角度分析,以海洋为主体的水系是生命之脉,我们栖居的水球是一个生命有机体。

第二节　边际效应观

海洋生命共同体通过海岸与大地生命共同体相连,构成了水球生命共同体。海岸是水与陆的边际,考察其独特的"边际效应(Edge-effect)"对于居于海岸的人类了解大海,正确处理人海关系很有必要。同样,水球系统中海湾、河口、汀洲、江畔、湖滨等,是生态学上的边际地带,也是文学作品的催发地,"边际效应"缘水生成。

早在二十世纪三十年代,利奥波德就在对森林边缘的研究中发现生态群落交错区动植物物种种类和个体数目比邻近生态系统要多,并把这种现

[①] Gary Snyder, "Little Songs for Gaia, " *Axe Handles* (San Francisco: North Point Press, 1983), 47-58.

[②] Patrick D. Murphy, *A Place for Wayfaring: The Poetry and Prose of Gary Snyder* (Corvallis: Oregon State University Press, 2000), 131.

[③] Gary Snyder, *Axe Handles* (San Francisco: North Point Press, 1983), 54.

象称为"边际效应"。①生态学上的"边际效应"特指在不同地貌交界处,如田野与森林、河流与沙漠、荒野与被开发地相交的地方,动植物种群异常丰富的倾向。②与经济学中"边际效用(Marginal Utility)"的递减之率③相反,生态学中的边际效应是一种递加之率。栖居水球,人类文明沿水而生,对于海岸、海湾、沙洲、河畔、湖边等各种水滨,我们应有一种边际效应观。

水球边际效应观的第一个认识是,各类水滨是生命群集之所、物种繁殖圣地。

水陆之交的海岸"有着双重属性,随着潮汐的节奏,一会儿属于陆地,一会儿归向海洋。潮退之际,它冷热交逼,暴露于风、雨和灼热的太阳之下,直面着粗野难驯的陆地边界;潮涨之时,海岸又成为水的世界,暂时重回广阔大海平稳安定的怀抱"④。海岸是典型的边缘之地,兼具海洋与陆地双重特征,是海与陆相互作用的过渡地带。然而,它却是生命异常丰富的地方。适应潮汐的岩岸、受海浪影响的沙滩、被洋流控制的珊瑚礁和红树林都是生命的天堂。卡森的《海之滨》告诉读者:"在海岸这个生存困难的世界中,生命展现了巨大的韧性和活力,占据了想象得到的每一个角落。我们可以看到生物布满潮间带岩石间,隐藏在裂沟罅隙里,潜身在圆石之下,或是埋伏在海洋洞穴的潮湿阴郁之中……埋于沙中……在坚实的岩石和孔穴中挖掘隧道,钻入泥煤和粘土里,镶嵌在海草、漂流的晶石或是坚硬

---

① Aldo Leopold, *Game Management* (New York and London: Charles Scribner's Sons, 1948), 131.

② Terrell Dixon, "A Letter on Ecocriticism in 'Forum on Literatures of the Environment'", *PMLA*114.5 (October 1999): 1094.

③ 英国经济学家杰文斯(William Stanley Jevons)在十九世纪六十年代就撰文称,消费任一商品数量的增加,得自所用的最后一部分商品的效用或福利在程度上是减少的。一般认为他是经济学上"边际效用"的发现者。见理查德·豪伊:《边际效用学派的兴起》,晏智杰译,北京:中国社会科学出版社,1999年,第2—3页。

④ Rachel Carson, *The Edge of the Sea* (New York: New American Library, 1955), 11.

的龙虾壳上……"①甚至"一粒沙里见世界"之言是实非虚：沙质海岸潮间带的一颗沙粒上有一个微小生物的世界，微小生物"在包覆沙粒的液体膜中悠游，一如鱼儿游过覆盖地球表面的海洋。在渺小水世界中的动植物，是单细胞动植物、水螨、虾蟹类甲壳动物、昆虫，以及无限细小的昆虫幼虫——它们全都在生存、死亡、游泳、进食、呼吸、繁殖——这一切都在人类感官无法觉察的微小世界中进行。"②海岸是生物尤盛之地，以为没有生命可言的沙与石、水草与浪涛中，生物多样性尽显，形态万千的生物各有其自身的生态位。

我们先来看看缅因州岩石海岸低潮区一片长满红棕色鹿角菜的宽敞藻苔地带。"鹿角菜上没有一片叶子不是完全镶满苔藓动物海洋席垫——膜孔苔藓虫的白色蕾丝花样，或是小孔苔虫如玻璃般的易碎外壳。这样的外壳由极其渺小的细胞或隔间构成，有规则地排列成图案，表面雕琢精细，每一个细胞都是触角小生物的家。据保守估计，一茎鹿角菜上就有数千个这样的生物，在一平方尺③的岩石表面，可能有数百枝这样的茎，提供了上百万苔藓动物的生存空间。"④潮水滚滚而来，但这些苔藓动物，以及海星宝宝、海胆、阳遂足、筑管而居的端足目生物、裸鳃的海兔和其他所有生存在鹿角菜苔藓丛的娇弱的小动物，都在最浓密的潮间叶林的保护之下，不会受到任何伤害。一平方尺的鹿角菜丛间苔藓动物和其他科目动物数以百万计，岩石海岸的生物多样性及其繁盛可见一斑。

海岸的边际效应更突出地表现在海洋生物繁殖的季节：

---

① Rachel Carson, *The Edge of the Sea* (New York: New American Library, 1955), 11.

② Ibid., 115.

③ 1英尺=0.3048米，1平方尺=0.0929平方米。

④ Rachel Carson, *The Edge of the Sea* (New York: New American Library, 1955), 86. 此处译文参考瑞秋·卡森：《海之滨》，庄安祺译，台北：天下文化出版公司，1998年，第108页。

疾奔的鲭鱼及时赶到沿岸海域，卸下它们的重担：卵和精。它们的身后遂出现一片透明的水晶，是极其微小却无以数计的生命延展开来的河，其壮观唯有流经天际、万点光芒的银河可堪比拟。每平方哩海水中的鱼卵数估计上亿，一艘鱼船一小时能航经蕴涵十亿颗卵的水域，而整个产卵区，有好几百兆颗卵。

这世上，恐怕很难找到别的出生地点，比这水天之际更奇异：这里受风、太阳和洋流的管辖，有各种奇奇怪怪的生物。①

受风、太阳和洋流影响的海岸浅滩食物丰富，是温暖的育婴床。为了繁殖后代，海洋生物都会洄游到自己的出生地。很多大洋生物如鲭鱼、乌贼会向海岸迁徙产卵，海蟹、海龟等动物会登上海岸，鲑鱼和鲥鱼等鱼类甚至溯游到内陆江河淡水中产卵。海岸在海洋生物繁殖高峰期生命力达到高峰。了解海洋生物的生殖习性，人类可以更好地运用边际效应保护生物多样性。

我们再随意拾拣卡森《海风下》中一段描绘沙丘沼泽的文字，来看海湾水沙之地生物的兴盛景象。

九月里，沙丘上海燕麦的圆锥状花转成金褐色。阳光照耀着沼泽时，那金褐色与盐碱地草丛的柔绿与褐黄、灯心草的暖紫，还有海蓬子的猩红，一同泛着光。橡胶树已经红得像河岸上的一团火。秋天特有的扑鼻香味，夜晚转成浓雾，从较暖的沼泽区席卷而来。雾掩护了破晓时站立在草丛中的苍鹭，掩护了匆忙穿越沼泽间密道的草甸鼠不被鹰雕瞄到，也掩护了峡湾内一队又一队的银边鱼免遭燕鸥之吻。燕鸥

---

① 瑞秋·卡森：《海风下》，尹萍译，台北：季节风出版有限公司，1994年，第101—102、105页。

在浪涛翻滚的海上鼓翼……[1]

　　河水与海水交混,海湾生态与生物链在沼泽地里是一幅天然画卷。秋天的沙丘和沼泽是色彩的海洋,植物动物在其间交融互滋。

　　湖边、河畔、河口与海岸、海湾一样是水陆之界,物种繁盛。瓦尔登湖边的动植物种类之多[2],与其湖水、森林交界的位置有关。1839年夏末,当梭罗划船离岸,开始康科德河与梅里马克河上的自然之旅时,他看到河岸周围那些枝叶繁茂的桤木、白桦、橡树和枫树,都在争先恐后地生长,"酸果蔓果实在浪里颠簸,在河岸上形成小堆,它们的小小船形红果在桤木丛中比比皆是";他知道猎人"穿着水靴涉过栖息着禽鸟的草地,踏上荒凉、寒冷的河岸",会"看见短颈小野鸭、蓝翅鸟、绿翅鸟、麻鸭、白颊凫、黑野鸭、鱼鹰,以及许多别的原始而壮丽、闲坐在客厅里的人们梦中亦无法想象的景观"。[3]因为河流与河岸草地之界资源丰富,所以河岸生物多样性特征显著。

　　徐刚家乡崇明岛上的小河两岸是密集而高挑的芦苇丛,它们"像两道绿色的篱笆,稳固着小河的河沿,在夏日的骄阳下为小河之水及河中鱼虾提供一片长长的荫凉"[4]。崇明岛是长江口伸向东海的河口沙洲,由长江的泥沙冲积而成。这个一千多平方公里的中国第三大岛、世界最大河口冲积岛,因为芊芊芦苇的如丝白根,流沙成陆。河岸、岛边的芦苇,功莫大焉。沙岛三面临江,一面靠海,因是江海交接之地,那儿既有长江的淡水,又有

---

　　[1]　瑞秋·卡森:《海风下》,尹萍译,台北:季节风出版有限公司,1994年,第72—73页。

　　[2]　本书第二章第三节中有详细讨论,在此不再赘述。

　　[3]　Henry David Thoreau, *Henry David Thoreau: A Week on the Concord and Merrimack Rivers; Walden, or, Life in the Woods; The Maine Woods; Cape Cod*, ed. Robert F. Sayre (New York: Literary Classics of the United Sates, Inc., 1985),9;亨利·梭罗:《河上一周》,陈凯译,北京:商务印书馆,2012年,第7—8页。

　　[4]　徐刚:《水之梦(后记)》,《大山水》,福州:福建教育出版社,2007年,第335页。

海洋馈赠的各种海鲜饵料。芦苇荡于是既成了崇明岛的固岛之根，又是生命的天然家园。冰封雪冻的腊月，金黄的芦苇荡里：

> 滩涂湿地依然生机勃勃，小鱼小虾和各种贝类挤在浅水滩涂的一角取暖，枯草们铺着厚厚的温馨，芦花飞飞扬扬，它绝对谈不上绚丽，却饱含着阳光的温暖，寻寻觅觅时，翅膀出现了。
>
> 南飞的大雁最早来到沙洲上落脚，一群又一群白色的翅膀从云里穿过，从浪里穿过，顷刻间便隐没在芦苇荡里，寻找食物，修筑爱巢，它们喜欢这地方，唱歌跳舞。
>
> 然后是白鹳、大天鹅、小天鹅和雁鸭，各个族群展示着各自的美丽，却又保持着一定距离，从不相互争斗残杀。
>
> 曾经有100万只鸟仪态万方地起落。①

鸟儿当然以鱼虾螃蟹为食，作者所谓"从不争斗残杀"指的是鸟群之间友睦相处。崇明岛东滩湿地是鸟儿繁殖栖息的天堂，已有记录的鸟类共18目54科265种，其中国家重点保护动物34种，国际涉禽迁徙动物8种。②春秋候鸟迁徙季节，西伯利亚与澳大利亚间往返的鸟群如白云般翩然移动，降落在这个补给丰美的中转驿站，寻食休息之后继续飞越大洋的旅行。江海相接的河口自然生态环境使崇明岛大沙洲成了飞鸟驿站与生命之洲。

---

① 徐刚：《天使驿站》，《边缘人札记》，广州：广东人民出版社，2000年，第146、147页。
② 赵学敏主编：《湿地：人与自然和谐共存的家园》，北京：中国林业出版社，2005年，第213页。

水球边际效应观的第二个重要认识是，对水滨边界的人为开发破坏会危及自然生境、损害生物种群。

人类是海岸上最有智慧的生物，义不容辞地负有保护天然海岸的海洋生态责任，但我们的保护之功却似乎远小于破坏之过。1958年，卡森为《假日》的《美国的大自然》专辑撰写了一篇《我们永远变化着的海岸》，她在文章中痛心地说：

> 海岸看起来仿佛是人类难以改变和破坏的，但事实并非如此。令人不快的是，我描述过的一些地方已经被人类糟蹋得失去了它的野性和原始自然风貌。它们被"开发"得污秽不堪——杂七杂八的娱乐场、茶点摊和钓鱼屋——所有这些肮脏的垃圾都在文明的幌子下冒出来。人类的特性是如此嘈杂，以至于大海也被淹没于其中了。所有的海岸都是如此。原始海岸正在消亡。[1]

不受侵扰的海滨是大自然生生不息的完美之地，人类一旦"开发"了海岸，作为"荒野"的海岸就不复存在了。这是卡森作为海洋环境主义先锋提出的又一个警告。卡森对海岸危机"深有感触"，因此不再只是写她"深爱的海岸而不指出它们的危险，哪怕只是一笔带过"[2]。

某个早上，在科德角散步的人们发现海滩上爬满了马蹄蟹，他们认为这些蟹是因前一天晚上的风暴而搁浅的，所以小心地把它们放回了大海。可是，人们的好心却扰乱了马蹄蟹的交配，造成了无意的破坏。这正是卡

---

① Paul Brooks, *Rachel Carson: The Writer at Work* (San Francisco: Sierra Club Books, 1989), 227.

② Ibid., 216–217.

森动笔来写一本海岸生态指南《海之滨》的起因。[①]海岸生物有海陆双重属性，了解它们的习性，因势利用海岸的边际效应，是保护"荒野"和人类家园的前提。"海滨特殊的、重要生境的保护，如红树林、珊瑚礁、海草牧场、半咸水潟湖一类的浅海水体及滩涂的保护，是维持生物多样性的主要需求。"[②]卡森的《海之滨》阐释了海岸生态独特的边际效应，肯定了红树林抵挡大浪的作用。[③]2004年印度洋海啸已经让人们记住了海岸上红树林、珊瑚礁抵挡风浪的天然屏障作用。[④]二十世纪五十年代以来，我国滨海湿地损失约50%，天然红树林面积减少约73%，珊瑚礁被破坏约80%。[⑤]据统计，我国海南岛十年里围海造田和采集木材破坏红树林几千平方米，再加上采珊瑚烧石灰，导致了海岸线后退200多米、海水入侵村庄的后果。河流港湾的筑堤建坝已使全世界70%的沙质海岸受到侵蚀和破坏。我国黄河上有4000多座水库，黄河断流和入海径流量减少造成了三角洲海岸的严重侵蚀，风暴潮等自然灾害的加剧；河口淡水区消失，高盐水逼近海岸改变了明对虾等动物产卵繁殖和生长发育的合理生态环境。[⑥]1992年联合国环境与发展大会（UNCED）通过的《二十一世纪议程》正式提出"海岸带综合管理"的概念，海岸带生态安全评价开始被各国列入环境保护议程。[⑦]边际效应是大自然的精心设计，海岸动植物种群及其生态环境自然状态的保留需要居住在大海之岸的人类手下留情。

---

① 莱斯利·惠勒：《生物学家：雷切尔·卡森》，李素、张允等译，北京：北京师范大学出版社，1999年，第95页。

② 约翰·R.克拉克：《海岸带管理手册》，吴克勤等译，北京：海洋出版社，2000年，第4页。

③ Rachel Carson, *The Edge of the Sea* (New York: New American Library, 1955), 209.

④ 钟燕：《人类中心与海洋生态困境》，《鄱阳湖学刊》，2010年第5期，第108页。

⑤ 叶思源：《正在退化的滨海湿地》，《中国自然资源报》，2018年6月12日。

⑥ 李冠国、范振刚编著：《海洋生态学》，北京：高等教育出版社，2004年，第301—304页。

⑦ 韩刚、韩立卓等：《浅析海南岛海岸带的有效保护与合理利用》，《海洋开发与管理》，2024年第2期，第123页。

　　了解水滨是繁殖圣地、生物在繁殖季节会如期朝圣后，人类却常常做了贪婪的掠食者。鲥鱼须做溯河产卵之旅，而峡湾水道、河口、河道却被渔人"密排着栅网之类的渔具"。"怀着满腹鱼籽"一心欲做母亲的鲥鱼"一头扎进网孔，力求脱困。网线穿过她的鳃壳，在她的挣扎下绷得更紧。她摇摆踢打，极力想挣脱那掐住她脖子让她炙痛、令她窒息的什么东西。那东西像看不见的虎头钳，夹住她，不让她上河去产卵，也不许她返回她才离开的大海去寻求庇护"。网线妨碍鱼鳃有节律的呼吸运动，鲥鱼"缓缓窒息而死"。一个黑夜过后，网上挂满了鲥鱼银色饱满的身躯，她们"头全朝着上游的方向——在那儿，她们的产卵地，早到的鲥鱼正等候她们的到来"。[①]与鲥鱼的路线相反，成年的雌鳗鱼为完成做母亲的使命，总要从湖泊河流经过漫长而危险的旅程奋力游到大洋最深的深渊，在那没有光线的黑暗温暖之乡生下她们的后代。在这朝圣之旅中最大的敌人同样是利用网罟捕杀她们的人类。为保护鱼苗，中国古人称"数罟不入洿池"[②]。捕猎繁殖期的产卵鱼群是对种群的毁灭性破坏，破坏之厉不输数罟入池，某种意义上无异于竭泽而渔。

　　国内对水滨边界的人为破坏事件中，最有影响力的是 2005 年的圆明园湖堤防渗工程之争。该工程总共投入 3000 万元人民币，计划用透明塑料防渗膜和白色土工防滑膜双层构成的聚乙烯复合材料铺设 75.5 万平方米的湖底和堤岸，以达到防渗储水开启游船商业活动、解决圆明园财政紧张问题的目的。[③]工程 2004 年 11 月启动，2005 年 3 月下旬有生态学知识和生态保护意识的专家张正春发现问题并向媒体反映。在《人民日报》记者赵永新的及时报道，生态与环境领域专家的努力，以及民众的关注推动下，

---

① 瑞秋·卡森：《海风下》，尹萍译，台北：季节风出版有限公司，1994 年，第 15—16 页。
② 金良年撰：《孟子译注》，上海：上海古籍出版社，2012 年，第 4 页。
③ 赵永新：《圆明园防渗之争》，北京：东方出版社，2021 年，第 108 页。

国家环境保护总局于当年4月13日举行了自《中华人民共和国环境影响评价法》实施以来的首次公众听证会。圆明园湖底铺上防渗膜，所有"通水、通气，利于岸上植物的生长"，"供水生生物栖息、繁殖"的驳岸被"整修"成整齐的夹着防渗膜的里外两层砖墙，石头堆到砖墙上，所有"岸体的石缝全被水泥封死"。[①]这种用技术强行隔离水与岸的功利主义工程后果将会如何？中科院生态所研究员王如松认为："防渗砌岸工程的要害是破坏圆明园湿地生态系统赖以生存的山形水系。这里的山形不是自然山脉，而是地形地貌及维系其生命活力的土壤、动植物和微生物区系；这里的水系也不是水池或鱼缸，而是上、中、下游一脉，地表、地下一统，生物、底泥与水一体的流域和水生生态系统。"[②]水与陆的人为阻隔，水陆生态系统双双受损。听证会上反对防渗砌岸工程的专家教授们主要观点有二：（一）地表水与地下水不可分割，否则水底生态和湖岸生态都受危害。因为地表水和地下水的丰歉互动被隔绝，湿地生态系统的水文生态功能受损，湿地生态系统的生物多样性会受到毁灭性的伤害。（二）聚乙烯防渗膜除减少湿地的有氧环境，危害湿地植物根系阻碍其生长外，还会使微生物菌群发生厌氧反应，产生甲烷、硫化氢、氨气；而且聚乙烯防渗膜老化破碎后，不易降解，产生的有机物污染后果不堪设想。[③]北京大学景观设计学研究院院长俞孔坚教授在听证会上提到的"三有三缺"以设问形式出现："我要问三个问题。第一，我们有钱缺什么？有钱缺审美。第二，我们有技术缺什么？缺伦理，对土地的伦理。第三，我们有知识还缺什么？有知识现在还缺文化。"[④]半个多世

---

① 赵永新：《圆明园防渗之争》，北京：东方出版社，2021年，第69—70页，第94页。
② 王如松：《圆明园听证会有感：防渗膜可揭愚昧何时可去除》，人民网，2005年4月14日，https://tech.sina.com.cn/d/2005-04-14/1107582387.shtml。又见赵永新：《圆明园防渗之争》，北京：东方出版社，2021年，第144页。
③ 赵永新：《圆明园防渗之争》，北京：东方出版社，2021年，第94—104页。
④ 同上书，第123页。

纪以前,利奥波德的"大地伦理"把生命共同体的范围扩大到了包括"土壤、水、植物和动物"的整个"土地",把人类身份从"征服者"变成了"共同体中平等的一员"。[①]然而,我们至今仍常以科学知识和技术手段为武器,在水与陆的边缘,发起改变与摧毁水陆生态的种种战役。2005年7月,客观的环评报告发布后,国家环境保护总局要求圆明园防渗工程全面整改,拆除防渗膜,以天然黏土取而代之。圆明园在收到整改令后,于当年8月中旬到9月初"密封"施工现场,完成整改工程。俞孔坚教授曾在文章里把圆明园防渗之争与卡森的《寂静的春天》相提并论,认为该事件是中国公众环境意识觉醒的标志。[②]

艾尔德曾借用"边际效应"的概念来阐述生态文学的涵义,他说:"自然作品之所以趣味盎然、特别重要,是因为它也展现了一个醒目的边际——文学与科学的交汇,想象力与外部观察过程的交融,人类与许多其他生命的交流。我们与这许多生命共享一个地球。"[③]中国园林文化里,古人做驳岸的第一个原则是生态利物,自然之美;第二个重要原则是"亲水"——让驳岸有石阶的功能,人可踩着驳岸亲近水域。[④]"智者乐水""高山流水遇知音"等文化典故近水而生,江河文明因水对岸的滋养而流长。生机盎然的文学作品、生机勃发的人类文明需要有自然江河湖泊之岸和天然海岸作依托。继2005年圆明园防渗之争发生后,2006年至2008年的上海万河工程中有的河边铺上了厚厚的水泥;2017年至2018年大理双鸳溪在河道硬化渠化治理工程中被抹水泥;北京城区治淤防汛工程中几乎"无河不被硬化

---

① Aldo Leopold, *A Sand County Almanac and Sketches Here and There* (New York and Oxford: Oxford University Press, 1949), 204.

② 赵永新:《圆明园防渗之争》,北京:东方出版社,2021年,第295页。

③ 约翰·J.艾尔德:《美国自然作家》,转引自赵白生:《生态文学的三部曲》,《世界文学》,2003年第3期,第299页。

④ 赵永新:《圆明园防渗之争》,北京:东方出版社,2021年,第70页。

渠化",万泉河、小清河等河道从底到岸都用水泥衬砌。①如此一来,边际效应危机纯属"人为"。朱自清的《荷塘月色》中风光旖旎的北京西郊万泉河,在沙青笔下已成"一条人工的河,一条没有活水的死河,一条污秽的臭河"②。河流生态修复的首要之举就是拆掉水泥河道与水泥护岸,让其变回"真正自然、有生命的河流"③。当水泥滨岸和堤坝的生态危害人所共知,人类意识到人与水在岸相逢,大地与海洋相拥,自然的边际生命兴盛丰满时,江河湖海将不再处于边缘,滨岸将成为人与水的精神纽带。

明晰蓝色批评中边际效应观的两要义,水陆边缘的人类才能认清滨岸在蓝色水球上的重要生态地位与文化影响,重审人水关系,减少有心或无意的滨岸破坏,让滨岸的边际效应正常发挥,促进水球生态文明与精神文明。

第三节　水利至上批判

"水利"一词最早出现在《吕氏春秋》第十四卷《孝行览·慎人》篇中,原文"掘地财,取水利"④讲的是舜在受禅称帝之前靠耕作渔猎为生,其中"水利"指捕鱼之利。本节"水利至上批判"中的"水利"既指水生生物、水产资源之利,又指现代水利工程。水利至上批判因而也是对导致物种与其栖地

---

① 俞孔坚:《两种文明的斗争:基于自然的解决方案》,《景观设计学》,2023年第3期,第6—8页。

② 沙青:《北京失去平衡》,载于周明、傅溪鹏主编《北京失去平衡》,北京:华夏出版社,1999年,第238页。

③ 董月玲:《北京为河流松绑》,《北京青年报》,2007年6月29日,参见 http://zqb.cyol.com/content/2007-06/29/content_1809036.htm。

④ 吕不韦:《吕氏春秋》,高诱注,上海:上海古籍出版社,1989年,第109页。

破坏等水球危机的人类中心主义与现代科技的批判。

我们先来检视一下人类中心主义思想范式的出现及其特点。自古希腊哲学家普罗泰戈拉（Protagoras）提出"人是万物的尺度"[1]这个命题后，古希腊"泛神主义"的有机论自然观开始崩溃，奥德修斯返乡时盛怒的"波塞冬"逐渐"祛魅"。中世纪神学把人类中心论建立在托勒密地球中心说的基础之上，认为地球是宇宙的中心，上帝造物造人，人受上帝托付统治和征服地球。近代科学的兴盛，工业革命浪潮的连波风涌让人们以打量蒸汽机、发电机的眼光审视自然。自然不再是"神秘不可测"的有灵机体，而是待"万物之灵"的人类去识别、解剖、组合的有规则的机器。随着以人为中心的哲学和科学体系的建立，在"理性"的基础上，人类中心论发展成为一种一切以人为中心，一切以人类的利益出发，人类统治自然的思想和实践。"人类中心主义成为了又一种宗教——对人的盲目信仰的宗教"[2]，它相信人的理智与智慧，迷信人的"纯粹理智的产物——科学和技术"[3]。在这种思维范式的影响下，人们肯定"人定胜天"的必然，否认上帝诸神的存在，甚至否认不可控的偶发性自然力的存在——人们认为科技使人无所不能，无所不控。于是，筑堤建坝、围湖造田、海岸开发、拖网搜捕等"敢教日月换新天"的科技手段真实地催生着人类统领江湖河海的神话。如同陆地的荒漠化一样，水域汪洋会不会也变成"荒漠"？这仅是少数生态学家的忧虑。普天下的人们还沉浸在对自我的迷信、对技术的崇拜，以及对河湖海洋宝库千方百计地掘取的喜悦中。人类中心主义和现代科技手段为谋取水利提供了思想指导与行动武器，是水利至上论的根基。

---

① 大卫·戈伊科奇等编：《人道主义问题》，杜丽燕等译，北京：东方出版社，1997年，第21页。

② 赵白生：《生态主义：人文主义的终结？》，《文艺研究》，2002年第5期，第18页。

③ David Ehrenfeld, *The Arrogance of Humanism* (Oxford: Oxford University Press, 1981), 6.

英国浪漫主义诗人柯勒律治(Samuel Taylor Coleridge，1772—1834)的长诗《古舟子咏》中，信天翁是大海的精灵，古舟子却随心所欲①，将其射杀。船上众人对古舟子先是谴责，后又称赞，评判改变的原因是：众人先认定信天翁给他们带来了海上的和风，不该杀死；其被杀后"南来的好风依然在船后吹"(l.87)，"太阳升起光辉明亮"(l.98)，众人于是改口宣判"应该射死那带来迷雾的信天翁"(ll.101-102)。②信天翁被众人当作为其带来好运或霉运的工具符号，"一个自身毫无内在价值和意义的人类工具"③。工具无用则弃，飞鸟无利可杀。信天翁的生死全由它是否带给人类利益决定，这是一种典型的人类中心主义的水利至上思想。柯勒律治反对这种工具论理性，推崇一种有机论生态理性："任何一物都有其自身生命，物我同一，我们生命整一。"④他认为万物有机，水球生命一体。在水球生命共同体中，人若水利至上，危害自然，最终将招致天罚，人死、船荒、海烂。

---

① 诗中古舟子射杀信天翁时，并无任何特定目的，似是一时兴起的虐杀之举。麦克库斯科(James C. McKusick)认为此举象征着人类对所有生物一种并无动机的侵犯行径。也有学者认为古舟子射杀信天翁纯为猎杀之娱。笔者认为，这种射杀的娱乐对猎手而言也是一种水生生物于人的"水利"，诗中的随心滥杀是一种"水利"滥用行为。See James C. McKusick, *Green Writing: Romanticism and Ecology* (New York: Palgrave Macmillan, 2010), 45; Peter Heymans, *Animality in British Romanticism: The Aesthetics of Species* (New York: Routledge, 2012), 47; H. W. Piper, *Nature and the Supernatural in "The Ancient Mariner"* (Sydney: Halstead Press, 1955), 23.

② 本文《古舟子咏》引文均译自该诗1817年版。See Samuel Taylor Coleridge, *The Rime of the Ancient Mariner: Complete, Authoritative Texts of the 1798 and 1817 Versions with Biographical and Historical Contexts, Critical History, and Essays from Contemporary Critical Perspectives*, ed. Paul H. Fry (Boston and New York: Bedford / St. Martin's, 1999), 33, 35.

③ Peter Heymans, *Animality in British Romanticism: The Aesthetics of Species* (New York: Routledge, 2012), 45.

④ "…every Thing has a Life of it's own & that we are all *one Life*." See Samuel Taylor Coleridge, *Collected Letters of Samuel Taylor Coleridge*, ed. Earl Leslie Griggs, 6 vols. (Oxford: Clarendon Press, 2000), 2: 864.

Water，water，every where，

And all the boards did shrink；

Water，water，every where，

Nor any drop to drink.

The very deep did rot：O Christ!

That ever this should be!

Yea，slimy things did crawl with legs

Upon the slimy sea.(ll. 119–126)①

水呵水，到处都是水，

船上的甲板却在干涸；

水呵水，到处都是水，

却没有一滴能解我焦渴。

大海本身都在腐烂，哦上帝！

这景象实在令人心悸！

一些长着腿的粘滑的东西，

在粘滑的海面上爬来爬去。(ll.119–126)②

---

① Samuel Taylor Coleridge, *The Rime of the Ancient Mariner：Complete, Authoritative Texts of the 1798 and 1817 Versions with Biographical and Historical Contexts, Critical History, and Essays from Contemporary Critical Perspectives*, 35, 37.

② 译文参见 http://www.doc88.com/p-381368615943.html，译者佚名。个别诗行译文笔者稍作修改。

"水呵水，到处都是水/却没有一滴能解我焦渴。"（ll.121-122）这个被现代人滥用的诗句中水和渴构成悖反，灼人眼目，我们需要注意的是，这种无饮"焦渴"也是对于自然无知①的焦灼渴乏。当大海腐烂，水于人最基本的"解渴"之利都失去时，我们得到的教训是：了解海洋，敬畏自然，人类不以自身利益为至上准则，"兼爱人类与鸟兽"（l.616）②，才能真正意义上享受水利，与水共存。

继英国诗人以"白色信天翁之死"为主题的海洋生态启示录之后，美国作家梅尔维尔1851年写成了一部以"白鲸③之死"为主题的海洋生态寓言。《白鲸》被生态批评家称为"英语文学史上第一部以非人生物为主角的经典著作，巧妙地跨越了人与鲸的界限，暗含物种伦理启示"④。该小说被劳伦斯（David Herbert Lawrence）称为"无人能及的海上史诗"⑤，是一部有关人

---

① 自船抵达南极后，古舟子发现"四周既无人迹也无我们认识的鸟兽——/只有一望无际的冰雪（Nor shapes of men nor beasts we ken— / The ice was all between）"，诗中"ken"（辨识、识别）一词的否定形式表明古舟子对周围环境的茫然无知，随后他射杀信天翁及船上水手对于射杀信天翁从批评到赞成也表明人对自然的疏离与无知。当周围自然环境变化后，古舟子生理上的干渴也是一种因对自然的疏离与无知引起的心理焦灼。关于"ken"一词对于古舟子与环境疏离的暗示参见 James C. McKusick, *Green Writing: Romanticism and Ecology* (New York: Palgrave Macmillan, 2010), 44.

② Samuel Taylor Coleridge, *The Rime of the Ancient Mariner: Complete, Authoritative Texts of the 1798 and 1817 Versions with Biographical and Historical Contexts, Critical History, and Essays from Contemporary Critical Perspectives*, ed. Paul H. Fry (Boston and New York: Bedford / St. Martin's, 1999), 75.

③ 小说英文名为 *Moby-Dick*，以白鲸莫比·迪克的名字命名。作品第四十二章"白鲸之白（The Whiteness of the Whale）"中，梅尔维尔论析了白色的纯净之美、尊贵气度，同时指出其让人望而生畏、惊惶恐惧的特质，并总结认为白色实质上既是无色又是全色，是一种无限不确定性（indefiniteness），代表着宇宙的虚空与广大。See Herman Melville, *Moby-Dick: An Authoritative Text, Reviews and Letters by Melville, Analogues and Sources, Criticism* (New York: W.W.Norton & Company, Inc., 1967), 163-170.

④ Lawrence Buell, "Literature as Environmental (ist) Thought Experiment, "in *Ecology and the Environment:Perspectives from the Humanities*, ed. Donald K. Swearer with Susan Lloyd McGarry (Cambridge, MA: Harvard University Press, 2009), 27.

⑤ 梅尔维尔：《白鲸》，成时译，北京：人民文学出版社，2001年，前言第3页。

与鲸生死较量的惊险故事,更是一个关于以船长埃哈伯为代表的人类追逐水利、挑战海洋至走火入魔之境招致灾患的寓言。随着美国社会工业化程度的加深,捕鲸船装备得越发先进,美国捕鲸业赶上并超过十八世纪英、法、荷等捕鲸大国,在十九世纪一跃而居世界首位。为获取鲸油之利,"美国捕鲸人的数目比全世界其他结伙的捕鲸人的总数还要多"①,美国捕鲸船上加盖了最坚固的砖石建筑炼油间,从捕鲸到炼油的流水运作全在海上完成,使每次出海所获水利达到最大化。为追鱼逐利,黑人水手皮普坠海后被曳鲸索拖拽在海面上,"就像一个被慌慌张张的旅客留下的箱子",无人搭救,因为"一头鲸鱼能卖的钱比皮普在亚拉巴马州能卖的钱多三十倍",而"人是挣钱图利的动物"。②利益面前,黑人皮普无足轻重被抛弃。但猎物不论老幼,捕鲸人见到就抓。刚出生脐带都没有断的幼鲸与母鲸一同被捕获③;鲸鱼上了年纪也好,断了鳍瞎了眼也好,都被镖枪刺死炼成鲸油,"好让人有油照亮欢天喜地的婚礼,好让人能有灯火逍遥找乐,好点亮肃穆的教堂让人互相劝诫:要无条件地不伤害对方"④。人的利益是鲸鱼被捕杀的原因。为填满新贝尔福每家每户一个个鲸油大池,为人类可以毫不在乎地点着鲸油蜡烛和灯盏,鲸鱼需死。捕鲸人不见鲸鱼在血泊中翻腾,只见镖枪长矛之下鱼利滚滚。人们用鲸油点灯,吃小抹香鲸的鲸脑,用鲸肉做菜。"在鲸鱼灯下吃鲸鱼肉","这是伤害之上再加侮辱"。⑤人类之间的欢乐仁爱(对皮普而言,"仁爱"只是教堂里的布道词?)不留半分与鲸鱼分享,鲸鱼遭遇的唯有杀戮与凌辱。

---

① Herman Melville, *Moby-Dick: An Authoritative Text, Reviews and Letters by Melville, Analogues and Sources, Criticism* (New York: W.W.Norton & Company, Inc., 1967), 99.

② Ibid., 346.

③ Ibid., 326.

④ Ibid., 301.

⑤ Ibid., 256.

力量无穷的白色抹香鲸莫比·迪克是大海的象征，是自然之力的象征。白鲸莫比·迪克身体两侧中了一簇簇的长矛，身上缚着纠缠不清的捕鲸索，它袭击捕鲸船、攻击人类，是一种自卫反抗的表现。白鲸的盛怒是大海对人类贪婪和自负的回应。"头发花白、不敬上帝"的埃哈伯捕杀莫比·迪克时被它咬掉了一条腿。身体创伤让埃哈伯"有了一种丧失理性的病态心理"，他誓与白鲸为敌，统率着一船水手全世界追捕白鲸。[①]为逮住白鲸，在按鲸油利润给船员们份子钱的基础上，埃哈伯悬赏一个贵重金币。金币被锤子钉在桅杆上，以"十六块大洋""九百六十支雪茄"之利诱惑着所有船员。[②]双重利诱之下，人伤鲸鱼，鲸鱼伤人，人鱼共亡。埃哈伯是疯狂、残酷、丧失理性、不具敬畏之心的人类中心主义的代表，他与鲸鱼同归于尽的悲剧结局暗示了人类唯利是图、自我独尊，与大海、自然作对的最终下场。布伊尔评价说："《白鲸》这部小说比起同时代任何作品都更为突出地……展现了人类对动物界的暴行。"[③]工业时代里水利至上，对海洋生物施暴是人类种下苦果的开始。梅尔维尔笔下在船难中幸存的以实玛利与柯勒律治笔下从海上独返的古舟子一样，讲述的是水利至上、凌虐海洋生物引发悲剧的启示录式寓言故事。

河流上的水坝在有效的寿命年限内有一定的防洪、发电、水产养殖等水利功用，但如果只看到其水利而不考虑其负面影响与生态后果，则会带来生态灾难。梭罗曾热情又怜惜地赞美河鲱溯游的执着与勇敢，激烈地抨击阻断了河鲱溯游产卵必经之路的水坝建设：

---

① Herman Melville, *Moby-Dick: An Authoritative Text, Reviews and Letters by Melville, Analogues and Sources, Criticism* (New York: W.W.Norton & Company, Inc., 1967), 160.

② Ibid., 142, 361.

③ Lawrence Buell, *The Environmental Imagination: Thoreau, Nature Writing, and the Formation of American Culture* (Cambridge, MA: Harvard University Press, 1995), 4.

它们以不受阻遏、不可理喻的本能依然旧地重访,仿佛它们严酷的命运将显现慈悲,而它们仍然遇上那公司建造的水坝。可怜的河鲱啊!……(你)到一处处河流入海口谦恭地探询,看人类是否可能已让其畅通允许你进入。……你既无刀剑作武器又不能击发电流,你只是天真无邪的河鲱,胸怀正义的事业,你那柔软、哑口无言的嘴只知朝向前方,你的鳞片很容易被剥离。……有谁知道怎样才能用一根撬棍撼动那座比勒里卡水坝?——在你的(溯河产卵的)权利被暂时中止期间,当大量的鱼已游去落入那些海洋妖怪之口时,(你)仍未绝望,仍然勇敢,将一切置之度外,鱼鳍在那儿轻快摆动,作为河鲱为更高的目标保持缄默。这种鱼乐意在产卵季节之后为人类的利益被大批杀死。人类肤浅而自私的博爱主义见鬼去吧!——有谁知道在低水位标志以下鱼类会具有何等令人钦佩的德行,它们面对严酷的命运毫不气馁,但并未受到唯有他才能赏识的这种美德的那个人的赞美!有谁听见了鱼类的叫喊?①

因为水坝拥有者水力发电的需要,河鲱移栖产卵的事业受阻;河鲱的溯游本能使其执着地等候,无声地呐喊。卡森是水坝建设的坚决反对者,她说在犹他州与科罗拉多州交界地建水库会淹掉未曾被破坏的、天然的生态环境和独一无二的峡谷地质构造与恐龙化石层,"纯粹是盲从的、故意的破坏"②。徐刚坚持认为大坝是自然物的对立面,任何水坝都会有裂缝,病险水库、将溃之坝势如"达摩克利斯之剑"。③尼罗河是世界上最长的河流,埃

---

① 亨利·梭罗:《河上一周》,陈凯译,北京:商务印书馆,2012年,第33页。

② Martha Freeman, ed., *Always, Rachel: The Letters of Rachel Carson and Dorothy Freeman, 1952-1964* (Boston: Beacon Press, 1995), 16; see also Linda Lear, *Rachel Carson: Witness for Nature* (New York: Henry Holt and Company, 1997), 180.

③ 徐刚:《大山水》,福州:福建教育出版社,2007年,第317页。

及被古希腊历史学家希罗多德称为"尼罗河赐予人类的礼物"[1]。美国环境主义先行者乔治·珀金斯·玛什（George Perkins Marsh，1801—1882）在其1864年发表的专著《人类与自然：或人类活动导致的自然地理变化》中指出了尼罗河若被拦腰筑坝的后果：沿岸平原和三角洲地区土壤因人工灌溉施肥，土质肥力下降；河道淤塞后洪峰再返，满溢之水将淹土为泽。他庆幸埃及人的智慧使其没有截断尼罗河，河神尼鲁斯（Nilus）亘古以来福泽着一个民族。[2]但一百多年后的1971年，阿斯旺大坝横截了尼罗河水。自此，埃及电力丰足，但玛什预见的建坝后果已经开始出现。近二十多年来一直致力于水资源研究的皮尔斯（Fred Pearce）著书指出了水利至上论导致的更多、更惊人的水坝之害。英国工程师自二十世纪七十年代起，在印度河上游、喜马拉雅山山麓建起包括（当时世界最大的）贝尔塔大坝在内的多座水坝，将印度河水引入沙漠，使巴基斯坦成为水利、水电强国和世界上棉花和纺织品的主要出口国。但水利制度的隐患如今越来越严重——从大坝引水灌溉的印度河平原盐碱化程度日深，人口在膨胀，但农民每年不得不撂荒十万英亩盐碱地。[3]黄河三门峡水坝使水库泥沙淤积引发洪水；亚马逊热带雨林中的巴尔比纳水库淹没大量雨林，产生的沼气带来的温室效应是同等发电量的燃煤发电站的8倍；一家稻米公司1979年修坝隔开喀麦隆洛贡河和古老冲积平原上的稻田，"昔日富有的冲积平原变成了今天的遍地黄土"，地下水位下降，水井和池塘干涸，两万头牛不得不迁移，鱼类减少了九成，高粱和水稻减产75%……[4]美国胡佛大坝及其后众多大坝的修建都是基于总统

---

① 徐刚：《江海咏叹调》，福州：福建教育出版社，2000年，第91页。

② George Perkins Marsh, *Man and Nature, or, Physical Geography as Modified by Human Action*, ed. David Lowenthal (Cambridge, MA: The Belknap Press of Harvard University Press, 1965), 348.

③ 弗雷德·皮尔斯：《当江河枯竭的时候：21世纪全球水危机》，张新明译，北京：知识产权出版社，2009年，第22—23页。

④ 同上书，第120、119、69页。

胡佛（Herbert Hoover）的水利理论："在没有创造商业价值之前，任何一滴流向大海的水都是国家的一份经济损失。"①现代技术的象征高库大坝让富兰克林·罗斯福（Franklin Delano Roosevelt）击节赞叹："我来了，我见了，我服了"②；被印度总理贾瓦哈拉尔·尼赫鲁（Jawaharlal Nehru）称为"印度的新神庙"；被埃及总统纳赛尔（Gamal Abdel Nasser）比作新的金字塔。③在对现代技术的敬仰中，水坝的光环被人们追求水利的雄心烘托得更加光辉夺目。但所有人造的大坝工程，以水利为旨归，却以鱼类减少、土地被淹、土壤盐碱化、下游湿地干涸、远方海岸线侵蚀等生态灾变而告终。

厄伦费尔德（David Ehrenfeld）在《人本主义的傲慢》里说："我们参与的是一场破坏与保护的惊险拔河赛。破坏具毁灭之力，一锤定音不可逆转；保护有新生之能，生命娇弱易逝，然条件适宜必成长繁衍。如今情势不算有利，平衡的重心已在向破坏与毁灭倾斜。"他紧接着清醒地提出了"我们正失去什么"的问题。④以人为本，科技日新，水利至上时，我们在做着什么？我们正失去什么？以海为例，我们来看以下几段引文：

> 从酷寒的极地海洋到炎热的热带，贪婪、政治和技术的强效联合，
> 使得鱼群数量锐减。……随着沿海地区的发展，沼泽、海草地、红树

① Steven Solomon, *Water: The Epic Struggle for Wealth, Power, and Civilization* (New York: HarperCollins Publishers, 2010), 358.

② 罗斯福在1935年胡佛大坝（Hoover Dam）的落成典礼上的话，改引自凯撒的名言"我来，我见，我征服。（Veni, vidi, vici.）"弗雷德·皮尔斯：《当江河枯竭的时候：21世纪全球水危机》，张新明译，北京：知识产权出版社，2009年，第114页。

③ 尼赫鲁称1963年修成的巨型巴克拉大坝（Bhakra Dam）为"印度的新神庙"。纳赛尔将尼罗河上的阿斯旺高坝（High Aswan Dam）比作金字塔。See Steven Solomon, *Water: The Epic Struggle for Wealth, Power, and Civilization* (New York: HarperCollins Publishers, 2010), 358.

④ David Ehrenfeld, *The Arrogance of Humanism* (Oxford: Oxford University Press, 1981), 255.

林——海洋的三大温床正以可怕的速度消亡。①

在许多的、各种各样做好准备的开发者看来，大堡礁现在是个已经成熟、诱人竞相摘取的丰美果实。大堡礁对面的整个沿海地带和大堡礁本身现已划分为一块块地方，发出许可证，供人勘探石油和采矿，也曾经有人企图开采珊瑚岛屿的石灰石，作为种植甘蔗用的肥料。游客们搜求珊瑚，并把稀罕的贝壳带回家作为纪念品，被辟建为游览胜地的岛屿越来越多，以应付大批拥至的游客。这些游客一来，就有了供水的麻烦，处理各类垃圾也成了问题。②

200种主要商业鱼种有60%被完全"消耗"或是在减少。许多珍贵的鱼种几近灭绝，比如太平洋西北部的大麻哈鱼、大西洋的蓝鳍金枪鱼、加勒比海的拿骚石斑鱼。……蓝鲸的数量由1900年的大约20万头减少到今天的最多不超过2000头……这些巨型动物的身体被转化为脂肪、油，以及用于生产诸如黄油、灌装宠物食品、网球拍上的网线、香料和化妆品。③

沼泽、海草地、红树林和珊瑚礁都是"海洋温床"，是鱼、虾、蟹等生命繁殖的宝地，但这些区域同时也是海洋的"阿喀琉斯的脚踵"。由于靠近海岸，生命繁盛之地常因人为改造与采矿而被毁，或因工业污染与旅游污染而成为

---

① 科林·伍达德：《海洋的末日：全球海洋危机亲历记》，戴星翼等译，上海：上海译文出版社，2002年，第37页。
② 克雷格·麦格雷戈：《澳洲大堡礁》，胡思平译，长春：吉林文史出版社，2012年，第154页。
③ 科林·伍达德：《海洋的末日：全球海洋危机亲历记》，戴星翼等译，上海：上海译文出版社，2002年，第46页。

无氧区、无生命区。澳大利亚大堡礁是世界上最健康、保护最好的珊瑚礁系统，如今却也面临被"全方位"开发的命运。目标鱼类在人类对海洋的搜刮中遭到了严重的破坏。人类在索取水利，其过程中我们视水生生物为商品，以水域生境为战场，搜捕打捞中极尽骄妄之能事，不讲丝毫"物道"。

受厄伦费尔德的启发，我们可以将水利至上思想导致的水球生态困境归纳为两点：

第一，"荒野"的缺失。自浮士德①起，人类就开始了填海围湖与水域抢夺领地的"壮举"。生态学家、海洋环境保护主义者萨费纳（Carl Safina）认为推土机在海滨的出现意味着不可估量的生态灾难。②滨岸开发、富营养化③、沿海红树林和珊瑚礁的破坏是造成水中"荒野"消失的主要原因。科林·伍达德（Colin Woodard）在费时一年半实地考察世界上的各大海洋后写下了《海洋的末日：全球海洋危机亲历记》一书，其中记录了黑海生态系统崩溃，从史诗中阿尔戈英雄寻找金羊毛的富饶之海④变成"死亡之海"的骇人真相。在过度捕捞、油料渗漏、工业废弃物倾倒、养料污染、湿地破坏和外来种群引入等压力下，黑海先是缓慢地恶化，而后整个海洋生态系统突变崩溃。这一古老海洋的崩溃是一种警告。全球共有74个大型海洋生态

---

① 歌德诗剧《浮士德》的主人公，为了从海上获得更多报酬，他决定"缩小海洋的权限"，围海造地。但诗人借靡非斯陀之口称其"没有挖壕沟而是在掘坟墓"。见歌德：《浮士德》，董问樵译，上海：复旦大学出版社，1983年，第639、666页。

② Carl Safina, *Song for the Blue Ocean:Encounters Along the World's Coasts and Beneath the Seas* (New York: Henry Holt and Company, 1997), xiii.

③ 富营养化是指氮、磷等植物所需的营养物质大量进入湖泊、水库、河口、海湾等水体，引起藻类大量繁殖、水体透明度和溶解氧含量下降、水质恶化的污染现象。海区补充大量营养物质是引发赤潮的物质基础，或者说，海区富营养化的直接结果是可能形成赤潮。参见沈国英、黄凌风等编著：《海洋生态学》，北京：科学出版社，2010年，第303页。

④ 古希腊人称黑海为Euxine Sea，即友好海。伊阿宋和他的阿尔戈英雄们到这里寻求金羊毛。在西方文献里，阿尔戈英雄们的旅行是最早的航海史诗。这次旅行被认为发生在公元前13世纪。参见科林·伍达德：《海洋的末日：全球海洋危机亲历记》，戴星翼等译，上海：上海译文出版社，2002年，第10页。

系统,如果人类坚持自我中心主义和水利至上思想,忽视海洋生态系统的内在价值,黑海之死将是全球海洋系统未来命运的缩影。海洋的末日也就是我们栖居的这个蔚蓝星球的末日。

第二,物种和种群的消失。拦河筑坝、过度捕捞和污物倾倒导致水球动植物种群逐渐减少。海底拖网——高效追求水利的工业技术的产物,其实质是谋杀物种的凶器。现代海底拖网船如同巨大的犁耙,所到之处,不仅打捞起所有的"猎物",还对海洋生物的栖息地造成了大规模物理和生态的破坏。绝大多数物种需要几个月或是几年重建家园,一些则要几十年或几个世纪,而贪婪的人类却没留给任何生物那么多时间。海洋生态学家把拖网船捕鱼对海床的影响比作将森林砍光,不同的是它出现在地球表面上比森林面积大150倍的海底区域。因此,全球70%以上的海洋鱼类遭到过度捕捞的厄运,不少鱼类已经灭绝。高效大搜捕的典型后遗症是:海底最大的动物蓝鲸的数量仅存不逾2000头;纽芬兰大浅滩的鳐消失了,鳕鱼再也没有回来。[①]珊瑚世界是大海里最富诗意的风景。在我们的概念与想象中,美丽仙境总是与洁净无瑕相连。海洋珊瑚的"适者生存"现状证明了我们想象的真实性:珊瑚礁的形成必须是在温暖、洁净、清浅的海水中,若有沉积和污染,柔弱的珊瑚虫很容易窒息而死。根据2004年世界珊瑚礁调查报告,全世界已有超过20%的珊瑚礁被彻底破坏,还有约50%的珊瑚礁受到不同程度的威胁。[②]矗立在中国台湾南湾西侧的核能发电厂排出的废水温度太高,使附近的珊瑚先是白化,继而死亡。[③]据统计,光是使用炸药和化学药剂捕鱼的技术就毁掉了菲律宾60%以上的珊瑚。[④]开发、利用和

---

① 科林·伍达德:《海洋的末日:全球海洋危机亲历记》,戴星翼等译,上海:上海译文出版社,2002年,第61—103页。

② 陈彬等编著:《海洋生态恢复理论与实践》,北京:海洋出版社,2012年,第58页。

③ 尹萍:《海洋台湾》,台北:台北天下杂志,1999年,第4页。

④ See Manuel C. Molles, Jr., *Ecology: Concepts and Applications* (The McGraw-Hill Companies, Inc., 1999), 59.

探索可以说是科技时代人类贪婪之心的代名词。在"一个由巨大的技术实力和极度的人类需求所支配着的时代","无理性的实力"每天每年都在累积着"对自然的债务"。①

是什么使人类"负债"累累？为什么"自然之死"的阴霾从陆地移袭,笼罩了以海洋为主体的浪涛流水之域？水球上"荒野"的缺失、物种和种群的消失是水球的生态困境,从根本上说,更是人类中心主义的水利至上观在自掘坟墓。曾永成认为,"自然生态危机之所以被视为人类危机和人性危机,归根到底就是因为人类和人性在对待自然的态度上出了严重的问题。"②人类和人性对待自然时采取了什么样的态度呢？"主要问题……在于人类自私又自负地否认自身的局限性"③,清算人本主义的学者厄伦费尔德一语中的。的确,水利至上为自私,自我中心是自负。人类中心主义的水利至上观在人们对水球的破坏中凸显,它是水球生态危机的"祸首"。首先,人类中心水利至上观是一种人本主义思想观,它把人类的最大化利益摆在首位,把水体当作一个纯粹的利益供应库,人与水成为利用者与被利用者的关系。自我价值与利益至上的水利观忽略水球生态系统的内在价值,导致了江湖海洋环境、水生生物的人为干扰和破坏。人类与水体的关系逐步演化成了索取破坏者与供应牺牲者的关系。其次,在对人与技术的盲目信仰中,人类中心水利至上观的盲点——无视自身破坏之害,无视水体生态价值之重使水球生态危机愈演愈烈。大坝水利工程藏着众多生态祸患,大坝建筑师多以其有限期内的水利为其喜傲,其有效期内及期后的

---

① 巴里·康芒纳:《封闭的循环——自然、人和技术》,侯文蕙译,长春:吉林人民出版社,1997年,第237页。

② 曾永成:《生态论文艺学:本体基础、核心内涵和学科性质》,《当代文坛》,2004年第5期,第24页。

③ David Ehrenfeld, *The Arrogance of Humanism* (Oxford: Oxford University Press, 1981), 255.

灾患常被忽略。水球上最重要的是海洋，人类活动已经给海洋造成了种种生态灾难与困境，但绝大多数人却察觉不到这一点，在盲目自信与大肆破坏的同时依然认为海洋可供人类无限索取，这种基于自私与无知的错误意识是最可怕的。生命始于海洋也依托于海洋，与一个物种人类相比，海洋对于有机水球的重要性更大。海洋不是托起人类的土地，但却是水球与人类的血脉之流。可以说，海洋生态系统是水球上最重要的生态系统。这个重要系统的资源在一定时段上是很难恢复的、有限的，对它的破坏会危及整个水球与人类的生存，这是人类中心水利至上论者必须立即清醒认识到的一点。摒弃自我中心主义和水利至上思想，自觉承担水球公民的责任，是我们解救陷入生存困境的人类与水球该做的选择。

第四节　水体生态责任

破坏的对立面是保护，保护的前提是责任。工业文明发端于十八世纪的欧洲，是一种以技术日益渗透自然、改变自然的文明。近一百多年来，资本与科技联手互推，以谋求经济增长为目标，在全球造成了愈演愈烈的水体环境破坏和生态危机。空间范围上，工业文明已经破坏了包括海洋在内的整个大自然；时间维度上，人类及其他物种子孙后代的未来生存遭到了威胁。源于对现代技术与生态危机的思考，德裔美籍哲学家汉斯·约纳斯（Hans Jonas，1903—1993）尝试寻求一种控制现代技术的力量，在其晚年经典著作《责任原理：技术文明时代的伦理学探索》中提出了一种跨越时空的伦理学，倡导运用"忧惧启示法"，实现对"这个星球上资源耗竭、环境污染、废墟疮痍等技术过度发展将带来的未来灾变"负责的远距离责任承担。[①]
借鉴约纳斯的"责任伦理"思想,我们对现当代文化语境与文学文本中的水
体生态责任意识进行考察,以期廓清技术文明时代人类活动与水体安危的
关联,探讨人水共存之道。

　　水球上的水体包括雪山冰川、江河湖海及地下水等自然水域综合体,
水、水生生物及水域生态环境是各种水体的组成部分。蓝色批评视域中,
水体生态责任意识是指自觉将水球当作一个有机的生命整体看待[②],并且
自觉保护构成水球有机体的各种水域生态环境和水生生物多样性的责任
意识。为了回答为什么要对大自然和遥远的后代负责的问题,约纳斯通过
目的论证明了自然作为非主体性存在物的目的是产生生命,其本身就是孕
育生命的母体[③],应该被守护。"人类是我们所知的唯一能承担责任的存在
者","承担责任是人类独特且关键的特征,责任能力不仅是人的本质,而且
是一种价值","一种作为我们责任的最终目标——星球整体存在的价值
性"。[④]约纳斯的论证使我们看到了水球和人类存在的价值,明白了人类责
任的根源在于人类的责任能力。对水球负责,人类义不容辞。结合水球水
体范畴及技术与资本联姻造成的资源耗竭、水体污染、海洋疮痍等危机,下
文主要讨论四个层面的水体生态责任意识。

---

① Hans Jonas, *The Imperative of Responsibility: In Search of an Ethics of the Technological Age* (Chicago: University of Chicago Press, 1984), x, 26–27, 202. 又见方秋明:《汉斯·约纳斯的责任伦理学述评》,《兰州学刊》,2003年第4期,第57—58页。

② 笔者在本章第一节从哲学、生态学和生态文学角度分析,以海洋为主体的水系是生命之脉,我们栖居的水球是一个生命有机体。又见钟燕:《水球有机论与蓝色批评》,《江苏大学学报》(社会科学版),2017年第3期,第40—44页。

③ 方秋明:《为什么要对大自然和遥远的后代负责——汉斯·约纳斯的目的论解释》,《科学技术与辩证法》,2007年第6期,第17页。

④ Hans Jonas, *Mortality and Morality: A Search for the Good after Auschwitz*, ed. Lawrence Vogel (Evanston: North Western University Press, 1996), 105–106.

一、对雪线冰川的保护意识

冰川水体与人类生命息息相关。水球上咸水占97%，只有3%是人类可以利用的淡水资源，而其中4/5——约3300万立方公里——的淡水聚积在冰川、冰山、冰盖中。①全世界大约20亿人（水球上每三人中约有一人）依靠喜马拉雅山和兴都库什山上的冰川融水解决饮水或灌溉用水问题。②2013年，英国人刘易斯·皮尤（Lewis Pugh）被联合国环保项目聘为"海洋代言人"，不仅因为他是游遍全世界海洋的海泳健将，更因为他为引起世人对冰川融化问题的关注，2007年在北冰洋、2010年在喜马拉雅山巅的冰湖里做极限游泳。在崩塌的冰川前，皮尤将个人的生命与冰川的生命以一种环保行为艺术的方式紧密结合在一起，号召人们"抛弃过去的自以为是和妄自尊大"，"全力以赴"地"保护冰川"。③冰川融化加剧，流失淡水的同时带来了海平面上升的全球生态影响。阿尔·戈尔（Al Gore）在其2006年主演的纪录片及出版的著作《恼人真相》（*An Inconvenient Truth*）中指出了南极洲或格陵兰岛冰川融化的后果：全球海平面将升高近20英尺（约6米），全世界众多沿海城市与地区将被淹没，光印度的加尔各答港市和孟加拉国就有6000万人将成为生态难民。④伦敦、纽约、曼谷、悉尼、上海等城市，面临着海平面上升后沉没的危险。⑤凯文·雷诺兹（Kevin Reynolds）1995年执导并主演的科幻片《未来水世界》（*Waterworld*）中对冰川融化后人类的海上奥

---

① 徐刚：《大山水》，福州：福建教育出版社，2007年，第15页。

② Lewis Pugh, "In the Frozen Waters of Qomolangma, I Learned the Value of Humility, " *The Guardian*, July 15, 2010.

③ Ibid.

④ Al Gore, *An Inconvenient Truth：The Planetary Emergency of Global Warming and What We Can Do About It* (New York: Rodale, Inc., 2006), 190—208.

⑤ 苏言、徐刚：《上海沉没》，南京：江苏人民出版社，2010年，第147页。

德赛①处境做了最大胆的想象——2500年,由于两极冰川融化,陆地完全消失,泥土在汪洋一片的水世界里极其珍贵。人们在咸水的世界——海洋上漂泊,淡水紧张,但与淡水和绿植相比,他们更稀罕泥和沙。陆地(Dry-land)是他们一心找寻的失去的伊甸园。根据小女孩伊诺娜(Enola)背上的地图,海伦等人成功找到了适合人类生存的地方——冰雪消融,但未被海水淹没的珠穆朗玛峰峰顶。冰川的保护与否关系到整个水球生态环境的变化,以及人类在水球上的岛陆家园是否存在的问题。保护冰川既是保护人类赖以生存的淡水资源,也是保护人类可脚踏实地的岛陆及人类自身生命。

中国环保作家徐刚关注水,他的视线多次停留在江河的源头——雪线冰川。徐刚认为:"冰川也是生命,它需要适合自己的生存条件。"②祁连山的冰川雪水曾经让河西走廊石羊河、黑河、疏勒河三大水系六十余条内流河生意盎然,但近半个世纪以来,雪线上升,河流年径流量锐减,河西走廊开始干涸。河西走廊因丰富的雪山融水兴盛了两千多年,水荒的出现与冰川后退、雪线上升有关,其直接原因是人口激增、过度放牧、乱砍滥伐、挖山采矿及气候变暖等。除全球变暖等自然气候因素外,人为破坏是主要原因。祁连山山顶积雪,山腰多冰川。海拔2500米至3500米之间的坡地为原始森林和大片草地,构成水源涵养林,连接着积雪冰川与流水河川。二十世纪五十年代初的519万亩林地,现在仅剩212.8万亩,林线已退向远山地带;毁林开荒、草原放牧等加剧了水土流失;冰川探险等旅游活动导致冰川被碾压凿挖,带来了汽车尾气与生活垃圾污染。③当祁连山的环境遭破

---

① 此处对影片《未来水世界》的讨论引自钟燕:《奥德修斯的返乡:〈奥德赛〉中的环境性》,《外国文学》,2017年第3期,第120—130页。
② 徐刚:《江海咏叹调》,福州:福建教育出版社,2000年,第248页。
③ 窦贤:《正在远去的祁连山冰川》,《绿色中国》,2006年第7期,第35、37页。

坏,"沙漠向农区推进,农区向牧区推进,牧区向林区推进,林区向冰川推进",冰川失去了生存条件,结果便是"冰川向雪峰推进"。①毁山则失水,祁连山下的河西走廊以每年12.5米至22.5米的速度逼退雪线冰川;与此同时,河西走廊也在冰川生命的衰退中加快了荒漠化的步伐。据冰川学家统计,近三十年里珠穆朗玛峰上的东绒布冰川退缩了170米,中绒布冰川退缩了270米。②人离冰川越近,冰川退缩得越远。"人要牧养山川"③,停止紧逼滥用,才可能留住冰源。《长江传》中,徐刚借长江源区护林人之口说:"冰川雪线离开长江流域区内的人们很远很远,却是大江大河本身及源区环境状态的生命线。"④保护雪线冰川生态环境,就是保护冰川水体生命,也是保护江河生命与人类文明。

二、对资本侵占地方水体的抗争意识

人类以开发的名义侵占各种自然水体,对水资源过度开采,会引起地下水位下降、地表径流减少、植被破坏、生物多样性减少及本地居民自然生活环境恶化等系列生态危机,损害生态系统利益。因此,我们要自觉承担起水体生态责任,勇于向圈水行为与机构说"不"。斯洛维克(Scott Slovic)发现可口可乐公司在印度及全球圈水,当地居民因失去水源而陷入生存危机后,开始抵制可乐产品,并给可口可乐公司写信数封责其"强取豪夺"之行径,促其"积极应对世界各地人民对(该公司造成的)水源私有化提出的忧虑"。⑤雀巢公司十多年里一直疯狂滥采密歇根州米科斯塔县(Mecosta

① 徐刚:《江海咏叹调》,福州:福建教育出版社,2000年,第248页。
② 徐刚:《大山水》,福州:福建教育出版社,2007年,第19页。
③ 徐刚:《江海咏叹调》,福州:福建教育出版社,2000年,第247页。
④ 徐刚:《长江传》,福州:福建教育出版社,2000年,第502页。
⑤ Scott Slovic, *Going Away to Think: Engagement, Retreat, and Ecocritical Responsibility* (Reno & Las Vegas: University of Nevada Press, 2008), 212–221.

County, Michigan)地下水以灌装"冰山"牌纯天然矿泉水,米科斯塔县居民经过十年抗争,终于在2009年赢得官司,成功限制了雀巢公司滥抽地下水的破坏行为。[①]斯洛维克以生态批评家的敏感和责任,米科斯塔县居民以生态系统成员的坚韧,身体力行地为保护水体生态健康而努力,为我们做出了环保行动主义者对资本侵占地方水体如何进行抗争的范例。

南非作家穆达(Zakes Mda, 1948—　)在小说《赤红的心》(*The Heart of Redness*, 2000)里,叙述了新时期的开发运动中,面对后殖民时代国外资本势力的威胁,主人公卡玛古(Camagu)为南非海港村落蔻洛哈(Qolorha-by-Sea)所做的发展选择。[②]"开发派"(the developers)支持英国开发商"砍掉所有的树修路建宾馆和赌场","根除当地的灌木丛林,从英国移栽其他树种过来,建起一座漂亮的英式花园"[③];主张把渔村建设成"一个名人云集的度假天堂"[④]。"保守派"(the conservatives)坚持保护渔村的鸟和树、河与海,保持以前的生活方式。"保守派"代表库克兹娃一向都是树木保护者,一天却冒着被村落法律仲裁委员会审判的风险开始疯狂砍树。在审判台上,她的辩护词是:她砍下的都是有害的树,是"外来树种,不是科萨人祖先留下的树种……它们使本土树种不能呼吸,是危险的树种"[⑤]。卡玛古从库克兹娃及其他"保守派"那儿了解到,"修建赌场和水上度假村这样大规模的工程,避免不了砍掉本地的树,吵扰鸟儿的生活,会污染河流、大海和大环礁

---

① 参见山姆·博佐(Sam Bozzo)执导的纪录片《蓝金:世界水战》(*Blue Gold: World Water Wars*)。该片2008年上映,改编自莫德·巴洛(Maude Barlow)和托尼·克拉克(Tony Clarke)2002年合作出版的《蓝金:向窃取世界水资源的公司宣战》一书。Maude Barlow and Tony Clarke, *Blue Gold: The Fight to Stop the Corporate Theft of the World's Water* (New York: The New Press, 2002).

② 对该作品的详细解读可参见钟燕:《卡玛古的选择:〈赤红的心〉生态批评解读》,《外国文学研究》,2014年第3期,第140—147页。

③ Zakes Mda, *The Heart of Redness* (New York: Farrar, Straus and Giroux, 2002), 202-203.

④ Ibid., 67.

⑤ Ibid., 215-216.

湖"①。外来树种与异邦资本将对渔村生态与村民生活带来威胁。在库克兹娃的鼓舞下，一向在"开发派"和"保守派"间保持中立，有着图腾情结的"文化人"卡玛古开始支持"保守派"。他的学识与视野②帮了忙，扎根本土的"文化人"成了有力抵抗全球化时代都市对乡村，第一世界对第三世界进行经济与文化殖民的武器。卡玛古成功提出了代替海滨赌博娱乐胜地开发的可操作方案——申请农卡乌斯③国家级历史文化遗产基地，开展生态文化旅游——一种综合了国外资金与村落资源，历史传承与当下利益，自然与文化结盟的蔻洛哈渔村保护与发展模式。卡玛古的选择告诉我们，水体生态责任可以是一种"放眼世界，着手地方"④的行动方式。

为保护水体生态环境与生物多样性，世界各国纷纷建立湿地与海洋保护区，并签订国际公约。1971 年，由苏联、加拿大、澳大利亚等三十六国签署了《关于特别是作为水禽栖息地的国际重要湿地公约》，把包括沼泽、泥炭地、湿草甸、湖泊、河流、滞蓄洪区、河口三角洲、滩涂、水库、池塘、水稻田及低潮时水深浅于 6 米的海域地带等作为水禽栖息地保护起来。⑤由于海洋渔业收成的急剧下降，滥捕等带来的生物资源过度利用引起了人们的注意，二十世纪八十年代，保护海洋生物多样性已被纳入全球可持续发展战

---

① Zakes Mda, *The Heart of Redness* (New York: Farrar, Straus and Giroux, 2002), 119.

② 小说中卡玛古在美国获得博士学位，在巴黎、罗马和纽约做国际问题专家。

③ 农卡乌斯(Nongqawuse，1840—1898)是南非科萨族历史上有名的女先知。相传十五岁女孩农卡乌斯在戈克斯哈河口遭遇神启，成为女先知。她预言所有科萨人弃田杀牛，建起新宅，盖起新牛棚畜栏后，科萨族先人将从河口海上送来满棚满圈的家畜家禽，并与人们共同驱赶英军。其预言肇始了 1856—1857 年科萨族"杀牛运动"，科萨人反抗殖民侵略的"杀牛运动"以失败而告终。See J. B. Peires, *The Dead Will Arise: Nongqawuse and the Great Xhosa Cattle-Killing Movement of 1856-7* [Johannesburg: Ravan Press (Pty)Ltd, 1989], 78-100, 145-180.

④ Ursula K. Heise, *Sense of Place and Sense of Planet:The Environmental Imagination of the Global* (New York:Oxford University Press, 2008), 20.

⑤ 赵学敏主编：《湿地：人与自然和谐共存的家园》，北京：中国林业出版社，2005 年，第 11 页。

略。根据卡森的观点,在水体污染、核试验破坏等方面,人类还有待更进一步增强责任意识。

三、保护水体自然清洁的责任意识

良好的水环境是水生生物及整个水球生物赖以生存的关键,保护水体自然清洁是第一要责。中国娱乐大片《私人订制》以一条肮脏的工业时代的河流边,人类"向水道歉"而告终。我们需要反省的是,水在工业社会中被无节制地消费,一切都可以订制的消费社会中,一切都可以按流水线生产为产品的工业社会中,清澈甘甜的水经过度消费后,变得黑、毒、臭,作为生命的河流终结,作为水之子的人类唯剩残喘苟活。二十世纪六十年代,卡森出版了《寂静的春天》一书,揭露了滥用农药等化学药剂给环境造成毁灭性影响的真相。河流死亡了,"然而我们却正在容忍让农药通过河流和直接向海边沼泽地喷洒而进入海水"[①]。"在人对环境的所有破坏中最令人震惊的是空气、大地、河流和海洋都受到了危险的甚至致命物质的污染。"[②]《寂静的春天》对工业文明的批判引发了现代环境运动。海洋环境主义也因而走上了历史舞台。

海明威(Ernest Miller Hemingway)曾于 1935 年在《非洲的青山》(*Green Hills of Africa*)里描述哈瓦那海湾强大的垃圾净化能力,海湾每天接收五驳船垃圾,海水依然清澈、蔚蓝,"代表发现的废灯泡,代表爱的安全套在唯一持久的东西——海湾——上毫无意义地漂浮着"。但 1976 年海明威的儿子在写关于父亲的回忆录时发现湾流水质下降了,认为"即使是大海也只

---

① Rachel Carson, *Silent Spring* (Boston: Houghton Mifflin Company, 1962), 149.

② Ibid., 6.

能承受那么多"。①海洋环境有一种通过物理、化学和生物的作用使其污染物浓度降低乃至达到自然净化的自净能力,但海洋的自净能力已经承受不了人类工业社会产生的巨大污染负荷。我们试举日本与美国的工业废水污染为例。日本工业迅速发展,但每年排入大海的含有各种化学毒物的工业废水达130多亿吨,日本列岛已成为被污浊海水包围的"公害列岛"。美国每年向海洋排放的工业废物占全世界的1/5,仅废水就达200多亿吨,其中含有浓度很高的氢化物、酚、砷、铅、铬及放射性等有毒有害物质,使49万公顷海滩上的贝壳失去漂亮的洁白花纹颜色变黑,海洋生物受害事件急剧增加。黑海90%的水体已经变成动植物无法生存的死水,波罗的海、地中海、白令海等也先后陷入生态困境。②此外,石油和塑料污染让情况更加严峻。世界上每年因油轮泄漏、船舶排放、海上钻井、陆源排放等缘故,进入海洋环境的石油烃污染达600万吨,对海岸水鸟和底栖生物的生存造成极大的威胁。海洋科研人员发现,在夏威夷海岸与北美洲海岸之间,存在着一个由洋流冲击而成的面积达343万平方公里的塑料垃圾聚积体,其面积超过了欧洲面积的1/3,而且还在不断增加。③由于海水的冲击,塑料垃圾分解成颗粒,表面上看起来与海洋动物的食物极为相似,一旦被吞食,将无法消化、难以排泄,最终导致浮游动物、鱼类和海鸟营养不良而死亡。科学家们在一只因营养不良与脱水而死的信天翁幼鸟的胃里发现了12.2盎司(约345.9克)信天翁成鸟误喂给幼鸟的塑料和其他不可消化物品,其中包括一次性打火机、瓶盖、喷雾嘴、枪壳、衣夹、玩具等。④死鸟与其满腹塑

① 格伦·A.洛夫:《实用生态批评:文学、生物学及环境》,胡志红等译,北京:北京大学出版社,2010年,第141页。

② 国家海洋局人事劳动教育司、成人教育中心组织编写:《海洋环境保护与监测》,北京:海洋出版社,1998年,第10—11页。

③ 沈国英、黄凌风等编著:《海洋生态学》,北京:科学出版社,2010年,第308页。

④ Patricia Yaeger, "Editor's Column: Sea Trash, Dark Pools, and the Tragedy of the Commons, " *PMLA* 125.3 (May 2010): 528.

料垃圾的解剖图片让人触目惊心,摆放成水球圆形的人造垃圾"食物"无声地控诉着人类的罪恶。信天翁之死的悲剧再次上演,这一次死亡之箭是塑料垃圾。人类仍是箭矢之后的凶手。科学家指出,这些"塑料沙子"能吸附高于正常含量数百万倍的水中重金属、放射性毒素,最终会通过海洋生物食物链影响到人类。[①]

　　水体污染亟待解决,水球水体亟待解救。卡森在1952年因《大海环绕》一书获国家图书奖时说:"是否太久以来我们都拿倒了望远镜? 我们首先该看到人类的空虚和贪婪,看到人类一天、一年之中面临的问题;然后倒过来看地球和宇宙,会发现地球是宇宙如此微小的部分。这的确是伟大的真理。由此我们可以得到看待人类问题的新视角。也许我们把望远镜调过来透视这一切时,才发现由于我们自己的破坏,留给我们的时间和选择都不多了。"[②]人类中心主义给人类自己圈起了藩篱,掘起了坟墓。当看看美丽的贝壳都成了一种奢望时,喝上一口水都担心中毒时,工业文明的金钱价值又有什么用呢? 保护水球水体,就是保护人类婴儿自己母亲的乳汁。连母亲的乳汁里都有了毒液,孩子还能健康吗?"水是母亲。儿女却把你糟践成这样……我知道你已经忍无可忍了。不知道你是不是后悔,后悔给了我们生命。"[③]向水道歉的人类如是思忖。水球之水给了人类生命,也会因人类自身的糟蹋而让人类生命萎缩流逝。人类有责任也只能选择还江河大海清洁之水,还海洋以蔚蓝——水球生命的颜色。通过严格立法执法与水球伦理宣传的手段保护水球水体免遭农业、工业及生活废物的污染,保持水体自然清洁,是水球生态责任的重要内容。

① 沈国英、黄凌风等编著:《海洋生态学》,北京:科学出版社,2010年,第308页。

② Paul Brooks, *Rachel Carson: The Writer at Work* (San Francisco: Sierra Club Books, 1989), 130.

③ 见电影《私人订制》(2013)尾声部分台词。该电影导演冯小刚,编剧王朔。

四、禁止海洋核污染的全球意识

水球生态责任的承担还意味着大海中禁止海岛核试验与核掩埋、禁止沉排核废物，因为核污染是对全球海洋生态环境及所有生物的毁灭性破坏。[①]在深入北冰洋边缘海楚科奇海的里斯本半岛上，有个阿拉斯加因纽特人海港叫"希望之点"（Point Hope）。美国政府不顾当地人的反对在该地坚持做"核能和平应用"实验，"希望海港"于是变成了"失望海港"：因纽特人发现鲸鱼病了，有些鱼身上长出了奇怪的伤疤；半岛上核废物的堆埋使苔藓、驯鹿到因纽特人整个生物群落都因辐射发生了病变。[②]从1946年到1958年，美国在马绍尔北部的比基尼和埃尔威托克两个环礁上爆炸了67颗原子弹和热核弹。其中最大的一颗是1954年3月1日在比基尼岛上爆炸的"亡命徒"，相当于750个在广岛投放的原子弹。在环礁上居住了两千年的比基尼人被疏散，成了没有国土的环境难民。"亡命徒"爆炸后的火球整个马绍尔群岛都能看到，爆炸后的放射性尘埃因为风向的突变降落到了群岛的其他居民身上。无辜的人们在目睹"第二个太阳"升起后开始流血、呕吐和掉头发；癌症、畸形婴儿出现了……[③]当美国政治家振振有词，说是为了"国家经济""国家安全"而做核试验时，他们无视不分国界降落的放射性尘埃，不关心水球生物包括人类中少数族裔的病变与死亡，更不知道正是他们制造了世界政治和全球生态的不安全。二战后至今，第一世界国家

① 以下关于禁止海岛核试验等海洋生态责任的部分论述引自钟燕：《蓝色批评：生态批评的新视野》，《国外文学》，2005年第3期，第25—27页。

② Nelta Edwards, "Radiation, Tobacco, and Illness in Point Hope, Alaska: Approaches to the 'Facts' in Contaminated Communities, "in *The Environmental Justice Reader*, ed. Valerie Kuletz et al. (Tucson: The University of Arizona Press, 2002), 106—107.

③ 科林·伍达德：《海洋的末日：全球海洋危机亲历记》，戴星翼等译，上海：上海译文出版社，2002年，第196—197页。

竞相将诸多太平洋海岛变成自己的核武试验与核废物填埋地,这种"核武殖民主义"①是人类将人为划分的国家利益置于整个水球生态健康之上的短视行为。对核废物的处理上,美国原子能委员会公开承认把装有核废物的容器沉入海底,容器受海水压强破裂会造成对海洋生态的严重污染,他们却照做不误。②

核电站的核污染废水排海更让海洋水体污染雪上加霜。2011年日本福岛核电站事故中产生的大量核污染废水有"氢气释放""地层注入""地下掩埋""蒸汽释放"与"排污入海"五种处理方式。日本政府放弃了成本高但环境危害小的"蒸汽释放"方式,选择了成本最低但环境风险高的直接排海方式。2023年8月24日开始,福岛核电站事故造成的一百多万吨核污水正式排入大海,首轮排放约7800吨,预计排放时间约30年。③2023年8月26日,东京电力公司承认,储罐中约有66%的核污染水放射性物质含量超标。含氚等放射性物质的核污水在直排240天后就会到达中国沿海,1200天后就会覆盖整个北太平洋,其后随着洋流布满全球海域,随着季风进入全球水文循环。④卡森忧心忡忡地说:

现在我们把大海当成了放射性废物倾倒场,放射性废物在海底随着狂涛巨浪而流动,谁也不知道它们最终流向何方……

---

① Valerie Kuletz, "The Movement for Environmental Justice in Pacific Islands, "in *The Environmental Justice Reader*, ed. Valerie Kuletz et al. (Tucson: The University of Arizona Press, 2002), 127–131.

② Rachel Carson, *The Sea Around Us* (New York: New American Library, 1961), xi.

③ 吴龙仙、曾俊:《超越资本逻辑的环境伦理:从日本核污水排海事件看马克思主义生态伦理思想的当代意义》,《实事求是》,2024年第4期,第37—38页。

④ 段海燕、唐小娟等:《日本核污染水排海的生态环境损害及其赔偿机制》,《中国人口·资源与环境》,2024年第2期,第121—122页。

　　曾经的好雨现在夹带着致命的核放射尘埃从天而降。水，最珍贵的自然资源，被不计后果地滥用和浪费。河流里充斥着难以置信的各种污染物——生活垃圾、化学物质、放射性物质……这样一来，尽管地球表面四分之三的面积是海洋，我们的世界很快就会变成一个缺水干涸的世界。[①]

核污染将从海洋向整个水文循环扩散，水球上将无水解渴，卡森提醒人们关注放射性物质对海洋乃至整个水球水体健康的危害。她明确指出放射性元素倾投入海后无法收复，大海生命被其哺育的人类威胁，人类自身的生存也不可避免地受到威胁。[②]"留给我们的时间和选择都不多了"，海洋生命消亡殆尽之时，便是整个水球生命毁灭之日。禁停海岛核试验、禁止沉排核废物入海，是对海洋环境和包括人类在内的水球生物负责。

　　卡森在一次演讲中说："人类总是狂妄地大谈特谈征服自然，现在他有能力去实现他的夸夸其谈了。这是我们的不幸，而且很可能是我们的悲剧。因为这种巨大的能力不仅没有受到理性和智慧的约束，而且还以不负责任为其标志。人类没有意识到自己只是自然的一部分，征服自然的最终代价是埋葬自己。"[③]卡森认为，具备了毁灭万物能力却没有与之相匹配的高度责任心的人类，是水球最大的危险，人类应承担起水球的生态责任。

---

　　① Rachel Carson, "Of Man and the Stream of Time, " in *Literature and the Environment: A Reader on Nature and Culture*, ed. Lorraine Anderson, Scott Slovic, and John P. O'Grady (New York: Longman, 1999), 480.

　　② Rachel Carson, *The Sea Around Us* (New York: New American Library, 1961), xii.

　　③ Rachel Carson, "Of Man and the Stream of Time, " in *Literature and the Environment: A Reader on Nature and Culture*, ed. Lorraine Anderson, Scott Slovic, and John P. O'Grady (New York: Longman, 1999), 478.

这与前文提到的约纳斯在1979年出版的著作《责任原理：技术文明时代的伦理学探索》的主要观点契合。约纳斯指出：全球技术力量的应用表面上是和平的、建设性的，实质上在造成慢性的、长期的、日积月累、不可回头的问题与威胁。①"责任原理"是当今人类所面临的最严肃、最紧迫的问题。"责任原理"的主要内容是，"人作为这个星球上最有智能、最有力量、受益最大、权力最大同时破坏性也最大的物种，必须对所有生物的生存和整个地球的存在负起责任。"②卡森坚持的责任原则及约纳斯的"责任原理"，是水球人类永远也不应忘却的生存原理。当我们庆幸雪线草甸是冰雪划定的天然界限，高原与极地野生动植物群落栖息地、冰雪覆盖之地的原始生态侥幸得以保存时，人类的劫掠已经开始深入雪山极地③，水球上的生态灾难"从砍树到圈地、圈水而圈冰雪"的破坏而不断"延续与深入"④。随着大地的开发和破坏，人类宣布：二十一世纪是海洋的世纪。这并非海洋生命共同体从此被赋予合法权利的宣言，而是"人的渗透着人类价值观的宣示"，它意味着"荒漠化正紧随人类的脚步，从陆地走向海洋"。⑤与笔者撰文讨论过的水球有机论、水利至上批判、边际效应观一样，水体生态责任是蓝色批评的核心话语之一。人类作为水球之子，在生态危机重重的新世纪里，必须摒弃自我中心的老路，承担起"万物之灵"独有的理性责任，自觉培养并加强上述四种水体生态责任意识，守护冰川碧海，保护水体生态。

---

①　Hans Jonas, *The Imperative of Responsibility: In Search of an Ethics for the Technological Age* (Chicago: University of Chicago Press), 1984, ix.

②　王诺：《外国文学——人学蕴涵的发掘与寻思》，北京：科学出版社，1999年，第310—311页；又见王诺：《雷切尔·卡森的生态文学成就和生态哲学思想》，《国外文学》，2002年第2期，第97页。

③　徐刚：《江海咏叹调》，福州：福建教育出版社，2000年，第277—278页。

④　徐刚：《大山水》，福州：福建教育出版社，2007年，第25页。

⑤　徐刚：《江海咏叹调》，福州：福建教育出版社，2000年，第345页。

第五节　水球生态审美

　　蓝色批评研究文学、文化与水球环境之间的关系，我们从水球角度考察可得出水球有机论、边际效应观两个理论支点，从人类角度又力图批判水利至上观，倡导水体生态责任论。水与人的关系在水球生态审美中或能达到和谐一致。在物质层面之外，审美是人的一种重要生存方式。在水球生态审美中，我们要注意美的自然流变性、生命涌动性和审美中的参与交融性。[①]

　　弗莱在讨论西方文学模式的循环演变轨迹时将自然界中水循环模式作为一条例证："水的象征同样具有循环性，从雨水到泉水，从泉流到溪河，从河水到海水或是冬雪，之后又从头开始，循环往复。"[②]在本书第一章第一节讨论《梨俱吠陀》中的《水》诗时，我们曾发现开始于海又终结于海的水循环。古印度婆罗门教的《唱赞奥义书》中，也记录了人"敬想诸水中的五重三曼"时，水的形态上从生云、降雨，到诸水奔流，再到合注为海的过程。[③]水的自然流变之美古往今来都是人们歌赞的对象。如同《唱赞奥义书》与

---

　　① 陕西师范大学刘恒健教授生前曾撰文论述生态美学，他认为生态美学强调美的生命涌动性和流变性，"在生态美学这里，'林无静树，川无停留'，'鸢飞戾天，鱼跃于渊'"。见刘恒健：《论生态美学的本源性》，参见党圣元、刘瑞弘选编：《生态批评与生态美学》，北京：中国社会科学出版社，2011年，第152—153页。王诺认为，生态审美有自然性、整体性和交融性三原则。见王诺：《欧美生态批评：生态文学研究概论》，上海：学林出版社，2008年，第42—57页。笔者借鉴刘恒健与王诺两位学者的观点，提出水球生态审美中需关照的自然流变性、生命涌动性和参与交融性三特点。

　　② Northrop Frye, *Anatomy of Criticism: Four Essays* (Princeton: Princeton University Press, 1959), 160.

　　③ 徐梵澄译：《五十奥义书》，北京：中国社会科学出版社，1984年，第101页。

弗莱的《批评之剖析》将水的动态循环常与四季的交替循环并置一样,水的自然流变性常被当作生生不息的自然象征。卡森曾写道:"数百万年以来,鸟类迁移、潮涨潮落、月盈月亏,反复轮回;萌芽冬季休眠准备春天破土而出,这一切都具有一种象征性的和真确的美。大自然的这种反复克制的意志力之中有一种无限的治愈力,确保夕阳西下之后是旭日东升;严冬过后是初春。"①潮涨潮落与日夜、四季的变化相连,自然永恒的轮回中人类是隐藏的过客,水球之美在流变循环中教人随时顺势,保存希望。在卡森的审美中,大自然有"反复克制的意志力",具主体性,作为审美者的人感知自然之美,被"治愈"。水球生态审美是一种感受自然流变性的过程,在这个过程中,审美对象与审美者是交互主体性②的关系,而不是传统审美的客体与主体的关系。

小说《红楼梦》中的"黛玉葬花"在影视与舞台剧版本中被奉为经典片段,不仅因其画面中花美人娇,更因其突出了黛玉审美中落花流水之自然流变及人与花同的悲剧命运。"黛玉葬花"出现在小说第二十三回与第二十七回。第二十三回中,宝玉先兜了满身落花,抖在池内,见"那花瓣浮在水面,飘飘荡荡,竟流出沁芳闸去了"。黛玉将落花葬入花冢,只因"这里的水干净,只一流出去,有人家的地方脏的臭的混倒,仍旧把花遭塌了",不如随土化了干净。③池中净水流出沁芳闸后将被脏臭浊水弄污,水的流变性或将花带入不洁之境。落花在黛玉眼中是生命的凋落,是有尊严的,在赏花

---

① 林达·利尔:《自然的见证人:蕾切尔·卡逊传》,贺天同译,北京:光明日报出版社,1999年,第189页。

② 交互主体性或主体间性是指审美中同时承认自然主体和人主体,并强调这两类主体之间的关联性。见王诺:《欧美生态批评:生态文学研究概论》,上海:学林出版社,2008年,第128页。

③ 曹雪芹原著,程伟元、高鹗整理,张俊、沈治钧评批:《新批校注红楼梦》,北京:商务印书馆,2013年,第439页。

审美中黛玉与花是交互主体性关系；而流出沁芳闸的水将被污染，所以黛玉埋花入冢，"一抔净土掩风流"。第二十七回中黛玉的葬花词对此作了呼应："质本洁来还洁去，强于污淖陷渠沟。尔今死去侬收葬，未卜侬身何日丧？"①自然生态中的花落人亡，在黛玉的审美中同为一事，而大观园外"浊水"对花与人的威胁——自然生态及社会生态的流变性影响——在敏锐的审美者黛玉的感知中分外强烈。自然生态与社会生态双重复加影响强化了审美者黛玉及读者对于悲剧之美的理解。王诺认为，生态审美具"自然性原则"，旨在"具体地感受和表现自然本身的美"。②从以上分析看，水球生态审美在表现与感知自然生态流变性的同时，也表现社会生态的流变性影响。

在水的流动中，还包含着一种自然流变的整体性原则。海德格尔曾论述壶因倾注其中的水而包含天地神人，栖留天空与大地，因为壶内"水中有泉。在泉中有岩石，在岩石中有大地的浑然蛰伏。这大地又承受着天空的雨露。在泉水中，天空与大地联姻"③。壶的物性不在其制作原料与作为人之工具的用途，而在倾注壶内之水连接的雨露天空与泉水大地的集合。曾繁仁认为，海德格尔的生态存在论美学观中，美是一种关系，一种动态过程。④而水特有的流动性连接起来的这种整体关系网正是水球生态审美中不可忽略的整体性原则。在可可西里一泓蓝色的高原野湖边，徐刚发现：

> 湖泊是一种连接，是大荒野中草根之间的连接；湖与河的沟通，则
> 是更加遥远的伴随着波涛和浪花、鸡鸣狗叫、家园故事的连接；当蓝天

① 曹雪芹原著，程伟元、高鹗整理，张俊、沈治钧评批：《新批校注红楼梦》，北京：商务印书馆，2013年，第513页。
② 王诺：《欧美生态批评：生态文学研究概论》，上海：学林出版社，2008年，第42页。
③ 孙周兴选编：《海德格尔选集》（下），上海：上海三联书店，1996年，第1172页。
④ 曾繁仁：《生态美学导论》，北京：商务印书馆，2010年，第322页。

白云之一角倒映于湖中,恍恍惚惚,那是湖与天及神的连接;当野牦牛、藏羚羊在湖中饮水从湖边经过时,又有了大地之上生命得以完整集合的连接。①

我们知道湖泊常常是冰川与河流的连接,是河流与大海的连接;上文中的冰湖却既是植物、动物、人及大地之上所有生命的连接,也是天、神与地、水的连接。徐刚受利奥波德的影响,接受大地生命共同体的概念,同时以水为纽带,在天光云影中勾勒了一幅海德格尔所谓"天地神人四重整体"②的水球生态美学画卷。

生命涌动性是水球生态审美的又一重要关注点。水球是生命之所,无处不在、因水而涌的生命形态提醒我们注意生命万象及其栖地之美。卡森在《海之滨》描述沙滩海岸形态时写道:

这个海滨上的一切,也曾深深淹没在古老的年代里。沙子是美丽、神秘又变化多端的物质;海滨的每一粒沙,都可追溯到生命或地球本身亘古遥远的开端,是永不止息过程的结果。③

我们把磐石当成亘古的象征,但就连最坚硬的岩石,也都会因大雨、霜和海浪的侵袭而磨蚀粉碎。但沙粒却几乎无可毁灭,这是波浪运动最后的产物——微小而实心的矿物,经过多年的碾磨和打光依然存在。小粒的湿沙每一粒外层都因毛细管的吸力,而包裹着一层水膜,之间罕有空隙。由于这层液体膜,使沙粒本身不致再磨蚀,甚至大

---

① 徐刚:《大山水》,福州:福建教育出版社,2007年,第104页。
② 孙周兴选编:《海德格尔选集》(下),上海:上海三联书店,1996年,第1192—1194页。
③ Rachel Carson, *The Edge of the Sea* (New York: New American Library, 1955), 111.

浪的冲击都不能使两粒沙相互摩擦。

　　在潮间带,沙粒的小世界也是想象不到的渺小生物的世界,它们在包覆沙粒的液体膜中悠游,一如鱼儿游过覆盖地球表面的海洋。在渺小水世界中的动植物,是单细胞动植物、水螨、虾蟹类甲壳动物、昆虫,及无限细小的昆虫幼虫,全都在此生、死、游泳、觅食、呼吸、繁殖。在一个小到我们人类无从估量其规模的世界,分隔沙粒的微小水珠,就像浩瀚而深邃的海洋。①

沙滩海岸的环境是水球生命运动的结果,其悠远历史和沙之形态让沙滩附具时空之美。令人吃惊的是,威廉·布莱克(William Blake)诗里曾说的"一粒沙里见世界"②,在卡森这儿能找到足够的海洋科学知识作支撑。沙滩上涌动的生命除了我们能看到的边际效应作用下出现的丰富生物,还出现在一粒沙上包覆的液体膜中。无数生命在它们的空阔世界里生存——尽管人类的肉眼不足以发现它们的存在,不足以洞见它们所在世界的深广。

　　在人与水的连接中,船只的底部及四周也构成了独特的生命涌动的群落交错区。加拿大作家扬·马特尔(Yann Martel)的小说《少年Pi的奇幻漂流》中,少年Pi能在海上小艇中存活227天后成功登陆,除了他坚强的意志之外,海洋生命的涌动性给他提供了天然粮仓与自然风景。他在如喧闹之城的大海中动手捕鱼;同时,救生艇的船壳尤其是小筏子的底部作为群落交错区产生的边际效应为他带来了各种食物。小筏子的底部成了许多海洋生物的宿主,海藻、虾、鱼、蛄蝓、螃蟹、茗荷儿等都聚集在那儿。少年Pi

---

① Rachel Carson, *The Edge of the Sea* (New York: New American Library, 1955), 115. 此处译文参见瑞秋·卡森:《海之滨》,庄安祺译,台北:天下文化出版公司,1998年,第146—147页。

② William Blake, *The Complete Poetry and Prose of William Blake*, ed. David V. Erdman (Berkeley: University of California Press, 2008), 490.

"尝了所有这些生物",他像吃糖果一样把小蟹往嘴里扔,不仅从这些海洋生物获得了物质补给,而且还从情感上"喜欢上了这些海洋里免费搭便车的乘客"的陪伴。他常长时间地侧身躺着,把筏子上的救生衣扒开几英寸,"好更清楚地看到它们"。他说:"我看见的是一座倒置的城镇,小巧、安静、祥和,城里的居民像可爱的天使一样文明地来来往往。这样的景象让我紧张的神经得到了放松,我很喜欢。"①在与孟加拉虎对峙的空隙,小筏子底部的生物世界为十六岁的少年提供了平和美丽的想象世界。"乘客""居民""城镇""文明"等词汇用在筏子底部涌动的生命世界上,让我们更好地理解了少年心中这个群落交错区生命的权利与存在的合法性。

在《古舟子咏》的第二章大海腐烂后,船只的四周"粘滑的东西"(l.125)爬来爬去,死火"炫舞飞扬"(l.128)。第四章中众船员死后,船上只剩古舟子一人活着,船身的阴影之外、之内,浓艳的水蛇起舞。这时,古舟子的情感状况是:"呵,多么欢快的生命! /他们的美丽没法张口形容/一股爱的热泉涌上我的心头/我在心里默默祝福它们!"(ll.286–289)②黑曼斯(Peter Heymans)认为以上第二章和第四章中的两处都是写水蛇,而古舟子两遇水蛇,从惧怕到赞美的转变构成全诗的转折点——自然之美及其独立于人的价值得到了肯定。③麦克库斯科(James C. McKusick)认为船身的阴影是群落交错区,为丰富的海洋生物提供了栖息之所;古舟子发现粘滑的水蛇身上隐藏的生命之美后,明白任何生物都有生态位,都很重要,人的思想情

---

① 扬·马特尔:《少年Pi的奇幻漂流》,姚媛译,南京:译林出版社,2005年,第215页。

② Samuel Taylor Coleridge, *The Rime of the Ancient Mariner: Complete, Authoritative Texts of the 1798 and 1817 Versions with Biographical and Historical Contexts, Critical History, and Essays from Contemporary Critical Perspectives*, ed. Paul H. Fry (Boston and New York: Bedford / St. Martin's, 1999), 37, 49, 51.

③ Peter Heymans, *Animality in British Romanticism: The Aesthetics of Species* (New York: Routledge, 2012), 44.

感应该跳出交错区的界限与障绊，与自然世界合为一体。①对水蛇的审美与热爱让挂在古舟子脖子上如铅块般沉重的死信天翁——惩罚的象征——掉了下来。古舟子从船身四周的水蛇身上看到了自然万物存在之美，在对自然之美的颂扬与祝福中他找到了与自然修好的正确的水球生态审美途径。

从古舟子的救赎起点，我们不仅注意到自然之美的生命涌动性，也已经知道水球生态审美中参与交融性的重要。人类对水球及其生物需要抛弃自我中心的傲慢与残忍，抱一种谦卑敬畏的态度。空中迁徙的飞鸟之河，海中自由畅游的鲨鱼，都是勇敢美丽的生命，人们却枪杀它们取乐。人类常常在滨岸和航船上扮演"杀手"，这种参与不是水球生态审美参与，而是对水球生态的横蛮破坏。卡森对此深感痛心，她说："施韦泽告诉我们，如果我们只关心人与人的关系，我们并不是真正的文明人。重要的是人与所有生命的关系。我们现在所处的时代，用技术发动对抗自然之战，这是前所未有的悲剧。是否一切文明都照此而行，并有权冠以文明的名义？这是值得一问的问题。默许无尽的破坏与苦难的时候，人类的精神在沦丧。"②人类将自己从水球生命共同体中拔高，其他水球生命共同体的成员只是人类眼中的物资时，人类掠夺、漠然和残酷的一面便会暴露无遗。水球生命共同体不受尊重，人类精神将随之沉沦。

热爱着自然并徜徉其中是参与交融审美原则的前提。"湖畔派"诗人华兹华斯（William Wordsworth，1770—1850）曾在自传长诗《序曲》里回忆，他童年时某日在流水潺潺的河边沉迷于《一千零一夜》，忘了垂钓戏水，猛醒过

---

① James C. McKusick, *Green Writing: Romanticism and Ecology* (New York: Palgrave Macmillan, 2010), 46–47.

② Paul Brooks, *Rachel Carson: The Writer at Work* (San Francisco: Sierra Club Books, 1989), 321.

来时懊悔"浪费了一天的美景"(5.512)，自责中马上弃书望水(5.513–515)。[1]
身在室外，但迷醉于书本与沉醉于自然是两回事。诗人认为，自然是一部
更值得一读的大书(1.268–269)[2]，在自然中的探索哪怕是"最一无所获的
时光(most unfruitful hours)"其实也收获满满(5.385–388)[3]。《序曲》中与自
然相融的"温安德少年片段(the Winander Boy)"很是经典[4]：星星初现的寂
静黄昏，波光粼粼的湖边，漫步的少年把双手围拢在嘴边学山鸮的叫声，山
鸮应答，溪谷中回声阵阵，渐而激烈，"顿时欢乐的喧嚣在谷中奏出/荒野合
唱的高潮"。湖区少年"侧耳聆听，那湍急奔泻的山溪/引起一阵轻柔的惊
奇，将水声遥遥载入他的心底；眼前的/景色也在不觉中映入他的脑际/所有
的庄严妙相——/山岩，森林，还有不断变幻的天空/全都映照在水平如镜的
湖里"(5.389–413)[5]。少年主动与湖对岸的猫头鹰对话，一唱一和中人、
鸟、山谷融为一声；山溪为纽带，少年、山岩、森林、天空、湖水合为一体。漫
步自然，主动参与，或可向湖区少年一样与自然浑然交融。

　　梭罗把大自然当成自己的新娘，缪尔把动植物当作"我的有毛的兄弟"

---

[1] William Wordsworth, "Prelude, "in *William Wordsworth*, ed. Stephen Gill (New York: Oxford University Press, 2010), 373.

[2] Ibid., 564.

[3] Ibid., 370.

[4] 丁宏为认为该片段中少年"'强行'要求混沌的大自然作出音乐反响"，"表现出诗人欲回过头来追求最原本的、创造性最丰实和最纯正的艺术瞬间"。见丁宏为：《理念与悲曲：华兹华斯后革命之变》，北京：北京大学出版社，2002年，第123页。"温安德少年"是少年时代的诗人自己，在1799年的首版《序曲》中，华兹华斯描绘该片段时用的是第一人称，到1800年发表版时改成了第三人称，并且加了一个少年死于十岁，葬在山谷的片段结局。贝特认为这种对童年自我的"笔杀"是诗人对消逝童年的立碑式纪念。See Jonathan Bate, *Romantic Ecology: Wordsworth and the Environmental Tradition* (London and New York: Routledge, 1991), 93. 笔者认为"温安德少年之死"可看作诗人对人在成长过程中与自然脱离天然融合关系的一种暗喻与悼挽。

[5] William Wordsworth, "Prelude, "in *William Wordsworth*, 370–371. 中文为笔者译出。

"植物的人们"。①梭罗是每日行走在自然中的作家,他尤其提倡"让五官完全放松自在的散步","一种真正的目游(a true sauntering of the eye)","不是去就物,而是让物来亲近你"。②这种五官自由自在的目游散步是置身自然,忘却自我,让物的主体性充分影响审美者的参与交融审美法。缪尔在他的"荒野大学"中学习,与自然交融也是他的审美法。他在巨石间跳跃,感受发现着"蕴含在岩石堆中的音乐和诗韵"③;他结识着一棵棵陌生的植物,一只只有趣的小鸟,一条条吟唱圣诗的瀑布……他在日记中曾记录一只在溪流瀑布旁过着浪漫生活的小鸟成为优秀歌者的原因:"这位小诗人吸入的每一口气息,都是一首歌的一部分,因为湍流与瀑布周围的空气早已融入音乐的节奏中;它可能在出生前就已经学着怎么唱歌,因为它们的蛋和瀑布震颤着一致的曲调。"④湍流成歌瀑布作曲,小鸟是大自然从胎教就开始培养的音乐家。鸟蛋与瀑布"震颤着一致的曲调",非有亲历其中,与鸟儿、瀑布生命交融的审美者不可得出此种审美体验。缪尔对长途骑乘到达"优山美地"山谷"却不关心周围美丽事物"的观光客感到遗憾:"一旦完全置身于这座大神殿壮阔磅礴的岩墙之中,耳闻瀑布吟唱的圣诗时,他们一定会浑然忘我,心中充满虔敬。在此神圣山区中的朝圣者,应能享受神的赐予!"⑤审美者忘却尘嚣、完全置身自然才能成功做到参与交融式审美,才能获得自然赐予的精神力量。

梭罗和缪尔是卡森钟爱的两位生态文学作家,卡森也与他们一样坚持

---

① John Muir, *My First Summer in the Sierra* (Boston: Houghton Mifflin Company, 1979), 138, 137.

② Odell Shepard, *The Heart of Thoreau's Journals* (New York: Dover Publications, Inc., 1961), 99.

③ 约翰·缪尔:《我们的国家公园》,郭名倞译,长春:吉林人民出版社,1999年,第186页。

④ 约翰·缪尔:《夏日走过山间》,陈雅云译,北京:生活·读书·新知三联书店,1999年,第59页。

⑤ 同上书,第95—96页。

水球生态审美的参与交融性原则。她在最喜欢的海岸上,曾从映照着无涯蓝天、漂浮着白云的潮池的色彩、形体和反射发现了天地中的至美;也曾躺在潮池旁的岩石上伸展四肢,用指尖触碰晶莹透明的池水那一抹清凉,观赏铺满潮池底部,"外壳色泽淡柔,如遥远的山峦那般雾蓝"的贻贝。①在夜晚对海滨的探访中,她有过无数次美的收获。比如,在一个风吹沙滩、水涛拍岸的夜晚,卡森探索夜色海岸的电筒光柱惊吓了海水边缘的一只小螃蟹。"它正栖身于自己在浪头上刚挖掘的洞穴中,似乎在注视着大海,独自守候着。"夜色中天地海陆之间独自守候大海潮来的这样一只小小螃蟹让卡森突然有了一种非常奇特的感动——"那一刻,时间停止了,我归属的那个世界已不存在,我仿佛是来自外太空的旁观者。与大海相伴的小螃蟹成了一种象征,它代表了生命本身——脆弱、易于毁灭,但具有难以置信的生命力,设法在纷繁世界的残酷现实中占有一席之地。"②卡森在作品和演讲中都描述过那晚的独特感受,那是一种亘古洪荒创世的感受,一种敬畏生命、感悟海洋的心得。走近大海、敬畏生命,我们才能对大海多一些理解,才能从水球的自然生态中汲取滋养人类精神生态的养料。

像渴望与大洋、与自然"泯合"的诗人拜伦(George Gordon Byron)③一样,卡森认为走近大海、与自然交融是内心的需要,水球生态审美是可以从孩童时代开始。她说:"我们大部分人在长大之前就已失去了清澈的眼神,丧失了对美丽与令人敬畏之物的天然喜好,真是不幸。"④"天然喜好"和直观感受最强烈的是孩子。一个风雨欲来的秋夜,卡森用毯子包着不到两岁的侄儿,抱他到海边听如雷的巨浪,看白色的浪花。孩子和卡森都欢声大笑,

---

① Rachel Carson, *The Edge of the Sea* (New York: New American Library, 1955), 99, 101–102.

② Ibid., 14.

③ 赵白生:《生态主义:人文主义的终结?》,《文艺研究》,2002年第5期,第22页。

④ 瑞秋·卡森:《永远的春天》,孟祥森译,台北:双月书屋公司,1999年,第62页。

那是一种走进荒野后纯净的喜悦——咆哮的大海和野性的黑夜让他们"兴奋得脊椎骨打颤"①。对水球生态之美的感受和热爱从直观接触中来得更快，赤子之心的孩童或许更加容易领会荒野的精神。华兹华斯在《序曲》中对童年自我十岁的"温安德少年"的"笔杀"②与"埋葬"（5.414-422），③可解读成诗人对人与自然浑然一体的少年时光之流逝的悼挽。从自然汲取营养的诗人心中，孩童时代与自然的交融是值得终生保持的水球审美原则。

卡森深信领悟大海的美和庄严，不仅能培育人类对生态精神的领悟力，而且对人类的精神生态有内在的治愈作用。她说："我深信通过对大自然美丽而神秘的旋律的沉思，人们的紧张状态会得以舒展。"④"每当海洋塑造了新的海岸，一波波的生物便涌上前去，寻觅立足点，建立种群。因此，我们可以视生命如一种像海洋一般可触知的力量，如此强大如此意志坚决，就像涌起的海潮一般，不会被粉碎或逆转。"⑤在对大海的参与交融性审美中，人类将更富生存的知识和智慧。

贝加尔湖浩瀚如海，是水球上最深、容量最大⑥的淡水湖，被誉为"西伯利亚的明珠"。俄罗斯作家瓦·格·拉斯普京（Valentin Gritorbevich Raspukin，1937— ）曾撰文论述游览贝加尔湖给人带来的精神力量。他的一个朋友在从贝加尔湖回家后不久，给他来信说："体力增加了——这就算了，过去也是常有的，然而，现在我精神振奋，这却是从贝加尔湖那里回来之后的事。我现在感到，我还能做许多事情，似乎对哪些事情该做，哪些事情不该

---

① 瑞秋·卡森：《永远的春天》，孟祥森译，台北：双月书屋公司，1999年，第32页。

② 见本书第217页脚注④。

③ William Wordsworth, "Prelude,"in *William Wordsworth*, ed. Stephen Gill (New York: Oxford University Press, 2010), 371.

④ 林达·利尔：《自然的见证人：蕾切尔·卡逊传》，贺天同译，北京：光明日报出版社，1999年，第189页。

⑤ Rachel Carson, *The Edge of the Sea* (New York: New American Library, 1955), 215-216.

⑥ 贝加尔湖容纳着地球上淡水总量的五分之一。

做心里有数了。我们有个贝加尔湖,这有多好啊！我早晨起来,面朝着圣贝加尔湖所在的你们那个方向躬身膜拜,我要去移山填海……"①朋友称贝加尔湖为"圣贝加尔湖",因其赐予人振作奋发的精神力量。拉斯普京把这种变化称作"摄取贝加尔湖精神实质"的影响。他分析说,贝加尔湖辽阔、自在、神秘莫测,能"升华人的灵魂"。他朋友的短暂逗留令其"有了一次感受贝加尔湖的机会",而"置身贝加尔湖上,你会体验到一种鲜见的昂扬、高尚的情怀,就好像看到了永恒的完美,于是你便受到这些不可思议的玄妙概念的触动。你突然感到这种强大存在的亲切气息,你心中也注入了一份万物皆有的神秘魔力。由于你站在湖岸上,呼吸着湖上的空气,饮用着湖里的水,你仿佛感到已经与众不同,有了某些特别的气质。"②这是一种与大自然"互相融合互相渗透的感觉"③。参与交融是汲取贝加尔湖精神力量的途径。

从大海到大湖,甚或一涧山泉,当我们走近它,领会其生命的力量时,我们生命的力量与意义才会更清晰。在人类陷入自然生态困境和精神生态困境的时代,从对水球生态的审美中获取精神营养,是生态学时代里人类走出双重困境的出路。

---

① 瓦·格·拉斯普京:《贝加尔湖啊,贝加尔湖……》,程文译,载于《世界文学》编辑部编选:《大海与撒丁岛——〈世界文学〉地理散文集粹》,北京:人民文学出版社,2007年,第15页。

② 同上书,第17—18页。

③ 同上书,第18页。

结　论
蓝色批评:走向"水球伦理"

当华兹华斯站在山顶抬头望天、低头观海时,云雾触手可及,他感慨自然之人"在万物中生/因万物而活;万物皆人之生命"(1.230-231)[1]。云气雾水里,万物相连,自然有机,乔纳森·贝特称华兹华斯的"万物皆人之生命"是一种对自然赋予道德关怀的思考。[2]华兹华斯的好友柯勒律治在其《笔记簿》(*The Notebooks of Samuel Taylor Coleridge*)里对栖居地湖区自然生态的观察记录中反映出一种整体性思维。他称自己是猫头鹰、驴子和猫的兄弟,对大自然里的众亲一视同仁地尊重喜爱。[3]1798年他构思创作了由一只信天翁之死引出的道德教育长诗《古舟子咏》,认为水天之间的环境诸种与主人公之间存在"物我整一(One Life)"之关联,倡议"兼爱人类与鸟

---

① William Wordsworth, "The Excursion, "in *William Wordsworth*, ed. Stephen Gill(New York: Oxford University Press, 2010), 563.

② Jonathan Bate, *Romantic Ecology: Wordsworth and the Environmental Tradition* (London and New York: Routledge, 1991), 66.

③ In a letter to Francis Wrangham, dated 24 October 1794, Coleridge wrote: "If there be any whom I deem worthy of remembrance— I am their Brother. I call even my Cat Sister in the Fraternity of universal Nature. Owls I respect & Jack Asses I love: for Alderman & Hogs, Bishops & Royston Crows, I have not particular partiality—; they are my Cousins however, at least by Courtesy. But Kings, Wolves, Tygers, Generals, Ministers, & Hyaenas, I renounce them all... May the Almighty Pantisocratizer of Souls pantisocratize the Earth, and bless you and S. T. Coleridge." See Richard Holmes, *Coleridge: Early Visions, 1772-1804* (New York: Pantheon, 1989), 81-82.

兽"(1.616)。①梭罗说："世间万物活的总比死的好。"②他爱一个湖的生命，一棵树"活生生的灵魂"③。人类在缅因森林中所有大型湖泊的出水口筑坝，以抬高水位方便轮船驶入伐木，之后留下疮痍的湖滨与荒凉的林地只管离去。梭罗为树被"谋害"而不平，为人类"没有经过大自然的同意"就兴建水坝工程而义愤。④浪漫主义作家的创作中，伦理道德关怀的范围已经从人类向动植物与景观环境扩展；而水，为他们思考人与大自然的关系提供了环境与视角，也常做了他们作品中的主角。

把大海主角化做到极致的是卡森。她的"大海三部曲"中，大海是中心主角，人类是大海生命共同体中的一员。⑤作为作家，她"决心尽一切可能放弃人类视角与偏见"，"写作中用鹬鸟、螃蟹、鲭鱼、鳗鱼，还有其他种种动物的方式思考"，"身心沉浸到完全是水的世界里"。她希望读者的阅读体验是"忘记人的概念"，"切身经历着海洋生物的种种生活"。⑥作品中很少出现的人类中有一个代表形象：希望能"像鲭鱼一样思考"⑦的年轻渔人⑧。他入行才两年，对海洋仍不失无尽的好奇，他看到船上捕获的鱼会想："鲭

---

① 见本书第184—186页。

② Henry David Thoreau, *The Writings of Henry David Thoreau: The Maine Woods*, vol. 3 (Boston and New York: Houghton Mifflin and Company, 1906), 135.

③ Ibid., 135.

④ Ibid., 251–253.

⑤ 卡森虽然没有直接在作品中提出"大海生命共同体"的概念，但其作品却详尽地阐释了这一概念。本书第三章第二节以《海风下》为例对卡森的"大海生命共同体"生态思想做了论述。

⑥ Linda Lear, ed., *Lost Woods: The Discovered Writings of Rachel Carson* (Boston: Beach Press, 1998), 55–56.

⑦ Susan Power Bratton, "Thinking like a Mackerel: Rachel Carson's *Under the Sea-Wind* as a Source for a Trans-Ecotonal Sea Ethic, "in *Rachel Carson: Legacy and Challenge*, ed. Lisa H. Sideris and Kathleen Dean Moore (Albany: State University of New York Press, 2008), 79.

⑧ 卡森笔下的年轻渔人没有名字，而许多动物却有名字，如鲭鱼史康波、鳗鱼安桂腊、三趾鹬银条等。这也是作家削减人类中心主义、突出海洋生命共同体的一种写作策略。

鱼眼中见过的世界是什么样的？——一定是我永远也见不到的东西；一定是我永远也去不了的地方。"他感觉大海精灵般的鲭鱼不应该死于捕鲭船的甲板上。①这样一种海洋视角、大海主角化的创作有何伦理内涵？布拉顿(Susan Power Bratton)认为在《海风下》一书中，卡森的创作指向了四条人海之间跨界伦理的概念：第一，人类不能完全适应海洋生活，也未能完全了解我们对海洋造成的影响；第二，我们需要理解海洋生态系统的时空特点和精细程度；第三，人类在诸多方面破坏着海洋生态系统，如过量捕捞、高估海洋生产力、改变或阻截其重要生态系统链接（例如迁徙）；第四，人类通过想象力与理性的科学研究可以成功跨越人海之界，真正珍视海洋生命及其生态进程。②就《海风下》中的海洋伦理思想，还有学者认为，与利奥波德强调大地共同体中生命的合作关系不同的是，卡森强调的是海洋共同体中生命的竞争关系，二者都源于达尔文的进化论思想；而且卡森从细微之处下手，如对海洋生物的命名，使得他者化的海洋成为人类精神世界和道德关照的一部分。③加里·克罗尔从《大海环绕》看出卡森"海洋伦理的萌芽"：水球世界里海洋是中心，如果继续破坏之风，人类的海洋转向不是解决陆地危机的良药，海洋将重蹈陆地之覆辙。④笔者在读到以上三篇关于卡森海洋写作的伦理学思考文献时，已经撰文论析了大海有机论、大海危机论和边际效应观等卡森"大海三部曲"生态思想。⑤从笔者的分析与以上

---

① Rachel L. Carson, *Under the Sea-Wind* (New York: Oxford University Press, 1952), 200.

② Susan Power Bratton, "Thinking like a Mackerel: Rachel Carson's *Under the Sea-Wind* as a Source for a Trans-Ecotonal Sea Ethic, " 90–91.

③ J. Baird Callicott and Elyssa Back, "The Conceptual Foundations of Rachel Carson's Sea Ethic, "in *Rachel Carson: Legacy and Challenge*, ed. Lisa H. Sideris and Kathleen Dean Moore (Albany: State University of New York Press, 2008), 94–117.

④ Gary Kroll, "Rachel Carson's *The Sea Around Us*, Ocean-Centrism, and a Nascent Ocean Ethic, "in *Rachel Carson: Legacy and Challenge*, ed. Lisa H. Sideris and Kathleen Dean Moore (Albany: State University of New York Press, 2008), 118–133.

⑤ 见本书第三章第二节、第三节与第五章第二节。

学者的观点可见,卡森在创作中已经体现了她对海洋伦理的思考。海洋作为生命共同体的生命同一性、"负熵"作用,以及人海关系中海上岛陆、海岸潮带和海洋水体遭遇的"人造危机"所引发的道德责任讨论表明,一种从利奥波德"大地伦理"到卡森"海洋伦理"的延伸在人类转向海洋的"开发"时代已经悄然形成。

在《寂静的春天》里,卡森明确无误地把"道德"思考延伸到了人类喷洒化学农药杀死的昆虫、鸟类、松鼠、兔子、猫,河里湖上漂浮的几十种成千上万磅死鱼,和海洋近岸水体——海湾、海峡、河口、潮汐沼泽里消失的各种鱼类、软体动物和甲壳类。她说:一桩桩农药喷洒事件"提出了一个不仅是科学上的,而且是**道德**①上的问题。这个问题就是,任何文明是否能够对生命发起一场残忍无情的战争而不毁掉自己,而不丧失文明应有的尊严"。②卡森在此直接运用"道德"一词,她一方面指出对无辜生命的伤害与杀戮是道德错误,动物也需要道德关怀;另一方面提出人类需要担当对非人类生命的道义责任。③卡森的道德关怀不仅包括生命环链中的最后一环人类,还包括如尘土的浮游生物、鱼、鸟、貂、浣熊等任意一环④,并且包括水——"人类如今忘记了自己的生命起源,又无视维持生存最起码的需要,水⋯⋯已经变成了人类漠然不顾的受难者"⑤,"我们应该考虑把水也加入它所支撑的生命环链中去"⑥。她称水为"受难者",在《寂静的春天》里专章记录了"死亡的河流";又在《地表水与地下海》一章里论述了从小溪、河流、湖泊到

---

① 黑体强调为笔者所加。

② Rachel Carson, *Silent Spring* (Boston & New York: Houghton Mifflin Company, 1962), 99.

③ Philip Cafaro, "Rachel Carson's Environmental Ethics, "in *Rachel Carson: Legacy and Challenge*, ed. Lisa H. Sideris and Kathleen Dean Moore (Albany: State University of New York Press, 2008), 62.

④ Rachel Carson, *Silent Spring* (Boston & New York: Houghton Mifflin Company, 1962), 46.

⑤ Ibid., 39.

⑥ Ibid., 46.

大海的地表水中的DDT农药扩散污染，以及雨水通过土壤、岩石的缝隙不断下渗形成的地下水里有毒化学物质的累积污染。卡森把人类通过水循环"对空气、大地、河流和海洋的污染"看作对"环境"的"令人发指的侵犯暴行"①。在《地表水与地下海》一章的开篇，她重复在《大海环绕》中提过的"水球理念"②，指出"地球表面绝大部分面积被汪洋大海覆盖"，而这汪洋之水却是人类的"受害者"。③因此，卡森笔下遭受人类"侵犯暴行"的"环境"所指为整个水球环境，即因水循环而连成生命共同体的水球有机体。从卡森"大海三部曲"的创作中传达的海洋伦理思考，到《寂静的春天》中对水球有机体的道德关怀，我们看到了纳什描绘的"伦理观念进化图"④中走向星球关怀的对象扩大化的新伦理方向。

我们居住的星球是个生命丰富的水球。从高原与极地冰川，到陆地溪井湖河所存所经之处，到百川所向的浩瀚海洋，生命因水而涌聚游栖。哪怕是最缺水的陆地沙漠地带，因了整个水球水循环中"蒸发、冷凝、降水和径流等过程"⑤的影响，虽"少雨"但仍有水，所以"从来就不缺乏生命，无论

① Rachel Carson, *Silent Spring* (Boston & New York: Houghton Mifflin Company, 1962), 6.

② 在《大海环绕》中卡森认为地球其实是个"水的世界"。见本书第114页。See also Rachel Carson, *The Sea Around Us* (New York: New American Library, 1961), 30.

③ Rachel Carson, *Silent Spring* (Boston & New York: Houghton Mifflin Company, 1962), 39.

④ 纳什"伦理观念进化图"分伦理学的前过去时代、伦理学的过去时代、伦理学的当今时代和伦理学的未来时代四个进化阶段，各阶段伦理关怀的范围逐渐增多，全图呈开放的扩展状扇形。四阶段的伦理关怀对象渐增的次序为：自我；家庭、部落、宗教集团；国家、种族、人类、动物；植物、生命、岩石、生态系统、星球、宇宙……See Roderick Frazier Nash, *The Rights of Nature* (Boston: The University of Wisconsin Press, 1989), 5.

⑤ "全球水循环是由太阳能推动的，它通过蒸发、冷凝、降水和径流等过程，联系起大气、海洋和陆地，共同形成一个全球性水循环系统，并成为地球上各种物质循环的中心。"见林文雄主编：《生态学》（第二版），北京：科学出版社，2013年，第309页。

空气多么干燥，土质多么恶劣"①。如上文及第五章第一节所论，水球本身就是一个统一的有机体。所以，水球伦理既包括对水球生命共同体中所有生命的关怀，又包括对以水循环为纽带形成的雨雾、冰川、湖泊、溪河、海洋等水态与水体的关怀。概言之，水球伦理即对水球生命及其栖居环境内在价值和自然权利的肯定，对以水循环为动态圈组成的整个水球生命共同体的爱与尊重。人类作为水球生命共同体中的一员，在享受权利的同时，必须承担保护水球的道德责任。人类水球道德的最重要一条是保护天然水体"无人过问的权利"，以"不破坏"为根本底线践行水球伦理。②对水球伦理内涵的深入探讨是蓝色批评在生态批评新时期研究中的方向。

本书把蓝色批评定义为一种从生态角度研究文学、文化与水球环境关系，解读人与水、文化与自然、生命与精神的关联，以期澄清人类水球生态责任，构建一个和谐健康的水球环境的生态批评话语。笔者先提出"水球理念"，认为地球是个水球，随着新世纪的海洋大开发，关注以海洋为主体的整个水球健康的蓝色批评是符合生态整体观的生态批评的必然转向。从文学、生态学和生态批评中寻找理论资源，本书梳理出中外文学与文化典籍中的水德说，达尔文的进化论，梭罗和缪尔的荒野原则，利奥波德和洛夫洛克的生态整体观，以及受问题驱动、关注人海关系的生态批评等蓝色批评基石性思想理论。通过三个生态文学作家作品案例研究的展开，我们从湖泊、海洋、河流三种水域的现实语境及相关环境书写中探究了蓝色批评的萌芽、兴起与发展。梭罗对康科德瓦尔登湖时空中自然、社会与精神

---

① Mary Austin, *The Land of Little Rain* (Boston and New York: Houghton Mifflin Company, 1903), 3. 奥斯汀在《少雨之地》前两章描绘的美国西部"无界之地"沙漠生态系统中，有丝兰、仙人掌、鼠尾草、紫丁香、矮松、杜松等上千种植物（甚至在公认的荒漠中心"死谷"都有接近两百种可鉴别的植物），及各类昆虫、蜥蜴、蜂鸟、嘲鸫、麻雀、乌鸦、鹌鹑、鹰隼、啄木鸟、穴鸮、草地鹨、食腐鸟等鸟类，黄鼠、地鼠、松鼠、兔子、狐狸、短尾猫、郊狼等地上动物。Ibid., 3-43.
② 该观点源自生态作家徐刚对人与水球关系的思考。见本书第四章第二节。

三维生态的书写,第一次呈现了一个湖泊生命共同体关联统一的生机,揭示批判了工业时代的技术革新与金钱欲望给湖泊有机体带来的危机,并实践探讨了湖泊自然风光与古典作品对人类心灵的滋养。梭罗对湖泊水环境的多维考察是走向海洋的蓝色批评的序曲。卡森的大海书写拉开了蓝色批评的帷幕。她的"大海三部曲"因其极强的可读性让大海有机论和大海危机论等海洋环境主义思想进入学者与公众的视野。笔者指出,卡森的海洋环境主义是人类理解水球世界和摆正自己生态位的方式,是一种主动承担海洋生态责任的思想意识。人类只是水球上的一个物种,他与海洋生物有着基本的同一性,同受大海哺育。生物学上的进化使他居于海岸,具有较高的智慧和能动性,这意味着他应对水球生态有更完整的理解,应更主动地承担水球生态责任。"一条大河,一方文明"[①],徐刚的江河书写突出了自然江河与人类文化的整一关系,其"大坝上的中国"批判源于他对自然与文化危机的忧患。雪山冰湖、陆地上枝桠纵横的水系和占地球面积约71%的海洋让徐刚有了一种"水球伦理"思考。他说:"没有水……所有的生命不复存在"[②],"我们只是海洋的一个分子"[③]。他主张将伦理范围扩大到水,"让江河成为江河",以"不破坏"为前提保护水球生命的"完整集合"。

在对蓝色批评的思想渊源和重要作家作品的论析之后,本书尝试建构了水球有机论、边际效应观、水利至上批判、水体生态责任和水球生态审美等五个蓝色批评理论的核心话语。笔者认为,蓝色批评研究文学、文化与水球环境之间的关系,我们从水球视域考察可得出水球有机论、边际效应观两个理论支点;从人类角度考量应批判水利至上观,倡导水体生态责任论;水球生态审美是消除人水隔阂、走向人水和谐的途径。以海洋为主体

---

① 徐刚:《守望家园》(上),长沙:湖南科学技术出版社,1997年,第373页。
② 徐刚:《地球传》,北京:作家出版社,2009年,第247页。
③ 徐刚:《守望家园》(上),长沙:湖南科学技术出版社,1997年,第181页。

的水系是生命之脉,我们栖居的水球是一个生命有机体。人类需要了解水球,尤其需要以水球生命共同体中一员的身份认识到水球的边际效应:(一)各类水滨是生命尤盛之所、物种繁殖圣地;(二)对水滨边界的人为开发破坏会危及自然生境、损害生物种群。水利至上批判是对导致水球生物与其栖地破坏等水球危机的人类中心主义与现代科技的批判。作为水球之子,人类必须摒弃自我中心水利至上思想,主动承担包括雪山冰川、江河湖海及地下水等自然水体生态责任,保护水域生态环境和水生生物多样性。水球生态审美是需要精神生活的人类不可或缺的一种重要生存方式。在水球生态审美中,我们要注意美的自然流变性、生命涌动性和审美中的参与交融性。融入山川湖海,感悟水球生命的谐美精神,水与人的关系在水球生态审美中或能达到和谐一致。

走近江湖海洋,"阅读"蓝色水球,是蓝色批评的实践内容;摆脱水体生态困境,阐发水球生态精神,创建水球伦理,是蓝色批评的鹄的。在传统的生态批评里,学者们对"大地伦理""盖娅"地母和荒地原野已经做了充分的论述,"阅读大地"的"绿色批评"已成潮流。但是,我们不应只局限于大地,因为更符合生态整体观的生态批评应该包括"阅读海洋""阅读水球"的"蓝色批评"这一重要部分。本书中以考察文学、文化与江湖海洋水体关系为主要内容的"蓝色批评"这一新观点的提出,是对传统生态批评视野的有益拓展。

劳伦斯·库普(Laurence Coupe)认为生态批评比阶级、种族和性别研究更重要,因为生物圈(biosphere)的存在是我们对各种人与人的关系进行研究的基础。他支持保罗·威瑞利奥(Paul Virilio)所谓生态保卫战是"唯一值得奋力而为之战"的观点。[①]笔者想补充的是,水是生物圈存在的前提,因

---

① Laurence Coupe, ed., *The Green Studies Reader: From Romanticism to Ecocriticism* (London and New York: Routledge, 2000), 5.

而蓝色批评是生态批评的重点；新世纪生态文明建设中，从库普的视角看，走向"水球伦理"的蓝色批评则是一切文学与文化研究的重中之重。勒内·杜博斯（René Dubos）建议给影响西方文化思想的《圣经》"十诫"加上第十一条诫命："你们应该努力提高环境质量。"[①]在生态批评水球视域研究中，选用"蓝色批评"这一表述，借鉴杜博斯的"第十一条诫命"之意，即指：我们应该努力提高以海洋为主体的水系环境质量——为了水球的和谐健康。

---

① René Dubos, *A God Within*. 转引自霍尔姆斯·罗尔斯顿Ⅲ：《哲学走向荒野》，刘耳、叶平译，长春：吉林人民 出版社，2000年，第24页。

参考文献

中文文献

阿尔贝特·施韦泽:《敬畏生命——五十年来的基本论述》,陈泽环译,上海:上海社会科学院出版社,2003年。

埃尔温·薛定谔:《生命是什么》,罗来鸥等译,长沙:湖南科学技术出版社,2003年。

艾兰:《水之道与德之端:中国早期哲学思想的本喻》,张海晏译,北京:商务印书馆,2010年。

艾伦·普拉格尔:《海洋的故事》,王桂芝等译,海口:海南出版社,2002年。

爱默生著,勃里斯·佩里编:《爱默生日记精华》,倪庆饩译,北京:东方出版社,2008年。

巴里·康芒纳:《封闭的循环——自然、人和技术》,侯文蕙译,长春:吉林人民出版社,1997年。

白奚:《〈太一生水〉的"水"与万物之生成——兼论〈太一生水〉的成文年代》,《中国哲学史》,2012年第3期,第41—46页。

北京大学哲学系外国哲学史教研室编译:《西方哲学原著选读》(上

卷），北京：商务印书馆，1981年。

冰心：《海恋》，《人民日报》，1962年9月18日。

曹雪芹原著，程伟元、高鹗整理，张俊、沈治钧评批：《新批校注红楼梦》，北京：商务印书馆，2013年。

陈彬等编著：《海洋生态恢复理论与实践》，北京：海洋出版社，2012年。

陈桂棣：《淮河的警告》，北京：人民文学出版社，2005年。

程虹：《寻归荒野》，北京：生活·读书·新知三联书店，2001年。

达尔文：《贝格尔舰环球航行记》，周邦立原译，叶笃庄修订，北京：科学出版社，1998年。

达尔文：《物种起源》，舒德干等译，西安：陕西人民出版社，1999年。

达尔文：《人类的由来及性选择》，叶笃庄等译，北京：北京大学出版社，2009年。

大卫·戈伊科奇等编：《人道主义问题》，杜丽燕等译，北京：东方出版社，1997年。

党圣元、刘瑞弘选编：《生态批评与生态美学》，北京：中国社会科学出版社，2011年。

丁宏为：《理念与悲曲：华兹华斯后革命之变》，北京：北京大学出版社，2002年。

窦贤：《正在远去的祁连山冰川》，《绿色中国》，2006年第7期，第34—39页。

段海燕、唐小娟等：《日本核污染水排海的生态环境损害及其赔偿机制》，《中国人口·资源与环境》，2024年第2期，第119—130页。

范存忠：《英国文学论集》，北京：外国文学出版社，1981年。

方秋明：《汉斯·约纳斯的责任伦理学述评》，《兰州学刊》，2003年第4期，第56—59页。

方秋明:《为什么要对大自然和遥远的后代负责——汉斯·约纳斯的目的论解释》,《科学技术与辩证法》,2007年第6期,第14—18页。

弗朗西斯·达尔文编:《达尔文自传与书信集》(上册),叶笃庄、孟光裕译,北京:科学出版社,1994年。

弗雷德·皮尔斯:《当江河枯竭的时候:21世纪全球水危机》,张新明译,北京:知识产权出版社,2009年。

高歌、王诺:《生态诗人加里·斯奈德研究》,上海:学林出版社,2011年。

歌德:《浮士德》,董问樵译,上海:复旦大学出版社,1983年。

格伦·A.洛夫:《实用生态批评:文学、生物学及环境》,胡志红等译,北京:北京大学出版社,2010年。

国家海洋局人事劳动教育司、成人教育中心组织编写:《海洋环境保护与监测》,北京:海洋出版社,1998年。

海德格尔:《人,诗意地安居:海德格尔语要》,郜元宝译,桂林:广西师范大学出版社,2000年。

韩刚、韩立卓等:《浅析海南岛海岸带的有效保护与合理利用》,《海洋开发与管理》,2024年第2期,第122—130页。

韩婴撰:《韩诗外传集释》,许维遹校释,北京:中华书局,2005年。

荷马:《荷马史诗·奥德赛》,王焕生译,北京:人民文学出版社,2003年。

河上公注,王弼注,严遵指归:《老子》,刘思禾校点,上海:上海古籍出版社,2013年。

赫西俄德:《工作与时日 神谱》,张竹明等译,北京:商务印书馆,2009年。

亨利·梭罗:《山·湖·海》,台湾蓝瓶子文化编译小组译,北京:中国对外翻译出版公司,1999年。

亨利·梭罗:《梭罗日记》,朱子仪译,北京:北京十月文艺出版社,2004年。

亨利·梭罗:《种子的信仰》,何广军等译,北京:中国青年出版社,2005年。

亨利·梭罗:《瓦尔登湖》,徐迟译,上海:上海译文出版社,2009年。

亨利·梭罗:《寻找精神家园》,方碧霞译,北京:外语教学与研究出版社,2009年。

亨利·梭罗:《河上一周》,陈凯译,北京:商务印书馆,2012年。

胡殷红:《环保作家徐刚以笔为旗为地球母亲呐喊》,《中国环境报》,2001年12月7日。

怀特海:《科学与近代世界》,何钦译,北京:商务印书馆,1989年。

怀特海:《思想方式》,韩东晖、李红译,北京:华夏出版社,1999年。

黄宝生译:《奥义书》,北京:商务印书馆,2010年。

霍尔姆斯·罗尔斯顿Ⅲ:《哲学走向荒野》,刘耳、叶平译,长春:吉林人民出版社,2000年。

加·斯奈德:《珠网与细胞网:生态系统,有机体和佛教第一戒》,《世界文学》,2012年第4期,第220—227页。

金克木选译:《印度古诗选》,长沙:湖南人民出版社,1984年。

金良年撰:《孟子译注》,上海:上海古籍出版社,2012年。

克雷格·麦格雷戈:《澳洲大堡礁》,胡思平译,长春:吉林文史出版社,2012年。

卡里·纪伯伦:《沙与沫》,廖欣译,哈尔滨:哈尔滨出版社,2004年。

科林·伍达德:《海洋的末日:全球海洋危机亲历记》,戴星翼等译,上海:上海译文出版社,2002年。

柯林武德:《自然的观念》,吴国盛译,北京:北京大学出版社,2006年。

莱斯利·惠勒:《生物学家:雷切尔·卡森》,李素、张允等译,北京:北京师范大学出版社,1999年。

雷毅:《深层生态学思想研究》,北京:清华大学出版社,2001年。

郦道元撰:《水经注》,陈桥驿点校,上海:上海古籍出版社,1990年。

李冠国、范振刚编著:《海洋生态学》,北京:高等教育出版社,2004年。

李青松:《我说徐刚》,《绿叶》,2007年第3期,第108—109页。

李学勤主编:《十三经注疏·周易正义》,北京:北京大学出版社,1999年。

理查德·豪伊:《边际效用学派的兴起》,晏智杰译,北京:中国社会科学出版社,1999年。

梁运华校点:《管子》,沈阳:辽宁教育出版社,1997年。

林达·利尔:《自然的见证人:蕾切尔·卡逊传》,贺天同译,北京:光明日报出版社,1999年。

林文雄主编:《生态学》(第二版),北京:科学出版社,2013年。

刘安:《淮南鸿烈解》,孙冯翼辑,长沙:商务印书馆,1937年。

刘蓓:《生态批评:寻求人类"内部自然"的"回归"》,《成都大学学报》(社会科学版),2003年第2期,第21—24页。

刘超:《环境法视角下河长制的法律机制建构思考》,《环境保护》,2017年第9期,第24—29页。

刘心恬:《盖娅的崛起与盘古的觉醒》,《中国地质大学学报》(社会科学版),2011年第4期,第19—23页。

卢风:《论生态文化与生态价值观》,《清华大学学报》(哲学社会科学版),2008年第1期,第89—98页。

卢风等:《生态文明:文明的超越》,北京:中国科学技术出版社,2019年。

鲁枢元:《生态文艺学》,西安:陕西人民教育出版社,2000年。

鲁枢元主编:《精神生态与生态精神》,海口:南方出版社,2003年。

吕不韦:《吕氏春秋》,高诱注,上海:上海古籍出版社,1989年。

迈尔:《生物学哲学》,涂长晟等译,沈阳:辽宁教育出版社,1992年。

梅尔维尔:《白鲸》,成时译,北京:人民文学出版社,2001年。

潘家铮:《千秋功罪话水坝》,北京:清华大学出版社;广州:暨南大学出版社，2000年。

庞天舒：《凝看海洋》，沈阳：沈阳出版社，2001年。

彭兴庭：《"熵"与环境承载力》，《中国绿色时报》，2004年12月9日。

琴吉·华兹沃斯：《瑞秋·卡森传》，汪芸译，台北：天下文化出版公司，2000年。

瑞秋·卡森：《海风下》，尹萍译，台北：季节风出版有限公司，1994年。

瑞秋·卡森：《海之滨》，庄安祺译，台北：天下文化出版公司，1998年。

瑞秋·卡森：《永远的春天》，孟祥森译，台北：双月书屋公司，1999年。

尚玉昌编著：《生态学概论》，北京：北京大学出版社，2003年。

沈国英、黄凌风等编著：《海洋生态学》，北京：科学出版社，2010年。

《世界文学》编辑部编选：《大海与撒丁岛——〈世界文学〉地理散文集粹》，北京：人民文学出版社，2007年。

侍茂崇编著：《沧海桑田：海洋与人类文明》，哈尔滨：哈尔滨工程大学出版社，1999年。

石一参：《管子今诠》（下），上海：商务印书馆，1938年。

斯蒂芬·哈恩：《梭罗》，王艳华译，北京：中华书局，2002年。

斯科特·斯洛维克：《走出去思考》，韦清琦译，北京：北京大学出版社，2010年。

司马琪主编：《十家论管》，上海：上海人民出版社，2008年。

苏言、徐刚：《上海沉没》，南京：江苏人民出版社，2010年。

孙周兴选编：《海德格尔选集》，上海：上海三联书店，1996年。

谭家健、李知文选注：《〈水经注〉选注》，北京：中国社会科学出版社，1989年。

唐纳德·沃斯特：《自然的经济体系：生态思想史》，侯文蕙译，北京：商务印书馆，1999年。

王宁主编:《文学理论前言》(第一辑),北京:北京大学出版社,2004年。

王诺:《外国文学——人学蕴涵的发掘与寻思》,北京:科学出版社,1999年。

王诺:《雷切尔·卡森的生态文学成就和生态哲学思想》,《国外文学》,2002年第2期,第94—100页。

王诺:《生态与心态:当代欧美文学研究》,南京:南京大学出版社,2007年。

王诺:《欧美生态批评:生态文学研究概论》,上海:学林出版社,2008年。

王诺:《欧美生态文学》(修订版),北京:北京大学出版社,2011年。

王松林:《"蓝色诗学":跨学科视域中的海洋文学研究》,《解放军外国语学院学报》,2023年第3期,第35—43页。

王先谦撰:《荀子集解》,沈啸寰、王星贤点校,北京:中华书局,1988年。

王先谦集解:《庄子》,方勇校点,上海:上海古籍出版社,2013年。

王玉德:《生态文化与文化生态辨析》,《生态文化》,2003年第1期,第6—7页。

王岳川:《生态文学与生态批评的当代价值》,《北京大学学报》(哲学社会科学版),2009年第2期,第130—142页。

汪恕诚:《论大坝与生态》,《水力发电》,2004年第4期,第1—4页。

汪永晨:《洪水与水坝》,《读书》,2004年第12期,第81—85页。

维吉尔:《埃涅阿斯纪》,杨周翰译,南京:译林出版社,1999年。

巫白慧译解:《〈梨俱吠陀〉神曲选》,北京:商务印书馆,2010年。

吴龙仙、曾俊:《超越资本逻辑的环境伦理:从日本核污水排海事件看马克思主义生态伦理思想的当代意义》,《实事求是》,2024年第4期,第36—44页。

习近平:《在深入推动长江经济带发展座谈会上的讲话(2018年4月26日)》,《人民日报》,2018年6月14日第002版。

习近平:《推动我国生态文明建设迈上新台阶》(习近平总书记2018年5月18日在全国生态环境保护大会上的讲话),《求是》,2019年第3期。

夏光武:《美国生态文学》,上海:学林出版社,2009年。

徐梵澄译:《五十奥义书》,北京:中国社会科学出版社,1984年。

徐刚:《伐木者,醒来!》,长春:吉林人民出版社,1997年。

徐刚:《守望家园》,长沙:湖南科学技术出版社,1997年。

徐刚:《江海咏叹调》,福州:福建教育出版社,2000年。

徐刚:《长江传》,福州:福建教育出版社,2000年。

徐刚:《边缘人札记》,广州:广东人民出版社,2000年。

徐刚:《黄河万里独行客:记黄万里》,《报告文学》,2002年第7期,第4—18页。

徐刚:《高坝大库何时了,往事知多少! ——中国江河大坝的思考》,《中华读书报》,2003年11月26日。

徐刚:《沉沦的国土》,北京:人民文学出版社,2005年。

徐刚:《大山水》,福州:福建教育出版社,2007年。

徐刚:《地球传》,北京:作家出版社,2009年。

徐刚:《感激、赞美以及拯救——在生态文学与环境教育国际研讨会上的讲话》,北京大学生态文学与环境教育国际研讨会,2009年8月14日。

徐弘祖:《徐霞客游记》,褚绍唐、吴应寿整理,上海:上海古籍出版社,1987年。

杨杰等:《病险水库理论分析研究进展》,《水科学进展》,2014年第1期。

扬·马特尔:《少年Pi的奇幻漂流》,姚媛译,南京:译林出版社,2005年。

叶思源:《正在退化的滨海湿地》,《中国自然资源报》,2018年6月12日。

尹萍:《海洋台湾》,台北:台北天下杂志,1999年。

俞孔坚:《两种文明的斗争:基于自然的解决方案》,《景观设计学》,2023年第3期,第6—9页。

于周明、傅溪鹏主编:《北京失去平衡》,北京:华夏出版社,1999年。

乐黛云:《跨文化之桥》,北京:北京大学出版社,2002年。

乐钢:《环境主义的盛世危言与末日诅咒》,《读书》,2000年第5期。

约翰·缪尔:《我们的国家公园》,郭名倞译,长春:吉林人民出版社,1999年。

约翰·缪尔:《夏日走过山间》,陈雅云译,北京:生活·读书·新知三联书店,1999年。

约翰·缪尔:《加州的群山》,马永波、王雪玲译,合肥:安徽人民出版社,2012年。

约翰·R.克拉克:《海岸带管理手册》,吴克勤等译,北京:海洋出版社,2000年。

曾繁仁:《生态美学导论》,北京:商务印书馆,2010年。

曾永成:《生态论文艺学:本体基础、核心内涵和学科性质》,《当代文坛》,2004年第5期,第23—25页。

张春燕:《百年一叶》,《中国生态文明》,2014年第1期,第83—87页。

张威:《绿色新闻与中国环境记者群之崛起》,《新闻记者》,2007年第5期,第13—17页。

赵白生:《生态主义:人文主义的终结?》,《文艺研究》,2002年第5期,第17—23页。

赵白生:《生态文学的三部曲》,《世界文学》,2003年第3期,第297—308页。

赵白生:《传记文学理论》,北京:北京大学出版社,2003年。

赵学敏主编:《湿地:人与自然和谐共存的家园》,北京:中国林业出版社，2005年。

赵永新：《圆明园防渗之争》，北京：东方出版社，2021年。

中华人民共和国水利部：《第一次全国水利普查公报》，北京：中国水利水电出版社，2013年。

钟玲：《史耐德与中国文化》，北京：首都师范大学出版社，2006年。

钟燕：《蓝色批评：生态批评的新视野》，《国外文学》，2005年第3期，第18—28页。

钟燕：《阅读海洋：生态批评的新主题》，《荆门职业技术学院学报》，2005年第5期，第21—25页。

钟燕：《人类中心与海洋生态困境》，《鄱阳湖学刊》，2010年第5期，第105—108页。

钟燕：《"生态批评与传记文学"——第二届世界生态文化组织年会综述》，《鄱阳湖学刊》，2010年第6期，第120—122页。

钟燕：《卡玛古的选择：〈赤红的心〉生态批评解读》，《外国文学研究》，2014年第3期，第140—147页。

钟燕：《水球有机论与蓝色批评》，《江苏大学学报》（社会科学版），2017年第3期，第40—44页。

钟燕：《奥德修斯的返乡：〈奥德赛〉中的环境性》，《外国文学》，2017年第3期，第120—130页。

周长发编著：《进化论的产生与发展》，北京：科学出版社，2012年。

周珂：《生态环境法论》，北京：法律出版社，2000年。

周明、傅溪鹏主编：《北京失去平衡》，北京：华夏出版社，1999年。

周仕凭、张树通：《一个智者的忧虑——访著名环境文学作家、诗人徐刚》，《环境教育》，2010年第7期，第12—16页。

英文文献

Anderson, Lavina Fielding and Eugene England, eds. *Tending the Garden: Essays on Mormon Literature*. Salt Lake City: Signature, 1996.

Anderson, Lorraine, Scott Slovic, and John P. O'Grady, eds. *Literature and the Environment: A Reader on Nature and Culture*. New York: Longman, 1999.

Austin, Mary. *The Land of Little Rain*. Boston and New York: Houghton Mifflin Company, 1903.

Bachelard, Caston. *Water and Dreams: An Essay on the Imagination of Matter*. Translated by Edith R. Farrell. Dallas: The Pegasus Foundation, 1983.

Barlow, Maude and Tony Clarke. *Blue Gold: TheFight to Stop the Corporate Theft of the World's Water*. New York: The New Press, 2002.

Bate, Jonathan. *Romantic Ecology: Wordsworth and the Environmental Tradition*. London and New York: Routledge, 1991.

Bate, Jonathan. *The Song of the Earth*. Basingstoke and Oxford: Picador, 2000.

Baym, Nina et al., eds. *The Norton Anthology of American Literature*. 3rd ed. Vol. 1. New York: W. W. Norton & Company, Inc., 1989.

Blake, William. *The Complete Poetry and Prose of William Blake*. Edited by David V. Erdman. Berkeley: University of California Press, 2008.

Box, Laura Chakravarty. *Strategies of Resistance in the Dramatic Texts of North American Women: A Body of Words*. New York: Routledge Falmer, 2004.

Brooks, Paul. *Rachel Carson: The Writer at Work*. San Francisco: Sierra Club Books, 1989.

Buell, Lawrence. *The Environmental Imagination: Thoreau, Nature Writ-*

ing, and the Formation of American Culture. Cambridge, MA: Harvard University Press, 1995.

Buell, Lawrence. "The Ecocritical Insurgency." *New Literary History* 30.3 (Summer 1999): 699–712.

Buell, Lawrence. *Writing for an Endangered World: Literatrure, Culture, and Environment in the U.S. and Beyond*. Cambridge, MA: The Belknap Press of Harvard University Press, 2001.

Buell, Lawrence. *The Future of Environmental Criticism: Environmental Crisis and Literary Imagination*. Malden: Blackwell Publishing, 2005.

Carson, Rachel. *Under the Sea-Wind*. New York: Oxford University Press, 1952.

Carson, Rachel. *The Edge of the Sea*. New York: New American Library, 1955.

Carson, Rachel. *The Sea Around Us*. New York: New American Library, 1961.

Carson, Rachel. *Silent Spring*. Boston & New York: Houghton Mifflin Company, 1962.

Cixous, Hélène. "Drums on the Dam." In Selected Plays of Hélène Cixous. Edited and translated by Eric Prenowits. London & New York: Routledge, 2004.

Coleridge, Samuel Taylor. *The Rime of the Ancient Mariner: Complete, Authoritative Texts of the 1798 and 1817 Versions with Biographical and Historical Contexts, Critical History, and Essays from Contemporary Critical Perspectives*. Edited by Paul H. Fry. Boston and New York: Bedford / St. Martin's, 1999.

Coleridge, Samuel Taylor. *Collected Letters of Samuel Taylor Coleridge*. Vol. 2. Edited by Earl Leslie Griggs. Oxford: Clarendon Press, 2000.

Conley, Verena. *Ecopolitics: The Environment in Poststructuralist Thought.* London: Routledge, 1997.

Coupe, Laurence, ed. *The Green Studies Reader: From Romanticism to Ecocriticism.* London and New York: Routledge, 2000.

Darwin, Erasmus. *The Temple of Nature;or, the Origin of Society: A Poem.* Edited by Martin Priestman. London: T. Bensley, 1803.

Devall, Bill and George Sessions. *Deep Ecology: Living as If Nature Mattered.* Salt Lake City: Peregrine Smith Books, 1985.

Dixon, Terrell et al. "Forum on Literatures of the Environment." *PMLA* 114.5 (October 1999): 1089–1104.

Dobrin, Sidney I. *Blue Ecocriticism and the Oceanic Imperative.* New York: Routledge, 2021.

Edlich, Micha. "Richard K. Nelson's *The Island Within*: Environmental LifeWriting as Ecological Identity Work." *Auto/Biography Studies*25: 2(2010): 203–218.

Egerton, Frank N. *Roots of Ecology: Antiquity to Haeckel.* Berkeley: University of California Press, 2012.

Eggeling, Julius, trans. *The Satapatha–Brahmana: According to the Text of the Madhyandina School.* Part I. Books I and II. Delhi: Motilal Banarsidass, 1988.

Eggeling, Julius, trans. *The Satapatha–Brahmana: According to the Text of the Madhyandina School.* Part V. Books XI, XII, XIII and XIV. Delhi : Motilal Banarsidass, 1988.

Ehrenfeld, David. *The Arrogance of Humanism.* Oxford: Oxford University Press, 1981.

Fetscher, Iring. "Conditions for the Survival of Humanity: On the Dialectics of Progress." *Universitas A German Review of the Arts and Sciences*, Quarterly English Language Edition, 20.3 (Jan. 1, 1978): 161–172.

Freeman, Martha, ed. *Always, Rachel: The Letters of Rachel Carson and Dorothy Freeman, 1952–1964*. Boston: Beacon Press, 1995.

Frye, Northrop. *Anatomy of Criticism: Four Essays*. Princeton: Princeton University Press, 1959.

Garrard, Greg. *Ecocriticism*. London and New York: Routledge, 2004.

Gartner, Carol B. *Rachel Carson*. New York: Frederick Ungar Publishing, 1983.

Gill, Stephen, ed. *William Wordsworth*. New York: Oxford University Press, 2010.

Glotfelty, Cheryll and Harold Fromm, eds. *The Ecocriticism Reader: Landmarks in Literary Ecology*. Athens: The University of Georgia Press, 1996.

Gore, Al. *An Inconvenient Truth: The Planetary Emergency of Global Warming and What We Can Do About It*. New York: Rodale, Inc., 2006.

Griffith, Ralph T. H., trans. "HYMN XLIX. Waters." *The Rig Veda*. Book 7. 1896. http://www.sacred-texts.com/hin/rigveda/rv07049.htm.

Griffith, Ralph T. H., trans. "HYMN LXXXII. Visvakarman." *The Rig Veda*. Book 10. 1896. http://www.sacred-texts.com/hin/rigveda/rv10082.htm.

Gunn, Janet Varner. *Autobiography: Towards aPoeticsof Experience*. Philadelphia: University of Pennsylvania Press, 1982.

Harding, Walter. *A Thoreau Handbook*. New York: New York University Press, 1959.

Heise, Ursula K. *Sense of Place and Sense of Planet: the Environmental Imagination of the Global*. New York: Oxford University Press, 2008.

Heise, Ursula K. "Lost Dogs, Last Birds, and Listed Species: Cultures of Extinction." *Configurations* 18.1–2 (winter 2010): 49–72.

Helmreich, Stefan. *Alien Ocean: Anthropological Voyages in Microbial Seas*. Berkeley: University of California, 2009.

Helphand, Kenneth I. *Environmental Autobiography*. Eugene: s.l., 1976.

Helphand, Kenneth I. "Environmental Autobiography, "*Childhood City Newsletter*14(December 1978): 8–11.

Heymans, Peter. *Animality in British Romanticism: The Aesthetics of Species*. New York: Routledge, 2012.

Holmes, Richard. *Coleridge: Early Visions, 1772–1804*. New York: Pantheon, 1989.

Hornung, Alfred, ed. *Auto/Biography and Mediation*.Heidelberg: Universitatsverlag Winter Heidelberg, 2010.

Hornung, Alfred and Zhao Baisheng, eds.*Ecology and Life Writing*. Heidelberg: Universitatsverlag Winter Heidelberg, 2013.

Jonas, Hans. *The Imperative of Responsibility: In Search of an Echics of the Technological Age*, Chicago: University of Chicago Press, 1984.

Jonas, Hans. *Mortality and Morality: A Search for the Good after Auschwitz*, ed. Lawrence Vogel, Evanston: North Western University Press, 1996.

Kerridge, Richard and Neil Sammells, eds. *Writing the Environment: Ecocriticism and Literature*. London and New York: Zed Books Ltd., 1998.

King–Hele, Desmond. *Erasmus Darwin*. New York: Charles Scribner's Sons, 1963.

Klein, Bernhard, ed. *Fictions of the Sea: Critical Perspectives on the Ocean in British Literature and Culture*. Burlington: Ashgate Publishing Company,

2002.

Kuletz, Valerie, Joni Adamson, Mei Mei Evans, and Rachel Stein, eds. *The Environmental Justice Reader*. Tucson: The University of Arizona Press, 2002.

Lear, Linda. *Rachel Carson: Witness for Nature*. New York: Henry Holt and Company, 1997.

Lear, Linda., ed. *Lost Woods: The Discovered Writings of Rachel Carson*. Boston: Beach Press, 1998.

Lejeune, Philippe. *On Diary.* Edited by Jeremy D. Popkin and Julie Rak. Translated by Katherine Durnin. Honolulu: University of Hawaii Press, 2009.

Leopold, Aldo. *Game Management*. New York and London: Charles Scribner's Sons, 1948.

Leopold, Aldo. *A Sand County Almanac and Sketches Here and There.* New York and Oxford: Oxford University Press, 1949.

Lovelock, James. *The Ages of Gaia: A Biography of Our Living Earth*. New York and London: W. W. Norton & Company, 1995.

Lovelock, James. *Gaia: A New Look at Life on Earth*. Oxford: Oxford University Press, 2000.

Lytle, Mark Hamilton. *The Gentle Subversive: Rachel Carson, Silent Spring, and the Rise of the Environmental Movement*. New York: Oxford University Press, 2007.

Mahood, M. M. *The Poet as Botanist*. Cambridge: Cambridge University Press, 2008.

Marsh, George Perkins. *Man and Nature, or, Physical Geography as Modified by Human Action*. Edited by David Lowenthal. Cambridge, MA: The Belknap Press of Harvard University Press, 1965.

Marx, Leo. *The Machine in the Garden: Technology and the Pastoral Ideal in America*. New York: Oxford University Press, 1967.

May, Herbert G. and Bruce M. Metzger, eds. *The New Oxford Annotated Bible with the Apocrypha*. New York : Oxford University Press, 1977.

McCay, Mary A. *Rachel Carson*. New York: Twayne Publishers, 1993.

McIntosh, James. *Thoreau as Romantic Naturalist: His Shifting Stance toward Nature*. Ithaca: Cornell University Press, 1974.

McKusick, James C. *Green Writing: Romanticism and Ecology*. New York: Palgrave Macmillan, 2010.

Mda, Zakes. *The Heart of Redness*. New York: Farrar, Straus and Giroux, 2002.

Meeker, Joseph W. *The Comedy of Survival: Literary Ecology and a Play Ethic*. 3rd ed. Tucson: The University of Arizona Press, 1997.

Melville, Herman. *Moby-Dick: An Authoritative Text, Reviews and Letters by Melville, Analogues and Sources, Criticism*. New York: W. W. Norton & Company, Inc., 1967.

Mentz, Steve. "Toward a Blue Cultural Studies: The Sea, Maritime Culture, and Early Modern English Literature, "*Literature Compass* 6/5 (2009): 997–1013.

Mentz, Steve. *Ocean*. New York: Bloomsbury Academic, 2020.

Mentz, Steve. *An Introduction to the Blue Humanities*. New York: Routledge, 2024.

Milder, Robert. *Reimagining Thoreau*. Cambridge: Cambridge University Press, 1995.

Milton, Kay. *Environmentalism and Cultural Theory*. London: Routledge,

1996.

Molles, Manuel C. Jr. *Ecology: Concepts and Applications*. Boston: The Mc-Graw−Hill Companies, Inc., 1999.

Muir, John. *My First Summer in the Sierra*. Boston: Houghton Mifflin Company, 1979.

Murphy, Patrick D. *Literature of Nature: An International Sourcebook*.Chicago: Fitzroy Dearborn, 1998.

Murphy, Patrick D. *A Place for Wayfaring: The Poetry and Prose of Gary Snyder*. Corvallis: Oregon State University Press, 2000.

Myerson, Joel. *Emerson and Thoreau: The Contemporary Reviews*. Cambridge: Cambridge University Press, 1992.

Naess, Arne. "The Deep Ecological Movement: some Philosophical Aspects." *Philosophical Inquiry* 8 (Fall 1986): 10−31.

Nash, Roderick Frazier. *The Rights of Nature*. Boston: The University of Wisconsin Press, 1989.

Paul, Sherman. *The Shores of America: Thoreau's Inward Exploration*. Urbana: University of Illinois Press, 1958.

Paul, Sherman. *For Love of the World: Essays on Nature Writers*. Iowa City: University of Iowa Press, 1992.

Peires, J. B. *The Dead Will Arise: Nongqawuse and the Great Xhosa Cattle-Killing Movement of 1856−7*. Johannesburg: Ravan Press (Pty)Ltd, 1989.

Perreten, Peter F. "Eco−Autobiography: Portrait of Place / Self−Portrait, "*Auto/Biography Studies*18: 1(2003): 1−22.

Piper, H. W. *Nature and the Supernatural in "The Ancient Mariner"*. Sydney: Halstead Press, 1955.

Pugh, Lewis. "In the Frozen Waters of Qomolangma, I Learned the Value of Humility." *The Guardian*, July 15, 2010.

Quammen, David. *The Song of the Dodo: Island Biogeography in an Age of Extinctions*. New York: Scribner, 1996.

Safina, Carl. *Song for the Blue Ocean: Encounters Along the World's Coasts and Beneath the Seas*. New York: Henry Holt and Company, 1997.

Sayre, Robert F., ed. *New Essays on Walden*. Cambridge: Cambridge University Press, 1992.

Shanley, J. Lyndon. *The Making of Walden*. Chicago: University of Chicago Press, 1957.

Shepard, Odell. *The Heart of Thoreau's Journals*. New York: Dover Publications, Inc., 1961.

Sideris, Lisa H. and Kathleen Dean Moore, eds. *Rachel Carson: Legacy and Challenge*. Albany: State University of New York Press, 2008.

Slovic, Scott. *Going Away to Think: Engagement, Retreat, and Ecocritical Responsibility*. Reno & Las Vegas: University of Nevada Press, 2008.

Smith, Sidonie and Julia Watson.*Reading Autobiography: A Guidefor Interpreting Life Narratives*. Minneapolis: University ofMinnesotaPress, 2001.

Snyder, Gary. *Turtle Island*. New York: New Directions Publishing Corporation, 1974.

Snyder, Gary. *Axe Handles*. San Francisco: North Point Press, 1983.

Snyder, Gary. *A Place in Space: Ethics, Aesthetics, and Watersheds*. Berkeley: Counterpoint Press, 1995.

Snyder, Gary. *The Practice of the Wild: Essays, 1990*. Washington D.C.: Shoemaker, 2005.

Solomon, Steven. *Water: The Epic Struggle for Wealth, Power, and Civilization*. New York: HarperCollins Publishers, 2010.

Sterling, Philip. *Sea and Earth: The Life of Rachel Carson*. New York: Thomas Y. Crowell Company, 1970.

Stumpf, Samuel Enoch. *Socrates to Sartre: A History of Philosophy*. Boston: The McGraw-Hill Companies, 1999.

Swearer, Donald K. with Susan Lloyd McGarry, ed. *Ecology and the Environment: Perspectives from the Humanities*. Cambridge, MA: Harvard University Press, 2009.

Thoreau, Henry David. *The Writings of Henry David Thoreau: The Maine Woods*. Vol. 3. Boston and New York: Houghton Mifflin and Company, 1906.

Thoreau, Henry David. *The Writings of Henry David Thoreau: Excursions and Poems*. Vol. 5. Boston and New York: Houghton Mifflin and Company, 1906.

Thoreau, Henry David. *The Writings of Henry David Thoreau: Journal II*. Vol. 8. Edited by Bradford Torrey. Boston and New York: Houghton Mifflin and Company, 1906.

Thoreau, Henry David. *A Week on the Concord and Merrimack Rivers; Walden, or, Life in the Woods;The Maine Woods;Cape Cod*. Edited by Robert F. Sayre. New York: Literary Classics of the United Sates, Inc., 1985.

Thoreau, Henry David. *A Year in Thoreau's Journal 1851*. New York: Princeton University Press, 1993.

Thoreau, Henry David. *Walden*. Boston: Houghton Mifflin Company, 1995.

Todo, Yuko et al. "Simple Foraminifera Flourish at the Ocean's Deepest Point." *Science* 307.5710 (February 2005): 629-796.

Tylor, Edward Burnett. *Primitive Culture: Researches into the Development of Mythology, Philosophy, Religion, Language, Art, and Custom.* London: Letch-worth Garden City Press Ltd., 1913.

United Nations. *The United Nations World Water Development Report 2023: Partnerships and Cooperation for Water.* Paris: UNESCO, 2023.

Whitehead, Alfred North. *Process and Reality: An Essay in Cosmology.* New York: Harper & Row, 1960.

Wilson, Ruth A. "Ecological Autobiography, "*Environmental EducationResearch*1: 3(1995): 305–314.

Worster, Donald. *Nature's Economy: A History of Ecological Ideas.* New York: Cambridge University Press, 1994.

Yaeger, Patricia. "Editor's Column: Sea Trash, Dark Pools, and the Tragedy of the Commons." *PMLA* 125.3 (May 2010): 523–545.

附录一

奥德修斯的返乡:《奥德赛》中的环境性

美国生态批评家劳伦斯·布伊尔(Lawrence Buell)认为:"文学再现的主要领域中,理论阐发得最不够的地方仍是环境:'环境性(environmentality)'"[①],"在全球范围内,没有别的问题比这(环境性研究)更为重要"[②]。他指出,自二十世纪八十年代以来,环境性作为一个问题,在文学与文化研究中受到了越来越多、越来越深入的关注,尽管对其内涵及研究方式的争

[①] 劳伦斯·布伊尔:《文学研究的绿化现象》,张旭霞译,《国外文学》,2005年第3期,第6页。"环境性"是劳伦斯·布伊尔在生态批评领域中讨论文本环境特性时使用的一个词。作为研究者,他对于"环境性"的理解和讨论经历了这样一个过程:开始界定环境性只指"自然环境"在文本中是主动的在场,之后强调修正和扩展意义的环境性包括"自然环境"与"人工环境"对人类从身体到精神的影响,最后认为环境性是"任何文本都具有的一种属性","一切人类产品都承载着这种印记",希望"环境性被当作文学阅读研究中不可或缺之物"。See Lawrence Buell, *The Environmental Imagination: Thoreau, Nature Writing, and the Formation of American Culture* (Cambridge, MA: Harvard University Press, 1995), 7–8;Lawrence Buell, *Writing for an Endangered World: Literatrure, Culture, and Environment in the U.S. and Beyond* (Cambridge, MA: The Belknap Press of Harvard University Press, 2001), 3;Lawrence Buell, *The Future of Environmental Criticism: Environmental Crisis and Literary Imagination* (Malden: Blackwell Publishing, 2005), 25, 131. 凯润·桑博在谈到环境性时,将其理解成文学中对于地方"环境健康的关注"。See Karen Thornber, "Afterword: Ecocritical and Literary Futrues", *East Asian Ecocriticisms: A Critical Reader*, eds. Simon C. Estok and Won–Chung Kim (New York: Palgrave Macmillan, 2013), 239.

[②] Lawrence Buell, *The Future of Environmental Criticism: Environmental Crisis and Literary Imagination* (Malden: Blackwell Publishing, 2005), 132.

议在未来一段时间里势必继续。①作为背景的环境在亚里士多德(公元前384年—前322年)诗学理论中与情节、人物和主题并置为文学的四大基石,在遭遇两千多年的冷遇之后,其研究之热方显。生态批评对自然写作和以环境为导向的作品所做的环境性研究居多。在第二波的生态批评里,罗伯特·克恩认为,所有文本故事都有其实际或想象的发生地点,作者有意无意间都在作品中注入了环境关联的因素,"当生态批评的目的在于重新发现那些自觉的或显在的兴趣不在环境上的作品,其实也具有环境特征或者环境倾向时,生态批评就变得非常有趣有益了"②。荷马史诗《奥德赛》显然不是典型的环境文本,将其纳入蓝色批评研究范畴,不仅是作"任何类型的文本都与生态批评相关"的一个佐证,而且旨在证明:重读古代经典,蓝色批评或许可以觅到人与水球环境关系的某种根基;奥德修斯的返乡是水球环境中人类家园情怀的一个隐喻。

一、乡土依附

《奥德赛》是一个返乡冒险故事。奥德修斯的故乡伊塔卡岛,是故事的环境之眼。梭罗对于环境文学的贡献之一是,他着眼于当地环境,而不是遥想异地他乡。③奥德修斯成功返乡的动因之一是,他执着于乡土依附,而不是留恋旅途各岛。

美貌的神女卡吕普索将奥德修斯阻留在"四面环水的小岛,大海的中

① Lawrence Buell, *The Future of Environmental Criticism: Environmental Crisis and Literary Imagination* (Malden: Blackwell Publishing, 2005), 3.

② Robert Kern, "Ecocriticism: What Is It Good For?"in *The ISLE Reader: Ecocriticism, 1993-2003*, ed. Michael P. Branch and Scott Slovic (Athens & London: The University of Georgia Press, 2003), 259-260.

③ Scott Slovic, "Literature,"in *A Companion to Environmental Philosophy*, ed. Dale Jamieson (Malden: Blackwell Publishers, 2001), 260.

央"(1.50)①,一个天然美好,连不死的天神都"惊异不已""心旷神怡","不禁驻地观赏"而至"歆羡"的地方。(5.63—76)卡吕普索一心要他做丈夫,要他忘记伊塔卡,与其共享长生不死。但奥德修斯却"一心渴望哪怕能遥见从故乡升起的飘渺炊烟,只求一死"(1.58—59)。尽管妻子佩涅洛佩是凡人,容貌和身姿都比不上神女卡吕普索,但他仍然每天怀念故土,渴望"返回家园,见到归返那一天",不惧前路风险苦难,"胸中有一颗坚定的心灵"(5.216—224)。思乡而不能返,奥德修斯每日坐在巨岩顶上,海岸滩头,眼望苍茫喧嚣的大海,泪流不止。(5.82—84;5.151—153;7.259)特洛伊战争中智勇双全的英雄,拒绝卡吕普索海岛上的神仙生活,滞留的七年里,终日以泪洗面,绝望中抱存希望,只盼"遥见故乡升起的飘渺炊烟"。故乡究竟有何魔力?"飘渺炊烟"是游子对于遥远故土和家园的想象。对于地方的想象里,"归属感比所有权更让人刻骨铭心"②。在费埃克斯人的岛屿上,奥德修斯回忆归途时说:神女卡吕普索和魔女基尔克③都无法改变他"胸中归返的心愿",因为"任何东西都不如故乡和父母更可亲/如果有人浪迹在外,生活也富裕/却居住在他乡异域,离开自己的父母"。(9.33—36)富足的生活无法替代身在故乡心有所属的幸福。故乡和父母组成了奥德修斯乡土依附

---

① 荷马:《荷马史诗·奥德赛》,王焕生译,北京:人民文学出版社,2003年,第3页。后文中史诗原文或情节大多引自该译本,只在文中用括号标注史诗卷数与行数,不再一一标出译文页码。个别译文由笔者参照史诗英译本 Richard Lattimore, trans., *The Odyssey of Homer*(New York: Harper and Row, 1965)译成中文。

② Lawrence Buell, *Writing for an Endangered World: Literatrure, Culture, and Environment in the U.S. and Beyond* (Cambridge, MA: The Belknap Press of Harvard University Press, 2001), 78.

③ 史诗第十卷中所述的美发神女,她用魔药把奥德修斯的一队同伴变成了猪,之后让奥德修斯一行在其艾艾埃海岛宫殿滞留一年,想让奥德修斯做丈夫。

"同心圆"维度①的中心点。

段义孚在论"乡恋"时说:故乡的地貌让人记忆深刻,终生依恋。②奥德修斯的乡土依附中伊塔卡作为海上岛陆的自然特征是其依附之根基。史诗二十四卷,长达一万二千一百一十行,却只在第九卷和第十三卷分别用两个八行对其进行了描述。

> 我住在阳光明媚的伊塔卡,岛上有山,
>
> 名叫涅里同,峻峭壮丽,郁郁葱葱。
>
> 周围有许多住人的岛屿,相距不远,
>
> 有杜利基昂、萨墨和多森林的扎昆托斯。
>
> 伊塔卡地势低缓最遥远,坐落海中
>
> 最西边,其他岛屿也遥远,东侧迎朝阳。
>
> 伊塔卡虽然崎岖,但适宜年轻人成长,
>
> 我认为从未见过比它更可爱的地方。(9.21—28)

> 此处崎岖不平,不适宜马匹驰骋,
>
> 土壤不甚贫瘠,地域也不甚辽阔。

---

① 劳伦斯·布伊尔从人本主义地理学家段义孚(Yi-Fu Tuan)"恋地情节(Topophilia)"概念中的"同中心"图景得到启发,认为地方依附的五维度之首为从一个中心向外呈放射状的同心圆维度。其他四个维度分别是群岛式分散的维度、虚拟的地方想象维度、地方的历时变化维度、地方的记忆积累维度。其中前三个为空间维度,后两个为时间维度。See Lawrence Buell, *Writing for an Endangered World: Literatrure, Culture, and Environment in the U.S. and Beyond* (Cambridge, MA: The Belknap Press of Harvard University Press, 2001), 64-74. 段义孚认为:"世界各地的人们几乎都把自己的家乡当作世界的中心……我们看到日月星辰围着自己的住所运转,整个宇宙体系中家乡处在正中心。"See Yi-Fu Tuan, *Space and Place: The Perspective of Experience* (Minneapolis: University of Minnesota Press, 1977), 149.

② Yi-Fu Tuan, *Space and Place: The Perspective of Experience* (Minneapolis: University of Minnesota Press, 1977), 159.

这里盛产麦类，也生长酿酒的葡萄。

这里经常雨水充足，露珠晶莹，

有面积广阔的牧场适宜牧放牛羊，

树木繁茂生长，水源常流不断。

外乡人，伊塔卡的声名甚至远扬特洛伊，

据说那国土距离阿开亚土地甚遥远。(13.242—249)

从这两段描述看，伊塔卡岛地势崎岖，林木葱郁，淡水充盈，物产甚丰，但地域有限，是一个典型的岛屿生态系统。第一段描述出自奥德修斯之口。离家二十年后，乡愁与乡恋交织，特洛伊之战十年，在大海上漂流游历又十年的伊塔卡之王记忆中的故乡是"最可爱的地方"。第二段话出自幻化成牧羊少年、一直引导与保护奥德修斯的智慧女神雅典娜之口。奥德修斯踏上故土却浑然不识时，雅典娜称其为"外乡人"，指出伊塔卡的地貌和物产特点，强调该岛是声名远扬之地。伊塔卡声名远扬到大海之端特洛伊，这种空间范围的跨度，对应的是奥德修斯离开故乡，再从特洛伊归返，一别廿载的时间跨度。时变空转，"离别家园太久远"，"无论是蜿蜒的道路，利于泊船的港湾/陡峭的悬崖和那些枝叶繁茂的树林"，"周围的一切令国王感到陌生"。(13.194—196)"地方不是一个名词，而是一个动词"[1]，它是"事件性的，处于进程中的事物"[2]，伊塔卡在奥德修斯离开二十年后已非昔日的伊塔卡[3]。

---

[1] Lawrence Buell, *Writing for an Endangered World: Literatrure, Culture, and Environment in the U.S. and Beyond* (Cambridge, MA: The Belknap Press of Harvard University Press, 2001), 67.

[2] Edward Casey, *The Fate of Place: A Philosophical History* (Berkeley: University of California Press, 1997), 337.

[3] 下文《家园守护》一节中将继续讨论伊塔卡的历时性变化维度。

　　我们要注意的是，奥德修斯确定自己的确回到了故乡后，心中欢喜庆幸，第一个反应是"把生长五谷的土地亲吻"（13.354）。雅典娜说："其他人历久飘泊终得如愿返故乡/必定即刻返家看望孩子和爱妻。"（13.333—334）奥德修斯的情感落点先在脚下的土地，他对岛陆故土的情感依附堪比（某种意义上）甚至超过了家庭情感依附——因为陆地是生存之根基？亲吻土地之举也曾出现在史诗第五卷。奥德修斯从卡吕普索的奥古吉埃岛出发，航行十七天后，遭遇海神、震地神波塞冬继续打击带来的风暴和骇浪，他在汹涌的波涛里漂浮了两天两夜。第三天抵达费埃克斯人的国土时，"他浑身浮肿，口腔和鼻孔不断向外/喷吐海水"（5.455—456），精疲力竭而昏厥。苏醒后，他爬进海岛河口的苇丛，"躺在苇丛里亲吻滋生谷物的土地"（5.463）。土地成为一种情感依附的物质基础有二：（一）它坚实可靠，给了海上漂流人立足安身之所；（二）它"生长五谷"，给了立足之人立命之本。在海上漂泊挣扎时，奥德修斯见到陆地的心情——

> 有如儿子们如愿地看见父亲康复，
> 父亲疾病缠身，忍受剧烈的痛苦，
> 长久难愈，可怕的神灵降临于他，
> 但后来神明赐恩惠，让他摆脱苦难；
> 奥德修斯看见大陆和森林也这样欣喜，
> 尽力游动着渴望双脚能迅速登上陆地。（5.394—399）

如果说旅途各岛坚实的土地让奥德修斯如见亲老，伊塔卡便是奥德修斯亲老中的至爱。见到岛陆如见亲人，反向比拟也出现在了史诗中：抵达伊塔卡，与妻子坦诚相认之后，奥德修斯"搂住自己忠心的妻子，泪流不止/有如海上飘游人望见渴求的陆地"（23.232—233）。这种对于陆地的情感依附我们在凯文·雷诺兹(Kevin Reynolds)1995年执导并主演的科幻片《未来水世界》(*Waterworld*)中找到了呼应——由于两极冰川融化，泥土在2500年汪洋一片的水世界里极其珍贵。人们在水的世界里漂泊，与淡水和绿植相比，他们更稀罕泥和沙。陆地(Dryland)是他们一心找寻的失去的伊甸园。根据小女孩伊诺娜(Enola)①背上的地图，海伦等人成功找到了适合人类生存的地方——冰雪消融，但未被海水淹没的珠穆朗玛峰峰顶。奥德修斯的伊甸园也曾因自己远征特洛伊和岛上长驻求婚贵族群的恣意挥霍而失落，他对以陆地特征为显因的故乡的依附等同对父母亲人的依恋——这种拟亲式的乡土认识，一种原始的环境伦理观，成了他最终收复失乐园的情感动因。

归返伊塔卡岛是归返"生长五谷""放牧牛羊"之地。然而，史诗中两次写到冥府中特瑞西阿斯对奥德修斯命运的预言，都是需在回到伊塔卡后，背一把合用的船桨出游，直到找到从未见过大海和船只、不知道食用掺盐的食物、错把船桨当成"扬谷的大铲"的部族，他"把合用的船桨插进地里"，再向大神波塞冬敬献三牲祭品，之后返家才可得寿禧福宁。(11.121—137；23.267—284)岛屿伊塔卡还不够内陆(land-locked)②，奥德修斯把搏击大海波涛的船桨插进远离大海的内陆之地，才可真正结束与大海相连的漂零流离之命运。奥德修斯返乡之后的内陆之旅及插桨入土的仪式，是原始岛

---

① 伊诺娜(Enola)的名字源自1945年8月6日美国在日本广岛投下第一枚原子弹的飞机名称"伊诺娜·盖(Enola Gay)"(该飞机以飞行员母亲的名字命名)。与伊诺娜·盖(Enola Gay)号飞机破坏与死亡的意象相反的是，影片中小女孩伊诺娜(Enola)后背上通往陆地的地图及她无意识的陆地景象绘画象征着新生与家园重建。See Patrizia A. Muscogiuri, "Cinematographic Seas: Metaphors of Crossing and Shipwreck on the Big Screen, "in *Fictions of the Sea: Critical Perspectives on the Ocean in British Literature and Culture*, ed. Bernhard Klein (Burlington: Ashgate Publishing Company, 2002), 207, 219.

② Pierre Vidal-Naquet, "Land and Sacrifice in the Odyssey: A Study of Religious and Mythical Meaning, " trans. A. Szegedy-Maszak, in *Reading the Odyssey: Selected Interpretive Essays*, ed. Seth L.Schein (Princeton: Princeton University Press, 1996), 45.

民对于乡土陆地客观依附的象征性写照。

二、家园守护

守护的反义词是破坏。伊塔卡遭到的环境破坏与王后佩涅洛佩的求婚者们直接相关。这些求婚者是伊塔卡的众多首领和周边岛屿的贵族们，享乐主义是他们的标签。森林被砍伐，只为他们有通宵达旦的盛宴聚会要取暖；牛羊被屠宰，因为他们天天豪饮饕餮只吃肉。他们"一直""无情地宰杀胆怯的羊群和蹒跚的弯角牛"（1.91—92），却不在意任何农事和劳作。势单力薄的奥德修斯之子特勒马科斯"看见那些厚颜无耻的求婚人在厅里／宰羊杀猪，或者在院里把残毛燎尽"（2.299—300）满心忧伤，他抗议其杀戮的频率与数量：他们不应"每天""宰杀许多壮牛、绵羊和肥美的山羊"（2.55—56）。佩涅洛佩称求婚者们为"祸害"（17.538），盼望奥德修斯能归返家乡，报复他们的"暴行"。求婚者们的"暴行"不仅包括无节制的暴食和消费，还包括尽情随意的浪费。牧猪奴称求婚者们纵情恣意耗费岛上财物是"邪恶的行为"，他们"不畏惩罚""不知怜惜"，比攻城略池侵入他人领地的凶狠傲慢之人所为更甚（14.81—88）。求婚者们控制着整个伊塔卡的局势，他们对于伊塔卡的攫取和踩躏隐藏着非可持续性岛屿生活之患（1.250—251；16.127—128）。

可持续性岛屿生活需要守护者。伊塔卡守护者的典型是奥德修斯的父亲、儿子、妻子和牧猪奴欧迈奥斯。奥德修斯的父亲拉埃尔特斯以园丁的形象出现在史诗的最后一卷：

> 奥德修斯看见父亲只身在精修的果园里，
> 为一棵果苗培土，穿着肮脏的衣衫，
> 破烂得满是补缀，双胫为避免擦伤，

各包一块布满补丁的护腿牛皮,

双手带着护套防避荆棘的扎刺,

头戴一顶羊皮帽,心怀无限的忧愁。(24.226—231)

奥德修斯评价"正低头在幼苗周围专心培土"的父亲说:

老人家,我看你管理果园并非无经验,

倒像是位行家,果园里一切井井有条理,

不论是幼嫩的树苗、无花果、葡萄或橄榄,

不论是梨树或菜畦,显然都不缺料理。(24.244—247)

当思念儿子激动伤心时,"老人用双手捧起一把乌黑的泥土/撒向自己灰白的头顶,大声地叹息"(24.316—317)。泥土乌黑、果树井然、果园精修,这是园丁辛勤劳作的结果;胫包"布满补丁"的护理牛皮、身着"满是补缀"的衣衫,培土专注,国王奥德修斯的父亲俨然一位朴素谦卑的果园护理"行家",谦卑地护理果园,是园丁的第一职责所在。作为地点的果园,空间上提供了奥德修斯父子相认的场所,时间上果园的历史连接着父子之情。奥德修斯为父子相认提供的证据之二①是回忆年幼时父亲在果园为他"把树名一一指点",并送他"十三棵梨树,十棵苹果/四十棵无花果树",还答应送他"五十棵葡萄树"(24.336—342)。可以看出,向下一代传授植物学知识并培养其园丁意识,是奥父拉埃尔特斯家园守护长远计划中的内容。而这种幼年就开始学习的植物学知识,对于奥德修斯成功归返起到了关键作用。②当儿子杳无音信时,年迈的父亲继续默默承担着园丁的职责。《圣经·

---

① 父亲认子的证据之一是奥德修斯年轻狩猎时膝下被野猪的白牙所伤留下的伤疤。
② 这一点将在"环境识用"一节中具体讨论。

创世纪》中亚当被派往伊甸园,"耕种和看守它"(Genesis 2:15)①亚当的首要身份是一名园丁。奥父与亚当的园丁身份,隐含着人类身份的寓言。如果把海洋上的伊塔卡岛看作水球上陆地的缩影,我们从奥父身上学到了什么?

奥德修斯的儿子在家园守护中体现了一个青年的担当和见识。二十岁的特勒马科斯,能公开发表演讲控诉求婚贵族群对于伊塔卡资源的消费罪恶,能出海寻父并在父亲归来后合力对付求婚者,从某种意义上说,他是伊塔卡环境正义的发言人和行动者。从一个细节尤其能看出特勒马科斯的环境守护意识:远行访寻父亲到达斯巴达后,他拒绝了斯巴达国王墨涅拉奥斯送他的"三匹骏马,一架制作精细的马车"。特勒马科斯的解释是:

> 我不想把马带往伊塔卡,你留下它们
> 给自己作装饰,因为你管辖广阔的原野,
> 这里的原野上三叶草茂盛,芦荡茫茫,
> 生长小麦、大麦和多枝杈的洁白的燕麦。
> 在伊塔卡既无宽广的空地,又无草场,
> 但牧放羊群,喜爱它胜过牧马的地方。
> 海岛通常不适宜跑马,也少草地,
> 大海环抱,岛屿中伊塔卡尤其是这样。(4.601—608)

特勒马科斯深知伊塔卡地域有限、地势崎岖、没有草场,适合放羊,不宜牧马——哪怕只是三匹马;而斯巴达原野广阔、草地茂盛,是骏马该留之地。

---

① Herbert G. May and Bruce M. Metzger, eds., *The New Oxford Annotated Bible with the Apocrypha* (New York: Oxford University Press, 1977), 2. See also *The Holy Bible: Old and New Testaments in the King James Version* (Nashvelle: Thomas Nelson Publishers, 1976), 3.

对于海岛生态的了解，对于家园守护的责任，让喜欢跑马，喜欢乘坐华丽马车的特勒马科斯（3.481—484；3.492—495）毫不犹豫地拒绝了墨涅拉奥斯的这份礼物。一种原始的生态平衡意识让年轻的伊塔卡王子以海岛生态的整体健康为中心，摒弃了自私的个人享乐需求。这与几千年后利奥波德"像山一样思考"的生态整体观相一致："任何有利于保护生命共同体的完整、稳定和美丽的事物都是对的，反之则是错的。"①特勒马科斯的正确之拒/举赢得了斯巴达国王的赞赏，他得到了更贵重的礼物以示嘉奖（4.611—619）。

奥妻佩涅洛佩用智慧守护着伊塔卡岛。在荷马笔下，女性与男性一样，其内心的智慧与容貌、身材受到同样重视（18.248—249，11.337）。②佩涅洛佩向来被称颂为文学史上忠贞妻子的典范③，她的忠贞以智慧为盾。史诗中佩涅洛佩的重要身份不光是王后，更是织女。佩涅洛佩名字的前缀"pēnē"在希腊文中有"织物"或"织布机"的意思。④诗中前后三次反复强调了她的纺织行动与谋略：她为了拖延婚期，等待丈夫的返归，整整三年都在为公公拉埃尔特斯织造没有完成的寿衣——白天纺织，晚上却拆毁，直到被一个知情的女仆揭露秘密（2.90—110；19.141—156；24.131—148）。纺织是古代女性的传统职责，是一种将大地植被作物与人类社会生活紧密关联的劳动。佩涅洛佩运用这种纺织的行动与策略，变被动为主动，将求婚者对她的催逼变成她对求婚者的控制，以之保护oikos（"住所"和"家园"）。

---

① Aldo Leopold, *A Sand County Almanac and Sketches Here and There* (New York and Oxford: Oxford University Press, 1949), 224-225.

② Helene P. Foley, "Penelope as Moral Agent, "in *Bloom's Modern Critical Interpretations: The Odyssey, Updated Edition*, ed. Harold Bloom (New York: Infobase Publishing, 2007), 89.

③ Nancy Felson-Rubin, "Penelope's Perspective: Character from Plot, "in *Reading the Odyssey: Selected Interpretive Essays*, ed. Seth L. Schein (Princeton: Princeton University Press, 1996), 163.

④ Ibid., 167.

当求婚者远离稼穑终日酒肉时,佩涅洛佩"以一个织女的形象织造着裹尸布——她的纺织不是为公公的离世做准备,而是等候着求婚者的死亡"[1]。各部落首领和贵族求婚者们对于伊塔卡的控制,在佩涅洛佩的纺织行动与策略中得到了某种消解。人类学家奥特纳(Sherry B. Ortner)认为,较之男性,女性地位普遍更低,这是因为女性比男性与大自然的关联更亲密,而男性与"高等"文化范畴更亲近。[2]这种因果关系或许可以反置。荷马时代,妻子在战争中被当作财产抢掠(3.154;9.41;14.264),作为王后的佩涅洛佩在丈夫远离时也成了求婚者求猎的对象。女性地位低下,但与自然的结盟让她们集聚了生存的智慧。床是家的象征,史诗第二十三卷出现的婚床是奥德修斯婚姻的象征,也是聪明的王后守护oikos伊塔卡的象征。奥德修斯是利用自然的巧匠,婚床是他用院里天然生长的橄榄树精工做成。他围着橄榄树盖起卧室,利用树干做成床榻,橄榄树根深埋在土里,婚床一直以生长的姿势存在。二十年未见的丈夫归来,他是否真是奥德修斯,他是否依然记得这个秘密? 有智慧的佩涅洛佩再一次采取主动,她试探丈夫,嘱咐女仆移动婚床。当奥德修斯激动地道出只有他俩和佩涅洛佩陪嫁女仆阿克托里斯才知道的婚床秘密,询问是否"有人砍断橄榄树干,把它移动了地方"时,佩涅洛佩才与奥德修斯坦诚相认。橄榄树干无损,天然之基的婚床坚实稳固,佩涅洛佩证明了自己对婚姻与伊塔卡的忠贞守护。

牧猪奴欧迈奥斯是守护伊塔卡的奴仆代表。欧迈奥斯热爱主人一家,始终"真诚无二心"(13.405—406),"所有奴仆中,他最为主人的产业操心"(14.4)。他是奥德修斯归返后访见的第一人。雅典娜告诉奥德修斯:

---

① Barry B. Powell, *Composition by Theme in the Odyssey* (Meisenheim am Glan: Verlag Anton Hain, 1977), 20.

② See Douglas A. Vakoch, "Introduction: A Different Story, "in *Feminist Ecocriticism*, ed. Douglas A. Vakoch (Lanham: Lexington Books, 2012), 2.

你会在猪群旁把他觅见，它们常在

乌鸦岩下，阿瑞杜萨泉流旁边，

觅食橡果，吸饮充盈的暗黑水流，

它们能使猪群生长迅速体肥健。(13.407—410)

欧迈奥斯知道什么样的饮食能让猪群肥健，岛上哪儿是放牧猪群的好地方。他对于职责的熟稔和投入不止于此：

他看见牧猪奴坐在屋前，附属的院落

垒着高高的护围，建在开阔的地段，

舒适而宽大，围成圆形。这个院落

由牧猪奴为离去的主人的猪群建造，

未曾禀告女主人和老人拉埃尔特斯，

用巨大的石块和刺梨把整个院落围绕。

他在墙外侧又埋上木桩，连续不断，

紧密排列，一色砍成的橡树干木。

他在院里建造猪栏一共十二个，

互相毗连，供猪休息，每个栏里

分别圈猪五十头，一头头躺卧地上，

全是怀胎的母猪，公猪躺卧在栏外，

数量远不及母猪，因为高贵的求婚人

连连宰食使它们减少，牧猪奴须时时

把肥壮的骟猪中最好的一头送给他们，

当时全猪栏一共只残存三百六十头。(14.5—20)

从上边的叙述,我们可以找出伊塔卡在求婚者们的疯狂消费中仍得以维持生计的答案。未禀告主人,不求任何赞誉名声,欧迈奥斯自发修建猪栏院落,精心安排,分类饲养,在满足求婚者的每日索取屠戮时尽力保持供需平衡。求婚者每次选取"最肥壮的骟猪中最好的一头"宰食,而牧猪奴招待远客(奥德修斯)时选宰的猪年岁"已有五年"(14.419)。五岁是家猪的最长寿命,欧迈奥斯尊重自然规律,选取年老的猪宰食。这种资源保护主义与求婚者的贪欲对照鲜明。①为守护猪群,牧猪奴晚上不睡屋内,而是带着佩剑与投枪,躺在"一处可避北风侵袭的凹形岩石下"(14.533)。他是一个深谙自然、兢业奉献、有开创精神的职业楷模,也是一名战士——他最后成了奥德修斯诛戮求婚人的得力助手。

在求婚者们长达二十年的集体破坏中,伊塔卡没有走向特勒马科斯多次担忧的"不幸"毁灭,这无疑是以奥德修斯三位家人与牧猪奴欧迈奥斯为代表的守护者们的功劳。

三、"群岛"之欲

《奥德赛》是一个返乡冒险故事,对其做环境性研究,返乡之旅不得不谈。布伊尔在讨论地方依附的五个维度时认为,由于人类轨迹的移动,地方依附可能"看起来更像一个群岛"②。奥德修斯的返乡之旅经历了海滨城

---

① 贝尔(Jason M. Bell)认为史诗中写到风神用"九岁牛的皮质口袋"装逆风,"九岁牛"或许暗指牛老才用,风神有牛群保护意识——这一点启发了笔者对于牧猪奴选宰"五年猪"时保护用心的发现。See Jason M. Bell, "To the Tenth Generation: Homer's Odyssey as Environmental Ethics, "*Environmental Ethics* 32.1 (Spring 2010): 54.

② Lawrence Buell, *The Future of Environmental Criticism: Environmental Crisis and Literary Imagination* (Malden: Blackwell Publishing, 2005), 72. See also Lawrence Buell, *Writing for an Endangered World: Literatrure, Culture, and Environment in the U.S. and Beyond* (Cambridge, MA: The Belknap Press of Harvard University Press, 2001), 65.

邦及沿途岛屿的"群岛"地理，但似乎对"群岛"地理没有产生地方依附；相反，"群岛"以欲望的形式出现，返乡之旅是控制与摆脱返乡轨迹中"群岛"之欲的过程。

古典文学教授威廉·泰尔曼（William G.Thalmann）根据奥德修斯旅途经历的先后顺序列出两两相应的六对事件①，发现《奥德赛》史诗中体现了古希腊人察两极以求全观的对称结构。这一发现对我们讨论奥德修斯旅途中的"群岛"之欲很有启发，我们借鉴威廉·泰尔曼的对应框架可以发现财富、食欲、声色对奥德修斯构成的三大诱惑。

奥德修斯在特洛伊之战胜利后归返的第一站是基科涅斯人的城邦，他与船员士兵"攻破城市，屠杀居民"，"掳获了居民们的许多妻子和财物"（9.41—42），在大海边宰羊煮酒时遭基科涅斯人援兵袭击，落败而逃。奥德修斯一方攻城略池，杀生无数，女人为财，野蛮当道。基科涅斯人的援兵多如"春天的茂叶繁花"，这一比喻出自奥德修斯之口，却似乎暗藏生态正义。归返第一站里觊觎财富是原因，抢杀掳获是手段，受挫溃逃是结果。财富诱惑在先，财富劫掳随后，溃败风险告终，在这幅社会生态简绘图里奥德修斯是个失败的侵略者。在最后一站费埃克斯人的岛上，奥德修斯以裸无一物的求救者身份出现，离开时岛上显贵长老却"送给他无法胜计的礼品"：

> 有铜器、黄金和许多精心纺织的衣袍，
>
> 奥德修斯若能从特洛伊安全归返，
>
> 随身带着他那份战利品，也没有那么多。（13.135—138）

---

① 威廉·泰尔曼以奥德修斯入冥府求问先人为界列出的归途对应事物是：1. 基科涅斯人 2. 洛托斯花食者 3. 独眼巨人 4. 风神 5. 莱斯特律戈涅斯巨人 6. 基尔克 7. 冥界访先人 6. 塞壬们 5. 海怪斯库拉 4. 太阳神之牛 3. 大漩涡卡律布狄斯 2. 卡吕普索 1. 费埃克斯人。See William G. Thalmann, *The Odyssey: An Epic of Return* (New York: Twayne Publishers, 1992), 73.

百姓还共摊费用赠送他"一个巨鼎和一只大锅"(13.13—14)。鼎和锅为烹煮之具,属"厚礼"(13.15),和其他礼品都是文明生活的象征。奥德修斯因文明的馈赠而获得财富。劫掳的野蛮与馈赠的文明相对,财富的失得相对,欲之舍之,其意已彰。第九卷中,奥德修斯为得到更多"作为客人应得的赠品"(9.268),率众闯入独眼巨人波吕裴摩斯的洞穴,六名同伴被吞吃。贪婪财富的恶果在第十卷"风神惠赐归程"中又一次出现:风神用"九岁牛的皮质口袋"(10.19)把逆风扎紧,帮助奥德修斯一行顺利返乡;在能看到故乡的土地时,同伴们趁奥德修斯疲惫睡眠之际,打开了猜想以为"装满了黄金和白银"(10.45)的皮囊——狂风外涌,把他们刮回了风神艾奥洛斯的海岛。奥德修斯在发现同伴犯错,近在咫尺的故乡瞬间不见时痛苦至极,萌生了跳海轻生的念头,最终决定忍耐苦难继续生存。犯下贪婪之错的奥德修斯一行被风神称为"人间最大的渎神者",拒绝再以顺风相助。奥德修斯的所有同伴在之后多舛的旅途中一一丧生。风神岛的教训是:蔑视自然规律,贪图金银财富,其果自食。

　　旅途第二站洛托斯花(又名"忘忧花")食者之地和旅途倒数第二站卡吕普索之岛的共同点是,两站都提供快乐无忧的食品,食用者受忘却家乡之惑。①三个同伴有探路的使命,"当他们一吃了这种甜美的洛托斯花/就不想回来报告消息,也不想归返/只希望留在那里同洛托法戈伊人一起/享用洛托斯花,完全忘却回家乡"。(9.94—97)为摆脱诱惑,奥德修斯"不顾他们哭喊,强迫他们回船"(9.98),将他们绑在船上迅速带离。在倒数第二站卡吕普索的岛上,女神给奥德修斯提供"凡人享用的各种食物",还以食后"长生不死"的"神食和神液"相诱(5.196—209)。连续七年,奥德修斯一直

---

　　① William G. Thalmann, *The Odyssey: An Epic of Return* (New York: Twayne Publishers, 1992), 73.

用强大的自制力保持着对于乡土的记忆和返乡的渴望。返乡第六站魔女基尔克的海岛上,基尔克的食物掺进了"害人的药物",食用的奥德修斯同伴"迅速把故乡遗忘",喝其提供的饮料之后,同伴们"立即变出了猪头、猪声音、猪毛/和猪的形体"(10.234—240)。奥德修斯用药草保护自己,随后解救同伴。但其后整整一年里,他们"每天都/围坐着尽情享受丰盛的肉肴和甜酒"(10.468),直到有忠实的同伴劝告奥德修斯不可耽于"糊涂",说服他"考虑回乡"。(10.471—476)食欲对返乡一次次构成障碍,甚至直接威胁(从想象中删除对于故乡的记忆),唯有理性地控制口腹之欲,才可能重返家园。当代社会耽于口舌饕餮之欲的人们,是否也如食入"忘忧花"之船员或是"糊涂"的奥德修斯,哭喊着要求享乐的权利或是对阻碍者几乎拔剑相向①,忘却了漂流旅人最根本的职责——探访一条归途,走上返乡路。

威廉·泰尔曼认为独眼巨人和大漩涡卡律布狄斯都以吞吃的方式对奥德修斯的返乡构成威胁②,而莱斯特律戈涅斯巨人与海神怪斯库拉分别以人和怪的模样出现,但都是食人者③。这两组事件与吃相关,但与被惑相反,却是他者食欲对奥德修斯的返乡造成了危险与阻碍。被惑不能自控招致毁灭性灾难的事件发生在日神岛。基尔克曾警告奥德修斯,太阳神赫利奥斯的岛屿隐藏着对他们"最可怕的灾祸"(12.275),不伤害太阳神的牛羊才可归返。有奥德修斯的再三提醒在先,可以捕猎游鱼飞鸟充饥,但渎神

---

① 欧律洛科斯劝阻奥德修斯率众前往基尔克的辉煌宅邸享乐,奥德修斯当时的想法是"要不要立即从大腿侧旁抽出利剑/砍下他的脑袋,把他打倒在地/尽管他是我的亲属,关系很亲近"(10.439—441)。

② "The Kyklops, son of the sea god Poseidon, personifies the sea in an enlarged and distorted human form, and his eating of Odysseus's men, like his cave, represents the sea's power of swallowing people up without a trace. The Whirlpool Kharybdis is the sea reduced to its elemental form: a great devouring maw." See William G. Thalmann, *The Odyssey: An Epic of Return* (New York: Twayne Publishers, 1992), 74.

③ William G. Thalmann, *The Odyssey: An Epic of Return* (New York: Twayne Publishers, 1992), 75.

的奥德修斯同伴们还是禁不住诱惑连续六天屠宰了太阳神的牛群。太阳神因爱牛被杀心中愤怒,申明不罚凶手自己就离开不死的神明和有死的凡人,沉入冥府哈得斯去照耀死魂灵。在荷马史诗中,"看见太阳的灿烂光辉"(10.498)意味着活着。为平息太阳神之怒,使其"留在生长谷物的大地上"(12.386)照耀神与人,宙斯用风浪和霹雳惩罚渎神者,快船"在酒色的大海中央打成碎片"(12.388),奥德修斯的"同伴们从船上掉进海里","他们像乌鸦一样在发黑的船体旁边/逐浪浮游",葬身大海"不得返家园"。(12.415—419)太阳神愤怒时沉入哈得斯的威胁,是一种生和死完全错位的启示录式的宇宙秩序的毁灭。①奥德修斯的同伴们不知自控,不懂敬畏,贪图口腹之欲终至灭亡,这对人类如何处理天人物我关系是一种警醒。

巴里·鲍威尔曾提到塞壬们(Sirens)的名字从词源学上说或许与"歌曲"或是"细绳"(含"歌声将听众牢系牵绊"之意)有关系②。为抵抗塞壬们歌声的迷惑,经过塞壬们繁花争艳的绿荫海岛之前,奥德修斯用蜂蜡把同伴们的耳朵堵上,又让同伴们用绳索把自己牢牢捆绑在桅杆上——这条绳索是对抗塞壬魅歌索绊最简单但最有力的工具。塞壬们以美妙之乐、渊博之识两点相惑(12.184—191),目的却是以奥德修斯留恋特洛伊战争的光荣③为饵,诱其停留忘返,腐烂成岛上的又一堆骨骸(12.45—46)。而魔女基尔克和仙女卡吕普索都色诱奥德修斯,让其做丈夫(9.30—32)。奥德修斯禁受、控制住了声色之欲的阻滞,在返乡的旅途上勇敢前行,最后终于获得了特洛伊胜利之后的又一项光荣——成功归返。

----

① Bruce Louden, *The Odyssey: Structure, Narration, and Meaning* (Baltimore: The Johns Hopkins University Press, 1999), 98.

② Barry B. Powell, *Composition by Theme in the Odyssey* (Meisenheim am Glan: Verlag Anton Hain, 1977), 24.

③ See Pietro Pucci, "The Song of the Sirens, "in *Reading the Odyssey: Selected Interpretive Essays*, ed. Seth L.Schein (Princeton: Princeton University Press, 1996), 196.

在冥府哈得斯问归途时，冥府先知的预言是："你们忍受艰辛后仍可如愿返家园/只要你能约束你自己和你的伴侣们。"（11.104—105）归途诱惑诸多，"约束"二字才是抵挡"群岛"之欲、抵达家园的关键。

四、环境识用

史诗中波塞冬的盛怒是奥德修斯的返乡受到重重阻碍的直接原因，而波塞冬之怒是因为奥德修斯刺瞎了其子独眼巨人波吕裴摩斯的眼睛。我们从环境识用的角度或许能看到人类文化与自然环境关系中的龃龉与投顺。

从第九卷奥德修斯的叙述中，我们看到巨人们居住地的作物自行生长，资源富足，他们过的是一种既非农耕，又无社纪的自然人式的生活（9.106—115）。波吕裴摩斯的岛屿土地尤其肥沃，植物丰富葱郁，羊群繁衍众多，未被农夫与猎人涉足。奥德修斯发现巨人们没有舟楫，不懂造船，岛屿之间没有往来，这是波吕裴摩斯的岛屿保持天然的原因。奥德修斯以一个古希腊殖民者的视角，认为小岛有优良的港湾，有适合耕种的沃土，"可使那小岛归附自己变富庶"。（9.116—141）对天然海岛及其居民的好奇，让奥德修斯不顾同伴的劝阻，在捕猎一百多头羊之后仍去探查。到达波吕裴摩斯巨大的洞穴后，尽管预感"会遇到一个非常勇敢/又非常野蛮、不知正义和法规的对手"（9.214—215），尽管同伴们极力劝告奥德修斯搬走奶酪，赶走羊群，乘坐快船离开海岛（9.224—226），奥德修斯却没有采纳"本会更合适"、本可不触发矛盾的建议。独眼巨人波吕裴摩斯是一个"不近他人，独据一处，无拘无束"的牧羊岛民，他"身材高大"，"看起来不像是/食谷物的凡人，倒像是林木繁茂的高峰/在峻峭的群山间，独自突兀于群峰之上"。（9.187—192）波吕裴摩斯从体态和性情看，都是大自然的象征。当奥德修斯不顾同伴的一再劝阻，深入波吕裴摩斯的洞穴，想得到更多"作为客人应得的赠品"(9.268)时,波吕裴摩斯吞食其同伴以为答复。如果说波吕裴摩斯及其岛屿是大自然的象征,这残忍的吞食是否是对奥德修斯登岛扰乱大自然的秩序、无尽索取的报复?

奥德修斯从小获得的植物学知识——尤其是橄榄树的识用——在一路旅途中多次帮助他化险为夷,身安心宁。在波吕裴摩斯的洞穴里,他看到一根高大粗壮的橄榄树干,将其一端削尖、烧锻,之后用它刺瞎独眼巨人的眼睛才得以找机会脱身。(9.318—398)神女卡吕普索交给他一把橄榄木手柄的斧子,他就能砍下赤杨、白杨和杉树二十棵,做成一艘快船返乡。(5.236—261)在赤身裸体爬上费埃克斯人的国土后,他靠两棵枝叶交叉的橄榄树荫翳和枯叶避寒取暖。(5.476—490)当看到雅典娜指点的伊塔卡上福尔库斯港湾高处、神女们洞穴旁枝叶繁茂的橄榄树时,奥德修斯打消疑团,认出自己身在故乡。(13.346—350)他相信妻子忠贞,家园重拥,是因为明白橄榄树做的婚床稳固没有动摇。(23.190—201,232)

逃离独眼巨人波吕裴摩斯的洞穴时,奥德修斯不仅用到了植物,而且很好地利用了波吕裴摩斯的羊群。奥德修斯发现洞里"许多肥壮的公羊绒毛厚实",就悄悄抽出"巨人铺垫用的柔然枝条"当作绳索来缚羊:三只缚成一组,中间的羊身下缚上一个同伴,"另外两只行走时从两侧保护他们"。每三只羊带走一个同伴,他自己则抱住羊群中最肥壮的那头,"一头钻进毛茸茸的羊肚下面,双手牢牢抓住",伺机出洞。(9.427—436)威廉·泰尔曼称奥德修斯对公羊的态度为实用主义——先助逃,后献祭,认为这体现了人类文化的谲变;与之相应的是受伤的巨人以为最肥的领头羊突然殿后,是为主人的变故而悲伤——这种天人合一的思维方式体现了自然田园世界的朴实与单纯。①奥德修斯以计谋与智慧闻名,他对公羊的实用态度,在当

---

① William G. Thalmann, *The Odyssey: An Epic of Return* (New York: Twayne Publishers, 1992), 87.

时却是逃脱灾难的途径。

伊塔卡岛上最先认出奥德修斯的是他远征特洛伊前饲养的狗阿尔戈斯。(17.301—303)二十年前奥德修斯将其当作猎狗驯养，二十年后候得主人归，阿尔戈斯"立即被黑色的死亡带走"(17.326)。老弱受欺虐的阿尔戈斯是历经风雨、面目已非的伊塔卡岛的象征，也是守候伊塔卡岛、等待奥德修斯归返的人们的象征。奥德修斯深知自己的处境，看到阿尔戈斯摇尾相认后，他转身擦去眼泪，继续用一种像阿尔戈斯一样(本应受尊敬却反遭欺凌①)的模样出现在被求婚人控制的宫宅——"样子酷似一个悲惨的乞求人和老翁/拄着拐棍，身上穿着褴褛的衣衫"(17.337—338)。对环境观察敏锐，知狗识人，奥德修斯最终联合忠诚的牧猪奴和牧牛奴等人，击败伊塔卡的毁灭者，打赢了家乡保卫战。

对环境中土壤、植物、动物的有效识别和合理利用，在奥德修斯的命运里起到了重要作用。在人类文化发展史中，对于自然的识用，是一个需要我们不断学习和研究的领域。

司各特·斯洛维克认为，生态批评考量"所有文学文本中的生态涵义和人与环境的关系，哪怕(乍一看)文本的自然环境并不让人在意"②。史诗《奥德赛》以大海为背景，却是以人的智谋及人神关系为主题的作品，从未有人从返乡之路的环境性对其进行考察，笔者聊作一补。任何一条返乡路，家园故乡是终点，旅途环境是过程。水的古远想象中，岛陆是人类栖居的家园，水路迢迢是关隘。重读经典，对《奥德赛》做环境性研究，我们从乡

① William G. Thalmann, *The Odyssey: An Epic of Return* (New York: Twayne Publishers, 1992), 96.

② Scott Slovic, *Going Away to Think: Engagement, Retreat, and Ecocritical Responsibility* (Reno & Las Vegas: University of Nevada Press, 2008), 27.

土依附和家园守护两点知道故乡环境在想象记忆和生存现实中的重要性；从"群岛"之欲和环境识用明白,人类控制欲望和顺应环境才是成功返乡的保障。奥德修斯认为人类在所有生灵中最是可怜却不自知(18.130—132),"一个人任何时候都不可超越限度"(18.141)。文学史上"最有智谋的人",在旷古隔世的返乡水路上,早已对我们做了警告:人类之于环境,尤其是浩瀚大海,不可轻视侮慢。

附录二

卡玛古的选择:《赤红的心》生态批评解读

  大多数非洲作家,尤其是非洲黑人作家视生态文学与生态批评为又一种白人霸权话语:它源于西方强国,以"绿"为旗,而醉翁之意却在以"白"淹"黑",遮蔽、"修正"黑非洲的文化与历史。①因而,对于生态批评话语本身的犹豫和迟疑是当代非洲文学的一个特点。继小说家库切(John Maxwell Coetzee)《动物的生命》(*The Lives of Animals*, 1999)之后,南非著名剧作家、小说家贾克斯·穆达(Zakes Mda, 1948—)用《赤红的心》(*The Heart of Redness*, 2000)表明了立场。穆达选择生态文学,选择在生态文学作品中探讨主人公卡玛古(Camagu)及科萨族人民(the amaXhosa people)的选择。尼日利亚作家肯·萨罗维瓦(Ken Saro-Wiwa)因领导"奥格尼人民生存运动",对抗世界第二大石油公司荷兰皇家壳牌集团(Royal Dutch Shell),于1995年

---

  ① 许多非洲黑人作家与批评家重视国家与民族的解放,认为生态批评非同马克思主义批评,不是一种解放批评理论。相反,它是西方强国的另一种霸权话语。吉安·霍克曼(Jhan Hochman)认为相比之下,白人更有时间、精力和金钱来欣赏自然和评价环境,为保护他们的旅游景观,他们很自然地发起了一场全球性的运动。曼斯·戴瓦拉(Manthia Diawara)担忧欧洲中心主义者占据文化市场,施加影响,破坏非洲本土文化。拉里·洛曼(Larry Lohman)直言新型帝国主义借环境保护主义日程之名,施控制非洲土地与自然资源、侵袭非洲文化之实,是西方强国对欠发达地区帝国殖民形式的延伸。See William Slaymaker, "Ecoing the Other(s): The Call of Global Green and Black African Responses, " in *African Literature: An Anthology of Criticism and Theory*, ed. Tejumola Olaniyan and Ato Quayson (Malden: Blackwell Publishing Ltd., 2007), 683–687.

惨遭死刑,西方生态批评界却无动于衷。①时隔五年,穆达选择呼应生态殉道作家肯·萨罗维瓦,用小说创作讲述"文化人"卡玛古及南非科萨族人民歧路维艰时抉择的智慧。

一

家园被毁,乡关何处? 这种现代人的生态悲剧所幸没有完全发生在卡玛古身上。

在空间的选择上,卡玛古经历了从"世界公民"到南非公民的变化,强烈的故国情结和乡土情怀使他从美国纽约回到了南非约翰内斯堡,最后留守海港村落蔻洛哈。从海外到南非,再到蔻洛哈,我们于这种收缩式的地点圈定与位移中可见,卡玛古是既有"全球概念",更具乡土"地方感"②的现代"文化人"。

卡玛古于种族隔离的时代离开南非,在国外生活了三十年。1994年,种族隔离时代宣告结束,已入不惑之年的卡玛古马上回到阔别已久的南非,却发现自己处于尴尬的境地。尽管他获得博士学位,在巴黎、罗马和纽约做过国际问题专家,很想抓住时代契机报效祖国,却在南非大都市约翰内斯堡的二十次面试中连连失败、屡屡碰壁。卡玛古的苦恼是:一方面,他被指"学问太深""资历过高",找不到合适的社会职业岗位;另一方面,他不懂搞关系说好话,不会跳南非的社交"自由舞",不能融入本土社会文化生活。"学问太深是件危险之事"③,当地农业土地部门政府官员如是说,碰巧

---

① Rob Nixon, "Environmentalism and Postcolonialism, " in *African Literature: An Anthology of Criticism and Theory*, 715–716.

② Ursula K. Heise, *Sense of Place and Sense of Planet: The Environmental Imagination of the Global* (New York: Oxford University Press, 2008), 21.

③ Zakes Mda, *The Heart of Redness* (New York: Farrar, Straus and Giroux, 2002), 29. 小说文本相关引文均由笔者译自该作品。以下引文仅标注出处页码,不再一一说明。

将十八世纪英国诗人蒲伯(Alexander Pope)的话反而言之。卡玛古引以为傲的学识被贴上了否定的标签。他的国际经验在南非本土经历中无所适从。

在约翰内斯堡的四年里，卡玛古的才干一直没有用武之地。他在一家商务培训学校做兼职教师，思考着是否"对他而言，最好的选择是继续回到纽约，流落他乡"(31)。就在这时，一个偶然的机会让他来到了海港村落蔻洛哈，使他试图在这个自然风景与文化传统都很吸引"文化人"的地方找到身体与精神的栖息之所。

蔻洛哈的地理位置得天独厚。它依山傍海，青青峡谷紧邻白浪滔天的海岸，峡谷里点缀着一栋栋墙壁刷成粉色、灰蓝、黄色或白色，色彩鲜艳的圆形茅屋。蓝色与绿色是主色调——蓝色的天空与峰峦，蓝色的大海与入海河流；绿色的草甸和山谷，绿色的高大棕榈和茂盛野草——宛如一幅浓墨重彩的风景画，这就是蔻洛哈。近些年为了赶时髦，也为了防白蚁，村里兴起了一种新的建筑款式——茅草盖在六边形的波纹铁屋顶上，"就像裙子底下露出更长一些的衬裙"(7)。哪怕是愿意天天身着西装、思想最开放的村中长者都不觉得流行款式六边形屋顶比古老的圆屋顶好。他们认为圆形茅屋旷日经年，结实可靠。卡玛古更是认为圆形茅屋是传统文化的符号。他还在蔻洛哈听到了很多部落神话故事，了解了先知农卡乌斯(Nongqawuse)的预言，熟悉了科萨族抵抗英国殖民的战争史，亲见了土著人的纪念仪式，甚至因为耳濡目染村中长者属灵的生活，重新认识了自己与自然万物的关系。

卡玛古的精神返乡与村中长者密切相关。卡玛古敬重村中的老人，不管他们分属何派。虽然不懂"怀疑派(the Unbelievers)"纪念先人的舞蹈和哀号仪式，他却从中逐渐明白殖民战争造成了"历史伤痕(the scars of history)"，它代代遗传，具瘙痒之痛。老人兹木(Zim)属村中传承科萨族历史文化的"笃信派(the Believers)"。源于对祖先的敬重,兹木对动物与植物的感情亲近。他过着一种属灵的生活,时间几乎都在房前院子里那棵硕大无朋的百年无花果树下度过,或树下打盹,或聆听鸟儿歌唱。无论寒暑,无论风雨,卡玛古总能在树下找到他。古树是他的忏悔室,是他与先人魂魄相通的地方,当与古树神交的需求不可遏制时,甚至从大海方向吹来的寒风也不能把他刮回房子里去。成百上千的鸟儿在无花果树上栖息,无数的鸟巢点缀悬挂在倾斜的树枝上,兹木会为从不堪负重的枝头掉落了巢穴的织巢鸟难过。"人们认为兹木这样的笃信派很傻,离鸟群这么近,却从来不射杀一只来下酒"(38),而卡玛古却在与兹木的交往中找回了自己对部落图腾的信仰。

从纽约的漂泊,到大都市约翰内斯堡里的迷失,到海边村落蔻洛哈的认同归属,卡玛古经历了从城市到乡村,从"游子"到"回归"的历程。"城市与乡村的差异是我们生活经历中的一个主要部分"[①],而"地方感,尤其是本土性,在消解现代社会迁居流离的影响时给人们提供了有力的心理支撑价值"[②]。蔻洛哈成了卡玛古留守非洲的乡土之根。

二

卡玛古选择留在蔻洛哈与他对科萨族历史的理解和继承密不可分。

蔻洛哈科萨族在十九世纪中期英国殖民时代兴起了"杀牛运动",在全球化进程加剧的二十世纪末出现了"开发运动"。作家穆达从南非科萨人

---

① Raymond Williams, *The Country and the City* (New York: Oxford University Press, 1973), 289.

② Anthony Vital, "Situating Ecology in Recent South African Fiction: J. M. Coetzee's *The Lives of Animals* and Zake's Mda's *The Heart of Redness*, "*Journal of Southern African Studies*31.2 (June 2005): 307.

女先知农卡乌斯的预言及其预言肇始的1856—1857年杀牛事件得到启发①，结合现代全球化社会发达国家与不发达国家的矛盾，进行反映殖民与文化冲突的小说创作，凸显了"文化人"卡玛古对于历史的选择和传承。以下试作科萨族及卡玛古对历史文化生态选择方面的探讨。

小说运用了对蔻洛哈十九世纪五十年代故事和二十世纪九十年代故事的交替性平行叙事。新时代里的"笃信派"追随老人兹木，继承以"赤红"②为象征的科萨族传统文化，反对现代化与资本主义开发；而"怀疑派"以老人帮寇（Bhonco）为首，鄙弃所谓迷信，热衷于借助国外资本，把蔻洛哈开发建设成赌场与豪华度假胜地。追溯到十九世纪抵抗英国殖民者的杀牛运动时代，这两派的祖先分别是双胞胎兄弟双（Twin）与双双（Twin-Twin）。双相信农卡乌斯等女先知的预言，执着于杀牛抗英运动，而双双却拒不相信所谓预言。从故事人物的家族谱系考究，小说叙事中时空不断变换往回，历史与现实更替交融，只为构建一种历史与文化的承袭影响。穆达曾在一个访谈中说："我用的不是闪回技巧。这类小说里，时空无关紧要。小说里新时代的人物角色与1856年的人物角色在种种层面上是关联一致的。"③小说《赤红的心》里，两个时代的科萨族人濒临同样的抉择困境。某种意义上，历史文化的传承与否才是关键的问题。

在两派矛盾中，卡玛古没有马上站队某方。他不愿意遗忘历史，不愿意支持接受西方国家资本在蔻洛哈建设赌场、高尔夫球场和豪华宾馆；但也不选择沉溺于历史。他在试图通过了解历史以思考历史文化的现世价值。

---

① Simon Gikandi, ed., *Encyclopedia of African Literature* (New York: Routledge, 2003), 451.

② 小说标题中的"Redness"字面意义源自科萨族妇女抹在传统裙饰上的赤红泥土染料，在文本中泛指科萨族传统与信仰。与康拉德小说《黑暗的心》（*Heart of Darkness*）中"黑暗"一词的贬义不同，穆达用"赤红"一词，旨在肯定科萨族传统文化。

③ VenuNaidoo, "Interview with Zakes Mda," *Alternation* 4.1 (1997): 260.

为什么会有1856—1857年"杀牛运动"？人们为什么会相信十五岁的女先知农卡乌斯？其首要原因是当时科萨族人身陷殖民之境，殖民者的到来带来了牛肺病和殖民统治。卡玛古在蔻洛哈了解到，"杀牛运动"兴起的祸根是1853年从荷兰弗里斯兰省海运到科萨族土地上的牛身上潜伏的肺病。1855年，牛肺病迅速蔓延，一些地方的牛群死亡率达到了三分之一到二分之一，其中很多科萨人家庭失去了所有的牛群。殖民者带来了生态灾难。在农卡乌斯发出"清除"牛群的指令前，人们已经感觉牛群"受邪""不洁"，不杀死也会病亡。①大英帝国的殖民统治是引发"杀牛运动"的直接原因。英国殖民领袖哈里·史密斯爵士（Sir Harry Smith）以维多利亚女王的名义，自命"科萨人最伟大的白人酋长"，从"吻靴仪式"、罢黜部落酋长，到迫害先知、杀戮平民，他领导的白人殖民者在科萨人的土地上为所欲为。他意欲"斩尽杀绝所有的科萨人"，其战斗口号是"灭绝这些野蛮的禽兽"（19）。这种"灭绝"之心与康拉德小说《黑暗的心》中主人公库尔兹（Kurtz）的殖民宣言"灭绝这些野蛮人"②如出一辙。在种族灭绝的危机中，科萨人的祖先西克夏（Xikixa）率众英勇奋战，在海边的大山里开展游击战。科萨人的先知穆兰杰尼（Prophet Mlanjeni）是"河之神（the Man of the River）"，他潜在科斯卡马河的圣水里躲避英军的搜捕，指示族人屠杀邪物附身的黄牛，用"法术"鼓舞族人迎战。（18）穆兰杰尼的战争坚持三年（1850—1853），以失败而告终，科萨族人失去了政治经济上的独立。1855年爆发的牛肺病更让科萨族人濒临生存的绝境。俄国人在克里米亚打败英国人，杀死了曾野蛮统治科萨族的前殖民总督凯斯卡特（Cathcart）。消息传来，从来没

---

① J. B. Peires, *The Dead Will Arise: Nongqawuse and the Great Xhosa Cattle-Killing Movement of 1856-7* [Johannesburg: Ravan Press (Pty) Ltd, 1989], 312.

② Joseph Conrad, *Heart of Darkness* (New York: W.W.Norton & Company, Inc., 1971), 51.

有听说过俄国人的科萨族人认为俄国人就是他们死而复活的祖先。①此时，十五岁女孩农卡乌斯遭遇神启，成为农卡乌斯先知，预言先人将复活，带着牛群，从海上踏浪而来。她号召所有科萨人弃田杀牛，建起新宅，盖起新牛棚畜栏，准备迎接复活的先人，装下先人送来的满棚满圈的家畜家禽，与先人共同驱赶英军。这无疑给绝望中的科萨族人带来了一线希望之光。

人们相信先知农卡乌斯，响应她的杀牛号召还有另三个原因。第一，这与科萨族人自己的传统信仰相关。科萨族人认为先人故去不是生命的终结，他们的生命仍以另一种方式存在。牛肺病是先人受扰，将与后代生者交流的预兆。第二，早在1820年之前，科萨族先知已经接触到基督教的"复活"观念，并将其传播，科萨族人已普遍认为逝者可以复活。②第三，所有科萨人部落公认的国王萨黑里（King Sarhili）在戈克斯哈河口见到"先人踏浪"，支持农卡乌斯，下令全族屠牛。牛肺病的蔓延和殖民统治的压迫使得科萨族人受到物质、精神双重创伤，身心俱疲；传统信仰、外来宗教和政治命令三重影响，让大多数人把整个民族的未来赌到了年轻女先知的预言里。

尽管如此，农卡乌斯的反对者仍大有人在。一些殖民势力的亲善者、既得利益者、经济富裕者或是不同信仰者都将个人利益置于民族命运之上，抵制集体屠牛行动。③小说中，为躲避牛肺病，无头西克夏（Headless Xikixa）的双生子于1855年携家带口，赶牛驱猪，迁徙到了蔻洛哈。不久，同是无头西克夏的儿子，同居蔻洛哈渔村，双双与双选择各异。双双是"怀疑派"的第一人。在得到女先知杀死所有牛畜的命令时，双双不愿意杀牛。

---

① J. B. Peires, *The Dead Will Arise: Nongqawuse and the Great Xhosa Cattle-Killing Movement of 1856-7* [Johannesburg: Ravan Press (Pty) Ltd, 1989], 313.

② Ibid., 134-136.

③ Ibid., 315-316.

他认为女先知是白人收买用来毁灭非洲黑人的工具。后来的事实是，双双爱护牛群，多妻多子，他的后代人丁兴旺。(62)双却成了"笃信派"的第一人。他的爱马坐骑被肺病所袭，病弱而死。双与妻子紧随女先知农卡乌斯，在戈克斯哈河口一次又一次地等待先人从海面复活踏浪而来，却一次次失望而返。他归咎于双双对女先知命令的怀疑与违抗，于是率人袭击双双的农庄，捣毁双双的庄稼，屠宰双双的家畜。双双认为先人踏浪是"一派胡言"，他辩驳说："你们眼睛看到的其实是自己脑子想出来的。海上当然有生物。海上有鲸鱼、海豚、水牛、海狮和海马，甚至还有海人叫作人鱼。你们看到的是这些东西。"(81)"笃信派"为了一个希冀中复兴的科萨族举刀杀尽了最后一只家畜。他们靠信仰而活，最终饿死无数。双的后代较之双双一支，寥落衰微。"杀牛运动"给卡玛古的启示是：殖民者不仅带来了自然生态灾难、政治经济危机，而且是科萨族内部矛盾的导火索。但笃信女先知能有出路吗？

1856年肇始的"杀牛运动"旨在抵抗殖民者，复兴科萨族，却在1857年以英军屠牛杀人、禁止科萨人劳作种植的残酷饥饿政策宣告胜利而结束。科萨族人遭蹂躏、放逐，他们的土地一半以上被英军攫占沦陷为白人殖民地。[①]同是屠牛，科萨人先知在十九世纪五十年代中期（似乎预知了牛肺病的到来）以其为精神动力，英殖民者却以其为物质胁迫。殖民者从物质上攫毁[②]，文化上清除，给科萨族人留下了历史伤痕。

文明与野蛮，何谓之别，孰是孰非？在所谓的文明对野蛮进行的清算中，科萨人将领西克夏及其士卒被英军砍头割耳，头颅被烹煮制成标本送

[①] J. B. Peires, *The Dead Will Arise: Nongqawuse and the Great Xhosa Cattle-Killing Movement of 1856-7* [Johannesburg: Ravan Press (Pty) Ltd, 1989], iv.

[②] 据估计，截至1857年1月，科萨族被屠宰的牛达400000头，被英殖民者攫占失去的土地达600000英亩（此数字不包含三年穆兰杰尼战争后失去的Crown Reserve）。Ibid., 319.

到英国。战争给无头西克夏的双生子留下的记忆是父亲无头的身体和那口"文明人"煮着科萨人头颅的大锅。大锅前,讲一口地道科萨语的白人翻译约翰·道尔顿(John Dalton)肯定地解释了煮骨去肉的科学性与科学目的。他强调说:"我们不是要吃你们的父亲。我们是文明人,不吃人肉。这些颅骨会做成战利品或是用于科学研究。"(20)殖民者眼里,不吃人肉仿佛是检验文明的唯一标准。彼时,西克夏的双生子伤心的是他们不可能按照风俗给父亲一个体面的葬礼;忧虑的是没有了头颅,父亲怎么能够与其他祖先交流,又怎么能够做一个最好的使者,把在世人们的请求告诉科萨族最重要的卡马塔神——太阳神与大地神的孩子。文明与野蛮在一口大锅前调了个个儿。以征服为目的的西方文明用武器说话,以科学为借口,在遥远的非洲进行野蛮杀戮。先人崇拜、神人相通的科萨人用最原始的思维呈现了"自然人"[①]的理性。卡玛古的确在英国的博物馆看到过"丛林人"头颅陈列,在巴黎看到过科依科依部族女人隐私部位的展览。作为现代"文化人",他怎么也不能理解英国人这种在宏伟建筑里展览观看战俘头颅和身体,炫耀自己文化优越感的野蛮习惯。(168)

耳闻与目睹,让卡玛古在历史的尘埃里思索自己民族文化的命运。约翰·道尔顿(白人翻译约翰·道尔顿的后代)的前殖民传统文化村落旅游方案遭到了卡玛古的反对:"那太假了。就像一个博物馆,想要展示人们的生活原貌。在今天的南非,真实的科萨人过的日子,不是你的文化村落中展示的那种。有些地方可能是真的,但旅游者看到的大部分都是历史,大多是想象出来的历史。""当你发掘出一种隐藏的科萨人前殖民身份……一种已经丧失的前殖民身份……你是想说科萨人现在已经没有文化了,是说他们活在文化的真空里吗?"(247—248)卡玛古认为科萨族文化"像所有其他文

---

① 赵白生:《生态主义的理性基础》,《国外文学》,2005年第3期,第11页。

化一样,是活生生的"(248),科萨族文化有它的历史传承与变迁性。而约翰·道尔顿的方案隐藏殖民历史,"不论出于什么好意,都该视为压迫的、剥削的(方案)"①。

了解了科萨人反抗殖民侵略的"杀牛运动"失败的历史后,在新时期的"开发运动"中,面对后殖民时代国外资本势力的威胁,卡玛古肩负起了与女先知农卡乌斯相类的"先知"指导角色。②农卡乌斯的纯精神指引与希冀不敌英军物质强力的侵略。与农卡乌斯策略不同的是,卡玛古精神与物质同重,既尊重传统历史文化,又利用全球化社会的现代商业知识,引导村民自办合作社,开发自然生态和历史文化生态资源,发展蔻洛哈生态旅游。一种保留原始传统文化和原始自然环境的现代生活,是卡玛古为现代蔻洛哈所做的选择。

三

卡玛古的感情选择与归属也是小说《赤红的心》的一条主线。从到蔻洛哈寻找带海水进城的姑娘诺玛拉舍(NomaRussia)而不得,到赏识夏利斯瓦·西米亚(Xoliswa Ximiya),到最后倾心库克兹娃(Qukezwa),实为一条卡玛古从找寻自然到遭遇文明,转而联姻自然的情感脉络。

诺玛拉舍是自然的代言人。她带海水进城,因为知道城里人好喝能治愈很多疾病的海水。"她的歌声清新灵动,是与绿水青山深壑峭壁相和相应的那种萦人耳绕人魂,绝不该浪费在约翰内斯堡市区二十层楼上破棚子里的亡者身上。"(25)小说第二节,得知诺玛拉舍来自农卡乌斯——印象中几

---

① Paul Jay, *Global Matters: The Transnational Turn in Literary Studies* (Ithaca and London: Cornell University Press, 2010), 145.

② Anthony Vital, "Situating Ecology in Recent South African Fiction: J. M. Coetzee's *The Lives of Animals* and Zakes Mda's *The Heart of Redness*, " *Journal of Southern African Studies* 31.2 (June 2005): 309.

乎引领全族人集体自杀的小姑娘——的家乡，一个叫蔻洛哈的真实村落后，卡玛古开车追随找寻到了蔻洛哈。蔻洛哈叫诺玛拉舍的人很多，然而卡玛古找寻的诺玛拉舍却"云深不知处"。

　　卡玛古很快被村人当成了夏利斯瓦·西米亚的男友，因为他们俩都是知识分子，都到过美国，且惺惺相惜。夏利斯瓦·西米亚是"怀疑派"帮蔻的女儿，三十六岁，福特海尔大学教育学士，获美国某大学二外英语教学资格证书，现为蔻洛哈渔村中学新任女校长。夏利斯瓦不苟言笑，嫌恶家乡的闭塞落后，夙愿是到首都比勒陀利亚去做国家教育部的公务员，至少到省会城市去工作。(12)她是"开发派(the developers)"的典型代表，是"文明"的渴求者。夏利斯瓦对家乡的落后痛心疾首："我们不能因为几个多愁善感的老顽固想要保护鸟和树，想要保持以前过时的生活方式，就放弃文明！"(67)她对家乡未来图景的憧憬是成为一个名人云集的度假天堂。她说："开普敦现在成了名人天堂。只要保守的村民不在发展道路上挡道，蔻洛哈也能成为名人天堂。"(67)卡玛古眼里代表科萨族文化艺术遗产的民族裙饰和科萨人抹在身上装扮自己的赤红泥土在夏利斯瓦眼里是"落后"的代名词。她诅咒"落后"。(160)卡玛古将造访他卧室的布朗鼹鼠蛇视作吉祥好运的预兆，夏利斯瓦认为太不可思议，太老土。卡玛古坚持对布朗鼹鼠蛇——他部落的图腾——的敬畏时，夏利斯瓦批评说："卡玛古，你从美国回来，见过世面，受过高等教育。如果让最无知的农民看到像你这样的文化人都信这些，我们怎么可能让他们放弃迷信思想迎向现代社会呢？"图腾蛇与女先知农卡乌斯一样，是夏利斯瓦摒弃憎恶的科萨族文化历史符号。(150)迎新弃旧，是夏利斯瓦对科萨族文化遗产的态度。裂痕在两个"文化人"之间越来越深。全身心拥抱科萨族历史文化遗产的卡玛古，选择了放弃一心追求"文明"的夏利斯瓦。

　　"笃信派"兹木的女儿库克兹娃是海港渔村蔻洛哈的化身和保护天使，

是卡玛古在不知不觉中渐渐心仪爱恋的对象。库克兹娃是夏利斯瓦的学生，只念到了八年级，不算"文化人"。但她是赶海好手，在海上时不惧最险恶疯狂的风浪；她是马上牛仔，骑马从来不用马鞍和缰绳；她崇敬祖先众神，知晓无数科萨神话故事；她身怀呼麦绝技，纵声歌唱时，众声齐发，"仿佛有一个合唱队藏在她的歌喉里"（152）。更可贵的是，她是个有智慧和胆识的蔻洛哈姑娘，有见地的"保守派（the conservatives）"。英国开发商琼斯先生"准备砍掉所有的树修路建宾馆和赌场"，"准备根除当地的灌木丛林，从英国移栽其他树种过来，建起一座漂亮的英式花园"。（202—203）一向都是树木保护者的库克兹娃开始疯狂砍树，不听制止，被送交了蔻洛哈村落法律仲裁委员会。当地法律规定，只有合欢树是唯一可以随意砍伐的树，其他任何树木，包括外来树种，都需经部落首领批准才可砍伐，否则就是违法。库克兹娃的案子旁听者众多，但她挑战似的站在了审判台上，哪怕微微隆起的肚子里孕育着一个孩子（卡玛古的孩子）。库克兹娃的辩护词是，她砍下的都是有害的树，是"外来树种，不是科萨人祖先留下的树种……它们使本土树种不能呼吸，是危险的树种"（215—216）。她提议修改法律。因为村务繁多，库克兹娃的案子不了了之。但她保护本土树种的主张全村闻名，外来树种"危险"的概念因而渐入人心。八年级学生库克兹娃用自己的观察和理解洞悉了外来树种与异邦资本将导致的生态危害。

卡玛古从库克兹娃及其他"保守派"那儿了解到，"修建赌场和水上度假村这样大规模的工程，避免不了砍掉本地的树，吵扰鸟儿的生活，会污染河流、大海和大环礁湖"（119）。在库克兹娃的鼓舞下，一向在"开发派"和"保守派"间保持中立，有着图腾情结的"文化人"卡玛古开始支持"保守派"。他的学识与视野帮了忙，扎根本土的"文化人"成了有力抵抗全球化时代都市对乡村、第一世界对第三世界进行经济与文化殖民的武器。卡玛古提出了代替赌博娱乐胜地开发的替代方案——建立村民海滨海产与传统服饰自主经营合作社。同时，蔻洛哈成功申请到了农卡乌斯国家级历史文化遗产基地，可以开展生态文化旅游。他与库克兹娃在保护家园蔻洛哈上心愿相通。卡玛古选择与库克兹娃联姻，与唯恐失去的"自然之女"永远修好。

　　小说《赤红的心》讲述了"文化人"卡玛古乡土归属、历史传承和情感婚恋三个选择，以及科萨族人民殖民时代与后殖民时代歧路维艰时抉择的智慧。贾克斯·穆达想要传递的是一种非洲社会文化生态中的古今史实及前路探索。他在二十世纪九十年代谈历史与创作时曾说："我们不能掩藏历史，然后希望突然间大家都情同手足，患上一种幸福的历史遗忘症……我们不能忘记历史，但是当然，这不代表我们必须揪住历史不放，裹在历史的阴云里，活在过去的历史里，永远做它的受害者。"①小说文本中，作家的代言人②卡玛古通过了解历史与文化传统，希望利用历史故事的影响力与民族传统的生命力来帮助蔻洛哈的科萨族人创建自主经营的合作社和生态文化产品，自立自强，发展经济。小说结尾，女先知农卡乌斯的确让度假营地、让蔻落哈令人神往（276），这证明了卡玛古历史文化新用的胜利。

　　《赤红的心》是穆达的第三部小说，第一部生态文学作品。小说甫一发表，好评如潮，穆达获得了2001年南非首届周日时报小说奖（The Sunday Times Fiction Prize）和2001年非洲地区英联邦作家奖。与康拉德《黑暗的心》传奇化非洲原始文化不同的是，贾克斯·穆达笔下，蔻洛哈村民想要保护科萨人文化的同时，也想要电灯、自来水和识字教育。在历史与现实纠缠，国外殖民与当地宗派两种威胁势力双临的语境中，主人公卡玛古选择

---

　　① Zakes Mda, "Theatre and Reconciliation in South Africa, "*Theatre* 25.3 (1995): 43.
　　② 小说主人公卡玛古像作家穆达一样，在美国受高等教育且获得交流与经济发展博士学位，这种教育背景设置似乎为卡玛古为作家代言南非蔻洛哈渔村发展问题提供了理据。

留在海港村落蔻洛哈,并为蔻洛哈选择了自主经营创业与生态文化旅游。一种"放眼世界,着手地方"①的行动方式。一种综合了国外资金与村落资源、历史传承与当下利益、自然与文化结盟的发展模式。

现代人的出路在哪里?"文化人"卡玛古的答案是:自然与文化结盟的生态模式。

---

① Ursula K. Heise, *Sense of Place and Sense of Planet: The Environmental Imagination of the Global* (New York: Oxford University Press, 2008), 20.

后　记

　　这是一本迟到了十年的书。或者说,我用了二十年,才把它交到您手中。

　　2004年春,北京大学,从一教113到六苑209,我选修了赵白生老师讲授的"生态文学与生态批评"课程。"生态不仅仅是一个科学的概念,一个社会的概念,更是一个人文的概念。三足鼎立的生态学才是健全的生态学。可以说,构建以生态文学为根基的人文生态是人类的'希望工程'。二十一世纪是生态的世纪。生态主义是'新启蒙主义'……"第一堂课上,赵老师对于"生态"的诠释和研究"生态主义"的理性激情深深吸引了我。从此,在老师的指引下,我开始了对文学、文化与生态关系的思索与研究。

　　对卡森的喜欢,从2004年读到她的处女作《海风下》和她的一部书信集开始。因为喜欢,读了能找到的所有她写的作品,以及所有与她有关的文字。大海是卡森的白色风信子花。卡森对大海的爱恋、敬畏与隐忧让她成长为一位海洋环境主义先锋,一颗感性与智性兼具,因而肇始现代环境主义运动的生态良心。

　　"后记"是唯一能将感激之情倾注笔端的部分。专页专用。感谢在纸上与卡森相遇,她的海洋书写与生态良心是我自2004年开始进行蓝色批评研究的灵感与动力。感谢在学术研究的道路上得遇良师赵白生教授,他的前瞻视野、缜密逻辑、勤奋日课为我树立了为学的典范。二十年间,历经生离死别，青丝华发，所幸对学术的热情还在。在本书的写作过程中，北京大学的赵白生教授、辜正坤教授、陈明教授、凌建侯教授、陈岗龙教授和北京外国语大学的汪剑钊教授给予过具体的指导；哈佛大学的 Lawrence Buell 教授、James Engell 教授、David Damrosch 教授、Verena Conley 教授、Karen Thornber 教授，爱达荷大学的 Scott Slovic 教授，德国古腾堡大学的 Alfred Hornung 教授，首都经济贸易大学的程虹教授，中国人民大学的梁坤教授，清华大学的宋丽丽副教授，中山大学的程相占教授，东南大学的柯英教授，苏州科技大学的杨建玫教授、方秋明教授，青海民族大学的雷庆锐教授，深圳技术大学的钟玲教授，北京语言大学的宁一中教授、段江丽教授，中国农业大学的李建华教授、曾庆敏副教授、燕嬿副教授、刘海英副教授，他们或寄赠图书，或电邮资料，或邀请交流，或当面建议，或时时关切，为我的研究提供了切实帮助和精神鼓舞。深谢以上师友！他们是我科研道路上的指引者与助跑者，他们的治学态度与学者精神令我终身受益。作家徐刚多次赠书，特此致谢。

本书里的部分文字已发表在《国外文学》《外国文学》《外国文学研究》《湖南大学学报》《中国农业大学学报》《浙江师范大学学报》《西南农业大学学报》《鄱阳湖学刊》《绿叶》等学术期刊上，特此鸣谢。

十年磨一剑。二十年织出的，或许只是从大海里打捞出几个水滴的篮子。我想把自己认真编织的第一个篮子献给我的妈妈，一个名字里有水和云朵的女子。妈妈姓名谭细云，但她告诉我们她原名其实是肖水源。妈妈的名字或许是我最早对水情有独钟的原因。听妹妹说，在我上大学本科的时候，妈妈试着写信给我，但她只把没写完的信放在了枕头下。妈妈一生都用力爱着我和妹妹们，竭尽全力地托举我们，直到生命的最后一刻。妈妈没有机会写完一封信，更没有机会写出自己的著作，所以，我为妈妈写出一本，献给她。愿妈妈喜欢。

我要感谢的人还很多,师长同道,挚友亲人,虽然没有一一列出你们的名字,但你们的爱与暖,我铭谢在心。愿与你们同行,继续探索水球之魅。

钟燕

2025 年 2 月

于北京海淀溁观渚